Les secrets de Rosewood Lane

DEBBIE MACOMBER

Les secrets de Rosewood Lane

Jade

Titre original :
204 ROSEWOOD LANE
publié par MIRA®

Traduction française de HÉLÈNE DUBOIS-BRIGAND

Photos de couverture
Paysage : © JOEL SARTORE / GETTY IMAGES
Ciel : © ROYALTY FREE / DIGITAL VISION
Femme : © BEAUTYARCHIVE / JUPITER IMAGES

83-85, boulevard Vincent-Auriol, 75646 PARIS CEDEX 13.
www.harlequin.fr
ISBN 978-2-2808-1222-1 — ISSN 1773-7192

A Nina Lyman et ses adorables chats.

Avec ma plus tendre amitié.

Septembre 2002

1

Le cœur serré, Grace Sherman regarda le document qui allait déclencher la procédure de divorce. Elle se trouvait dans le bureau du juge avec Maryellen, sa fille aînée, qui était venue avec elle pour la soutenir moralement. Allons, courage, se dit-elle, ce n'était pas le moment de flancher ! Sa décision était prise : elle allait mettre un terme à son mariage et tenter de recoller les morceaux ; recommencer une autre vie.

Oui, le pire était derrière elle. Pourtant sa main tremblait quand elle s'empara du stylo.

Il faut dire qu'elle ne se trouvait pas vraiment ici de son plein gré : elle ne souhaitait pas divorcer. Malheureusement, Dan ne lui avait pas laissé le choix.

Cinq mois plus tôt, en avril, son mari, ce mari dont elle partageait la vie depuis trente-cinq ans, avait disparu sans laisser de traces. Comme ça… du jour au lendemain. Sans que rien ne puisse le laisser prévoir. C'était pourtant, apparemment, un choix délibéré de sa part, même s'il n'avait pas jugé utile de lui fournir le moindre mot d'explication. Aujourd'hui encore, Grace avait du mal à croire que l'homme avec qui elle avait vécu, cet homme qu'elle avait aimé et qui lui avait donné deux filles, ait pu se comporter de façon aussi cruelle.

Que Dan ait cessé de l'aimer, elle aurait pu l'accepter. Elle avait en elle assez de générosité — et de fierté — pour lui rendre sa liberté sans faire preuve d'amertume ou de rancœur. S'il n'était plus heureux avec elle, elle ne l'aurait pas empêché d'aller chercher le bonheur avec quelqu'un d'autre. En revanche, ce qu'elle n'arrivait pas à lui pardonner, c'était la souffrance qu'il avait causée à sa famille, à ses filles surtout, en particulier à Kelly qui ne supportait pas sa désertion.

D'autant moins, peut-être, que Dan avait choisi de disparaître alors même que Kelly et Paul venaient de leur annoncer qu'ils allaient être enfin parents. Cela faisait plusieurs années qu'ils essayaient d'avoir un enfant et Dan avait semblé se réjouir de cette nouvelle, tout comme Grace. Ce serait leur premier petit-fils ou petite-fille et ils étaient comblés par cet événement.

Kelly avait toujours été très proche de son père et sa disparition à ce moment clé de sa vie l'avait anéantie. Elle avait supplié Grace de retarder la procédure de divorce, convaincue que son père reviendrait avant la naissance de Tyler. Lorsqu'il serait de retour, disait-elle, il leur expliquerait tout, car il y avait forcément une explication.

Mais Dan n'était pas revenu et il n'y avait eu aucune explication. Juste le doute, des questions et une violente colère qui n'avait cessé de se creuser en Grace tandis que les jours se succédaient, interminables.

Pour finir, minée par cette attente, elle avait décidé d'avoir recours aux services de Roy McAfee, un ancien policier devenu détective privé en qui elle avait toute confiance. Roy s'était aussitôt lancé dans des recherches approfondies, persuadé qu'il trouverait un indice. Et il avait vu juste. Ce qu'il avait découvert, en revanche, avait causé à Grace un véritable choc. Un an auparavant, Dan avait fait l'acquisition d'un camping-car qu'il avait payé comptant. Grace n'avait aucune idée de la manière dont il avait pu se procurer cet argent, et ignorait tout de ce coûteux achat. Elle n'avait donc aucune idée de l'endroit où le véhicule pouvait se trouver à ce jour.

A l'appui de cela, des rumeurs étaient venues corroborer certains soupçons profondément enfouis en elle, la confortant dans l'idée que Dan avait utilisé le camping-car pour s'enfuir avec une femme. Quelqu'un, notamment, prétendait l'avoir aperçu à la fin du mois de mai. Son mari avait-il planifié cette brève réapparition dans l'intention de l'humilier ? Ou encore pour l'inciter à partir à sa recherche ? Le jour où on lui avait signalé cela, Grace avait été totalement bouleversée.

C'était un collègue de travail de Dan qui affirmait l'avoir aperçu le long des quais de la marina. Il s'était précipité à la bibliothèque où elle travaillait pour la prévenir. Mais quand elle était arrivée à l'endroit indiqué, Dan s'était déjà volatilisé avec une femme venue le récupérer en voiture. Depuis, aucunes nouvelles de lui, seul un silence angoissant.

Rétrospectivement, Grace en était venue à croire que Dan voulait peut-être ainsi lui fournir les réponses qu'elle cherchait si désespérément. Sinon, pourquoi se serait-il montré dans les lieux les plus animés de la ville, là où il avait le plus de chances d'être vu et reconnu ? La bibliothèque où elle travaillait se trouvait à deux pas de la marina. De toute évidence, son mari n'avait pas eu le courage de lui avouer qu'il y avait une autre femme dans sa vie. Il avait préféré l'en informer de la manière la plus cruelle qui soit : en l'humiliant publiquement. A présent, en effet, tout le monde devait s'apitoyer sur elle à Cedar Cove.

En tout cas, cette provocation délibérée avait eu sur elle un effet radical. Tout l'amour qu'elle pouvait encore ressentir pour Dan était mort ce jour-là. Jusqu'alors elle avait toujours refusé de croire qu'il ait pu tomber amoureux d'une autre femme. Même quand son relevé de carte bleue avait fait état d'une grosse somme d'argent dépensée chez le joaillier du coin, Grace n'avait pu admettre que son mari lui soit infidèle. Dan n'était pas du genre à la tromper, avait-elle pensé. Elle lui faisait confiance.

Mais ça aussi c'était fini.

— Ça va, maman ? demanda Maryellen en lui effleurant le bras.

La main de Grace se crispa sur le stylo.

— Très bien, répliqua-t-elle sèchement, regrettant instantanément sa brusquerie. Cette réponse peu aimable lui avait échappé malgré elle.

Sa fille détourna le regard. Grace se concentra sur le formulaire du divorce, hésita encore l'espace d'un instant, puis le signa à la hâte.

— Je ferai en sorte que le dossier soit traité sans délai, dit Mark Spellman.

Grace se détendit et s'appuya contre le dossier de sa chaise. L'affaire était donc classée ? Une simple signature suffisait à rayer d'un trait trente-cinq années de mariage ?

— C'est tout ?

— Oui. Etant donné que cela fait maintenant cinq mois que vous n'avez pas revu Daniel, il ne devrait y avoir aucune complication juridique. Le divorce sera officiellement prononcé dans quelques semaines.

Presque quarante ans de vie commune jetés par-dessus bord sans plus de cérémonie que si elle s'était débarrassée d'un tas de vieux chiffons. Les bonnes années comme les mauvaises, celles où il avait fallu se serrer la ceinture et économiser sur tout. Comme tous les couples, ils avaient connu des hauts et des bas, mais malgré tout leur mariage avait tenu bon. Jusqu'à maintenant, jusqu'à ce que…

— Maman ? murmura Maryellen.

Grace baissa la tête, surprise par la force de l'émotion qui l'étreignait soudain. Après tous ces mois de souffrance, il ne lui restait plus une larme à verser, même si elle n'était toujours pas consolée de la perte de son mari, cet homme qu'elle croyait si bien connaître. Mais les faits étaient là, et elle n'avait plus le choix. Le divorce était devenu inévitable. De plus, elle avait le devoir de protéger ses intérêts financiers, comme le lui avait gentiment rappelé le juge, et elle ne pouvait s'offrir le luxe de rester les bras croisés.

Pourtant, même si sa situation juridique était en passe d'être résolue, elle restait très éprouvée sur le plan émotionnel. En dépit de toutes ses bonnes résolutions, son chagrin était toujours aussi intense et il lui était impossible d'oublier l'humiliation infligée par Dan. Tout le monde en ville était au courant de sa situation et de la façon dont son mari l'avait quittée.

Grace reposa lentement le stylo.

— J'attends donc de vos nouvelles, dit-elle au juge en se levant, accompagnée de sa fille.

Le juge, un homme jeune qui devait avoir à peu près le même âge que Maryellen, les escorta jusqu'à la porte. Il parut hésiter, comme s'il voulait leur dire quelque chose, puis il se ravisa et, les yeux baissés, murmura un bref au revoir.

A l'extérieur, le ciel était bas et plombé et une grande tristesse envahit soudain le cœur de Grace. Elle n'était pas naïve et avait bien imaginé que ce rendez-vous serait une rude épreuve. Toutefois, elle ne s'était pas attendue à ressentir un tel sentiment de vulnérabilité.

Maryellen jeta un coup d'œil à sa montre.

— Je dois retourner à la galerie.

— Je sais, répliqua Grace.

Lorsque sa fille lui avait proposé de l'accompagner chez le juge, elle avait d'abord pensé que c'était inutile, même si elle était touchée par sa proposition. Mais Maryellen avait eu raison.

L'expérience, sans doute. Maryellen savait ce que c'était qu'un divorce. Elle s'était mariée jeune dans la plus grande insouciance et le mariage s'était terminé moins d'une année plus tard. Cette expérience malheureuse l'avait tant déçue et prévenue contre les hommes qu'elle avait évité depuis de s'engager dans une relation amoureuse. Grace avait tenté de la faire changer d'avis en lui assurant qu'elle rencontrerait un jour un homme merveilleux qui serait fait pour elle. Maryellen l'avait taxée de naïveté et avait refusé de l'écouter. C'est seulement maintenant qu'elle en comprenait la raison. Le divorce était une vraie blessure ; c'était une souffrance insidieuse qui vous atteignait au plus profond de vous-même. On se sentait désemparé et vaguement coupable, comme si on n'avait pas été à la hauteur. Maryellen n'ignorait rien de ce tourment qu'elle-même avait enduré quand elle était bien plus jeune, dépourvue de ce recul qu'apporte la maturité.

— Ça va aller? s'enquit-elle, avant de quitter sa mère à contrecœur.

— Bien sûr, répondit Grace avec un sourire forcé.

Elle aurait dû se sentir soulagée. Elle avait pris la décision qui convenait et agi en conséquence. Pendant des mois, elle avait laissé sa chance à Dan, lui donnant mentalement toute une série d'ultimatums et de dates butoirs. S'il revenait à la naissance du bébé de Kelly, c'est-à-dire le 4 juillet, elle était prête à tout lui pardonner. Elle avait ensuite pris comme référence la date anniversaire de leur mariage, et ainsi de suite. Jusqu'au jour où elle avait fini par regarder la vérité en face : il ne reviendrait jamais. S'il ne s'était pas encore manifesté, elle ne devait plus rien attendre de lui. Dan avait voulu couper les ponts.

— Tu retournes au travail? demanda Maryellen.

— Non, répondit-elle calmement, refusant de s'apitoyer sur son sort. Je vais aller déjeuner.

— A cette heure-ci? Il est plus d'une heure de l'après-midi. Tu n'as rien avalé avant de venir?

— Non.

Grace s'abstint d'ajouter que la perspective du rendez-vous chez le juge lui avait coupé l'appétit depuis plusieurs jours. Puis, comme elle ne voulait pas inquiéter sa fille, elle ajouta avec énergie :

— Tout ira bien, Maryellen.

Du haut de la colline escarpée, Maryellen contempla la marina où les bateaux tanguaient doucement dans les eaux protégées de la crique. Les voitures roulaient au pas dans Harbor Street, si proches les unes des autres qu'elles formaient un ruban ininterrompu. Les ouvriers du chantier naval de Bremerton avaient achevé leur journée et pères et maris rentraient maintenant chez eux, pressés de retrouver leurs familles. Tout comme Dan autrefois.

— Je suis tellement furieuse contre papa. Il entendra parler de moi quand je le reverrai, dit Maryellen d'une voix grinçante.

Grace n'était pas dupe, cependant. Elle était convaincue que Maryellen ne lui tiendrait pas rancune et qu'elle oublierait ses frasques s'il rentrait à la maison. Et Kelly, leur fille cadette, crierait de joie en clamant qu'elles s'étaient toutes fourvoyées. Elle courrait vers son père les bras grands ouverts, attendant avec impatience qu'il leur explique les raisons de sa disparition.

— Je vais bien, insista Grace. Crois-moi.

Mais Maryellen ne se décidait pas à partir.

— Je déteste l'idée de te laisser seule.

— Mais non, ça va aller. Je t'en prie, ne t'en fais pas.

C'était loin d'être vrai. Toutefois, Grace savait par expérience qu'il était crucial d'envisager l'avenir avec confiance. Le malheur avait une fin, et de bonnes choses sortaient parfois des pires situations. Elle se jura de garder à l'esprit que la vie était aussi remplie de bons moments.

— D'une certaine manière, reprit-elle, j'ai beaucoup de chance. J'ai deux filles adorables et maintenant un petit-fils. Je ne comprends pas que cela ait fini de façon aussi lamentable avec ton père, mais je suis certaine que cette épreuve me rendra plus forte.

Grace croyait sincèrement ce qu'elle disait. Le sentiment de perte dont elle se sentait envahie était immense, mais elle était convaincue qu'un jour elle retrouverait un certain équilibre et la joie de vivre.

Justine Gunderson jeta de nouveau un coup d'œil à la pendule murale de la banque et constata avec satisfaction qu'il était enfin l'heure de sa pause déjeuner. Elle n'avait qu'une idée en tête : rentrer chez elle en courant, pour relever son courrier. Depuis cinq jours, elle était sans nouvelles de Seth, son mari, parti pour la saison de la pêche en Alaska, et chaque journée lui semblait aussi longue qu'une année entière. Le bateau de Seth croisait actuellement dans la mer de Béring, aux eaux poissonneuses et foisonnantes de crabes. Justine savait ce que cela signifiait : seize heures de travail par jour, très peu de temps pour la correspondance et pas toujours de téléphone à portée de la main. Seth lui avait assuré qu'il était fou amoureux d'elle et qu'il serait de retour avant qu'il ne commence à lui manquer.

Mais il s'était trompé : il lui manquait terriblement et son moral était en berne. Ils s'étaient mariés un mois auparavant, dans la précipitation et sans avertir quiconque. Ils avaient obtenu sans mal l'autorisation de mariage, puis trouvé un prêtre à Reno pour célébrer la cérémonie. Ils s'étaient ensuite cloîtrés dans une chambre d'hôtel, pour une lune de miel en accéléré, à cause de la saison de la pêche qui débutait, justement.

Justine connaissait Seth depuis l'enfance, depuis toujours pour ainsi dire. Il avait été le meilleur ami de son frère jumeau, Jordan, qui s'était noyé à l'âge de treize ans, et ils avaient préparé le baccalauréat dans le même lycée. Pendant les dix années qui avaient suivi, Seth avait vécu à Cedar Cove, mais ils s'étaient perdus de vue. C'est lors d'une réunion d'anciens élèves, à laquelle tous deux avaient accepté d'assister, non sans réticence, qu'ils s'étaient retrouvés, redécouverts et qu'ils étaient tombés amoureux l'un de l'autre.

Justine sortait alors avec Warren Saget, un promoteur immobilier, brillant homme d'affaires, plus âgé qu'elle — à peine plus jeune en réalité que son propre père — et dont la réputation de séducteur avait défrayé la chronique de la petite ville. Warren était fier de sortir avec cette belle jeune femme qui avait su accepter, dans la plus grande discrétion, son drame personnel. Avec l'âge en effet, Warren était devenu impuissant. Ils ne vivaient pas ensemble, mais Justine passait souvent la nuit dans sa confortable maison adossée à la colline et leur relation, toute platonique, avait suffi à la jeune femme. Warren était drôle, cultivé. Sa compagnie était agréable et il savait la gâter.

Sa mère, Olivia Lockhart, n'avait pas approuvé cette relation. Elle n'aimait pas Warren. Et ce désaccord entre elles avait crispé leurs relations. La grand-mère de Justine, Charlotte Jefferson, n'était guère plus enthousiaste sur la vie amoureuse de sa petite-fille, mais, contrairement à sa fille Olivia, elle s'était abstenue de tout commentaire. Olivia, elle, avait encouragé Justine à sortir avec Seth, sans doute dans l'espoir de l'écarter de Warren. Ses efforts avaient été récompensés au-delà de ses espérances : elle avait été assez choquée, lorsque Justine lui avait annoncé qu'elle venait d'épouser Seth à Reno. D'autant que James, son fils cadet, venait lui aussi de se marier en secret.

Justine elle-même n'avait guère eu le temps de se préparer à ce mariage décidé à la va-vite, à la suite d'une dispute qu'elle avait eue avec Seth au sujet de Warren. Seth avait résolu de mettre un terme à leur relation. Une décision que Justine n'avait pas supportée. Elle était allée le voir, juste avant qu'il ne parte pour la saison de pêche en Alaska, dans l'espoir d'une réconciliation. Comme le prouvèrent ensuite les événements, elle avait su trouver des arguments de poids pour le faire changer d'avis.

Hélas, après leur mariage, ils n'avaient pu passer qu'une semaine ensemble. La séparation avait été difficile pour Justine, car dans les semaines qui suivirent elle n'avait eu des nouvelles de Seth que par intermittence. Il ne pouvait ni appeler ni recevoir d'appels lorsqu'il était en mer, de sorte que leurs échanges étaient rares et irréguliers.

Tout en remettant un peu d'ordre sur son bureau avant de sortir, Justine s'interrogeait encore sur son programme. Est-ce qu'elle ferait ou non un saut jusque chez elle pour vérifier le courrier ? Si la boîte aux lettres était vide, elle serait déprimée pour le restant de l'après-midi. D'un autre côté, si par chance Seth avait pu lui expédier une lettre, elle serait folle de joie pendant plusieurs jours. Elle avait un besoin urgent de contact avec lui, lettre, appel, n'importe quoi qui puisse lui confirmer qu'elle avait fait le bon choix en l'épousant car, en se mariant ainsi à la hâte, elle avait agi d'une façon impulsive dont elle n'était pas coutumière. C'était une femme qui aimait au contraire que sa vie soit planifiée, organisée avec précision. Cette nécessité de garder le contrôle sur son environnement avait toujours régi ses choix — jusqu'à ce qu'elle tombe amoureuse de Seth.

Ce goût pour la rigueur et l'organisation était l'une des raisons pour lesquelles elle était si appréciée à la First National Bank, où elle avait rapidement gravi les échelons jusqu'à un poste de direction. Justine adorait manier les chiffres. C'était une activité rationnelle et par là même idéale, car elle s'était toujours efforcée de vivre de manière raisonnable. Son univers personnel était basé sur des convictions inébranlables et un souci de la perfection qui laissait peu de place à la fantaisie et à la spontanéité.

Par habitude, elle releva la tête lorsqu'elle entendit les portes automatiques de la banque s'ouvrir et elle aperçut alors Warren qui pénétrait dans le hall d'un air décontracté. Il se dirigea directement vers son bureau.

Elle ne l'avait pas revu depuis son mariage. Ils s'étaient quittés en très mauvais termes : Warren avait été fou de rage quand il avait appris qu'elle avait épousé Seth et ne il s'était pas gêné pour lui jeter à la figure quelques remarques blessantes. Justine n'était donc guère encline à renouer des relations amicales avec lui.

Elle se leva de son siège. Avec son mètre soixante-dix et ses talons hauts, elle était presque aussi grande que lui. Ses longs cheveux bruns tombaient raides de chaque côté de son visage — elle n'avait pas changé de coiffure depuis le lycée —, ce qui accentuait la finesse de sa silhouette. En se tenant ainsi face à lui, elle souhaitait lui faire tacitement comprendre qu'elle ne se laisserait pas intimider et que leur conversation serait brève. Il était hors de question qu'il lui fasse une scène devant ses collègues et la clientèle. Zach Cox, un client de la banque comptable de profession, lui fit un signe de tête discret en partant. Justine répondit à son salut, puis se tourna vers Warren.

— Bonjour Warren.

— Justine !

Il la regarda droit dans les yeux. Elle ne lut aucune animosité dans son regard et comprit alors que ses craintes n'étaient pas fondées.

— Je suis venu pour m'excuser. C'est le moins que je puisse faire, je crois…, commença-t-il.

— En effet.

Elle croisa les bras et se balança d'un pied sur l'autre avec impatience.

— Je t'invite à déjeuner pour me faire pardonner, dit-il, puis il s'empressa d'ajouter : je me suis comporté comme un goujat et je n'ai cessé de le regretter depuis.

— Je ne pense pas que ce soit une bonne idée de se revoir, Warren…

Elle lut la déception sur son visage.

— Je comprends.

Après ce refus, elle s'attendait qu'il s'en aille, mais il prit place sur le siège de l'autre côté de son bureau.

Déstabilisée, elle se laissa aller contre le dossier de son fauteuil et attendit.

— Comment va Seth ? Toujours en Alaska ?

Elle hocha la tête.

— Il sera absent quelques semaines encore. Vingt-huit jours exactement, si tout se passe comme prévu.

Tous les soirs, elle barrait les jours sur un calendrier avant de se glisser dans son lit, solitaire et morose. Une chose était certaine : elle détestait l'idée que son mari soit obligé de partir pendant plusieurs mois chaque année. Elle redoutait déjà la prochaine saison de pêche, qui démarrerait en mai.

— Tu as l'air en forme, dit encore Warren en lui jetant un regard admiratif.

— Merci, répondit-elle sans sourire.

Il soupira.

— Je sais que tu ne vas pas me croire, mais tout ce que je désire, c'est que tu sois heureuse.

Warren avait été deux fois marié et divorcé et lui avait demandé à plusieurs reprises de l'épouser. Mais Justine avait toujours refusé. Elle n'avait jamais eu l'intention de devenir sa femme.

Conscient de l'attirance grandissante de Justine pour Seth, Warren lui avait acheté un énorme diamant dans l'espoir de la faire changer d'avis. Justine avait dû admettre, avec un soupçon de culpabilité, que la taille du bijou avait brièvement fait fléchir sa décision. Warren aurait adoré lui glisser la bague au doigt et en faire sa propriété exclusive. Et lui qui s'était autrefois occupé d'elle avec tant d'attention était désormais un homme contrit et plein de regrets.

— En fin de compte, on peut peut-être déjeuner ensemble, dit Justine, qui sut qu'elle avait prononcé les paroles attendues à la vue de son visage qui s'éclaira immédiatement. Elle éclata de rire quand il bondit de sa chaise, incapable de dissimuler sa joie.

Seth ne serait pas fâché qu'elle rencontrât Warren de temps à autre de manière amicale. Elle n'avait aucune crainte à ce sujet. Seth respectait son indépendance et son bon sens et savait qu'elle n'abuserait jamais de la confiance qu'il plaçait en elle.

— Où veux-tu aller ? demanda Warren. C'est toi qui choisis.

— D.D's sur les quais, suggéra-t-elle, car c'était le restaurant favori de Warren.

— Parfait !

Justine attrapa son sac à main et le suivit jusqu'à la sortie où il lui tint la porte ouverte.

— Et si on marchait jusque là-bas ?

— D'accord.

Warren faisait visiblement un gros effort pour se montrer accommodant. Le restaurant se trouvait non loin de la banque, mais il préférait habituellement prendre sa voiture, même pour de courtes distances.

Il ne lui prit pas la main et elle lui en fut reconnaissante. En fait Warren lui avait manqué. Bien sûr, il n'était pas sans défauts, mais il avait de la conversation et un esprit affûté. Ils se connaissaient de longue date, même si leurs relations étaient plus amicales qu'amoureuses. Il l'aimait à sa manière et elle appréciait sa compagnie. Cet attachement n'était pas aussi fort que celui qu'elle ressentait pour Seth, avec qui elle s'entendait à merveille physiquement.

Au cours des quelques jours qui avaient précédé son départ pour l'Alaska, ils n'avaient pas passé beaucoup de temps à discuter. La faim et le désir intenses qu'ils avaient l'un de l'autre les avaient consumés littéralement. Ils n'avaient pas besoin de mots pour se communiquer leurs sentiments. La manière dont Seth lui faisait l'amour en était d'ailleurs la preuve éclatante.

Le dernier week-end qu'ils avaient passé ensemble lui semblait maintenant presque irréel et Justine se demandait si ce qu'ils avaient vécu n'était pas un rêve.

Au restaurant, ils prirent place sur la terrasse. Bientôt, il ne serait plus possible de s'y installer, car déjà la fraîcheur automnale se faisait sentir. Malgré tout, Warren préféra déjeuner dehors, car Justine, il le savait, adorait cela.

— J'espère malgré tout que nous resterons amis, fit Warren en souriant, tandis que la serveuse leur tendait les cartes de menu.

— Oui… Ça me plairait.

Elle se répéta une fois encore en son for intérieur que son mari n'en prendrait pas ombrage. Seth n'était pas du genre jaloux et elle non plus d'ailleurs.

Justine et Warren avaient plusieurs centres d'intérêt en commun, aussi leur conversation fut-elle agréable et animée. A la fin du repas, Justine se sentait parfaitement détendue. Seth lui manquait toujours atrocement, mais le sentiment de solitude et d'abandon qui l'avait tenaillée plus tôt dans la matinée s'était atténué. Une fois le déjeuner achevé, elle avait remercié Warren et ils s'étaient quittés en très bons termes devant l'entrée de la banque.

Plus tard dans l'après-midi, Justine regagna son appartement en pleine forme, avec une allégresse qu'elle n'avait pas éprouvée depuis longtemps. Mais lorsqu'elle s'approcha des boîtes aux lettres installées à l'extérieur de son immeuble, elle eut un moment d'hésitation. Aurait-elle cette fois la chance d'y trouver une lettre de Seth ?

Elle avait tellement besoin d'être rassurée. Elle n'avait qu'une peur : qu'il regrettât leur mariage si soudain. Le cœur battant, elle ouvrit la boîte et y jeta un rapide coup d'œil.

Rien.

Elle fouilla minutieusement parmi les publicités et les factures, mais en vain. Un autre vendredi passé en solitaire devant la télévision l'attendait. Elle aurait pu téléphoner à sa mère, mais Olivia sortait depuis quelque temps avec Jack Griffin, le rédacteur en chef du *Cedar Cove Chronicle,* et elle ne serait probablement pas disponible. Abattue, Justine pénétra dans son appartement, lança négligemment le courrier dans un coin et se débarrassa de ses chaussures à hauts talons avec rage.

Quelques semaines auparavant, elle aurait adoré avoir un vendredi soir de libre. Warren débordait toujours d'idées pour les sorties de fin de semaine. Un peu trop, parfois… Mais il n'était désormais plus question d'aller se divertir en sa compagnie et il ne servait à rien de se lamenter sur son sort. Si Seth lui manquait, elle devait tout simplement agir pour se sentir plus proche de lui.

Elle pensa alors à son bateau à voile, le *Silver Bell*. Il était ancré à la marina et Seth lui en avait donné les clés. Quand il ne pêchait pas en Alaska, c'était là qu'il résidait. Ou c'était tout au moins son mode de vie, jusqu'à leur récent mariage. Ils n'avaient même pas eu le temps d'évoquer l'endroit où ils habiteraient à son retour. Cela pouvait attendre, mais en ce moment même elle avait besoin de se sentir proche de lui, et passer la nuit sur son bateau, parmi les choses qu'il aimait, lui sembla une bonne idée. Elle se voyait déjà enroulée dans sa couverture, vêtue de son pyjama, enveloppée de son odeur. Elle avait dormi là-bas à plusieurs reprises et chaque fois elle s'était sentie mieux par la suite.

Enchantée par son idée, Justine ôta prestement ses vêtements de travail et enfila un jean et un sweat-shirt. Elle fourra dans un sac un roman, un nouveau CD pour son Walkman et des habits de rechange pour le lendemain. Elle décida d'acheter en chemin quelque chose à manger pour le dîner.

Elle venait d'arriver sur le parking de la marina lorsqu'elle s'aperçut qu'elle avait oublié son portable. Si Seth lui téléphonait, ce serait sans aucun doute à ce numéro. Elle retourna vite à son appartement et, au moment même où elle ouvrait la porte, la sonnerie du téléphone retentit.

Elle se précipita vers l'appareil pour répondre.

— Bonjour, cria-t-elle. Seth ? C'est toi Seth ?

Seule une tonalité lointaine accueillit ses paroles. Elle chercha à identifier la personne qui venait d'appeler. Mais le numéro ne lui était pas familier, même s'il était précédé du chiffre 907 qui correspondait au code en vigueur en Alaska. Elle le recomposa, mais la sonnerie s'éternisa dans le vide.

Frustrée, elle s'assit sur le bord du canapé et passa les doigts dans ses cheveux. C'était Seth. Elle en était sûre. Il avait dû essayer de la joindre d'une cabine publique sur les quais.

A une minute près, elle avait raté l'occasion de lui parler enfin.

— C'est moi ! lança Zach Cox en rentrant chez lui.

Son visage se crispa instantanément à la vue du désordre indescriptible qui régnait dans la cuisine. La vaisselle sale du petit déjeuner débordait de l'évier et la bouteille de lait utilisée pour accompagner les céréales était encore posée sur le comptoir.

— Qui n'a pas rangé le lait ? demanda-t-il en se contrôlant pour ne pas laisser éclater sa mauvaise humeur.

Personne ne lui répondit. Allison, sa fille de quinze ans, était installée devant l'ordinateur dans le bureau et surfait comme à son habitude sur internet. Quant à Eddie, son fils de neuf ans, il était allongé de tout son long sur la moquette à regarder un programme télévisé sans intérêt.

— Où est maman ? demanda-t-il debout près de son fils.

Sans prononcer un mot, Eddie leva un bras en direction de la pièce que Rosie réservait aux travaux de couture.

Zach se dirigea vers la salle de bains et lança un « Salut Rosie, je suis de retour », en passant devant la pièce où sa femme s'activait.

— Qu'est-ce qu'on mange ce soir ?

— Oh ! Bonsoir, mon chéri, dit Rosie en relevant brièvement la tête de son ouvrage. Quelle heure est-il au juste ?

— Six heures.

Quand avait-il été accueilli pour la dernière fois par l'odeur d'un bon plat en train de mijoter sur la cuisinière, en rentrant du travail ? Il lui était impossible de s'en souvenir.

— Une fois de plus, le lait n'était pas rangé, fit-il remarquer.

Après avoir trôné dix heures sur le comptoir de la cuisine, il devait être imbuvable !

— Eddie a mangé des céréales au goûter.

Bon, le lait était peut-être encore récupérable dans ce cas.

Rosie tira sur le tissu noir et satiné et le fit passer rapidement sous l'aiguille de la machine, tout en retirant les épingles au fur et à mesure.

— Qu'est-ce que tu es en train de coudre ?

— Un costume pour Halloween, marmonna-t-elle avec quatre ou cinq aiguilles coincées entre les dents. Au fait…

Elle s'interrompit et retira les aiguilles de sa bouche.

— Il y a une rencontre parents-professeurs à l'école d'Eddie ce soir. Tu pourrais y aller ?

— Pourquoi, tu n'es pas disponible ?

— Non, répondit-elle d'un ton catégorique. J'ai une répétition à la chorale.

— Très bien.

Il avait eu une journée éprouvante au bureau et avait espéré passer une soirée tranquille à la maison. Mais, apparemment, ce n'était pas le programme que Rosie lui avait concocté.

— Qu'est-ce qui est prévu pour le dîner ? demanda-t-il une nouvelle fois.

Sa femme haussa les épaules.

— Je n'ai pas eu le temps d'y penser. Si on commandait une pizza ?

C'était la troisième fois au cours des deux dernières semaines qu'ils en mangeaient.

— J'en ai marre des pizzas !

— Ils ne font pas des livraisons à domicile dans ce nouveau restaurant chinois ? Téléphone, pour voir…

— Non. Ils n'en font pas.

Il était bien placé pour le savoir. Janice Lamond, une nouvelle employée du cabinet, était allée lui chercher un plat de crevettes à la sauce aigre-douce pour le déjeuner, précisément dans ce restaurant-là.

— De toute façon, j'ai déjà mangé chinois à midi.

— Qu'est-ce que tu veux, alors ? lui demanda Rosie, penchée

sur la cape qui faisait partie du costume d'Harry Potter qu'elle préparait pour Eddie.

— Une tourte à la viande avec de la purée et accompagnée de maïs et d'une salade verte.

Rosie fronça les sourcils.

— Je crois qu'il y a des tourtes dans le congélateur.

— Je parlais de tourtes faites maison !

— Désolée, pas ce soir.

— Quand alors ?

Il sentait monter en lui une exaspération de plus en plus difficile à contenir. Etait-ce trop exiger d'une épouse au foyer qu'elle prépare quelque chose de bon pour le dîner ? En tant que comptable, il gagnait suffisamment d'argent pour que Rosie puisse se permettre de rester à la maison pour s'occuper des enfants. Ils étaient tous deux convenus de cet arrangement, lorsqu'ils avaient décidé de fonder une famille.

A une certaine époque, cependant, Zach avait pensé que lorsque Allison et Eddie seraient scolarisés, Rosie viendrait l'aider au bureau. Le cabinet Smith, Cox & Jefferson avait souvent besoin de personnel supplémentaire. Rosie avait toujours prétendu qu'elle souhaitait retrouver un travail à l'extérieur, plus tard, mais elle n'avait pas donné suite à cette envie et avait préféré travailler comme bénévole pour l'école des enfants.

Puis Allison s'était inscrite aux Jeannettes et Eddie chez les Scouts. Sans parler du sport, des clubs que les enfants fréquentaient après l'école, des leçons de danse… Il devint rapidement évident que même si les enfants grandissaient, Rosie restait toujours très accaparée par eux et par des tas d'engagements bénévoles.

— Je suis fatigué, se plaignit Zach. Et j'ai faim. Est-ce trop demander que de vouloir passer un bon moment en famille autour d'un repas ?

Rosie prit une profonde inspiration, comme si elle luttait pour garder son calme.

— Il faut aller voir le professeur d'Eddie, ce soir. Allison m'accompagne à la chorale et je dois finir ce costume avant vendredi. Eddie en a besoin. Je ne peux pas tout faire !

Zach sentit poindre l'exaspération dans la voix de Rosie et il s'abstint de la questionner sur ses activités de la journée. Mais il se demandait souvent à quoi elle pouvait bien passer son temps quand il était au travail.

— Si tu veux que j'arrête tout immédiatement et que je te prépare à manger, je le ferai. Mais laisse-moi te dire que tu es totalement déraisonnable.

Il rumina un instant ce qualificatif, se sentant presque coupable.

— Ce n'est pas la peine, dit-il finalement. Je vais commander une pizza.

— N'oublie pas de leur dire de ne pas mettre de poivrons verts, cria Rosie en se concentrant de nouveau sur le costume d'Eddie.

— Moi j'aime bien les poivrons verts, maugréa-t-il.

— Eddie et Allison les détestent. Ils préfèrent les olives noires. Tu le sais bien. Arrête de faire des caprices !

— Très bien. Je vais commander des pizzas à la saucisse avec des olives d'un côté et des poivrons verts de l'autre.

Rosie leva les yeux au ciel.

— Moi-même, je ne suis pas fan de poivrons.

Donc, s'il lisait bien entre les lignes, il était non seulement déraisonnable mais en plus égoïste. Il avait décidément tout pour plaire !

— Saucisses et olives noires alors, dit-il, battant en retraite.

— Super !

Il se dirigea vers le téléphone de la cuisine. Il connaissait le numéro de la pizzeria par cœur. Il passa la commande, puis se dirigea vers sa chambre.

— Qu'est-ce que tu fais ? lui demanda Rosie en le voyant passer.

— Je vais prendre une douche et me changer.

Elle repoussa sa machine à coudre et se leva.

— Je pensais que tu resterais en costume pour te rendre à l'école.

— Mais pourquoi donc ?

Depuis le début de l'après-midi, il n'avait eu qu'une hâte : retirer sa cravate.

— Ça fera meilleure impression sur l'institutrice d'Eddie. Mme Vetter verra tout de suite à qui elle a affaire. Elle sera impressionnée.

Elle lui adressa un sourire charmeur, puis balaya du revers de la main une poussière accrochée à sa veste et lui caressa légèrement le visage pour effacer le froncement de sourcils qui lui barrait le front.

— Tu as belle allure en costume, dit-elle en souriant. Mais tu devrais peut-être te raser.

Zach passa la main sur son menton hérissé d'une barbe naissante.

— Si je prends une douche et que je me rase, il faudra aussi que je me change.

Rosie le regarda durement.

— Tu prends vraiment plaisir à me contredire, on dirait.

— Si j'avais de temps en temps un dîner digne de ce nom, je serais peut-être plus conciliant, répliqua-t-il d'un ton sec.

Il se rappelait combien le déjeuner avec Janice avait été agréable. Elle avait été embauchée au début du mois et avait déjà fait ses preuves, c'était du moins ce que pensait Zach. Elle était compétente et serviable et apprenait vite. Par deux fois, elle s'était elle-même assurée qu'il avait obtenu ce qu'il désirait pour le déjeuner. Et aujourd'hui encore elle avait insisté pour aller chercher le plat commandé à son intention chez M. Wok.

Assis à l'extrémité du lit, il ôta sa veste et la posa près de lui. Il défit les boutons de sa chemise, roula ses manches et se dirigea vers la salle de bains.

Il faisait couler de l'eau chaude pour se raser lorsque Rosie fit irruption dans la pièce.

— Tu as suffisamment de monnaie pour payer le livreur ?

— Je crois, dit-il. Vérifie dans mon porte-monnaie…

Il croisa son regard dans le miroir.

— Je suis désolée pour le dîner, s'excusa-t-elle.

— Tu es très occupée, je sais.

— Aujourd'hui, c'était vraiment l'enfer, lui expliqua-t-elle en s'asseyant au bord du Jacuzzi.

Ils l'avaient commandé lors de la construction de la maison, trois ans auparavant, et cela avait pris des mois avant qu'il ne soit livré. Rosie en avait tellement envie qu'elle avait préféré renoncer à faire poser du carrelage dans l'entrée et dans la cuisine afin qu'ils puissent se l'offrir. Zach n'avait pas eu le cœur de refuser ce luxe à sa femme. Pourtant, cela faisait une éternité qu'elle ne l'avait pas utilisé. Comme lui, elle prenait le plus souvent des douches, pressée par toutes sortes d'obligations.

Elle continua à lui raconter sa journée, les réunions de comité, le rendez-vous d'Allison chez le dentiste et certaines tâches qu'elle avait accepté de coordonner à la bibliothèque.

— Je ne sais pas comment se débrouillent les femmes qui travaillent à l'extérieur.

— Moi non plus, répondit Zach, bien qu'il suspectât les épouses de ses associés d'être bien mieux organisées qu'elle, tout en travaillant quarante heures par semaine.

— Demain, c'est juré, je préparerai un bon dîner, lui promit-elle.

Zach badigeonna ses joues et son menton de crème à raser.

— Tourte à la viande et purée ?

Il avait peu d'espoir, mais cette promesse lui réchauffa le cœur.

— Tout ce que tu voudras, mon chéri…

Malgré son mécontentement, il esquissa un sourire. Peut-être avait-elle raison, après tout. Il était certainement trop exigeant.

2

La carte de crédit devait appartenir à la femme qui s'était assise non loin de lui au restaurant le lundi précédent, se dit Cliff Harding. Puisqu'ils étaient les seuls clients ce jour-là au Pancake Palace, ce ne pouvait être qu'elle.

Séduisante mais l'air inquiet, l'esprit accaparé par de sombres pensées. C'est pourquoi il était peu probable qu'elle se souvînt de lui. Ils avaient réglé leur addition pratiquement au même moment et c'est là que le serveur avait dû faire l'erreur. Il s'était retrouvé avec la carte de crédit de Grace Sherman dans son portefeuille et elle avec forcément la sienne.

Une semaine s'était écoulée sans qu'il s'en rende compte. Puis à la pharmacie, on lui avait signalé qu'il était en possession d'une carte qui n'était pas la sienne.

De retour chez lui, il avait consulté l'annuaire à la recherche des coordonnées de Grace Sherman. Il avait trouvé un numéro de téléphone correspondant à l'adresse suivante : D & G Sherman, 204 Rosewood Lane, Cedar Cove. Il s'était empressé de téléphoner et était tombé sur un répondeur à la voix féminine. Il avait alors laissé un message, mais pour l'heure personne n'avait encore rappelé.

La meilleure solution, il le savait, aurait été de remettre la carte VISA au gérant du Pancake Palace et d'exiger de récupérer la sienne.

Néanmoins, il avait récemment trouvé toutes sortes de bonnes raisons pour se rendre à Cedar Cove. Charlotte

Jefferson l'avait appelé au mois de juin à propos de son grand-père, Tom Harding, qu'il n'avait jamais connu. Il n'éprouvait pas d'affection particulière pour ce célèbre cow-boy qui avait connu son heure de gloire au cinéma, de la fin des années trente jusqu'au milieu des années cinquante. Dans sa quête de célébrité, Tom avait abandonné femme et enfant. A la fin de sa vie, vieil homme solitaire, il avait regretté le chagrin qu'il avait infligé à sa famille, mais son repentir était arrivé trop tard. Cliff était son seul petit-fils et, d'après Charlotte Jefferson, Tom avait eu l'intention de le contacter avant sa mort.

Charlotte s'était liée d'amitié avec Tom alors qu'elle travaillait comme bénévole au Centre de convalescence de Cedar Cove. A la suite d'une attaque cérébrale, Tom avait perdu l'usage de la parole, mais Charlotte avait malgré tout réussi à communiquer avec lui. Avant de mourir, il lui avait donné une clé et, après quelques recherches, elle avait retrouvé ses effets personnels dans un garde-meubles. Elle avait alors compris qu'il avait été ce célèbre acteur de westerns. Cliff étant son seul héritier, les possessions du vieil homme lui revenaient de droit.

Au départ, Cliff n'avait pas voulu entendre parler de cet héritage, mais Charlotte n'était pas de cet avis. Elle se sentait investie d'une mission : remettre les affaires de Tom — des affiches, des scripts et son pistolet six coups — à son petit-fils, que celui-ci soit ou non d'accord.

Lorsqu'il l'avait rencontrée, Cliff avait compris pourquoi son grand-père s'était senti à l'aise avec cette femme et la raison pour laquelle ils avaient sympathisé. Très vite, lui aussi s'était attaché à elle.

Il avait pris l'habitude d'aller la voir ou de lui téléphoner toutes les deux semaines. Elle semblait prendre plaisir à ses visites et lui parlait beaucoup de ses deux enfants et de ses petits-enfants. Son fils, William, vivait dans le Sud et sa fille Olivia, qui travaillait comme juge spécialisé dans les affaires de divorces à Cedar Cove.

Cliff n'avait encore jamais rencontré Olivia et il se demandait si elle était réellement aussi exceptionnelle que voulait bien le dire sa mère.

Il avait pris le temps, finalement, d'examiner les différents objets de son grand-père et il était reconnaissant à Charlotte de la sollicitude qu'elle lui avait montrée sur les dernières semaines de sa vie. Pour la remercier, il avait décidé de lui offrir une affiche de cinéma qu'il avait pris soin de faire encadrer. Charlotte avait vraiment aimé Tom Harding, avant même d'apprendre, après sa mort, qu'il avait été une célébrité.

Cliff gara son camion sur la pente raide qui menait à la grande maison de Charlotte. Il gravit le petit escalier, les bras chargés de l'encombrante affiche. Comme à l'accoutumée, Harry, le « chat de garde », était lové sur la fenêtre du salon, plongé dans un profond sommeil. Avant même qu'il ait eu le temps d'appuyer sur la sonnette, Charlotte apparut sur le seuil, après avoir ouvert les multiples verrous qu'elle avait fait installer.

Sa maison était une véritable forteresse et pourtant Cliff n'était pas persuadé qu'elle possédât des objets d'une valeur justifiant un tel dispositif. Il était fort peu probable que quoi que ce soit de précieux fût enfoui sous une pile de sous-vêtements !

— Cliff ! lança-t-elle d'un ton joyeux. Quelle bonne surprise ! Vous auriez dû me prévenir de votre visite. J'aurais fait des cookies.

C'était exactement la raison pour laquelle il n'avait pas téléphoné à l'avance. Quand il le faisait, Charlotte lui préparait toujours une collation qui aurait rassasié un régiment entier. Or il n'avait aucun besoin qu'on l'engraisse : sa silhouette s'était légèrement empâtée et il faisait tout son possible pour retrouver un ventre plat. Depuis le début de l'année, il avait perdu cinq kilos au prix d'un énorme effort. Pourtant, jusqu'à l'âge de la retraite, il n'avait jamais eu à se préoccuper de son poids.

— Je vous ai apporté un petit quelque chose, dit-il tandis qu'elle l'invitait à entrer dans la maison.

Harry leva la tête, le toisa d'un regard embué de sommeil et dut juger qu'il était un ami, car il referma les yeux et reprit sa sieste.

— Asseyez-vous donc. Je vais préparer du thé, dit Charlotte. J'ai un quatre-quarts en réserve.

— Ne vous dérangez pas pour moi !

Il savait pertinemment que c'était peine perdue de protester, mais il tenta néanmoins sa chance. Il ne resterait que quelques instants et se rendrait ensuite au Pancake Palace pour y laisser la carte de Grace Sherman. Mais peut-être que Charlotte connaissait cette femme ? Elle semblait connaître tout le monde à Cedar Cove.

— Je suis certaine que vous avez faim…

— Ouvrez votre cadeau, plutôt…

Charlotte considéra le carton d'un air perplexe.

— C'est pour moi ?

Il hocha la tête en souriant. Charlotte était une femme d'une grande générosité qui prodiguait son temps et son argent sans compter pour aider ses semblables, mais elle était mal à l'aise quand on lui témoignait la moindre gratitude.

Elle ouvrit le carton et il l'aida à en sortir le poster. Lorsqu'il le posa devant elle, elle poussa une exclamation étouffée, tandis que ses doux yeux gris se remplissaient de larmes.

— Oh, Cliff ! Il ne fallait pas. C'est un cadeau bien trop précieux pour moi.

— Absolument pas. Je suis certain que mon grand-père aurait souhaité vous le donner. D'ailleurs c'est grâce à vous que j'ai récupéré toutes ses affaires.

Sans elle, il n'aurait connu son grand-père qu'à travers le prisme des histoires peu flatteuses que lui racontait son père. Désormais, il ne considérait plus Tom comme un pauvre type égoïste et assoiffé de gloire : il le voyait plutôt comme un vieil homme pétri de remords, qui aurait aimé revenir sur le passé et faire des choix différents.

— Ça n'a pas été facile de vous joindre, fit remarquer Charlotte en fronçant les sourcils.

Elle avait raison. C'est elle qui avait insisté pour le voir, en lui téléphonant et en lui écrivant à maintes reprises. S'il n'était pas venu jusque chez elle, il se disait à présent qu'elle n'aurait pas hésité à s'aventurer sur l'autoroute — elle qui ne dépassait jamais les soixante kilomètres à l'heure — rien que pour lui apporter la malle de Tom.

Charlotte fouilla dans la poche de son tablier et en retira un mouchoir en dentelle dans lequel elle se moucha bruyamment.

— Je ne sais pas comment vous remercier.

— Vous voulez que j'accroche l'affiche ?

— Ce serait très gentil de votre part.

Il s'était préparé à une telle éventualité.

— Pensez-vous que ce serait trop osé de la suspendre dans ma chambre ? lui demanda-t-elle.

— Je pense que ce serait une excellente idée, au contraire.

Ils empruntèrent un long couloir jusqu'à la chambre de Charlotte, encombrée d'un vaste lit poussé contre l'un des murs ; de l'autre côté se trouvait une coiffeuse d'un autre âge surmontée d'un grand miroir. Il y avait aussi un fauteuil rebondi recouvert d'un tissu vert pâle et une petite table sur laquelle était posée une lampe. Ce devait être là qu'elle s'installait pour lire, se dit-il en apercevant la pile d'ouvrages qui encombrait le guéridon.

— Et si on la mettait ici ? proposa Charlotte, en montrant du doigt un espace vierge sur le mur blanc en face du lit.

Elle avait disposé de nombreuses photographies sur la tablette de la coiffeuse, mais Cliff n'eut pas le temps de les examiner. L'une d'entre elles retint son attention cependant. Charlotte surprit son regard et s'empara du cliché.

— C'est Olivia quand elle avait six mois. C'était une enfant exceptionnelle, déjà à cet âge.

Il réprima un sourire. Olivia suçait son gros orteil d'un air hilare.

— Maman ?

Comme si la photo avait eu le pouvoir de la matérialiser, Charlotte entendit sa fille, qui appelait du salon.

— Maman ? Tout va bien ? La porte d'entrée est ouverte et…

Charlotte se précipita hors de la chambre.

— C'est toi, Olivia ?

— La porte était grande ouverte et…

Olivia s'arrêta net en voyant Cliff sortir de la chambre de sa mère.

Elle les regarda tour à tour.

— Bonjour, fit Cliff, amusé par le regard perplexe d'Olivia.

Le bébé jovial de la photo s'était transformé en une très belle femme qui devait avoir à peu près son âge. Mince et de taille moyenne, elle avait de magnifiques cheveux bruns satinés. Ce n'était probablement pas le moment de lui demander si elle était toujours aussi agile pour attraper son pied et le mettre dans sa bouche, mais cette pensée le fit sourire.

La ressemblance entre la mère et la fille était frappante, surtout quand on regardait leurs yeux, même si ceux d'Olivia tiraient plus sur le bleu que sur le gris.

Il s'avança vers elle et lui tendit la main.

— Cliff Harding…

— C'est le petit-fils de Tom, expliqua Charlotte. Cliff m'aidait à suspendre une affiche de son grand-père qu'il vient de m'offrir.

Olivia serra la main de Cliff, en le dévisageant avec insistance.

— C'est donc vous Cliff Harding !

— C'est ce que je viens de t'expliquer, murmura Charlotte.

— C'est vous alors, qui avez la carte de crédit de Grace…

Cliff fut un instant interloqué : depuis le début, il voyait cette affaire sous un autre angle, considérant plutôt que c'était Grace Sherman qui détenait sa carte VISA.

— Vous connaissez Grace Sherman ?

Olivia hocha la tête en signe d'acquiescement.

— Nous sommes amies depuis des années. Elle avait l'intention de vous appeler ce soir.

Charlotte leur jeta à tous les deux un regard perplexe, comme s'ils avaient échangé une plaisanterie dont l'humour lui aurait totalement échappé.

Cliff tenta de lui résumer la situation le plus clairement possible.

— Il vaut mieux régler ce quiproquo sans tarder, lui conseilla alors Charlotte. Personnellement, je n'utilise jamais de cartes de crédit.

— Je souhaitais justement régler cette affaire au plus vite, fit-il. Vous pensez que je peux me présenter chez elle ?

— Elle travaille à la bibliothèque. Vous pouvez laisser votre camionnette ici et y aller à pied. C'est juste à côté et je ne suis pas sûre qu'il y aura d'autres après-midi ensoleillés comme celui-ci dans les jours à venir.

— Oui, je crois que ce serait une bonne idée que vous rencontriez Grace, approuva Olivia.

Puis elle détourna rapidement les yeux et Cliff se demanda s'il devait percevoir dans cette réponse un sous-entendu quelconque.

— Tout à fait d'accord, confirma Charlotte. Ça ne ferait pas de mal à Grace d'avoir un ami masculin, après la manière odieuse dont Dan s'est conduit avec elle.

— Dan, c'est son mari…, s'empressa d'ajouter Olivia. Il serait plus exact de dire *était* son mari. Il a disparu il y a quelques mois, sans plus donner de nouvelles. Grace a fait une demande de divorce lundi dernier.

C'était exactement le jour où avait eu lieu ce malencontreux échange de cartes. Pas étonnant que cette femme ait eu l'air bouleversé, se dit Cliff, et qu'elle ait préféré déjeuner seule. Pourtant, même au milieu d'un groupe de personnes, il l'aurait remarquée.

Grace Sherman lui faisait penser à une fleur des champs. Habituellement, ce n'était pas son genre d'être sentimental et de recourir à des images poétiques, et il aurait été bien incapable d'expliquer pourquoi il pensait à elle en ces termes. Oui, une fleur simple et faussement fragile, qui s'épanouissait malgré le froid, le vent et les désagréments de la vie. Cela faisait longtemps qu'il ne s'était pas intéressé à une femme, mais il devait reconnaître que celle-ci l'avait intrigué et attiré au premier regard.

— Je vais passer la voir à la bibliothèque, déclara-t-il.

— Très bonne idée, acquiesça Olivia, ravie de cette initiative.

Visiblement, cette dernière semblait souhaiter ardemment qu'il rencontrât son amie. De son côté, il n'avait guère besoin qu'on l'y encourage !

Après avoir pris congé des deux femmes, Cliff descendit sans se presser la pente raide en direction des quais. C'était la première fois qu'il se rendait à la bibliothèque, bien qu'il fît des séjours fréquents à Cedar Cove, et il s'arrêta un instant pour contempler la peinture murale qui décorait l'un des murs extérieurs. Dans la ville, il y avait plusieurs créations du même type et il prenait toujours plaisir à les regarder.

Grace était à l'accueil. Elle leva la tête à son approche.

— Bonjour... Que puis-je pour vous ?

— Je suis Cliff Harding, dit-il, et il attendit.

Elle réfléchit quelques instants et s'écria :

— J'y suis ! Vous êtes l'homme qui a ma carte de crédit. Quant à moi, j'ai toujours la vôtre. Je suis désolée. J'aurais dû vous reconnaître. Si vous voulez bien attendre un moment, je vais chercher mon sac à main. J'avais justement l'intention de vous appeler dans la soirée.

— C'est ce que m'a dit Olivia.

— Vous connaissez Olivia ?

— Nous nous sommes rencontrés cet après-midi, chez Charlotte Jefferson.

Grace resta muette un instant, comme si elle avait besoin d'un peu de temps pour bien saisir la situation.

— Oui... Bien sûr... Vous êtes le petit-fils de Tom Harding. Charlotte parle souvent de vous. Excusez-moi, je n'avais pas immédiatement fait le rapprochement. Je reviens dans une minute...

— Pas de problème.

Grace disparut dans un petit bureau situé juste à l'arrière du comptoir et revint avec son sac à main. Elle avait glissé la carte à l'intérieur d'une petite enveloppe blanche. Ils échangèrent leurs cartes en riant de la mésaventure, puis restèrent à se regarder l'un l'autre, embarrassés.

« C'est maintenant ou jamais », se dit Cliff.

— Je pensais qu'on pourrait peut-être dîner ensemble un de ces soirs..., hasarda-t-il.

Cela faisait des années qu'il n'avait pas invité une femme au restaurant. Il craignit brusquement d'avoir fait une bévue ou que sa proposition fût jugée incongrue et il s'attendit qu'elle le remette vertement à sa place.

— Dîner ensemble ? répéta-t-elle. Tous les deux ?

Il se sentit obligé de s'expliquer et dit précipitamment :

— Ça fait cinq ans que j'ai divorcé et, depuis le départ de ma femme, je n'ai jamais fait d'invitation de ce genre, mais... j'ai pensé qu'il était peut-être temps d'y songer.

— Je vois, fit-elle en l'observant avec attention. Je veux dire...

Elle s'arrêta un moment et respira profondément.

— Merci.

Elle porta la main à sa gorge.

— Je suis très touchée par votre invitation. Malheureusement je ne suis pas libre aujourd'hui.

Il s'attendait à une telle réponse et ne s'en effraya pas.

— Quand pensez-vous être disponible ?

— Je... A vrai dire je n'en ai aucune idée. Je viens juste d'entamer une procédure de divorce et j'ai l'impression qu'il ne serait pas correct de ma part de fréquenter quelqu'un, tant que je ne serai pas légalement libre de le faire.

Elle détourna les yeux.

— J'imagine que vous avez entendu parler de mon mari ?

Cliff fit signe que oui.

— J'attendrai, Grace. Je suis un homme patient.

Il croisa son regard et il perçut comme une lueur de gaieté dans ses yeux. C'était quelque chose qu'il espérait revoir bientôt. Très bientôt.

— Tu ferais mieux de me confier ce qui te tracasse, conseilla Jack à Olivia, confortablement installé en face d'un grand écran de télévision, les pieds posés sur un siège.

Ils se voyaient tous les mardis soir. Ce soir-là, Olivia l'avait invité à dîner, puis à regarder la série *The New Detectives*. Ils avaient récemment décidé de prévoir chacun à leur tour le menu de leur repas hebdomadaire. Cette semaine, c'était le tour d'Olivia et elle avait cuisiné un poulet en cocotte absolument succulent. Quant à Jack, il optait généralement pour la solution traiteur.

— Qu'est-ce que tu veux dire ?

— Que je te trouve bien taciturne. Tu n'as pratiquement pas dit un mot de la soirée.

Olivia soupira et posa la tête sur son épaule.

Neuf mois auparavant, nouvellement arrivé à Cedar Cove et nommé rédacteur en chef du *Cedar Cove Chronicle*, Jack s'était rendu au tribunal, dans la salle où l'on prononçait les divorces. Encore sous le choc de sa propre expérience, il y était venu en auditeur circonspect, s'attendant à entendre le discours habituel servi dans ce genre de circonstances.

Mais il s'était retrouvé devant un juge étonnant : Olivia. Un jeune couple, Ian et Cecilia Randall, se tenait devant elle ce jour-là, chacun accompagné de son avocat. Deux personnes au cœur brisé, mais arborant un visage impassible, comme s'ils n'avaient pas été concernés par cette affaire. Pourtant, ils étaient terriblement malheureux. Avait-il été le seul à s'en apercevoir, dans la salle ? Apparemment, oui. Comment les personnes présentes pouvaient-elles être à ce point insensibles à la détresse humaine ? Il avait songé à tous ces couples désunis qui pénétraient chaque jour dans cette salle, anéantis par leur drame personnel.

Les deux jeunes gens, qui venaient de perdre un bébé, avaient cru trouver dans le divorce un soulagement à leur douleur. Olivia avait su deviner qu'une séparation n'était pas pour eux la bonne solution. Elle avait différé la procédure, pour leur laisser un peu de temps. Il avait vanté son courage dans l'article qu'il avait fait paraître ce week-end-là.

Elle n'avait guère apprécié cette publicité, sur le moment, sans pour autant lui en tenir rigueur. Il avait depuis appris à la connaître. Ils étaient devenus proches et il espérait que leur relation allait durer.

— Tu ne veux pas te confier à moi ? insista-t-il, tout en se demandant s'il n'accordait pas à ce silence plus d'importance qu'il n'en avait réellement.

Il avait eu lui-même son lot de soucis dans la journée, mais il n'était pas prêt à lui en faire part.

— Je m'inquiète à propos de Justine, en fait…

— Pourquoi ?

Tout ce que Jack savait, c'était que la fille d'Olivia était folle amoureuse de son mari pêcheur en Alaska.

— Elle a déjeuné avec Warren Saget vendredi dernier.

— Warren ?

Il n'avait jamais compris pourquoi Justine appréciait cet homme. Maintenant qu'elle était mariée à Seth, il s'était dit que Warren jetterait son dévolu sur une autre femme, probablement une fille plus jeune encore que Justine.

— C'est une rumeur ou bien c'est Justine elle-même qui t'en a parlé ?

— Ce sont des bruits qui courent, admit Olivia. Justine ne se confie guère à moi.

Elle le fixa de ses grands yeux anxieux.

— J'ai l'impression qu'elle regrette son mariage avec Seth.

Jack retira ses pieds du siège et se pencha en avant. Olivia avait raison d'être inquiète, c'était une affaire sérieuse. Il essaya de trouver des paroles susceptibles de la rassurer, mais il n'était pas le mieux placé pour donner des conseils sur les relations entre parents et enfants. Ses rapports avec son propre fils étaient médiocres et ce à juste titre. Quand il était petit, Eric avait été atteint de leucémie. Incapable de faire face à cette tragédie, Jack s'était mis à boire et, pendant des années, il avait laissé sa femme faire face, toute seule. A la suite de leur divorce, Eric avait refusé de le revoir et il ne pouvait guère l'en blâmer. Néanmoins, il souffrait beaucoup de cette rupture. Après plusieurs années d'abstinence et grâce aux encouragements d'Olivia, il avait accompli d'énormes efforts pour rétablir le contact avec lui.

Olivia et sa fille avaient souvent des différends, elles aussi, mais d'un tout autre genre.

— Tu n'as qu'à lui poser franchement la question. Je suis certain qu'elle te répondra.

— Non. Justine aurait l'impression que je m'immisce dans sa vie privée. Je préfère attendre qu'elle m'en parle d'elle-même. Et puis, je ne veux pas qu'elle sache qu'on m'en a parlé. Elle m'accusera de prêter une oreille trop complaisante aux ragots qui circulent dans le quartier.

Elle se tut un instant et poursuivit :

— Comment se fait-il que je n'aie aucun mal à prendre des décisions importantes au tribunal, mais que je sois incapable de discuter ouvertement avec ma fille ?

Jack s'était posé la même question par rapport à Eric. Chaque semaine, il écrivait des articles dans le *Cedar Cove Chronicle*. Il y exprimait ses opinions avec conviction et sans difficulté aucune. Mais communiquer avec son unique enfant était pour lui une épreuve qui lui faisait perdre toute confiance en lui. Il avait toujours peur soit d'en dire trop ou pas assez, de paraître moralisateur ou indifférent.

— Eric a téléphoné cet après-midi, dit-il. Il n'allait pas fort et je n'ai pas su trouver les mots pour le réconforter. Je suis son père et quand il vient à moi, je ne suis même pas capable de l'aider.

— Quel est le problème exactement ?

Comme il ne répondait pas, elle insista, passant doucement la main dans ses cheveux.

— Jack ?

— La fille avec qui il vit est enceinte.

— Ils n'utilisaient donc aucun contraceptif ?

— Non. Il n'aurait jamais imaginé que ça puisse leur arriver.

Elle se mit à rire doucement.

— Comment un couple peut-il de nos jours se passer de contraception ?

— Tu ne comprends pas, dit-il en se tournant vers elle. Quand Eric a eu sa leucémie, il a pris des médicaments et subi des opérations qui l'ont laissé stérile. C'est ce que nous ont dit les médecins à l'époque.

Olivia fronça les sourcils.

— Tu veux dire que le bébé n'est pas de lui ?

Il se frotta les yeux de la main.

— C'est impossible qu'il le soit et Eric le sait parfaitement.

— Oh, mon Dieu !

Il avait tenté de dire quelque chose de rassurant à Eric, mais il en avait été incapable. Il n'avait même pas su lui prodiguer le moindre conseil avisé. Une fois encore, il n'avait pas été à la hauteur en tant que père.

La galerie était calme à cette heure. Profitant de ce moment de répit, Maryellen se glissa dans la réserve pour se servir une tasse de café. En automne, elle constatait toujours un ralentissement de l'activité, surtout en semaine. En revanche, pendant l'été, la galerie était envahie de touristes. En tant que gérante, la jeune femme s'en félicitait, mais elle appréciait aussi cet intermède automnal, sachant qu'à Noël elle serait de nouveau beaucoup sollicitée. Du reste, elle se préparait déjà à cette affluence inévitable des fêtes de fin d'année.

Jon Bowman devait passer dans l'après-midi. Sa dernière visite remontait au mois de juin dernier. Maryellen se rappelait leur rencontre avec une pointe d'embarras. Jon était un homme réservé, voire timide, qui détestait faire la conversation. Désireuse d'engager une discussion avec lui, elle s'était mise à parler toute seule, sur toutes sortes de sujets insignifiants. Lorsqu'il avait quitté la galerie, elle se serait giflée. Qu'allait-il penser d'une femme capable de se livrer sans retenue à un bavardage aussi futile ?

Elle venait de se verser une tasse de café lorsqu'elle entendit des pas résonner sur le plancher de la galerie. Elle eut juste le temps de boire une brève gorgée avant de se précipiter dans la salle d'exposition pour accueillir son client.

— Bonjour, fit-elle avec un grand sourire.

Mais ce n'était pas un client.

— Jon, quelle surprise ! J'étais justement en train de penser à vous.

Parmi toutes les œuvres d'art qu'elle proposait à la vente, elle avait une préférence marquée pour les photographies de Jon.

Spécialisée dans les arts plastiques au sens large, la Harbor Street Gallery exposait des œuvres très diverses : peintures, aquarelles, sculptures de marbre ou de bronze, figurines en porcelaine et même parfois de la poterie. Jon était le seul photographe à y exposer son travail.

Qu'il s'agisse d'œuvres en couleurs ou au contraire en noir et blanc, ses sujets de prédilection étaient les paysages et la nature perçue dans ses plus infimes détails, tels les contours tourmentés d'une pierre poreuse échouée sur une plage ou encore les motifs abstraits dessinés par l'écorce d'un arbre. Les objets façonnés par l'homme avaient aussi leur place dans son œuvre, comme une vieille barque modelée par les intempéries ou une cabane de pêcheur. Cependant, ce qui frappait d'emblée dans ses compositions, c'était l'absence d'êtres humains.

Maryellen était très impressionnée par la manière dont Jon révélait sans artifice toute la complexité d'un paysage, les formes et les lignes sous-jacentes d'un panorama, ou bien encore la richesse d'un simple détail. C'était un véritable artiste, qui possédait une vision très personnelle du monde. Avec lui, on voyait l'univers d'un œil neuf.

Pourtant, en dépit de cette affinité artistique, elle n'entretenait avec lui que des rapports strictement professionnels. Jon était quelqu'un de très réservé même si son travail trahissait une personnalité riche et complexe. C'était d'ailleurs la raison pour laquelle elle désirait mieux le connaître. Et aussi parce que Jon était un homme très attirant.

Grand et mince, il avait les cheveux longs et les portait la plupart du temps attachés sur la nuque. Il n'était pas séduisant au sens traditionnel du terme, avec ses traits acérés qui lui donnaient l'allure d'un oiseau de proie. Il est vrai que, toujours en jean et T-shirt, il se souciait peu de son apparence.

Cela faisait maintenant trois ans qu'il travaillait pour la galerie. Il n'apportait que très peu d'œuvres à la fois lors de ses visites et, souvent, elle ne le revoyait plus pendant de longs mois. Elle travaillait ici depuis dix ans et connaissait bien la plupart des artistes qui vivaient dans le quartier. Elle avait souvent des relations amicales avec eux, mais avec Jon les discussions en étaient toujours restées au niveau professionnel.

— J'apporte de nouveaux clichés.

— J'espérais que vous n'alliez pas tarder à venir nous voir. J'ai déjà vendu la totalité de ceux que vous m'aviez apportés en juin dernier.

Jon esquissa un léger sourire. Il était d'ordinaire aussi avare de sourires que de paroles.

— Les gens aiment beaucoup votre travail, vous savez…

Ce compliment parut l'embarrasser. Chaque fois que des clients sollicitaient une rencontre avec lui, il refusait, sans fournir de justification. Il considérait sans doute que le public devait s'intéresser aux œuvres et non pas à l'artiste.

— Je vais chercher les photographies, dit-il brusquement, avant de disparaître.

Lorsqu'il revint, il portait plusieurs cadres de diverses tailles. Il les transporta dans la réserve, à l'arrière de la salle d'exposition, et les disposa sur une table.

— Ça vous tenterait, une tasse de café ? lui demanda Maryellen.

Elle lui avait déjà fait ce genre de proposition auparavant, mais il avait toujours décliné ses offres.

— Volontiers…

Elle se demanda un instant si elle avait bien entendu, et s'en voulut de la joie absurde qu'elle éprouvait. Elle lui versa une tasse et fit un geste vers le sucre et la crème, mais il déclina son offre d'un simple signe de tête.

Ils s'assirent en silence sur de hauts tabourets, l'un en face de l'autre, les yeux fixés sur leurs tasses respectives.

— Vous savez que vous commencez à devenir célèbre.

Il ignora sa remarque et la prit au dépourvu, en lui demandant brusquement :

— Vous êtes divorcée ?

Elle avait remarqué qu'il n'était guère doué pour la conversation, mais pour le coup sa question frôlait l'indiscrétion. Elle décida pourtant de lui répondre, puis de lui renvoyer la balle.

— Oui, depuis treize ans.

Elle évoquait rarement son mariage raté. A l'époque, elle était jeune et immature et avait payé le prix fort pour cette erreur. Une fois le divorce prononcé, elle avait repris son nom de jeune fille et décidé d'oublier cette triste expérience.

— Et vous ?

Jon avait apparemment sa petite idée sur la manière dont la conversation devait se poursuivre, car il lui répondit par une nouvelle question.

— Vous ne sortez pas souvent avec des hommes, n'est-ce pas ?

— Non, rarement, et vous, vous avez beaucoup de fréquentations féminines ?

— Ça m'arrive.

— Vous êtes marié ?

Elle s'attendait à une réponse négative.

— Non.

— Divorcé ?

— Non plus.

Il était décidément peu bavard. Ou peut-être ne se sentait-il pas obligé de lui donner autant d'informations qu'elle-même lui en fournissait.

— Comment se fait-il que vous ne sortiez jamais avec personne ?

Elle haussa les épaules, peu désireuse de se lancer dans des explications compliquées.

Il but une gorgée de café.

— On ne vous invite jamais ?

— Si, bien sûr.

Mais elle préférait les fêtes ou les soirées entre amis aux tête-à-tête avec un homme.

— Pourquoi cet intérêt soudain pour ma vie privée ? Vous avez l'intention de m'inviter à dîner ? lança-t-elle avec audace.

Si c'était le cas, elle serait peut-être tentée d'accepter. Encore que… Il faudrait quand même qu'elle y réfléchisse, car les hommes ténébreux et peu expansifs étaient dangereux. Elle était bien placée pour le savoir.

— Qu'est-ce qu'il vous a donc fait, pour que vous soyez autant sur vos gardes ? insista Jon.

Elle quitta son tabouret, soudain mal à l'aise. Elle n'aimait pas cette manière qu'il avait d'éluder ses questions tout en sollicitant des réponses qui réveillaient en elle des souvenirs qu'elle aurait préféré oublier.

— Que de questions ! Mais vous, dit-elle avec un regard de défi, vous n'avez rien à m'apprendre à votre propos ?

— Je suis chef cuisinier.

— Chef cuisinier ? Vous voulez dire que vous aimez faire la cuisine !

— Non, je suis chef cuisinier chez André.

C'était un restaurant spécialisé dans les fruits de mer, situé sur les quais de Tacoma.

— C'est incroyable ! Je… je n'étais pas au courant.

— Je sais. La plupart des gens l'ignorent. En fait, c'est comme ça que je gagne ma vie.

La voix de Kelly résonna soudain dans la galerie.

— Il y a quelqu'un ?

Maryellen se tourna à regret vers la salle d'exposition. Sa sœur avait vraiment choisi le mauvais moment pour lui rendre visite.

— C'est ma sœur.

— Je vous laisse. De toute façon, il faut que j'y aille, dit-il en avalant une dernière gorgée de café.

— Mais non, ne vous croyez surtout pas obligé de partir ! protesta-t-elle.

Elle allongea le bras sans réfléchir et le retint un instant.

— Je suis certaine qu'elle ne restera pas longtemps.

— Il faut vraiment que j'y aille… Mais venez faire un tour chez André, un soir. Je cuisinerai quelque chose de spécial pour vous.

Souhaitait-il qu'elle vienne seule ou accompagnée ? Elle ne savait que penser, mais n'osa pas le lui demander.

— Très bonne idée, dit-elle, tandis que Kelly pénétrait dans la pièce.

Elle s'arrêta sur le seuil et les regarda tous les deux d'un air perplexe. Sans doute était-elle étonnée de la voir en compagnie d'un homme.

— Jon Bowman, lança Jon à l'adresse de Kelly, rompant le silence embarrassé qui régnait.

Puis, se tournant vers Maryellen :

— Je vous laisse. J'ai été très content de discuter avec vous.

— Au revoir, répondit-elle avec une pointe de regret qui la surprit.

Se pouvait-il qu'elle soit déjà si impatiente de le revoir ?

Kelly attendit qu'il soit hors de portée de voix pour laisser échapper sa curiosité.

— C'est un ami à toi ? s'enquit-elle avec intérêt.

— Juste l'un de nos artistes, répliqua Maryellen d'un ton laconique.

Kelly s'assit sur le tabouret précédemment occupé par Jon.

— Comment va maman ? Elle tient le coup ?

— Mieux que je ne l'aurais cru.

Ce premier rendez-vous avec le juge avait été pénible pour Grace, mais le fait de considérer maintenant son divorce comme une étape inévitable l'aidait à supporter l'épreuve.

— Papa va revenir, tu sais, commença Kelly.

Maryellen resta silencieuse. Elle ne voulait pas contredire sa sœur ni jouer les Cassandra, même si elle avait, pour sa part, abandonné tout espoir depuis longtemps.

— Tu ne me crois pas, n'est-ce pas ? reprit Kelly d'un air belliqueux.

Maryellen soupira. Evidemment, non, elle ne la croyait pas. Sa sœur avait au moins raison sur ce point. En ce qui concernait les hommes, elle n'était guère optimiste, même quand il s'agissait de son propre père.

Jon Bowman était-il différent ? Mais à quoi bon se poser la question, se dit-elle, cela était vraiment prématuré.

— Je t'assure, papa va revenir, insista Kelly, comme Maryellen ignorait sa question.

— Seul l'avenir nous le dira, répondit-elle prudemment tout en attrapant sa tasse de café.

3

« Je dois avoir perdu la tête ! », songea Justine en débarquant du petit avion à King Cove en Alaska. Cela faisait presque deux semaines qu'elle n'avait pas eu de nouvelles de Seth et sa patience était à bout.

Avant son départ, elle avait téléphoné à la pêcherie où Seth et son père vendaient leur poisson et leur crabe, mais personne n'était au courant de l'heure d'arrivée de leur bateau. Elle avait alors laissé un message à la secrétaire, visiblement excédée, pour qu'elle avertisse Seth qu'elle le rejoindrait pour le week-end. Mais elle craignait que cette femme revêche n'ait pas fait la commission et que son mari ignorât tout de sa visite imminente.

Elle descendit prudemment la passerelle et regarda autour d'elle avec inquiétude. Seth serait-il au rendez-vous ? Le vent d'Alaska lui transperçait la peau du visage. Elle ne s'était pas attendue à un froid aussi intense en ce dernier week-end de septembre. Et pourtant l'hiver semblait déjà proche.

— Est-ce que quelqu'un doit venir vous chercher, mademoiselle ? lui demanda le pilote lorsqu'elle récupéra son sac à l'arrière de l'appareil.

— Mon mari, normalement…

Mais Seth n'était nulle part en vue. Elle prit un taxi qui la conduisit en ville, prêtant une oreille distraite au chauffeur qui lui décrivait la vie locale. Il la déposa près des quais, devant un motel à l'enseigne délabrée.

Sa chambre, petite et mal entretenue, était garnie d'une moquette beige, élimée et parsemée de taches. Les rideaux et le couvre-lit, aux décorations florales défraîchies, ajoutaient encore à l'aspect sinistre de la pièce.

Justine s'assit au bord du matelas dur. Elle se sentait triste et abandonnée de tous. Pourquoi avait-elle agi de manière si déraisonnable ? Ça ne lui ressemblait guère, pourtant. Elle devait être devenue folle pour s'être lancée dans cette stupide aventure ! Elle était d'autant plus furieuse contre elle-même qu'elle craignait que ce voyage ne fût une perte de temps.

Son mariage, qui lui avait semblé idyllique quelques semaines auparavant, avait perdu toute réalité. Seth l'aimait-il vraiment ? Leur amour n'était-il pas un mirage ?

Elle se secoua. Deux possibilités s'offraient à elle : soit elle restait à se morfondre dans sa chambre d'hôtel pendant tout le week-end, soit elle essayait de retrouver la trace de Seth pour en avoir le cœur net. Optant pour la seconde solution, elle enfila ses habits les plus chauds et demanda à Betty, la réceptionniste, de lui indiquer la direction de la pêcherie. Elle ne possédait pas de véhicule, mais le motel était à proche distance des quais. Ses cheveux fouettés par le vent lui frappaient le visage tandis qu'elle pressait le pas vers l'océan, les mains enfouies dans les poches de son pantalon. Parce que la saison de la pêche tirait à sa fin, de nombreux bateaux étaient amarrés le long de la jetée.

Justine interrogea plusieurs pêcheurs. Ils connaissaient tous Seth et son père, pourtant personne ne pouvait la renseigner. Déçue et désemparée, elle retourna vers le motel.

Alors qu'elle s'éloignait, elle remarqua un grand bateau qui s'apprêtait à accoster, son énorme mât s'élevant vers le ciel. Les baumes plus petites s'étendaient tels de fins bras métalliques de chaque côté.

Un grand homme musclé, dont les cheveux blonds s'échappaient d'une casquette en tricot bleu, lui tournait le dos. Elle reconnut la silhouette de son mari. La chance lui souriait-elle enfin ?

Pressant le pas, elle se précipita au bord du quai. « Seth ! » cria-t-elle, mais le vent emporta ses paroles. Pourtant, l'homme avait dû entendre quelque chose, car il se retourna. C'était bien lui ! Quand il l'aperçut, il fit un saut gigantesque et atterrit presque devant elle à pieds joints, sur le béton.

Elle se jeta dans ses bras avec un cri joyeux. Seth la tint serrée par la taille, la soulevant du sol de quelques centimètres. Il l'embrassa avec ferveur et tous les doutes qui l'avaient tenaillée s'évanouirent sous cette pluie de baisers.

Elle entendit alors ses collègues qui gloussaient juste à côté, mais elle n'y prêta aucune attention et Seth non plus d'ailleurs.

— Mais qu'est-ce que tu fabriques ici ? lui demanda-t-il en lui écartant les cheveux du visage. Comment tu as su qu'on allait rentrer ?

— Je n'en savais rien. J'ai juste espéré que tu sois là.

Il approcha ses lèvres des siennes et cueillit tendrement ses lèvres.

— J'ai loué une chambre au motel, murmura-t-elle.

Seth jeta un coup d'œil par-dessus son épaule.

— Attends-moi ici.

Il se précipita vers le bateau, sauta prestement à bord et disparut aussitôt sous le pont. Justine commençait à s'inquiéter de sa disparition soudaine lorsqu'elle le vit émerger, un sac de marin en travers de l'épaule. Même s'il avait bien besoin de se raser et de prendre une bonne douche, c'était l'homme le plus beau, le plus excitant et le plus incroyable qu'elle ait jamais rencontré.

— Combien de temps nous reste-t-il ?

— Deux jours en tout et pour tout.

Elle glissa son bras sous le sien et posa la tête contre son épaule.

— Il faut à tout prix que nous ayons une discussion sérieuse, Seth.

— Tu as raison.

Mais ce qu'elle lut dans son regard lui apprit que cette conversation ne serait pas pour lui la priorité.

— Eh bien, vous l'avez finalement retrouvé, votre mari ! s'exclama Betty, lorsqu'ils arrivèrent au motel.

— Oui, répondit gaiement Justine.

Quand ils arrivèrent devant la porte de leur chambre, elle avait déjà la clé en main.

Seth l'attira vers lui à l'instant même où elle ouvrait et la transporta à l'intérieur, en allumant la lumière au passage d'un coup de coude. Cette pièce, laide et lugubre une heure auparavant, ressemblait désormais à une suite d'hôtel digne d'une lune de miel.

Il la déposa sur la moquette usée et passa ses mains dans sa chevelure défaite tout en se penchant vers elle. Ils s'embrassèrent un long moment avec passion.

— Je vais prendre une douche, murmura-t-il avec impatience. Ne bouge surtout pas de là.

— D'accord, fit-elle, les yeux fermés, encore sous l'émotion de leur baiser.

— Tu as faim ?

Elle ouvrit les yeux et son regard plongea dans le sien. Seth avait enlevé son manteau et commençait à déboutonner sa chemise.

— Je suis affamée, lui dit-elle.

Comprenant immédiatement l'allusion, il répliqua :

— Moi aussi, Jussie.

Lui seul était autorisé à l'appeler ainsi.

— Je n'arrive pas à croire que tu sois là !

Il se débarrassa promptement de sa chemise et s'assit à l'extrémité du lit pour enlever ses bottes. Puis il se posta devant elle et laissa glisser son pantalon. Malgré sa précipitation, il prit le temps de ranger ses vêtements sur une chaise, puis pénétra nu comme un vert dans la salle de bains.

Ce fut une douche éclair. Justine venait à peine d'ôter ses chaussures et son sweat-shirt et commençait à déboutonner son chemisier quand il réapparut. Son regard intense l'arrêta net et elle resta les doigts figés sur le dernier bouton. Pourquoi se sentait-elle tout d'un coup si intimidée devant lui ? C'était ridicule ! Ils étaient mariés et avaient déjà passé une merveilleuse semaine ensemble, juste après leur mariage. Mais cela remontait maintenant à un certain temps et leur dernière rencontre lui semblait aussi irréelle qu'un rêve.

Toujours sensible et attentif à ses émotions, Seth devina son appréhension. Avec une tendresse qui la fit fondre, il l'attira tendrement dans ses bras. Sa bouche chaude et humide semblait vouloir explorer la moindre parcelle de son corps. Bientôt son chemisier partit rejoindre le sweater qu'elle avait jeté sur le lit.

Seth la saisit par la taille et elle sentit ses lèvres lui effleurer le ventre. Il dégrafa ensuite son soutien-gorge et, lorsqu'elle tendit les seins vers lui, il gémit de plaisir.

Ils furent bientôt entraînés dans un véritable malstrom sensuel qui la laissa sans souffle et épuisée. Elle se blottie contre le corps de Seth et posa la tête contre son épaule.

Le dos calé contre le montant du lit, Seth caressait ses longs cheveux. Justine avait fermé les yeux, non parce qu'elle avait sommeil, mais pour mieux savourer ces merveilleux moments de jouissance qu'ils venaient de vivre. Elle allait bientôt repartir et désirait profiter du moindre instant passé avec lui.

— Je ne comprends toujours pas pourquoi tu es venue jusqu'ici, murmura Seth. Mais, quelle qu'en soit la raison, j'en suis très heureux.

— Il fallait que je sache, dit-elle dans un souffle. J'avais peur que tu ne regrettes notre mariage.

— Bien sûr que non !

Il lui releva le menton et étudia attentivement son visage.

— Et toi ?

Elle sourit. Elle se sentait parfaitement sereine et comblée et ce fut sans la moindre hésitation qu'elle lui répondit :

— Je t'aime tellement que ça me rend dingue. Je veux que nous vivions ensemble, Seth. Je déteste te savoir si loin de moi.

— Ça n'a pas été facile pour moi non plus. J'ai toujours adoré la pêche, mais je n'ai pas cessé de penser à toi depuis mon départ.

Elle lui embrassa doucement l'épaule.

— Tout le monde ignore que je suis venue te voir. Si ma mère ou ma grand-mère avaient été au courant de mon projet, elles m'en auraient immédiatement dissuadée. Je les imaginais déjà en train d'essayer de me convaincre que je n'arriverais jamais à te retrouver.

— Tu as toujours eu une intuition formidable.

— C'est vrai, ça.

Elle frotta sa joue contre son torse musclé. Tout lui plaisait chez lui : sa sensualité, son corps, son odeur. Elle allongea sa jambe contre la sienne.

— Quand dois-tu repartir ?

— Dimanche, en fin d'après-midi, répondit-elle.

— Dans ce cas, il vaut mieux ne pas perdre de temps, qu'en penses-tu ?

Elle acquiesça d'un air ravi.

.

Ce matin-là, Grace se réveilla avec un sentiment de bien-être qu'elle n'avait pas connu depuis longtemps. Buttercup, son golden retriever, qui dormait sur le plancher, au pied de son lit, se releva en agitant joyeusement la queue tandis qu'elle rejetait les couvertures et posait les deux pieds par terre.

— Bonjour, ma belle, lui dit-elle en saisissant sa robe de chambre.

Que penserait Dan, s'il savait qu'elle l'avait remplacé par un chien ?

Buttercup la suivit jusqu'à la cuisine en sautillant, puis sortit par la porte qui lui était réservée. Pendant que la chienne batifolait dehors, Grace mit la cafetière en marche. Après avoir pris sa douche, elle choisit une tenue décontractée et, une fois habillée, elle se fit griller deux tranches de pain complet.

Quand le moment de partir fut venu, Buttercup la suivit jusqu'à la voiture. Grace la caressa. C'était une réelle compagnie, depuis qu'elle était seule…

Avant de démarrer, elle contempla un instant le beau ciel bleu qui, selon les prévisions météorologiques, se couvrirait dans l'après-midi. Elle adorait les mois d'automne. Dan aussi, se souvint-elle. Bûcheron dans l'âme, il s'était toujours senti dans son élément, dans les bois. Mais ces dernières années, le tronçonnage des arbres avait fait l'objet d'une stricte réglementation et il avait dû prendre un emploi dans une entreprise locale d'entretien des jardins et des arbres. Il ne s'était jamais plaint, mais elle savait qu'il haïssait ce nouveau métier et mourait d'envie de retourner dans la forêt.

Une vague de tristesse l'envahit à cette évocation et elle se força à chasser de son esprit celui qui serait bientôt son ex-mari. Où qu'il soit et quelle que soit la personne qui partageait sa vie en ce moment même, elle espérait sincèrement qu'il avait enfin trouvé le bonheur. Elle n'avait jamais réussi à le rendre heureux, même aux premiers temps de leur mariage. Ils s'étaient mariés au sortir du lycée, alors qu'elle était déjà enceinte de Maryellen. Peu de temps après, Dan était parti au Viêt-nam et c'était un homme bien différent qui était revenu de la guerre. Trente-cinq ans plus tard, il souffrait toujours de cauchemars, hanté de souvenirs horribles, dont il refusait absolument de parler.

Comme d'habitude, le lundi matin était plutôt calme, à la bibliothèque, comparé à l'effervescence du week-end. Grace décida de modifier le panneau d'affichage de l'accueil et sortit d'un paquet volumineux un corbeau, un chat noir et un morceau de citrouille. Ils disposaient d'un lot de personnages et d'objets de toutes sortes approprié à chaque saison et aux différentes vacances scolaires. Halloween, Thanksgiving et Noël. Tels étaient les prochains thèmes.

Elle était toute à sa tâche lorsqu'elle entendit derrière elle une voix masculine demander à son assistante, Loretta Bailey :

— Pour devenir membre de la bibliothèque, que faut-il faire ?

C'était Cliff Harding.

— Remplir simplement ce formulaire, lui répondit Loretta en sortant un feuillet qu'elle posa sur le comptoir.

Elle s'interrompit lorsqu'elle vit Grace qui les observait.

Cliff jeta un coup d'œil par-dessus son épaule.

— Bonjour Grace.

— Bonjour.

Elle espérait que sa voix ne trahissait pas la vive émotion qui l'agitait.

— J'ai pensé qu'il était temps que je prenne une carte d'adhérent à la bibliothèque, étant donné que je passe à Cedar Cove pratiquement toutes les semaines.

— C'est nous qui possédons le plus grand pourcentage d'adhérents par rapport à la population de toutes les villes de l'Etat de Washington, l'informa fièrement Loretta en lui tendant un stylo.

— Bravo, belle performance ! s'exclama Cliff, les yeux toujours fixés sur Grace.

Elle tenta d'ignorer son regard appréciateur mais, perdant contenance, elle laissa tomber l'un des objets qu'elle tenait à la main. Elle se baissa pour le ramasser et sa tête faillit cogner celle de Cliff qui s'était précipité, lui aussi, pour le récupérer. Il était habillé comme un cow-boy avec son Stetson et ses boots.

— Etes-vous prête à venir déjeuner avec moi maintenant ? demanda-t-il dans un murmure, alors qu'ils étaient tous les deux encore accroupis, profitant de cet instant d'intimité inattendue.

Grace jeta un coup d'œil à Loretta, concentrée sur un document quelconque, mais elle n'était pas dupe. Sa collègue guettait sa réponse. Elle semblait presque plus impatiente que Cliff.

— Je... je ne pense pas.

Elle sentit ses joues s'empourprer. L'intérêt qu'il lui portait l'embarrassait et la déstabilisait. Son dernier rendez-vous galant remontait à l'époque où Dan et elle n'étaient encore que deux adolescents.

— Alors peut-être accepteriez-vous de boire un café ? insista Cliff.

Avant qu'elle n'ait eu le temps de répondre, Loretta se pencha sur le comptoir en leur adressant un grand sourire.

— Tu peux prendre ta pause maintenant, si tu veux.

— Que diriez-vous du Pancake Palace ? suggéra Cliff avec un sourire réjoui.

Il était reconnaissant à Loretta pour cette intervention, même si Grace apparemment l'était moins.

— D'accord, mais pas tout de suite... Disons... à 17 heures ?

Le sourire de Cliff s'élargit.

— 17 heures ? Parfait !

Grace se releva et lança un regard courroucé à Loretta. Entre-temps, Cliff s'était dirigé vers la sortie.

— Et votre carte d'adhérent ? lui cria-t-elle.

— Je remplirai le formulaire quand je repasserai.

A 17 heures, Grace hésitait encore. Allait-elle ou non se rendre au rendez-vous ? Elle avait dit oui et, par politesse, elle devait tenir sa promesse.

Quand elle arriva au café, Cliff se leva de son siège pour l'accueillir.

— Je n'étais pas sûr que vous viendriez...

— Moi non plus, admit-elle tout en s'asseyant sur la banquette de velours rouge en face de lui.

Elle tritura nerveusement la tasse en céramique beige placée devant elle.

Cliff leva la main pour appeler la serveuse.

— J'arrive, fit Goldie, qui s'affairait derrière le comptoir.

Goldie, qui avait maintenant un certain âge, travaillait au Pancake Palace depuis toujours. C'est du moins ce qui semblait à Grace car elle était déjà là lorsqu'elle-même n'était encore qu'une lycéenne. C'était un nouvel employé, et non pas Goldie, qui avait confondu leurs cartes de crédit.

Goldie apporta la cafetière, servit une tasse à Grace, puis resservit Cliff.

— Vous avez l'intention de rester un long moment ? Parce que le personnel de la chambre de commerce dîne ici, ce soir, les informa Goldie.

Grace sourit intérieurement à cette manière subtile de lui indiquer que, si elle préférerait éviter d'être vue en compagnie de Cliff par les notables de la ville, il valait mieux qu'elle ne s'attarde pas.

Elle aurait bien embrassé la main de la vieille serveuse pour cette aimable attention.

— Nous ne sommes là que pour quelques instants.

— C'est comme vous le sentez, dit Goldie en lui adressant un clin d'œil.

— Merci, dit Cliff.

— Oui, merci, Goldie.

Maintenant qu'ils étaient de nouveau seuls tous les deux, elle remarqua que Cliff évitait son regard, les yeux rivés à sa tasse de café.

— Je sais très bien quels sont vos sentiments en ce moment même.

Elle fut sincèrement surprise par cette remarque.

— Vraiment ?

— Vous êtes nerveuse, un peu mal à l'aise et vous avez l'estomac noué. Est-ce que c'est juste ?

De fait, il avait entièrement raison.

— Plutôt oui. Mais comment avez-vous deviné ?

— Parce que j'éprouve exactement la même chose.

Cela signifiait-il que, malgré l'âge et l'expérience, on n'échappait pas à cette tension que suscite immanquablement un tête-à-tête avec une personne inconnue ?

— Vous m'avez bien dit que vous étiez divorcé depuis cinq ans ?

— Oui.

— Vous avez peut-être envie d'en discuter.

Cela lui faciliterait les choses s'il acceptait de parler de lui, car elle éviterait ainsi des explications sur sa propre vie privée.

— Pas particulièrement.

— Des enfants ?

— Une fille. Elle est mariée et vit sur la côte Est. Nous nous parlons toutes les semaines au téléphone et je mets un point d'honneur à aller lui rendre visite par avion une ou deux fois par an.

Au moins, lui, il restait en contact avec son enfant, contrairement à Dan qui les avait tout simplement abandonnées, leurs filles et elle.

— Susan, ma femme, est tombée amoureuse d'un collègue de travail.

Grace vit sa main se resserrer sur sa tasse et sa mâchoire se crisper.

— Elle m'a confié qu'elle n'avait jamais été heureuse avec moi.

— Et aujourd'hui, a-t-elle trouvé le bonheur ?

— A vrai dire, je l'ignore. Après notre divorce, j'ai pris ma retraite et je me suis installé à Olalla.

Olalla était une bourgade située à une douzaine de kilomètres de Cedar Cove.

— Ici, on dit « Hou-la-la », l'informa-t-elle.

— Ça ne m'étonne pas. C'est magnifique là-bas. Je possède quarante acres de terrain où j'élève des chevaux.

— A vous entendre, on dirait que c'est le paradis.

— Ça pourrait l'être effectivement, mais…

Il lui lança un regard sans équivoque.

— Je m'y sens très seul.

Grace ne comprenait que trop bien. Son propre mariage n'avait pas été une réussite, mais au fil des années Dan et elle étaient parvenus à mener un style de vie qui les avait tous deux satisfaits. Certes, ils n'avaient rien vécu d'exceptionnel, mais une conversation chaleureuse au cours d'un dîner, une soirée au cinéma, une multitude d'expériences partagées avaient suffi à les rendre heureux. C'est du moins ce qu'elle avait cru.

— J'aimerais avoir une amie, lui confia Cliff. Quelqu'un pour m'accompagner au concert ou au cinéma, de temps à autre, tout simplement.

Cette idée lui plaisait également.

— Ce serait bien.

— J'espérais que vous seriez de mon avis.

Son ton était gentil et encourageant.

— Mais, s'empressa-t-elle d'ajouter, seulement une fois que mon divorce sera prononcé.

— Pas de problème…

— Autre chose…

Elle le regarda droit dans les yeux.

— La prochaine fois, c'est moi qui vous appelle. D'accord ?

Il hésita.

— D'accord. Mais dois-je comprendre que vous préférez ne pas me revoir à la bibliothèque ?

— Vous serez toujours le bienvenu, tant que c'est pour venir chercher ou consulter un livre.

— Très bien.

Il prit sa tasse, en but une gorgée, captant au passage un sourire furtif sur les lèvres de Grace.

Quelque chose lui disait qu'il allait devenir un adhérent particulièrement assidu.

La situation s'était tendue entre Rosie et Zach depuis la soirée de réunion à l'école d'Eddie. Rosie jugeait son mari responsable de la dégradation de leurs relations. Zach ne se rendait pas compte de tout le travail qu'elle accomplissait. Il semblait croire qu'elle restait assise toute la journée à regarder des feuilletons sentimentaux, pendant que lui seul trimait. Or, elle était si occupée qu'il lui arrivait souvent de quitter la maison avant lui et de ne rentrer que tard dans la soirée. Et maintenant, Zach voulait qu'elle se mette à cuisiner le soir des repas complets, avec entrée, plat de résistance et tout le tralala ?

Il ne décolérait pas depuis cette histoire de réunion parents-professeur à l'école primaire et elle trouvait sa réaction exagérée. Après tout, Eddie était aussi son fils et cela n'avait rien d'extraordinaire qu'elle lui demande, une fois de temps en temps, de bien vouloir se manifester auprès des enseignants des enfants !

Zach avait passé la soirée à se plaindre, tout d'abord à cause de la pizza prévue pour le repas, puis à propos des poivrons verts et il avait ensuite refusé de garder son costume pour se rendre à l'école. Plus tard dans la nuit, en dépit de tous les efforts de Rosie pour apaiser son mécontentement, la tension entre deux avait atteint un tel paroxysme qu'ils s'étaient violemment disputés.

Après deux semaines de bouderie, il fallait bien que l'un des deux fasse un geste de réconciliation : la situation frisait le ridicule… Alors, bien qu'elle fût restée éveillée jusqu'à minuit pour lire un rapport concernant la réunion de l'association des parents d'élèves qui aurait lieu le soir même, Rosie se leva aux aurores, ce jour-là, et prépara des œufs au bacon. Elle avait autrefois l'habitude de cuisiner un vrai petit déjeuner pour toute la famille. Elle espérait que Zach apprécierait ses efforts pour lui faire plaisir et qu'il reviendrait à de meilleurs sentiments.

Elle cassait les œufs dans la poêle quand elle entendit sa fille se lever. Les enfants avaient des horaires décalés maintenant qu'Allison était au lycée, ce qui rendait difficile l'organisation des repas. Mais apparemment, Zach souhaitait qu'elle passât la moitié de sa matinée devant les fourneaux et elle s'exécuterait donc pour préserver la paix du foyer.

— Je t'ai préparé des œufs sur le plat, annonça-t-elle à sa fille lorsque celle-ci pénétra dans la cuisine.

— Maman ! Je déteste les œufs !

— Et depuis quand ?

Allison la regarda comme si elle avait été frappée d'imbécillité.

— Depuis toujours.

Rosie se rappela vaguement d'anciennes disputes autour de la table du petit déjeuner.

— J'avais oublié… Que dirais-tu d'un peu de bacon alors ?

— Beurk !

La jeune fille ouvrit le réfrigérateur et en sortit une boisson sucrée.

— Tu ne vas tout de même pas boire ça ! s'exclama Rosie avec consternation.

— Et pourquoi pas ?

Allison la considéra d'un air dédaigneux.

— C'est ce que je prends tous les matins, au cas où tu ne t'en serais pas aperçue, et je n'ai pas l'intention de changer mes habitudes.

— Très bien. Fais comme tu veux…

Cela ne valait pas la peine de se disputer. Tous les livres qu'elle avait lus sur la psychologie des adolescents recommandaient d'agir avec circonspection et d'exercer sans excès l'autorité parentale. Il était préférable de tolérer la consommation d'une boisson sucrée au petit déjeuner, pour mieux proscrire par la suite avec fermeté un piercing du nez, comme Allison projetait de le faire.

Rosie éteignit le brûleur et fit glisser les œufs sur les trois assiettes restantes, en même temps que le bacon qui refroidissait déjà. Elle emprunta le couloir, frappa à la porte de la chambre d'Eddie et l'ouvrit doucement. La pièce était dans un désordre indescriptible, mais elle fit comme si elle n'avait rien remarqué. Son fils était étalé en travers de son lit, la couette en tas sur le sol.

— Ça te dirait un bon petit déjeuner ? lui demanda-t-elle.

Eddie leva la tête en clignant des yeux.

— Tu disais quoi, maman ?

— Est-ce que tu veux prendre ton petit déjeuner maintenant ?

Il s'assit, soudain parfaitement réveillé.

— Ouais, super ! dit-il avec enthousiasme. C'est ceux au chocolat que je préfère.

— De quoi est-ce que tu me parles, Eddie ?

— Des Pop-Tart.

— Je viens juste de préparer des œufs au bacon.

Eddie plissa le nez comme si elle lui avait proposé d'avaler une poignée de limaces.

— Bof…

Il se renversa sur son oreiller et attrapa la couette qui avait échoué par terre.

Eh bien, son idée tombait à plat, semblait-il ! Elle n'insista pas et repartit vers la chambre conjugale. Zach sortait juste du dressing, en costume.

— J'ai préparé le petit déjeuner, dit-elle avec une légère raideur.

Il fit un signe de tête qu'elle interpréta comme un geste d'approbation et déchanta aussitôt.

— Désolé, fit-il, en jetant un regard à sa montre. J'ai rendez-vous très tôt ce matin.

Qu'ils aillent tous au diable, à la fin ! Après toute la peine qu'elle s'était donnée ! Elle n'avait dormi que cinq heures. Si elle avait su, elle serait restée sous la couette...

Elle fit demi-tour, retourna dans la cuisine et jeta à la poubelle les œufs et le bacon qui baignaient à présent dans la graisse froide. Puis elle ouvrit le lave-vaisselle et y déposa les assiettes sans ménagement.

Zach entra à ce moment-là.

— Je m'en vais, Rosie...

— Passe une bonne journée, murmura-t-elle.

— Toi aussi.

Il s'arrêta devant la porte qui menait au garage.

— Ça te dirait qu'on se retrouve pour déjeuner ensemble à midi ?

Cette invitation inattendue lui fit l'effet d'une pluie rafraîchissante en plein été. Zach semblait enfin réaliser qu'elle aussi avait besoin de décompresser de temps à autre.

— C'est une merveilleuse idée, répondit-elle avec un sourire reconnaissant.

Il lui sourit en retour.

— 11 h 30 ? Ça te va ?

Elle hocha la tête. Il s'approcha d'elle et l'embrassa sur la joue.

— Papa ! cria Allison, en déboulant à toute allure dans la cuisine. Tu peux me déposer au lycée ?

— Si tu te dépêches, d'accord.

— Je serai prête dans une minute.

— Je t'attends dans la voiture.

Allison se précipita vers sa chambre et revint deux secondes plus tard avec un sweater. Elle empoigna son sac à dos posé sur la table et s'apprêtait à partir lorsque Rosie lui demanda :

— Tu as pensé à prendre de l'argent pour ton déjeuner ?

— Bien sûr.

Allison donna un baiser à sa mère comme Zach précédemment et rejoignit son père dans la voiture.

C'est alors qu'Eddie apparut dans la cuisine.

— Est-ce que ma Pop-Tart est prête ?

— Presque, marmonna-t-elle tout en fouillant dans les placards où elle tomba sur la boîte contenant le petit déjeuner favori de son fils.

Une heure plus tard, Eddie partait à son tour pour prendre son bus. Rosie rangea la cuisine et mit en marche le lave-vaisselle. Encore vêtue de sa robe de chambre élimée vieille de dix ans, elle se dirigea vers sa chambre et ouvrit le tiroir de sa commode pour y choisir des sous-vêtements.

Une fois sous la douche, elle se rappela qu'elle devait être à l'école à midi. Elle s'était proposée pour servir le déjeuner des élèves de la classe d'Eddie. Elle soupira avec lassitude et leva le visage vers l'eau bienfaisante. Elle serait également absente dans la soirée. Zach désapprouvait qu'elle assure la présidence du comité de l'association des parents d'élèves. Elle avait accepté ce poste l'année précédente et avait promis de l'assurer jusqu'à la fin du trimestre, époque à laquelle quelqu'un prendrait le relais. Mais au mois de juin dernier, pas un seul parent ne s'était porté volontaire pour la remplacer. Elle n'avait donc pas eu d'autre choix que de poursuivre son mandat.

Elle s'habilla, en se disant qu'elle allait appeler Zach au bureau, mais le téléphone sonna. Une demi-heure plus tard, elle se précipitait dehors pour régler une affaire urgente à l'église du quartier. Suite à un malentendu, les nouvelles toges commandées pour le chœur avaient été expédiées dans une autre paroisse, située quelque part en Floride. Eux-mêmes avaient reçu celles de l'église de Floride. C'est elle qui prit l'affaire en mains. Elle remit toutes les toges qui ne leur étaient pas destinées dans les cartons, refit les emballages et inscrivit cette fois la bonne adresse. Puis elle effectua une douzaine d'appels et transporta enfin les paquets à la poste.

Ce n'est qu'à 11 h 30 qu'elle réalisa qu'elle n'avait pas encore appelé Zach.

Elle composa le numéro du bureau de son portable.

— Smith, Cox & Jefferson, lui répondit une agréable voix féminine, qui lui était inconnue.

Rose s'arrêta à un feu rouge.

— Bonjour, je suis Rosie Cox. Pourrais-je parler à mon mari, s'il vous plaît ?

— Bonjour madame Cox. Janice Lamond à l'appareil. Je suis la nouvelle assistante. Je ne crois pas que nous nous soyons déjà rencontrées…

— Non, en effet.

Le feu passa au vert et Rosie démarra sans perdre de temps.

— Je suis désolée, mais M. Cox a déjà quitté le bureau. Si j'ai bien compris, vous aviez rendez-vous pour déjeuner ensemble ?

Ils n'avaient fixé aucun lieu de rencontre, du moins Rosie ne s'en souvenait pas.

— Est-ce que vous savez s'il a son téléphone portable avec lui ?

— M. Cox m'a fait savoir qu'il ne souhaitait recevoir aucun appel.

Rosie pesta intérieurement.

— Vous aurait-il indiqué par hasard où il allait ?

La jeune femme à l'autre bout du fil hésita.

— Je crois qu'il a mentionné le restaurant D.D.'s sur les quais.

Comment n'y avait-elle pas pensé ? C'était son endroit favori et Zach l'y invitait toujours pour son anniversaire.

— Est-ce que vous allez être en retard ? s'enquit Janice. Je peux téléphoner au restaurant pour qu'on l'avertisse, si vous le souhaitez.

— Je n'ai pas le temps de déjeuner, en fait, soupira Rosie.

Zach ne lui pardonnerait pas ce faux bond. Surtout quand

il apprendrait que c'était de nouveau à cause de l'une de ces tâches bénévoles qu'elle acceptait sans compter.

— Puis-je faire quelque chose pour vous aider ?

Zach ne lui avait jamais parlé de cette nouvelle employée si gentille et si serviable. Rosie l'appréciait déjà. Elle se gara devant l'école et coupa le moteur.

— Est-ce que ça vous ennuierait de le prévenir ?

— Mais absolument pas.

— Merci beaucoup !

— Voulez-vous que je lui indique où il peut vous joindre ?

— Non, répondit-elle précipitamment.

Il était préférable qu'il ne l'appelle pas pendant qu'elle serait en train de servir les repas.

— Dites-lui seulement que je lui expliquerai plus tard, une fois que je serais rentrée chez moi.

— Très bien, je m'en charge. Vous pouvez compter sur moi.

Cette jeune femme était tout à fait charmante et efficace de surcroît, songea Rosie.

Si Zach avait été déçu qu'elle ne vienne pas déjeuner avec lui, il n'en montra rien à son retour. Elle était en train de décongeler des hamburgers dans le four à micro-ondes, pour les remplir ensuite de spaghettis — c'était le dîner favori d'Eddie — lorsqu'il arriva.

Comme d'habitude elle était pressée. Elle essaya de sonder son humeur.

— Je suis vraiment désolée pour le déjeuner, Zach…

Il haussa négligemment les épaules tout en parcourant le courrier.

— Ce n'est pas grave.

— J'aurais dû vérifier mon agenda. Est-ce que ta secrétaire a réussi à te prévenir ?

— En fait, elle s'est jointe à moi.

— Tu as déjeuné avec ta secrétaire ?

Elle ne savait pas trop si elle appréciait ou non la nouvelle.

— Ce n'est pas ma secrétaire, mais mon assistante, dit-il en lui tournant le dos. J'ai quitté le bureau de bonne heure car je voulais avoir une table près de la fenêtre. Quand Janice m'a contacté au restaurant, je lui ai dit que c'était dommage de ne pas profiter de cette place de choix. C'était juste une plaisanterie, mais quand je lui ai proposé de me rejoindre puisque tu ne pouvais pas venir, elle m'a pris au mot.

— Je vois, dit Rosie.

Elle resta un moment silencieuse.

— Et le repas était bon ?

Elle avait juste eu le temps d'avaler une barre de friandise achetée à la hâte dans un distributeur automatique.

— Pas mal.

Il se dirigea vers la chambre pour prendre une douche et elle remarqua qu'il sifflotait gaiement.

— Je peux te retrouver pour déjeuner n'importe quel autre jour de la semaine prochaine, lui proposa-t-elle.

— Désolé, ma chérie… Mais mon emploi du temps est déjà surchargé.

4

Se faire faire les ongles faisait partie des petits plaisirs que s'offrait Maryellen un mercredi sur deux. Même si des mains magnifiquement manucurées étaient un luxe superflu, elle n'arrivait pas à y renoncer. En fait, ce qu'elle appréciait par-dessus tout, c'était cette joyeuse amitié qu'elle entretenait avec les « filles » du salon de beauté Get Nailed. C'étaient des jeunes femmes à peu près de son âge, célibataires elles aussi, mais contrairement à Maryellen, elles souhaitaient toutes rencontrer l'âme sœur.

Maryellen adorait les écouter se plaindre du néant de leurs vies sentimentales. Elle était souvent amusée par les plans extravagants qu'elles échafaudaient pour faire des rencontres. Elle n'arrivait d'ailleurs pas à comprendre pourquoi Rachel, sa manucure attitrée, n'avait pas encore trouvé un homme à sa convenance, car elle était séduisante et pleine d'esprit.

En ce troisième mercredi du mois d'octobre, Maryellen fut donc reçue à son rendez-vous par Rachel, fidèle au poste. Dès qu'elle fut assise, Rachel trempa une rondelle de coton dans du dissolvant et lui saisit délicatement la main.

— Comment vas-tu ? lui demanda-t-elle.

— Très bien, et toi ? Tu as rencontré l'homme de ta vie le week-end dernier ?

— J'aurais bien aimé, répondit Rachel avec un long soupir. Mais je suis toujours seule et je ne rajeunis pas !

Elle s'était fixé comme objectif de trouver un mari avant

d'avoir trente ans et son anniversaire arrivait à grands pas.

— J'ai lu ce matin un article qui pourrait vous intéresser, toutes. C'est à propos d'une ville en Irlande dénommée Lisdoonvarna. Au mois de septembre et au cours de la première semaine d'octobre, les hommes se rendent dans cette ville dans l'espoir de dégotter l'âme sœur. Apparemment, c'est une tradition qui dure depuis des années et une multitude de femmes se prêtent au jeu.

— C'est quoi ce canular ? demanda Terri de l'autre côté de la pièce.

— Ce n'est pas du tout une plaisanterie, je vous jure que c'est vrai.

— Et d'où viennent toutes ces femmes ?

— Du monde entier, continua Maryellen. Apparemment, l'une d'entre elles a fait le voyage depuis l'Australie et elle est arrivée à ses fins.

— Je ne suis pas assez riche pour me payer le voyage jusqu'en Irlande, maugréa Rachel.

— Non, mais on pourrait peut-être organiser la même chose ici, suggéra Terri.

— C'est une idée !

Mayellen ne désirait pas être impliquée dans cette affaire, mais elle espérait que l'équipe de Get Nailed allait saisir la balle au bond.

— Une sorte de foire aux célibataires ? lança Terri, soudain très emballée par cette perspective.

— Pourquoi pas, mais qui inviterait-on ? demanda Rachel. Je vois déjà le tableau. On ferait les gros titres des journaux pour avoir eu l'idée saugrenue d'organiser une chasse aux maris et, le jour venu, personne ne viendrait. Si je souhaite laisser tomber un homme, il suffit que je prononce le mot « mariage » et, aussitôt, il disparaît.

— Tu as tout à fait raison, ajouta une autre de leurs collègues qui s'appelait Jane. Les hommes aux Etats-Unis ont la part belle. Ils en profitent sans vouloir prendre de responsabilités.

Un cri d'approbation général accueillit cette constatation.

— Pour ma part, j'ai renoncé au prince charmant. Et son palefrenier ferait très bien l'affaire au stade où j'en suis ! dit Rachel.

Maryellen sourit.

— A bien y réfléchir, un palefrenier ne me conviendrait pas, rectifia la jeune femme. Je préférerais un homme qui sache faire la vidange de ma voiture.

— Je suis sortie avec un type comme ça un jour, dit Terri. Larry passait son temps sous le capot de son auto. Il s'intéressait plus au ronronnement du moteur qu'à mes mots doux. C'est dommage, parce que au fond, c'était plutôt un brave gars.

— Et pourquoi est-ce que vous avez rompu ?

— Il a fait une grosse tache d'huile sur mon chemisier de soie blanche.

— Tu l'as quitté uniquement pour ça ?

Terri hocha la tête.

— Qu'est-ce que tu crois ? Ce chemisier m'avait coûté soixante-dix dollars et Larry semblait s'en fiche comme d'une guigne. Si un homme ne sait pas apprécier un objet de valeur, eh bien, qu'il aille ailleurs. Point final.

— Moi, je suis comme Terry. J'aimerais rencontrer un homme qui ait la tête sur les épaules quand il s'agit d'argent, dit Jane. Tous ceux avec qui je suis sortie jusqu'à présent comptaient sur moi pour payer l'addition : ils étaient toujours fauchés.

— Un jour j'ai fait la connaissance d'un homme riche mais il était d'un ennui mortel, dit Jeannie, qui faisait aussi partie de l'équipe. Nous sommes restés trois mois ensemble, mais c'était plus drôle de faire un shampoing que d'être en sa compagnie.

— Oui mais moi, je préfère de loin un type ennuyeux à un parasite, reprit Jane.

— Et toi, Terri ? demanda Maryellen.

Terri était une grande femme imposante, avec des yeux sombres et pensifs.

— Quel homme serait susceptible de t'intéresser ?

— Il me faudrait un homme qui aime les bons repas et les femmes dotées d'un robuste appétit, répondit-elle sans hésiter. J'en ai marre de ces types qui ne regardent que des filles filiformes qui n'ont que la peau sur les os. Je veux un homme qui m'invite dans un restaurant chic et me propose un menu avec entrée, plat et dessert. Mais ce qui serait vraiment l'idéal, ce serait un homme qui fasse lui-même la cuisine.

Elle jeta un regard autour d'elle.

— Est-ce que par hasard l'une d'entre vous en connaîtrait un qui réponde à ces critères ?

Un bref silence suivit alors la conversation jusque-là très animée.

— En fait, je connais quelqu'un qui adore concocter de bons petits plats, répondit Maryellen d'un air songeur.

Elle pensait à Jon Bowman.

— C'est un chef cuisinier dans un restaurant vraiment merveilleux.

— Et pourquoi l'as-tu quitté ?

— Heu… En réalité, nous ne sommes jamais sortis ensemble.

Et cela ne risquait pas de se produire en dépit de sa curiosité à l'égard de cet homme mystérieux. Elle adorait le travail de Jon et il l'intriguait, mais elle n'envisageait pas d'engager une relation sentimentale avec lui. Pas d'hommes dans sa vie : si séduisants soient-ils. C'était une règle qu'elle s'était fixée et à laquelle elle refusait de déroger.

— Mais je serais tout à fait d'accord pour te présenter à lui, Terri, si tu en as envie bien sûr…

— C'est vrai ? demanda Terri avec enthousiasme.

— Alors, qu'est-ce qu'on fait maintenant ? reprit Rachel. J'ai l'impression qu'on est toutes sorties avec un homme qui ne nous satisfaisait pas, mais qui pourrait répondre aux attentes de l'une ou l'autre. Ça nous mène à quoi tout ça ?

— On pourrait organiser une fête en reprenant contact avec nos « ex », proposa Jeannie.

— Une foire aux anciens amants, en quelque sorte…

Elles éclatèrent de rire.

— Je mettrai mon chemisier noir, déclara Rachel. Larry pourra l'enduire de graisse si ça lui chante, je m'en contrefiche.

Puis, jetant un coup d'œil en direction de Maryellen, elle ajouta :

— Je ne peux pas me permettre de faire la difficile. Ma voiture est dans un état lamentable !

Jane attrapa le calendrier.

— Si on organisait quelque chose pour Halloween ?

Cette idée fit l'unanimité.

— Ça nous laisse un peu plus de deux semaines pour trouver des idées. Top chrono !

— Génial !

— Formidable !

Sans savoir exactement comment cela lui était arrivé, Maryellen se trouva soudain impliquée dans cette histoire, qui au fond ne la concernait pas.

— Larry est peut-être marié, maintenant…

— Eh bien, appelle-le pour le savoir, dit Maryellen. Il faut bien expliquer à chacun d'entre eux qu'il est votre invité et que vous lui ferez rencontrer d'autres femmes à cette fête.

— Je vais annoncer à Larry qu'une femme meurt d'envie de faire sa connaissance, dit Terri.

— Parfait ! s'exclama Rachel aux anges.

Lorsque Maryellen quitta Get Nailed, la tête lui tournait. Elle ne savait pas comment les autres filles comptaient s'y prendre, mais elle n'allait certainement pas inviter Jon à la dernière minute. Lorsque Terry avait mentionné son désir de rencontrer un homme féru de cuisine, elle avait immédiatement pensé à lui. Rétrospectivement, elle regrettait d'avoir mentionné son nom. Il ne manquerait pas de trouver l'idée ridicule… Mais aussi, il ne cessait d'occuper ses pensées depuis leur dernière rencontre. Ses toutes récentes photographies étaient excellentes et elle les avait vendues très rapidement.

Comme qu'elle avait conseillé aux autres femmes présentes de contacter directement leurs anciennes connaissances, elle se sentit obligée de procéder de même. Elle attendit une semaine, puis composa le numéro de téléphone de Jon.

Il répondit à la seconde sonnerie.

— Allo…

— Jon, bonjour… Maryellen Sherman à l'appareil.

Elle s'arrêta un instant, dans l'attente d'une réaction de sa part et, comme il se taisait, elle ajouta :

— La gérante de Harbor Street Art Gallery.

— Oui, oui, je sais.

Elle aurait juré qu'il avait un air amusé, ce qui ne fit qu'augmenter sa nervosité.

— J'ai été invitée à une fête pour Halloween, dit-elle, justifiant précipitamment son appel. Tout les dames doivent venir avec un ami — enfin pas exactement un ami. Il faut simplement être accompagnée d'un homme que l'on va présenter à une copine. Et j'ai justement une amie charmante qui adore la bonne cuisine…

Elle fit une grimace, consciente du caractère incongru de cet appel.

— Elle aime aller au restaurant et son souhait le plus cher serait de rencontrer un homme qui apprécie la cuisine et, naturellement, j'ai pensé à vous.

Aucune réaction à l'autre bout du fil.

— Ça vous dirait de m'accompagner ? finit-elle par demander. Bien évidemment, vous n'êtes lié par aucune obligation.

Elle voulait que ce point soit bien clair.

— En fait, vous me feriez plutôt une faveur…

— En rencontrant votre amie ?

— Oui.
— Celle qui aime les bons repas…
— Exactement. Elle s'appelle Terri et elle est vraiment très drôle. Je crois que vous l'apprécierez.
— Vous serez là-bas ?
Maryellen soupira.
— Oui, bien sûr, puisque c'est moi qui vous présenterai à elle. Alors, vous acceptez ?
— Est-ce que je peux vous donner ma réponse un peu plus tard ? dit-il après un long silence.
— Bien sûr.
Qu'il n'ait pas rejeté sa demande lui sembla de bon augure.
— Bon, je vous rappellerai.
— Merci. C'est très gentil de votre part.
— Avant de raccrocher, pouvez-vous me dire si vous avez eu le temps de jeter un coup d'œil à mes photographies ?
— Bien sûr ! Elles sont superbes. D'ailleurs, je les ai déjà toutes vendues. J'espérais que vous m'en apporteriez d'autres.
— J'y travaille.
— Parfait.
Depuis trois ans qu'ils se connaissaient, c'était la conversation la plus longue et la plus intime qu'ils aient jamais eue.
— Vous n'êtes toujours pas venue faire un tour chez André, ajouta Jon. Ça m'aurait pourtant fait plaisir de cuisiner un plat tout spécialement pour vous.
— J'apprécie sincèrement votre invitation, mais je ne veux pas que vous vous mépreniez sur mon compte. Si vous m'accompagnez à cette fête, ce sera en tant qu'ami. Mais si vous veniez, ce serait formidable car je voudrais tellement que vous rencontriez Terri. Au fait, vous ai-je dit que ça se passait au bar du Captain's Galley ?
Elle avait parlé d'un seul trait et le souffle court.
Elle ajouta :

— Ce sera la nuit d'Halloween.

— Je vous rappellerai.

Après deux nuits et deux jours merveilleux avec Seth, Justine ne nourrissait plus aucun doute à propos de son mariage. Elle n'avait jamais été aussi amoureuse de sa vie.

Partir pour l'Alaska sur un coup de tête, sans prévenir quiconque, aurait pu sembler à n'importe qui une initiative ridicule. Mais elle avait retrouvé Seth et, pour elle, c'était le signe qu'ils étaient réellement faits l'un pour l'autre.

Dans quelques semaines il serait de retour à Cedar Cove. Ils pourraient alors discuter de l'avenir, échafauder des plans pour organiser leur vie commune. Avant de le revoir, une foule de questions s'étaient pressées dans sa tête, mais maintenant qu'ils étaient réunis, elles semblaient avoir perdu de leur urgence. La seule chose qui comptait, c'était d'être dans les bras de Seth.

Si Seth le lui demandait, elle accepterait sans hésitation de vivre sur son bateau pendant le restant de ses jours. Mais elle soupçonnait qu'il aurait probablement envie d'emménager chez elle, car c'était plus pratique au quotidien pour eux d'eux.

Elle lui raconta tout : ses craintes de le perdre et le fait qu'elle avait passé quelques nuits sur son bateau quand elle avait le moral au plus bas, pour se sentir plus proche de lui. Il en fut profondément touché. Il la couvrit de baisers pendant qu'elle lui décrivait ses doutes, en lui murmurant des paroles rassurantes et de belles promesses.

Quand elle rentra d'Alaska, elle était plus amoureuse que jamais.

Le vendredi soir qui suivit son retour, elle décida de passer voir sa mère qui habitait dans Lighthouse Road. Lorsqu'elle se gara devant la haute maison à deux étages, entourée d'une vaste terrasse, Olivia Lockhart était déjà sur le seuil à l'attendre.

— Bonjour maman.

— Justine, je suis si heureuse de te voir ! Ça fait une éternité que tu n'étais pas passée.

— J'étais très occupée. En fait le week-end dernier, je suis partie pour l'Alaska rejoindre Seth.

— Pour l'Alaska ? Tu aurais au moins pu prévenir quelqu'un.

— C'est vrai, ce n'était pas très raisonnable de ma part, admit-elle.

Elle n'était pas venue pour se disputer avec sa mère.

— Entre donc, insista Olivia en s'enveloppant frileusement dans sa veste de laine. Il fait frais, ce soir.

Justine la suivit docilement à l'intérieur. La cuisine était la pièce la plus confortable et il semblait parfaitement naturel de s'y installer plutôt qu'au salon.

— Une tasse de thé ? lui proposa Olivia.

C'était un rituel qu'elles ne manquaient jamais de respecter lorsqu'elles se retrouvaient.

— S'il te plaît.

Sa mère mit de l'eau à bouillir.

— Comment va Seth ?

— En pleine forme. Il sera bientôt de retour. Il me manque tellement ! C'est la raison pour laquelle je suis partie le voir. Je ne supportais plus d'être séparée de lui. J'ai appelé la compagnie aérienne, j'ai réservé une place et je suis partie sans savoir où il se trouvait exactement. Je n'ai rien dit à personne car j'avais peur qu'on ne cherche à me faire changer d'avis.

— Et tout ça pour retrouver ton mari ?

— Oui, je suis vraiment amoureuse de lui, maman !

Elle s'attendait que sa mère se réjouisse, mais Olivia fronça les sourcils d'un air soucieux.

— Qu'est-ce qui ne va pas ?

Olivia s'assit en face d'elle.

— Seth sait-il que tu as déjeuné avec Warren ?

— J'ai aussi déjeuné avec Maryellen Sherman en début de semaine dernière, fit-elle pour changer de sujet.

En ce qui la concernait, Warren appartenait désormais résolument au passé.

— Elle voulait me féliciter pour mon mariage.

Sa mère posa la théière sur la table.

— Tu ne veux pas qu'on discute de Warren ?

— Non.

— Comme tu voudras. Alors parle-moi de Seth. Quand est-ce qu'il revient ?

Justine ne se fit pas prier. Plus elle parlait, plus sa mère se détendait et Justine en devina bientôt la raison. Olivia comprenait enfin combien son amour pour Seth était sincère et sans faille. Et elle voyait bien que rien de ce que ferait ou dirait Warren n'était de nature à changer ses sentiments.

— Comment se porte Maryellen ? s'enquit Olivia, tout en versant à sa fille une seconde tasse de thé. Je vois Grace toutes les semaines à notre cours d'aérobic, mais nous avons rarement l'occasion de discuter. En fait, on a besoin de garder toute notre énergie pour respirer ! Est-ce que Maryellen t'as appris que Grace avait entamé sa procédure de divorce ?

— Oui. Et en parlant de divorce, je n'ai jamais su pourquoi Maryellen avait divorcé, elle aussi.

Elle ne s'était jamais posé la question, à vrai dire. A l'époque, elle n'avait que quatorze ans et tout ce dont elle se rappelait, c'était que sa mère passait beaucoup de temps au téléphone à discuter avec Grace. Maryellen était revenue dans le giron familial pendant quelques mois, puis avait repris son nom de jeune fille, effaçant ainsi toute trace de son mariage.

Olivia versa une petite cuillérée de sucre dans son thé.

— Je crois que tout le monde l'ignore, même Grace. Lorsque Maryellen a épousé Clint, on a tous pensé — Grace la première — qu'il n'était pas l'homme qui convenait.

— Et toi, que penses-tu de notre couple à Seth et moi ?

Elle leva des yeux pleins d'espoir vers sa mère, confiante en son jugement et en sa sagesse.

— Seth est parfait pour toi, ma chérie. Je le trouve adorable et je suis très heureuse pour vous deux.

Justine sourit.

— Je le crois aussi, maman, sincèrement.

Pour la première fois depuis longtemps, le souvenir de son frère lui revint à la mémoire. Seth et Jordan avaient été des amis inséparables, jusqu'au jour où Jordan s'était noyé, l'été de leurs treize ans. Seth était en Alaska avec son père, à ce moment-là, et n'avait appris la mort de son ami qu'à son retour à Cedar Cove. Justine était avec Jordan ce jour fatal d'août. Elle avait tenu contre elle son corps sans vie, jusqu'à ce que les secours arrivent. C'était son frère jumeau mais aussi son meilleur ami. Sa vie n'avait plus été la même après cet horrible incident. Ses parents avaient divorcé et son père, à sa profonde indignation, s'était remarié sans attendre. James, son frère cadet, semblait avoir été moins touché par ces drames familiaux, mais elle, elle en avait énormément souffert.

— A quoi penses-tu ? lui demanda sa mère avec un léger froncement de sourcils.

Justine secoua la tête.

— Rien d'important, mentit-elle.

Elle ne voulait pas réveiller des souvenirs encore douloureux à cette heure. Olivia non plus ne s'était jamais remise de la mort de Jordan.

Avalant la dernière goutte de thé, la jeune femme se dirigea vers l'évier et y déposa sa tasse.

— Je ferais mieux de rentrer.

— Merci d'être passée, lui dit Olivia en lui caressant la joue. Je suis vraiment contente pour Seth et toi, tu sais…

— Je suis très heureuse, maman, répondit Justine en prenant spontanément sa mère dans ses bras. La prochaine fois, je n'attendrai pas aussi longtemps avant de venir te voir.

— C'est super, ma chérie.

Lorsque Justine rentra chez elle, elle trouva un mot de la

gérante de l'immeuble accroché à sa porte, sur lequel elle lui signalait qu'elle avait réceptionné en son nom une livraison.

Après avoir consulté son courrier à la hâte, Justine se précipita chez elle. Un énorme bouquet disposé dans un grand vase de cristal l'y attendait. La jeune femme resta bouche bée devant la magnifique gerbe de graminées, d'œillets, de lis roses, d'iris et d'autres fleurs dont elle ignorait le nom. C'était bien évidemment Seth qui avait voulu lui faire une surprise.

Folle de joie, elle se précipita chez elle avec le vase, pour lire tranquillement la carte. Seth l'aimait, elle lui manquait et il avait dû intuitivement comprendre qu'elle aurait bien besoin de réconfort et d'être assurée de son amour pendant les quelques semaines où ils seraient encore séparés.

Un seul mot figurait sur la carte : *Warren*.

Justine lança rageusement le carton sur le comptoir de la cuisine, mais posa tout de même le vase sur la table du salon. Chaque fois qu'elle le regardait, son cœur se serrait et elle ne savait dire si c'était de déception qu'il ne provienne pas de Seth ou d'agacement qu'il soit de Warren.

Une heure plus tard, alors qu'elle avait la tête plongée dans le réfrigérateur à la recherche de quelque chose à grignoter pour le dîner, la sonnerie de la porte d'entrée résonna.

Quand elle ouvrit, Warren se tenait devant elle, le sourire aux lèvres, dans un élégant costume qui avait dû lui coûter une petite fortune.

— Bonsoir Justine.

— Salut Warren…

— Tu as reçu mes fleurs ?

Elle ne l'invita pas à entrer.

— Oui, mais tu n'aurais pas dû.

— Je voulais te remercier d'avoir accepté de déjeuner avec moi.

Elle n'en croyait pas un mot, mais elle répondit tout de même :

— C'est très attentionné de ta part.

Il croisa son regard, puis détourna les yeux.

— Je peux entrer ?

Elle secoua la tête.

— Je ne crois pas que ce soit une bonne idée.

Si sa mère était au courant de leur rencontre, Justine devinait quelle n'était pas la seule en ville dans ce cas. Et elle ne souhaitait pas alimenter les commérages en recevant Warren chez elle en l'absence de Seth.

— Fort bien, répondit Warren, visiblement blessé. Je n'ai pas l'intention de m'imposer.

— Tu ne me déranges pas, mais…

Elle s'interrompit soudain. Warren était un homme rusé qui savait comment parvenir à ses fins et elle n'allait pas lui tendre une perche pour le sortir de ce mauvais pas.

Il attendit qu'elle poursuive, mais comme elle se taisait, il lui demanda :

— Tu as des projets pour ce soir ?

Absolument aucun, songea-t-elle, mais il était hors de question qu'elle le lui avoue. En réalité, elle s'apprêtait à regarder pour la deuxième fois la série télévisée *Nash Brigdes.*

— Pourquoi ?

— J'espérais qu'on dînerait ensemble. Mais je ne veux pas te mettre la pression. Comme Seth est parti depuis pas mal de temps déjà, je me suis dit qu'une soirée en ville te ferait peut-être plaisir.

— Non merci, Warren.

Il haussa les épaules.

— Il n'y pas de mal à demander, si ?

— Non, mais de mon côté je pense qu'il ne serait pas correct de ma part d'accepter ton invitation.

Il leva les sourcils comme si sa réponse l'étonnait au plus haut point.

— On ne doit plus se revoir tous les deux. Ce n'est plus possible. Et j'apprécierais que tu n'insistes pas. Ne viens plus, que ce soit au travail ou ici.

— Justine, tu sais très bien que je n'ai aucunement l'intention de faire quoi que ce soit qui puisse mettre en péril ta relation avec Seth…

— Ce que je pense n'a pas d'importance, Warren. Mais, je te le redis, ne cherche plus à me revoir.

— Tu lui as dit que nous avions déjeuné ensemble et ce gros balourd est jaloux ! s'exclama-t-il avec un rire lugubre.

Elle ne prit pas la peine de défendre Seth ou de lui trouver des excuses. Il n'appréciait pas qu'elle rencontre Warren en son absence et, pour elle, les choses étaient donc claires. Elle n'aurait plus aucune relation avec lui. Excepté leur récent déjeuner ensemble, cela faisait d'ailleurs des semaines qu'ils ne se fréquentaient plus. Et rien ne lui ferait changer d'avis.

— La prochaine fois…, commença-t-il.

— Warren, s'il te plaît, fit Justine d'un ton las, pour lui faire comprendre que cette conversation l'ennuyait. Va-t'en…

Elle ne voulait pas qu'ils se mettent à se disputer sur le pas de la porte, mais Warren ne l'entendait pas ainsi.

— Tu ne vois donc pas ce qu'il est en train de faire de toi ?

— Warren…

— Justine, tu dois résister. J'espérais que tu retrouverais tes esprits…

Fatiguée de l'entendre, elle lui claqua la porte au nez et se laissa aller contre le battant. Elle avait été stupide d'accepter son invitation à déjeuner. Elle comprenait maintenant les craintes de Seth. Warren n'aurait jamais pu devenir un ami, comme elle l'avait naïvement cru. Il était trop possessif, trop exigeant. Par ailleurs, Cedar Cove était une petite ville où tout se savait. Il était hors de question qu'elle humilie Seth en laissant croire aux gens qu'elle voyait Warren — son supposé ancien amant — derrière son dos.

*
* *

Jack Griffin éclaboussa ses joues fraîchement rasées d'eau de Cologne et la sensation de picotement qu'il éprouva lui fit cligner les yeux. Il contempla son reflet dans le miroir embué, en soulevant plusieurs fois les sourcils de manière drolatique.

— Ce soir, c'est le Grand Soir !, s'exclama-t-il à voix haute, tout en se disant qu'il arriverait peut-être à attirer cette nuit même Olivia Lockhart dans son lit.

Leur relation s'améliorait de jour en jour. Mais ils étaient tous deux des adultes matures et, avec les années, ils étaient devenus plus patients. Par prudence sans doute. Ils n'étaient plus comme les jeunes à la merci de leurs hormones. Pourtant, Jack était dans la force de l'âge et rien ne lui aurait fait plus plaisir que d'avoir un rapport plus physique avec Olivia. Les baisers et les caresses dont ils se contentaient habituellement commençaient à le frustrer.

Olivia était bien différente des autres femmes qu'il avait connues. Elle avait de la classe et de la culture, tandis que lui, ancien alcoolique repenti, se battait encore avec ses vieux démons.

Grace Sherman lui avait glissé à l'oreille que ce serait bientôt l'anniversaire d'Olivia et il lui en était reconnaissant. C'était l'occasion rêvée pour lui montrer combien il tenait à elle. Il avait passé beaucoup de temps à la recherche du cadeau idéal. Il désirait lui offrir quelque chose qui puisse lui révéler les sentiments profonds qu'il éprouvait à son égard. Un cadeau qui conviendrait bien à une femme comme elle, à la fois sophistiquée et naturelle. C'est ainsi qu'il avait opté pour un joli bracelet en diamants.

Il enfila une chemise propre et s'empara de l'écrin en velours gris pour examiner une fois encore le bijou. Il était magnifique. Il n'avait jamais rien acheté d'aussi beau, pas même à son ex-femme. Le joaillier lui en avait vanté la qualité et lui avait fait une réduction de dix pour cent, lorsque Jack avait manifesté un réel intérêt pour cet objet. Il trouvait donc qu'il s'en était bien tiré et, avec l'argent ainsi économisé, il offrirait un dîner raffiné à Olivia au Captain's Galley. Il prenait plaisir à imaginer sa réaction quand elle ouvrirait le petit coffret. Cela faisait deux fois qu'il déballait le bracelet et le fit encore, afin de s'assurer qu'il était aussi ravissant que dans son souvenir.

Tout en sifflotant, il acheva de s'habiller. Ce soir peut-être, se dit-il avec ardeur, à la pensée d'Olivia abandonnée dans ses bras.

— Papa ?

Jack passa la tête par l'entrebâillement de la porte de sa chambre.

— Eric, c'est toi ?

Que faisait donc son fils chez lui à cette heure ?

Il sortit de sa chambre et le trouva au milieu du salon, une valise à la main.

— Tu t'apprêtais à sortir ?

— Oui, mais j'ai le temps, lui assura Jack.

Eric avait une mine épouvantable. Les épaules basses, il était l'image même du désespoir.

— Que se passe-t-il ?

Il posait la question mais savait par expérience que seule une femme pouvait mettre un homme dans un état aussi pitoyable.

— Tu t'es disputé avec Shelly ?

— On peut dire ça comme ça, répondit Eric d'un ton sinistre.

Jack comprit qu'il ne s'agissait pas d'une querelle ordinaire.

— Elle t'a mis à la porte ?

Eric hocha la tête en signe d'acquiescement, puis se laissa tomber lourdement sur le canapé.

— Papa, j'aimerais qu'on discute. Tu as quelques minutes à m'accorder ?

Les relations de Jack avec son fils avaient toujours été quasi inexistantes. Eric avait pratiquement tout le temps vécu avec sa mère. Et même après qu'il eut arrêté de boire, Eric avait rejeté tous les efforts qu'il avait tentés pour rétablir des rapports normaux entre eux. Leurs retrouvailles dataient de peu. Ils s'étaient retrouvés pour dîner dans un restaurant sur les quais à Seattle, en compagnie d'Olivia, d'ailleurs. Encouragés par cette sortie réussie, ils se voyaient une fois par mois environ depuis.

Jack était tout heureux d'être en meilleurs termes avec son unique enfant. Il avait cependant encore beaucoup de choses à prouver, non seulement à Eric, mais à lui-même. Et il ne voulait en aucun cas que quoi que ce soit vienne perturber cet équilibre encore fragile.

— Bien sûr que j'ai le temps. Raconte-moi ce qui te chagrine.

Il s'assit en face de lui, se penchant en avant pour lui prouver tout l'intérêt qu'il lui portait.

— C'est à propos de Shelly et de sa grossesse, murmura Eric.

Jack l'avait deviné.

— Il est impossible que cet enfant soit de moi. Je le lui ai dit et elle s'est mise dans une rage folle. Elle m'a averti que si j'avais dans la tête qu'elle était enceinte de quelqu'un d'autre, alors nous n'avions plus rien à faire ensemble.

— Je suis persuadé qu'elle a un peu exagéré et que les mots ont dépassé sa pensée, répondit Jack doucement. Quand les femmes s'emportent, elles sont capables de lancer des paroles très blessantes.

— Elle avait pourtant l'air de croire ce qu'elle disait, car elle m'a chassé de l'appartement.

Eric semblait sur le point de pleurer.

— Elle m'a aussi prévenu qu'elle ne souhaitait plus me revoir.

— Elle ne le pensait pas vraiment.

— Mais si, je t'assure.

— Bon, peut-être sur le moment, mais tu verras qu'elle va certainement changer d'avis.

Jack s'en voulait de ne pas mettre plus de conviction dans ses paroles, mais il était incapable de trouver les mots.

— Bientôt, elle te dira de revenir.

— J'espère bien ! Le logement est loué à mon nom, ajouta-t-il, et je ne veux pas qu'elle déménage. Elle n'a qu'à rester dans cet appartement.

— Et toi ? Où iras-tu ?

Eric hésita, puis lui jeta un coup d'œil.

— Ça te dérangerait si je restais ici, le temps de me retourner ?

— Avec moi ? répéta Jack d'un air ébahi.

Il regretta immédiatement sa réaction, qui pouvait passer pour un refus.

— Eh bien, j'imagine que ça ne posera pas de problèmes majeurs pour quelques jours…

Adieu les soirées romantiques avec Olivia sur lesquelles il avait tant compté !

— Je vais faire en sorte que tout soit vite résolu, dit Eric avec un enthousiasme un peu forcé.

— Je pense que tu vas y arriver, répondit Jack en se voulant aussi optimiste que possible. Je vais te dire le fond de ma pensée : d'après moi, Shelly va t'appeler demain matin pour te dire de rentrer à la maison.

— Tu le penses vraiment ?

— Bien sûr.

Eric secoua la tête d'un air lugubre.

— J'ai des doutes, papa. D'abord, je ne lui ai pas dit que je venais te voir et ensuite…

Il s'arrêta et passa la main sur son visage.

— Tu crois que les médecins auraient pu se tromper sur mon compte ?

La lueur d'espoir dans ses yeux faisait peine à voir.

— Tu veux dire au sujet de tes chances ou non d'être père ?

— Oui. Est-ce que j'ai la moindre chance ?

Jack hocha la tête d'un air pensif.

— Le diagnostic à ce propos a été fait il y a longtemps... Il ne serait peut-être pas inutile de refaire des examens. Et puis les recherches en paternité sont des choses que l'on pratique couramment maintenant.

— Oui, mais Shelly a dit que...

Il soupira profondément.

— ... que je devrais avoir honte de la soupçonner de sortir avec un autre homme. Mais il y a quelque temps de ça, elle a parlé de ce nouveau gars avec qui elle travaille et ils semblaient vraiment bien s'entendre. Ils ont fait beaucoup d'heures supplémentaires en même temps et maintenant, elle se retrouve enceinte. Tu ne trouves pas ça un peu louche ?

Jack jeta un coup d'œil à sa montre. Il devait passer prendre Olivia dans cinq minutes.

— Il faut que tu y ailles, c'est ça ?

— Laisse-moi voir ce que je peux faire, dit Jack avec un pincement au cœur.

Il lui était impossible de laisser Eric seul face à ses problèmes. Son fils était bouleversé et avait besoin de s'épancher. Pendant des années, il l'avait négligé et il n'allait pas de nouveau faillir à son rôle de père.

— Je vais passer un coup de fil à Olivia. Elle comprendra.

— Tu es sûr que ça ne te gêne pas ?

— Mais non, absolument pas.

Démoralisé, il s'enferma dans sa chambre et composa le numéro d'Olivia.

Elle lui répondit presque immédiatement et sembla surprise d'entendre sa voix.

— Je ne pourrai pas venir, Olivia.

— Oh..., fit-elle, apparemment aussi déçue que lui.

— Eric vient de débarquer chez moi.

— Ah bon ? Que se passe-t-il ?

— Shelly l'a chassé de leur appartement et il est venu se réfugier ici. Il a besoin de parler à quelqu'un. Il va rester quelques jours.

Il soupira.

— Je suis vraiment désolé, mais tu me comprends n'est-ce pas ?

— Bien sûr, dit-elle avec douceur. C'est ton fils. Je vais appeler ma mère pour ne pas annuler la réservation, reprit-elle. J'aurais préféré dîner avec toi, mais je ne t'en veux pas. Les enfants — quel que soit leur âge — passent avant tout. Tu connais mon opinion à ce sujet. Merci de m'avoir prévenue, Jack, et bonne chance.

Elle approuvait sincèrement qu'il fasse un effort pour communiquer avec son fils et qu'il se montre sincère avec elle. Elle détestait les secrets. Jack l'avait compris lorsqu'il avait essayé de lui cacher qu'il était un alcoolique repenti.

— A plus tard, alors, fit Olivia.

— A plus tard…

Alors qu'il était sur le point de raccrocher, il ajouta :

— Olivia ?

— Oui ?

— Joyeux anniversaire !

5

— Olivia ? Bonjour, c'est Grace… Est-ce que tu es libre, ce soir ?

Olivia fut enchantée d'entendre son amie au téléphone.

— Oui… Tu as quelque chose à me proposer ?

— Que dirais-tu d'un match de football ? On pourrait ensuite aller dîner quelque part. Ça fait une éternité qu'on n'a pas pris le temps de discuter.

Depuis la disparition de Dan, Grace s'était en effet refermée sur elle-même et, hormis le mercredi soir, où elles se retrouvaient à leur cours de gym, elles ne s'étaient guère vues. Les rares conversations qu'elles avaient partagées s'étaient avérées brèves et superficielles, comme si Grace refusait de sortir de ce chagrin qui rongeait sa vie. Elle trouvait toujours une bonne excuse pour remettre à plus tard des visites ou des rencontres.

Malgré son inquiétude, Olivia avait respecté ce besoin de solitude, nécessaire pour faire le deuil de cet époux si mystérieusement disparu, et ces dérobades de la part de Grace n'avaient en rien altéré leur amitié solide et sincère. Elle l'avait d'ailleurs soutenue pendant ces moments difficiles, lui écrivant régulièrement des messages et des cartes postales. C'était la première fois depuis longtemps que Grace lui proposait de sortir et Olivia était ravie de constater que son amie sortait enfin de sa prostration.

— Un match puis un restaurant ? C'est une excellente idée ! répondit-elle.

— Je savais que ça te plairait…

L'invitation était d'autant plus bienvenue qu'Olivia n'avait eu aucunes nouvelles de Jack depuis qu'il avait annulé leur soirée, une semaine auparavant. Il ne s'était pas manifesté et elle était lasse de lui chercher des excuses. Il n'était pas non plus venu à leur rendez-vous rituel du mardi soir. Elle comprenait bien la raison de son désistement, mais elle s'était attendue qu'il lui adresse un petit mot, ensuite, ne serait-ce que pour l'informer de l'état d'Eric et aussi peut-être pour lui avouer qu'elle lui manquait. Il aurait pu appeler pour qu'ils essaient de se rencontrer la semaine suivante ou même plus tard dans le mois. Mais il l'avait tout simplement ignorée.

— On se retrouve au terrain à 19 heures ?

— Parfait… J'y serai, répondit Olivia.

Elle était contente de sortir et d'avoir quelque chose à faire. Tout spécialement avec sa meilleure amie qui semblait enfin prête à émerger de son isolement. Quant à elle, sa vie sociale depuis des mois se résumait à ses rendez-vous avec Jack et aux moments du week-end qu'ils passaient ensemble.

A 19 heures tapantes, Olivia et Grace se retrouvèrent près de la clôture du stade de football du lycée de Cedar Cove. Le terrain était tout illuminé et les gradins se remplissaient rapidement des deux côtés. Grace portait un pantalon en lin gris et une veste en laine dans un écossais bleu-vert. Elle avait raccourci ses épais cheveux cendrés et cela lui allait à ravir. Dan avait toujours préféré qu'elle garde les cheveux mi-longs — un souvenir de leur adolescence —, mais désormais il n'était plus là pour imposer ses goûts.

— Tu as l'air en pleine forme, la complimenta Olivia, comme elles attendaient pour acheter leurs billets.

— Je le suis, mais quand on se voit à l'aérobic, où je suis en train de suer sang et eau, je reconnais que ce n'est pas évident à constater !

Olivia sourit.

— Tu te souviens quand nous étions au lycée et qu'on venait encourager l'équipe de Cedar Cove ? continua Grace, alors qu'elles s'acheminaient lentement vers la caisse.

— Et comment ! Bob Beldon et Dan étaient nos héros.

Olivia s'interrompit aussitôt, regrettant d'avoir mentionné le nom de Dan.

Grace lui toucha le bras, la rassurant implicitement.

— C'est exactement ce à quoi je pensais. Dan était un véritable athlète quand il était jeune. Je me rappelle encore cette année mémorable où, grâce à lui, l'équipe de Cedar Cove a été sélectionnée en finale pour la première fois depuis des années.

— Moi aussi, répondit Olivia en lui jetant un coup d'œil inquiet. Ce n'est pas trop douloureux de parler de Dan ?

Grace détourna le regard.

— Pas vraiment. Je garde de bons souvenirs des débuts de notre relation, avant la guerre du Viêt-nam.

Elle resta silencieuse un moment, puis revint à ce qui constituait pour elle la pierre d'achoppement :

— Je n'arrive toujours pas à comprendre pourquoi il m'a quittée de cette manière ! J'y ai réfléchi des centaines de fois et je n'ai pas de réponse satisfaisante. Le plus frustrant, c'est que je ne connaîtrai probablement jamais le fin mot de toute cette histoire. Tout ce que je peux dire, c'est qu'il est parti sans état d'âme apparemment. Quant à moi, il faut maintenant que j'organise ma vie sans lui et que j'aille de l'avant.

— Tu as toujours été une femme énergique et tu sais rebondir. Tu me sembles aujourd'hui encore plus déterminée qu'auparavant.

— J'aimerais que ce soit vrai ! murmura Grace, puis elle contempla le ciel clair et changea de sujet.

— J'adore cette époque de l'année.

— Moi aussi…

Bientôt cependant, les pluies d'automne arriveraient et les

soirées lumineuses céderaient la place aux rafales de vent accompagnées d'un crachin persistant.

Après avoir payé leurs tickets, elles achetèrent un programme à l'un des entraîneurs de l'équipe. Puis elles s'engagèrent sur les gradins à la recherche de places disponibles.

— Olivia ! Grace !

Olivia se retourna : sa mère agitait frénétiquement son bras droit au-dessus de sa tête pour attirer leur attention. Elle était installée juste à côté de Cliff Harding, les jambes enveloppées dans un petit plaid rouge. Quant à Cliff, il portait une veste en cuir à franges et son éternel Stetson.

Olivia lui fit un signe en retour et demanda à Grace :

— Ça ne te dérange pas si on s'assoit près de maman ?

Sa question concernait en fait implicitement Cliff Harding.

— Non, pas du tout.

Elle surprit le coup d'œil que Grace jeta en direction de Cliff et le sourire qu'ils échangèrent tous les deux.

« Tiens, tiens… Tout ceci est fort intéressant », songea-t-elle en se dirigeant vers eux.

Elle embrassa sa mère en passant près d'elle et prit place un peu plus loin, manœuvrant discrètement afin que Grace se retrouve près de Charlotte, et par conséquent plus près de Cliff, posté juste à côté de l'allée centrale.

— Quel plaisir de vous voir ! s'exclama Charlotte, réellement ravie. C'est la première fois que Cliff assiste à un match de football à Cedar Cove. Est-ce que vous avez lu mon article dans le journal, cette semaine ?

— Je l'ai lu, maman, c'était vraiment très bien.

— Je n'ai pas mâché mes mots pour soutenir nos jeunes, hein ? Qu'est-ce que tu en dis ?

Charlotte tenait une chronique réservée aux seniors dans le *Chronicle*.

— Cliff aussi l'a lu. Je l'ai averti que s'il souhaitait faire partie de notre communauté, il était nécessaire qu'il vienne soutenir en personne notre équipe !

Cliff, qui étudiait le programme, fut impressionné par le nombre de sponsors locaux qui finançaient l'équipe.

— La dernière fois que je suis allé à un match, je devais avoir seize ans.

— Ici, le football est un sport que les gens prennent très au sérieux, lui expliqua Olivia.

— C'est ce que j'ai cru comprendre.

Le match était sur le point de démarrer et il ne restait plus que des places debout. Outre l'équipe de football, la fanfare de l'école, les « pom-pom girls » et les entraîneurs étaient présents ce soir-là.

— Vous avez prévu quelque chose après le match ? s'enquit Cliff, mais Olivia nota que la question s'adressait plutôt à Grace.

— Olivia et moi allons dîner au restaurant.

— Cliff m'a invitée lui aussi, les informa Charlotte. On pourrait peut-être manger tous ensemble ?

— Très bonne idée !

Olivia pouvait se permettre de répondre pour deux : elle se doutait que Grace ne ferait aucune objection.

Le match était maintenant bien entamé et le jeu très serré entre les deux équipes. Une fois encore, Olivia fut sidérée par le nombre de personnes que connaissait sa mère. Charlotte n'arrêtait pas de saluer les uns et les autres. Non seulement sa chronique hebdomadaire l'avait rendue populaire, mais elle était appréciée pour ses activités caritatives, notamment le travail de bénévole qu'elle accomplissait dans le centre de convalescence où elle avait rencontré Tom Harding.

L'équipe du lycée l'emporta finalement à l'arrachée dans les cinq dernières secondes, avec un tir au but. Le stade se vida ensuite peu à peu dans une atmosphère de fête.

Cliff suggéra qu'ils aillent au Captain's Galley. Ils se retrouvèrent donc là-bas et furent rapidement conduits jusqu'à une table pour quatre personnes, un peu isolée, où ils pourraient discuter à leur aise. Olivia remarqua que Cecilia Randall y travaillait encore comme hôtesse, mais elle n'eut pas le temps d'échanger un mot avec la jeune femme. Une fois qu'ils furent assis, la conversation s'engagea, vive et animée, et le resta pendant le tout le repas.

Malgré ses efforts pour participer à la bonne humeur ambiante, cependant, Olivia n'arrêtait pas de penser à Jack. Discrètement, elle avait essayé de le repérer dans le stade. C'était lui qui rédigeait généralement les articles sur le football, parce qu'il adorait ce sport. Ils avaient d'ailleurs assisté tous les deux un nombre incalculable de fois à des matchs et autres événements sportifs. Pourtant, elle ne l'avait pas aperçu ce soir-là.

Naturellement, elle pouvait lui téléphoner. Ils ne s'étaient pas querellés, même si elle se demandait pourquoi il n'avait pas cherché à la contacter, alors que c'était lui qui avait annulé leur rendez-vous. Peut-être qu'Eric était toujours avec lui, mais il ne s'occupait quand même pas vingt-quatre heures sur vingt-quatre de son fils !

La conversation s'interrompit lorsque les plats arrivèrent, puis reprit de plus belle sur les sujets les plus variés. Après avoir âprement discuté du match, ils passèrent à l'économie locale. Olivia plaçait une phrase de temps à autre, tout en mangeant distraitement sa salade de crabe, mais elle n'avait pas le moral. Jack occupait toutes ses pensées.

Elle était sortie avec d'autres hommes depuis son divorce, mais Jack lui avait apporté quelque chose de plus. Ils étaient très différents l'un de l'autre, tant par leur personnalité que par leurs origines, et il donnait du piment et de la fantaisie à sa vie quelque peu rigide, tout en lui procurant un nouvel équilibre. Avec lui, elle se sentait libre de rire à sa guise et de sortir de ce carcan de conventions dont elle était devenue prisonnière depuis qu'elle avait endossé ses fonctions de juge. Jack n'était pas conformiste, il avait de l'esprit et une bonne dose d'humour. En d'autres termes, il lui manquait terriblement.

On leur remit l'addition et, avant que quiconque ait pu esquisser la moindre objection, Cliff s'en empara.

— C'est moi qui régale, mesdames…

Olivia s'y opposa. Elle n'aurait jamais accepté l'invitation si elle avait su que Cliff paierait à leur place.

— Je ne peux pas vous laisser faire, objecta-t-elle.

— Allez ! Ce n'est pas tous les jours qu'un homme a la chance d'être vu en compagnie de trois belles femmes.

— C'est très gentil de votre part, dit alors Charlotte en lui tapotant la main.

Puis elle jeta un regard appuyé à sa fille, l'enjoignant d'accepter l'invitation en toute simplicité.

Grace partit d'un rire joyeux.

— J'espère que c'est la bonne carte de crédit cette fois !

Ils s'esclaffèrent tous et, après avoir savouré leur café, ils se séparèrent.

— Je t'ai trouvée bien silencieuse ce soir. Tu as des problèmes ? demanda Grace à Olivia comme elles s'en retournaient à pas lents vers le parking où elles avaient laissé leurs voitures.

Olivia avait espéré profiter de leur repas pour parler avec Grace en privé mais, du fait de la présence de sa mère et de Cliff, cela n'avait pas été possible.

— C'est difficile d'en placer une avec ma mère ! fit-elle en plaisantant.

— Tout va bien avec Jack ?

C'était tout Grace, cela… Elle se souciait de ses amis, alors que sa vie à elle était en plein bouleversement.

— Je crois que oui, répondit Olivia, puis elle ajouta : Enfin, j'espère…

— Moi aussi, j'espère. Tu mérites d'être heureuse.

Elles se quittèrent en se promettant de se revoir bientôt.

Quand Olivia arriva chez elle, elle nota immédiatement que le signal lumineux de son répondeur clignotait. Son cœur fit un petit bond dans sa poitrine. Elle appuya sur le bouton et entendit, soulagée, la voix rocailleuse de Jack.

— Bonsoir, Olivia. Désolé de ne pas t'avoir contactée plus tôt, mais j'ai passé tout mon temps libre à m'occuper d'Eric. J'espérais que tu serais chez toi ce soir, pour qu'on puisse discuter. Tu n'es pas sortie avec un autre homme au moins ?

Il eut un rire forcé.

— Ecoute, je suis vraiment désolé pour la semaine dernière, mais je te revaudrai ça. Rappelle-moi, d'accord ? Je voudrais t'offrir ton cadeau d'anniversaire. J'ai hâte de te voir…

Olivia jeta un coup d'œil à sa montre. Il était presque 23 heures. Trop tard pour rappeler. De toute façon, Jack l'avait fait attendre toute la semaine et elle allait le laisser s'inquiéter un peu jusqu'au lendemain.

Peu de temps après, elle se glissa dans son lit en souriant.

— Tu es toujours décidée à venir accompagnée de ton chef cuisinier, n'est-ce pas ?

Maryellen venait à peine de s'asseoir que déjà Terry la bombardait de questions à propos de Jon. Questions auxquelles il lui était absolument impossible de répondre.

— Comme je te l'ai expliqué, c'est juste une connaissance ! Enfin, non, rectifia-t-elle. Jon est plus qu'une relation d'affaires. Mais il ne m'a pas encore donné sa réponse.

— Oh ! fit Terri, déçue. Alors tu ne sais pas s'il viendra ou non ?

— Je ne peux rien t'assurer pour le moment…

Elle n'avait pas reparlé à Jon depuis leur conversation, une semaine plus tôt, et elle hésitait à le rappeler. Elle se maudissait à présent d'avoir suggéré cette stupide idée de « foire aux célibataires ». Elle se retrouvait maintenant impliquée dans l'organisation de la fête et cette soirée avait pris tellement d'ampleur qu'une foule d'invités était prévue.

— Mais ne t'en fais pas. S'il ne vient pas, je m'arrangerai pour te présenter quelqu'un d'autre.

Les yeux sombres de Terri se mirent à pétiller.

— Tu es vraiment gentille !

Mais le soir d'Halloween, Maryellen vint seule. Jon ne l'avait pas rappelée et elle n'avait pas cherché d'autre cavalier.

Déçue et soulagée à la fois, elle se tenait dans le coin le plus sombre du bar, au-dessous d'une fausse araignée qui se balançait au bout d'une toile. La pièce était comble, avec peut-être une centaine de femmes et d'hommes, certains costumés, d'autres en tenue de week-end, qui avaient l'air de s'amuser. Elle-même ne se sentait pas à sa place dans cette ambiance qu'elle jugeait artificielle.

Soudain, Jon fut près d'elle, une chope de bière glacée à la main.

— Bonsoir Maryellen...

— Oh, vous êtes venu finalement !

Brillante repartie ! Elle se traita d'idiote intérieurement. Il était forcément venu, puisqu'il se tenait devant elle !

— Je suis surprise de vous voir, car vous ne m'aviez pas confirmé votre venue.

— C'est vrai que j'aurais dû vous avertir, mais je voulais d'abord m'assurer que j'étais bien libre.

— Tout va bien. Ce n'est pas la peine de vous excuser.

— Entre le restaurant et la photographie, je travaille énormément. Il m'arrive de perdre complètement la notion du temps.

— Je comprends parfaitement.

Il but une gorgée de bière.

— Je vous offre quelque chose à boire ?

— Non, merci.

Jetant un regard dans la pièce, elle aperçut Terri, déguisée en Cléopâtre, les yeux lourdement maquillés, les cheveux coiffés d'une perruque noire.

— Voici la femme que je voulais vous présenter.

— Très bien, répondit Jon en la suivant, tandis qu'elle fendait la foule en agitant la main vers la jeune femme.

— Terri !

Celle-ci avait engagé la conversation avec une personne déguisée en sorcier et dont il était difficile de déterminer le sexe.

— Voici Jon…

— Bonsoir, dit Terri en se tournant vers lui comme si elle avait attendu toute sa vie ce moment-là.

Le sorcier délaissé se perdit bien vite dans la foule.

— Ravi de vous rencontrer, Terri, répondit Jon.

— Maryellen m'a dit que vous étiez chef cuisinier.

Elle s'approcha de lui et Maryellen s'aperçut qu'elle était légèrement ivre. Elle se mordit la lèvre, sur le point de suggérer qu'il serait peut-être préférable de remettre la discussion à plus tard.

— Je connais bien l'endroit. Vous voulez que je vous guide jusqu'à la cuisine ? proposa Terri à Jon. On pourrait peut-être concocter un petit quelque chose tous les deux.

— Pourquoi pas ? répliqua Jon poliment.

Il avala une autre gorgée de bière et Maryellen vit qu'il faisait tout son possible pour ne pas éclater de rire.

— Vous êtes également photographe à vos heures, il paraît ?

— Oui, quand j'en ai le temps. Je suis plutôt du genre polyvalent.

— En fait, Jon est un photographe talentueux, s'empressa d'expliquer Maryellen, aussitôt gênée de ce qu'il allait penser de cet enthousiasme subit.

Prenant alors un air dégagé, elle s'éloigna d'eux et retourna dans le coin sombre où Jon l'avait dénichée. Mais quelques minutes plus tard, il la rejoignait.

— Alors, c'est donc Terri la femme avec qui vous aviez décidé de m'acoquiner, ce soir ?

— Ça ne vous est jamais arrivé de commettre des erreurs ?

Je regrette sincèrement de vous avoir embarqué dans cette histoire stupide !

Il haussa les épaules, d'un air de dire « ça n'a aucune importance », et ils restèrent silencieux quelques minutes.

Quelqu'un mit une poignée de pièces dans le juke-box et la musique démarra. Plusieurs couples commencèrent à danser sur une piste improvisée et Jon l'invita d'un geste à se joindre à eux.

— On y va ?

Il posa sa bière et l'attira doucement dans ses bras, malgré sa réticence.

— Je ne pense pas que ce soit une bonne idée, fit-elle avec raideur.

Elle aurait voulu s'échapper de ses bras, car leur relation, pensait-elle, devait rester strictement professionnelle. Elle avait pourtant elle-même dérogé à cette règle en l'invitant à la soirée, dévoilant ainsi qu'il ne lui était pas indifférent.

— Détendez-vous, lui murmura-t-il à l'oreille.

— Je n'y arrive pas.

— Mais pourquoi donc ?

Elle soupira.

— C'est une longue histoire, Jon. Ecoutez, sérieusement, ce n'est pas une bonne idée…

— Une seule danse, insista-t-il. D'accord ? Vous me devez bien ça, après le mauvais tour que vous m'avez joué.

Acceptant de mauvaise grâce et consciente qu'elle avait quelque chose à se faire pardonner, elle se laissa entraîner sur la piste. Elle essayait de garder ses distances, mais c'était difficile, car Jon avait glissé fermement les bras autour de sa taille. Il resserra doucement son étreinte au son de *Cherish*.

Maryellen se sentait troublée. Si Jon n'avait pas été si gentil, chaleureux et attentionné, cela lui aurait été plus facile de conserver une certaine froideur.

— C'est mieux, beaucoup mieux, murmura-t-il en la guidant, tandis qu'elle se décontractait petit à petit.

Il lui caressa le dos d'un lent mouvement circulaire et le cœur de la jeune femme se mit à battre plus vite. Quand la musique s'arrêta, elle n'avait plus qu'une envie : rester lovée dans ses bras.

— Ce n'était pas si désagréable que ça, si ? lui demanda-t-il.

Elle cligna des yeux vers lui. Sans s'en rendre compte, elle avait gardé les yeux fermés pendant la danse.

— Non…

Etre contre lui était à la fois effrayant et merveilleux et une sonnette d'alarme se mit aussitôt à résonner dans sa tête. Pourtant, quand la musique redémarra, elle lui entoura le cou de ses bras et s'approcha de lui.

Il ne dit rien, mais ses yeux souriaient.

Ils dansèrent pendant ce qui sembla des heures à la jeune femme. Les morceaux s'enchaînaient sans qu'ils y prêtent attention. Seule comptait la musique continue, qui leur permettait de rester souder l'un à l'autre. Ils ne se parlaient pas, mais une communication sensuelle s'était établie entre leurs deux corps. La manière dont il la tenait contre lui, la façon dont elle répondait étaient les signes manifestes de leur accord.

Une chose pourtant intriguait Maryellen : Jon ne répondait jamais directement aux questions qu'elle lui posait. Avait-il quelque chose à cacher ? Après tout, elle-même avait des secrets, des secrets profondément enfouis qui dataient du début de son mariage. Tout le monde l'ignorait, même sa mère. C'était peut-être ce mystère partagé qui les attirait l'un vers l'autre. Ne pressentait-il pas lui aussi quelque chose de trouble dans sa vie ? Elle était en tout cas sûre d'une chose : les secrets recelaient toujours une menace ou tout au moins un danger latent.

Vers les 2 heures du matin, la fête tirant à sa fin, Jon lui proposa de la raccompagner jusqu'à sa voiture. Elle accepta. Comme le parking du Captain's Galley était déjà complet lorsqu'elle était arrivée, elle s'était garée derrière la galerie d'art. C'était un endroit désert et sombre, et elle était heureuse que Jon lui ait proposé de l'escorter.

— J'ai passé une merveilleuse soirée, lui dit-il, alors qu'ils quittaient la rue principale pour s'enfoncer dans l'obscurité de la petite allée.

— Moi aussi.

— Je vous pardonne d'avoir essayé de me caser auprès de votre amie.

Le visage de Maryellen s'empourpra aussitôt et elle fut heureuse que la pénombre dissimule son embarras.

— Il s'agit d'un malentendu.

Il se mit à rire doucement.

— Si vous le dites.

Comme elle fouillait dans son sac à la recherche de son trousseau de clés, Jon l'arrêta.

— Ça fait un moment que j'ai envie de mieux vous connaître, Maryellen…

La jeune femme sentit son cœur s'emballer et elle chercha désespérément quelque chose de désinvolte à répondre. Mais aucune phrase ne lui vint et elle resta clouée sur place, à le regarder fixement, réalisant qu'il était sur le point de l'embrasser.

Non ! Il en était hors de question. Elle ne pouvait pas le laisser faire… Pourtant, malgré toutes les objections et injonctions possibles qui se bousculaient dans sa tête, elle se vit s'approcher de lui, la tête relevée, les yeux mi-clos.

Il joignit ses lèvres aux siennes, mais non pas pour un long baiser langoureux comme elle s'y attendait. Il la souleva au contraire de terre dans un mouvement presque frénétique et l'embrassa avec fougue, comme s'il était affamé et avait un besoin urgent d'assouvir le désir qu'elle susitait en lui. Sa langue explora longuement sa bouche consentante et elle n'aurait jamais soupçonné que Jon soit si prompt à s'enflammer. Elle crut qu'elle allait s'évanouir sous l'ardeur de ses baisers.

Aucun homme ne l'avait jamais embrassée avec une telle impudeur amoureuse.

Quand il s'écarta d'elle, elle resta un instant sans voix. S'il l'avait lâchée, elle se serait écroulée sur le sol.

— Oh non !

Ce furent les seuls mots qu'elle put prononcer, quand elle recouvra enfin la parole.

— Non ? Mon ego est en train d'en prendre un coup ! C'était donc si affreux ?

— Jon… C'était…

— Génial, si vous voulez mon avis.

— Oui, génial…

— J'ai eu envie de vous embrasser pendant toute la soirée.

Les jambes tremblantes, Maryellen s'adossa à sa voiture. Sans qu'elle puisse se l'expliquer, elle avait envie de pleurer.

— Je crois qu'il faut que nous parlions tous les deux.

— Oui, promit Jon en l'embrassant de nouveau.

Elle s'y attendait plus ou moins. Malgré tout, bien que cette fois elle y fût préparée, ce baiser l'anéantit, la laissant sous le choc, étourdie de plaisir.

— Bientôt, dit-il en détachant ses lèvres des siennes. D'accord ?

— D'accord, fit-elle d'une voix rauque, même si elle avait déjà oublié ce qui allait se passer « bientôt ».

Une fois seule dans l'habitacle de sa voiture, elle posa les mains sur son volant. Elle tremblait tellement qu'elle n'arrivait pas à introduire la clé dans le neyman.

C'était Dan qui s'était toujours chargé de vérifier le bon état de marche de toutes les installations et des machines à l'extérieur comme dans la maison. A présent, ces tâches incombaient à Grace.

Heureusement, depuis la disparition de son mari, elle avait

pu compter sur son gendre ; il lui était venu en aide chaque fois qu'elle en avait eu besoin. D'abord en effectuant lui-même quelques travaux, puis en lui montrant comment changer le filtre de la chaudière, réparer un robinet qui fuyait ou encore bricoler le sèche-linge. Il était indispensable qu'elle apprenne petit à petit à faire face toute seule à ces situations.

Vêtue d'un jean et d'un sweat-shirt, elle entreprit donc de faire son tour régulier d'inspection. Tout d'abord, elle se dirigea vers la porte automatique du garage qui était grande ouverte. Elle était d'abord restée fermée pendant deux semaines, puis Grace avait réussi à l'ouvrir manuellement, mais elle était depuis bloquée dans cette position. Il fallait absolument qu'elle trouve ce qui ne fonctionnait pas, car n'importe qui pouvait désormais pénétrer dans la maison ouverte à tous vents.

Les mains sur les hanches, protégées par des gants de travail bien trop grands pour elle, elle examinait cette ouverture béante comme si c'était la gueule d'un dragon prêt à la faire disparaître sous un jet de flammes.

— Allez, prends-toi en main ! marmonna-t-elle. Tu peux le faire. Tu t'es débrouillée toute seule en bien d'autres occasions…

Il fallait tout d'abord qu'elle trouve les outils adéquats. Dan avait toujours été très fier de son matériel de bricolage du dernier cri. Pourtant il l'avait laissé derrière lui quand il était parti. Comme tout le reste.

Il fallait vraiment que cette autre femme fût exceptionnelle pour combler ainsi à elle seule tous ses désirs. Pour que ces choses, qui avaient tant compté pour lui, n'aient désormais plus aucune espèce d'importance. Il n'avait emporté ni vêtements ni outils, pas même son alliance, rien qui puisse lui rappeler sa vie passée.

Un manuel d'utilisation leur avait sans doute été fourni, au moment de la pose de cette porte automatique, mais Grace ignorait où Dan rangeait ce genre de documentation. Dans des boîtes, sans doute, quelque part dans ce garage qui avait toujours été son domaine réservé. Elle en aperçut une pile sous l'établi. Elle prit le carton en haut du tas. Elle l'ouvrit, à genoux sur le sol en béton.

Au lieu de l'ouvrage recherché, elle tomba sur l'épaisse chemise en laine qu'elle lui avait offerte au dernier Noël. Le vêtement avait été déchiqueté, comme si Dan s'était emparé d'une paire de ciseaux et avait coupé méthodiquement son cadeau en lamelles. Seuls le col et les poignets étaient intacts.

Elle se rappela lui avoir demandé une ou deux fois où était passée cette chemise, car il lui avait affirmé que c'était sa préférée, même s'il ne l'avait jamais portée. Puis, au bout de quelque temps, elle n'y avait plus pensé.

Dans une deuxième boîte, une autre mauvaise surprise l'attendait. Pour son anniversaire, Kelly avait acheté à son père un livre très connu sur la Seconde Guerre mondiale. Il l'avait chaudement remerciée puis affirmé l'avoir lu. Le livre avait été détruit, lui aussi, les pages arrachées. Grace découvrit deux autres boîtes remplies des lambeaux du même ouvrage. Elles avaient été rangées là intentionnellement, songea-t-elle, comme si Dan désirait qu'elle découvrît ce carnage. Il n'aurait pu mieux lui exprimer la rage et la haine qui couvaient en lui.

Ebranlée par ces découvertes, elle jeta les boîtes à la poubelle et s'assit sur les marches de la véranda, à l'arrière de la maison.

Tout d'abord, elle ressentit une violente colère. Puis elle fut submergée par une immense tristesse et des larmes lui montèrent aux yeux. Mais elle se reprit. Elle refusait de s'abandonner à son chagrin.

Buttercup la rejoignit, comme si elle avait compris la détresse de sa maîtresse.

— Pourquoi a-t-il fait ça ? demanda-t-elle à sa chienne.

Buttercup leva le museau vers elle, la regardant de ses grands yeux pensifs.

— Que s'est-il passé, pour qu'il en arrive à de telles extrémités ? Je n'y comprends vraiment rien. Il nous haïssait donc tant que ça ?

Elle eut soudain besoin de tenir quelqu'un dans ses bras. Alors elle prit sa chienne par le cou et enfonça la tête dans sa fourrure douce et soyeuse.

Elle resta ainsi un long moment, vibrante de colère et de tristesse. Puis elle se releva : la porte du garage n'allait pas se réparer toute seule.

Elle reprit sa fouille dans les boîtes empilées et tomba enfin sur le manuel recherché. Elle le parcourut à la hâte. L'ouvrage énumérait une série de pannes possibles et la solution pour les réparer. Elle se mit en devoir d'étudier la liste dans le détail, puis, pensant avoir trouvé ce qui n'allait pas, elle alla chercher un escabeau.

Elle avait commencé à grimper dessus lorsqu'un pick-up s'arrêta dans l'allée. Elle reconnut Cliff et hésita avant de redescendre.

— Hello ! lança-t-il en sortant de son véhicule.

Buttercup trotta vers lui. C'était une chienne très protectrice à l'égard de Grace et elle n'aimait pas que des étrangers pénètrent dans la cour de la maison. Pourtant, cette fois-ci, elle accueillit Cliff comme s'il faisait partie de la famille.

— Bonjour, dit Grace, gênée par sa tenue négligée.

Si elle avait su qu'il passerait, elle aurait choisi un jean et un haut neufs.

— Charlotte Jefferson m'a signalé que votre porte de garage s'était bloquée, lui dit-il en se penchant pour gratter l'oreille de la chienne.

Grace le fixa, incrédule. Comment diable Charlotte pouvait-elle être au courant ?

Cliff se releva comme s'il attendait une invitation de sa part.

— Je peux peut-être vous aider ? finit-il par suggérer.

— Ce serait très gentil de votre part. J'ai parcouru le

manuel, mais je n'ai pas encore eu le temps de jeter un coup d'œil au mécanisme.

— Je suis assez doué pour résoudre ce genre de casse-tête.

Il jeta un regard autour de lui.

— Déboucher les gouttières remplies de feuilles mortes ne me pose aucun problème non plus…

Grace se mit à rire.

— Vous tombez vraiment à pic. On dirait un ange descendu du ciel !

— Détrompez-vous.

Il l'aida à descendre et, avant même qu'elle ait eu le temps d'aller dans la cuisine pour préparer du café, la porte du garage fonctionnait de nouveau.

— Qu'est-ce qui n'allait pas ?

— Les roues étaient sorties du rail. Il m'a suffi de les remettre dans la bonne position. C'était aussi simple que ça.

Tandis qu'il rangeait l'escabeau, Grace attrapa le râteau et commença à rassembler une énorme pile de feuilles mortes. Une fois qu'elle eut terminé, Cliff lui donna un coup de main pour les entasser à l'intérieur de sacs de plastique.

— Vous voulez boire votre café maintenant ? lui demanda-t-elle, tandis qu'ils fermaient le dernier sac.

— Volontiers.

Elle l'invita à la suivre jusque dans la cuisine et sortit deux grandes tasses.

— Je vous dois une fière chandelle. Je ne sais pas comment vous remercier.

Il fixa un instant son regard sur elle, puis esquissa un sourire taquin.

— Je vais y réfléchir. Je crois que j'ai une petite idée…

Elle éclata une nouvelle fois de rire, alors qu'une heure auparavant elle était au bord des larmes. Outre ce changement inattendu, elle réfléchit de nouveau à la manière dont la chienne avait immédiatement adopté Cliff.

— Normalement, Buttercup n'aime pas les étrangers…

Cliff caressa la chienne.

— Elle a probablement senti l'odeur des chevaux sur mes habits.

Grace cala ses coudes sur la table.

— Ah oui… C'est vrai… Ça m'était sorti de la tête que vous éleviez des Quarter Horses.

— Pour être franc, ils occupent une très grande place dans ma vie. Vous savez monter à cheval ?

Elle secoua la tête.

— Je fais rarement de l'équitation.

Ils discutèrent placidement pendant un long moment. Grace s'était rarement sentie aussi à son aise avec un homme. Pourtant, elle ne devait pas oublier qu'elle était encore légalement mariée à Dan.

Comme Cliff se préparait à partir, Grace le vit qui jetait un regard furtif vers le salon. Une photo de famille trônait sur l'une des étagères.

— C'est Dan ?

Elle fit un signe de tête affirmatif.

Cliff se dirigea vers l'étagère et saisit la photographie, prise une vingtaine d'années auparavant. Les deux filles étaient encore de toutes jeunes adolescentes et Kelly portait un appareil dentaire. Dan regardait l'objectif d'un air vide d'expression, comme s'il ne ressentait aucune émotion.

Après un temps exceptionnellement long, Cliff replaça le cliché à sa place.

— J'ignore pourquoi il est parti, murmura Grace. Je n'ai trouvé aucune explication rationnelle à sa disparition.

Cliff ne fit aucun commentaire.

— C'est le fait de ne rien savoir qui est affreux.

— J'imagine…

Elle eut soudain la gorge serrée.

Il écarta une mèche de cheveux de son visage.

— Ne vous sentez pas coupable de m'avoir proposé de

prendre une tasse de café avec vous cet après-midi. Ça ne vous engage à rien vis-à-vis de moi.

Elle lui adressa un sourire incertain.

— Si vous avez le moindre remords, eh bien, autant que vous sachiez que j'ai très envie de vous prendre dans mes bras et de vous embrasser.

Grace ferma les yeux car, s'il avait croisé son regard, il aurait alors deviné que c'était exactement là son propre désir.

Avec un soupir, il effleura doucement sa joue de son doigt en guise d'au revoir.

Les paupières closes, elle l'entendit ouvrir la porte et quitter la maison.

6

Janice Lamond était décidément une assistante épatante et Zach Cox se réjouissait chaque jour de sa présence au sein du cabinet. Elle ne rechignait jamais à la tâche, prenait toujours plus de responsabilités et entretenait d'excellents rapports avec la clientèle. Il appréciait en outre son caractère sociable et sa grande capacité de travail. Cela faisait six mois qu'elle avait été embauchée lorsqu'il la fit venir dans son bureau pour l'évaluation biannuelle à laquelle étaient soumis tous les employés.

— Asseyez-vous, Janice, lui dit-il en lui présentant le fauteuil situé de l'autre côté de son bureau.

La jeune femme prit place au bord du siège et le regarda avec un sourire timide, comme si elle craignait son diagnostic.

— Ça fait maintenant six mois que vous travaillez pour nous…

— Vraiment ? Le temps passe si vite.

Zach, quant à lui, avait l'impression qu'elle avait toujours fait partie de leur équipe. Ses collègues la trouvaient agréable et sympathique et elle s'était fondue dans le groupe avec une remarquable aisance. Il lui était reconnaissant des efforts qu'elle déployait pour mettre à l'aise les clients de passage dans la société.

— Comme vous le savez, nous effectuons un bilan de compétences de nos employés deux fois par an.

Janice serra les mains entre ses genoux.

— Y a-t-il un domaine particulier où je devrais m'améliorer ? s'enquit-elle.

S'il y en avait un, il aurait bien été incapable de dire lequel. Elle était le type même de l'employée idéale.

— Non, pas du tout. Vous faites un excellent travail.

— Merci. C'est un plaisir pour moi de travailler ici. J'adore ce que je fais.

Pour sa part, Zach devait bien constater qu'il se rendait au bureau avec plus d'entrain depuis quelque temps. La table de travail de Janice était toujours en ordre et, grâce à elle, ses rendez-vous s'enchaînaient sans la moindre anicroche. Quand il arrivait le matin, elle était là pour l'accueillir. Le café était prêt, le courrier trié et dûment rangé. L'organisation harmonieuse qu'elle avait réussi à instaurer sur son lieu de travail contrastait terriblement avec le chaos de sa maison et de sa vie privée. Rosie, avec la multitude de rendez-vous qu'elle devait satisfaire, laissait souvent les plats du dîner traîner sur la table ou les empilait pêle-mêle dans l'évier. Un grand désordre régnait dans leur maison, Rosie semblant bien trop occupée à l'extérieur pour consacrer la moindre parcelle de son temps au ménage. Néanmoins, elle était sa femme et il l'aimait.

— J'ai l'intention de vous accorder une augmentation de 10 %, l'informa Zach. Mes associés sont d'accord.

— 10 % ? répéta-t-elle, comme si elle avait mal compris. Après six mois seulement ?

— Tout le monde sait que pour garder les bons employés, il faut les récompenser à leur juste valeur. Nous espérons que vous resterez parmi nous pendant de longues années encore.

— J'en serais ravie !

Comme il n'avait plus rien à ajouter, il se leva et Janice fit de même. Il la raccompagna jusqu'à la porte de son bureau.

— Merci infiniment, lui dit-elle.

— Mais c'est moi qui vous remercie.

— Une augmentation de 10 %, répéta-t-elle tout excitée, en mettant la main devant sa bouche. C'est formidable.

Et soudain, sans qu'il s'y attende le moins du monde, la jeune femme jeta les bras autour de son cou et se serra contre lui. Dès qu'elle réalisa ce qu'elle venait de faire, elle rougit et partit précipitamment. Pourtant Zach ne s'irrita pas de cette réaction impulsive. Janice était juste jeune, enthousiaste et chaleureuse et il apprécia secrètement d'être ainsi remercié. Il s'aperçut d'ailleurs qu'il souriait, en la regardant s'éloigner.

A 5 h 30, il était encore occupé à trier et remplir des papiers. Il n'était pas pressé de rentrer chez lui en ce moment. Rosie était généralement prise par quelque activité de bénévolat ; Allison et Eddie par leurs amis et leurs activités diverses.

Lorsqu'il sortit de son bureau, il était 6 heures du soir et Janice était en train d'éteindre son ordinateur.

— Je ne savais pas que vous étiez encore là, lui dit-il en jetant un coup d'œil à sa montre.

— Je voulais vérifier quelques chiffres avant de poster le rapport sur la société Mullens.

Il lui sourit. C'était précisément cet esprit méticuleux dont elle faisait preuve qui lui avait valu cette augmentation substantielle.

— Bonsoir, Janice.

— Bonsoir, monsieur Cox, et merci encore.

Quand Zach quitta Lighthouse Road pour rejoindre Pelican Court, son sourire s'évanouit. Il était peu probable que Rosie ait prévu quoi que ce soit pour le dîner. Selon toute vraisemblance, elle devait encore s'apprêter à partir pour se rendre à l'une de ses multiples missions caritatives. Elle ne planifiait jamais son emploi du temps et était donc continuellement sur la brèche, préparant à la hâte des dîners qui ne ressemblaient à rien.

Il s'attendait donc une fois de plus à avaler un repas médiocre et sans saveur, cuisiné à la va-vite. Certains soirs, elle rapportait des plats chinois de chez un traiteur situé non loin de leur maison. Zach n'aimait la cuisine asiatique que lorsqu'elle était de première fraîcheur et non pas quand elle avait passé tout l'après-midi sous les néons. Le poulet rôti qu'elle achetait là était acceptable, cependant, mais il en était aussi dégoûté que des pizzas.

Il rangea sa voiture dans le garage, desserra sa cravate et entra dans la cuisine.

— Tu es en retard, lui fit remarquer Rosie en se précipitant pour déposer un plat en argent au centre de la table. Le dîner est prêt.

— Qu'est-ce qu'on mange ce soir ?

Elle attrapa une boîte et lut l'inscription sur l'emballage.

— Des lasagnes.

— J'espère qu'elles seront bien décongelées cette fois.

Le dernier plat qu'elle leur avait servi était encore gelé à l'intérieur.

— Ça devrait aller. Je les ai mises au micro-ondes pendant vingt minutes.

Puis elle tourna la tête et appela les enfants.

— Le dîner est prêt.

— Tu sors ce soir ?

— Je t'ai déjà averti ce matin que je dois me rendre à mon club de lecture.

— Tu as lu le livre dont il sera question ?

— Tu crois vraiment que j'en ai le temps ? En fait, je veux tout simplement savoir ce que les autres en ont pensé.

Une pointe d'agacement perçait dans sa voix, comme si elle n'appréciait pas qu'il la questionnât ainsi sur ses activités.

Il jeta un coup d'œil au courrier en attendant que les enfants arrivent. Une lettre concernant une facture de carte Visa retint son attention. Glissant son doigt sous le rabat, il ouvrit l'enveloppe. Il faillit s'étrangler en constatant qu'un montant de trois cents dollars à l'attention de Willows, Weeds & Flowers lui était réclamé.

— Ah oui, j'ai oublié de te dire, fit Rosie. J'ai utilisé la carte pour payer un bouquet de fleurs aux aides-soignantes de l'hôpital.

— Trois cents dollars de fleurs ?

— Le comité va me rembourser.

— Quand exactement ?

— Ne me parle pas sur ce ton, Zach, lui répondit-elle tout aussi sèchement. Je suis sûre que j'aurai le chèque pour la fin de la semaine.

— Cette carte ne doit être utilisée qu'en cas d'urgence, Rosie.

Elle lui lança un regard noir.

— Il s'agissait d'une urgence. La fleuriste avait livré le bouquet, mais le trésorier n'était pas encore arrivé. Il fallait bien la payer, cette dame. Tu peux quand même comprendre ça, non ?

— Alors, tu t'es proposée, fit Zach, qui ne voyait pas pourquoi il fallait que sa femme vole au secours du monde entier.

— Je n'avais pas le choix. Il n'y a pas de quoi en faire un drame, quand même !

— Ce n'est pas simplement cet incident qui m'agace. J'en ai marre. Marre de tout ! J'en ai marre de ces dîners qui ne ressemblent à rien, parce que tu as toujours quelque chose de mieux à faire. J'en ai marre de te voir partir tous les soirs et de vivre dans une maison qui ressemble à une poubelle !

Rosie sentit les larmes lui monter aux yeux.

— Tu ne te rends pas compte de tout le travail que je fais !

Zack la regarda d'un air furieux.

— Tout ce que tu fais ? Mais justement, qu'est-ce que tu fais toute la journée, à part courir d'une activité bénévole à l'autre ? Pendant ce temps, nos enfants mangent de la nourriture infecte. Notre maison est dans un désordre indescriptible et je ne te vois pas plus de dix minutes dans la semaine !

— Es-tu en train d'insinuer que je m'intéresse plus à mes comités qu'à ma propre famille ?

— Je n'insinue rien. Je dis la vérité !

— Tu ne comprends vraiment rien…

— Au contraire, cria-t-il, au comble de l'exaspération. Les enfants et moi, on a parfaitement saisi le message. Tu te fiches complètement de nous. Tu passes tes journées à t'occuper de toute la ville, sauf de nous ! J'en ai par-dessus la tête de cette vie.

Il s'aperçut alors qu'Allison et Eddie venaient juste d'arriver. Ils se tenaient, figés, sur le seuil de la porte. Zach détestait se quereller avec sa femme devant ses enfants, mais ces émotions négatives qui émergeaient soudain au grand jour le minaient depuis trop longtemps pour qu'il puisse les contenir.

Rosie le fixa avec horreur, comme s'il l'avait frappée, puis elle éclata en sanglots et sortit précipitamment de la cuisine.

Zach mit quelques instants avant de reprendre ses esprits, sous le regard désapprobateur de ses enfants. Il ne fallait guère s'étonner qu'il se sente bien mieux au bureau, où tout était calme et bien organisé.

Encore ébranlé par cette dispute, il quitta la pièce à son tour.

— Où est-ce que tu vas, papa ? lui cria Eddie.

Zach n'en savait rien lui-même.

— Dehors !

Ses enfants ne prononcèrent pas un seul mot pour le retenir et, en vérité, il n'aurait pas toléré qu'on tente de l'arrêter.

Il prit sa voiture et erra dans la ville pendant un long moment, jusqu'à ce que son estomac se mette à gargouiller. Il n'avait rien avalé depuis le déjeuner et la perspective de s'en retourner chez lui pour déguster un plat à moitié décongelé le rebutait au plus au point.

Il était presque 20 heures. Il s'arrêta au Taco Shack à la lisière de la ville. Il préférait encore ce restaurant mexicain à la nourriture indigeste de sa femme. Il avait l'intention de commander quelques tacos et de les manger dans sa voiture.

Comme il se dirigeait vers le comptoir, il remarqua une

femme assise seule à une table. Il n'y prêta guère attention, mais soudain ce visage lui sembla familier. Il l'observa mieux et reconnut, tout étonné, son assistante.

— Janice ?

— Monsieur Cox, mais qu'est-ce que vous faites ici ? Je veux dire... J'ignorais que vous connaissiez cet endroit.

— Si... Je viens ici de temps à autre.

La serveuse s'empressa de venir prendre la commande. Il examina rapidement le menu et opta pour un chili rellena et une boisson fraîche.

Tout en attendant, il s'approcha de la table de Janice.

— Et vous, que faites-vous donc au Taco Shack un mardi soir ?

Elle lui sourit et il remarqua une fois de plus combien elle était jeune et jolie.

— Je fête mon augmentation.

— Toute seule ?

Elle acquiesça d'un signe de tête.

— C'est mon ex-mari qui garde notre fils le mardi soir et j'étais bien trop excitée pour rester devant mon poste de télévision à la maison.

Quelques minutes plus tard, le repas de Zach était prêt et il partit chercher son plateau posé sur le comptoir.

— Ça vous embête si je me joins à vous ?

— Non. Pas du tout.

Il prit son temps pour manger et tous deux commandèrent ensuite un café. La tension qu'il avait ressentie pendant toute la soirée s'était évaporée et ils discutèrent avec bonne humeur. Il se surprit même à rire à plusieurs reprises.

Lorsqu'il rentra chez lui, il était presque 22 heures. Rosie était au lit, feignant d'être endormie. Elle était allongée sur le côté et lui tournait le dos. Il resta à la regarder un long moment, se demandant s'il devait ou non s'excuser. Il décida finalement qu'il ne le ferait pas. Il en avait assez d'être toujours considéré comme fautif. C'était à elle de faire le premier pas. Et si elle s'obstinait à bouder, eh bien elle en serait pour ses frais !

Jack fixait son ordinateur d'un air douloureux. Le curseur clignotait comme un vivant reproche sur l'écran vide. L'article sur le projet d'aménagement d'un parc à Cedar Cove aurait dû être terminé depuis deux jours déjà. Il avait bien une opinion à ce sujet et même beaucoup de choses à en dire, mais pour rédiger sa chronique, il fallait d'abord qu'il chasse Olivia de ses pensées.

Cela faisait pratiquement un mois qu'il avait annulé son dîner d'anniversaire. Le temps ne lui avait jamais paru aussi long. La présence d'Eric chez lui compliquait énormément sa vie tant privée que professionnelle. Ses habitudes, sa tranquillité d'esprit si durement acquise et même sa productivité au travail en pâtissaient énormément.

Il payait désormais le poids de ses regrets et de ses remords. Mais il désirait plus que tout être un bon père pour Eric. Il souhaitait se faire pardonner pour toutes ces années perdues et une occasion unique s'offrait à lui de réparer ses erreurs passées. Malheureusement, cet appel au secours d'Eric ne pouvait pas plus mal tomber !

Il était en train de tomber amoureux d'Olivia Lockhart et n'avait qu'une envie : passer tout son temps libre avec elle. La première semaine, il avait consacré ses loisirs à écouter heure après heure les doléances de son fils. Eric semblait avoir quinze années de souffrance et de doutes à évacuer. Jack l'avait laissé s'épancher avec patience, tâchant de le réconforter et de lui prodiguer des conseils chaque fois que possible.

Lorsque enfin il avait pu se libérer, il avait téléphoné à Olivia, mourant d'envie de la revoir. Il était persuadé qu'une heure ou deux passées avec elle lui remonteraient le moral. Mais elle n'était pas chez elle et cette absence l'avait complètement déprimé. Il avait attendu toute la nuit qu'elle le rappelle, en vain. Elle ne l'avait recontacté que le lendemain matin, alors qu'il était déjà parti à la foire de Noël en vue d'écrire un article pour la rubrique du journal intitulée « Vie de quartier ».

Ils avaient pourtant réussi à s'appeler au téléphone au tout début de la semaine suivante et Olivia lui avait témoigné une certaine froideur. Pas vraiment dans sa manière de s'exprimer, mais par son manque d'empressement à le revoir. Son gendre venait de rentrer d'Alaska et elle était en train d'organiser une réception en l'honneur du mariage de Seth et Justine, célébré dans le plus grand secret quelques mois auparavant.

Chaque fois qu'il l'avait rappelée depuis, elle était occupée. Même leurs rendez-vous du mardi soir avaient été relégués aux oubliettes. Etait-ce donc si prenant de préparer une telle fête ? Olivia avait constamment besoin de se rendre ici ou là ou de parler à quelqu'un. Quelqu'un d'autre que lui évidemment.

Outre l'agitation causée par cette réception qui semblait tant l'accaparer, Jack était inquiet, car Olivia avait visiblement pris ses distances. Il s'attendait qu'elle lui annonce leur rupture d'un jour à l'autre.

C'était cette douloureuse conviction, ce sentiment qu'elle cherchait à lui dire sans le blesser qu'elle souhaitait mettre un terme à leur relation, qui l'empêchait de lui offrir son bracelet d'anniversaire. Il avait peur qu'elle n'interprétât son geste comme un moyen de la manipuler et il gardait donc avec lui ce cadeau désormais inutile.

Le curseur sur l'écran continuait à clignoter. Jack craignait de ne pas parvenir à faire face à cette situation. Il décida alors d'aller à une réunion des Alcooliques Repentis.

Il se rendit à une réunion près de Bangor et écouta l'intervenant leur expliquer qu'il ne buvait plus une seule goutte d'alcool depuis plus de vingt ans. A la fin, le groupe se leva et les membres présents se prirent par la main en récitant le Notre-Père, suivi de la prière de la Sérénité. La voix de Jack s'éleva et se fondit aux autres. Sans les connaître, ces gens étaient pourtant comme une famille pour lui, car ils partageaient tous le même problème. Un lien tacite les unissait.

Sur la route du retour, il s'arrêta à Thyme and Tide, le Bed and Breakfast tenu par son ami Bob Beldon et sa femme, Peggy.

Lorsqu'il arriva, Bob bricolait dans le garage, concentré sur l'un de ses projets de menuiserie. Il interrompit son travail pour venir à sa rencontre.

— Comment ça va ? lui demanda Jack, hésitant à entrer dans le vif du sujet.

— Bien et toi ?

Bob sourit d'un air entendu.

— Je me doute que si tu es venu me rendre visite en plein milieu de la journée, c'est qu'il y quelque chose qui cloche. Je me trompe ? Tu veux qu'on en parle ?

Jack soupira, soulagé que Bob lui tende la perche.

— Tu as un peu de temps ?

— Mais bien sûr. Entre. Peggy est partie voir sa sœur, mais je suis sûr qu'il reste encore un peu de café.

Bob avait toujours la réaction qui convenait et Jack lui en fut une fois de plus reconnaissant. Il ne se sentait pas dans son assiette et, même après dix années sans alcool, l'envie couvait toujours en lui, notamment dans des moments comme celui-ci. Ces réunions l'aidaient, bien sûr, mais rien ne valait une bonne discussion avec Bob, qui avait le don de remettre les choses en perspective.

— Comment ça se passe avec Eric ?

Il s'arrêta à l'arrière de la véranda et enleva son pull qu'il accrocha à une patère fixée au mur. Puis il conduisit Jack dans la vaste cuisine, chaleureuse et accueillante avec sa table en chêne, son tapis de couleur sur le plancher ciré et ses bouquets d'herbes sèches posés sur le rebord de la fenêtre.

— Il est toujours avec moi. Nous avons tous les deux beaucoup de mal à supporter cette situation, mais il est obligé de rester là tant qu'il n'aura pas résolu ses problèmes avec Shelly.

— Qu'est-ce qui ne va pas entre eux deux, au juste ?

— En fait, Bob, je ne suis pas venu pour te parler d'Eric, mais d'Olivia…

— Vous vous êtes disputés ?

Bob proposa un café que Jack refusa. Puis, changeant lui-même d'avis, il sortit du réfrigérateur un soda. Il en proposa un à Jack qui déclina une fois encore son offre.

— Non… En fait je suis fou d'elle.

— J'avais compris, fit Bob.

Il déboucha sa bouteille et s'appuya contre le comptoir, attendant que Jack poursuive.

Jack resta lui aussi debout et se mit bientôt à arpenter la pièce.

— Je pensais que ces sentiments étaient partagés.

— C'est bien le cas, non ?

— En fait, je n'en sais rien. Il y a un malaise entre nous, depuis un mois. J'ai été obligé d'annuler le rendez-vous que nous avions fixé pour fêter son anniversaire à cause d'Eric, qui est arrivé sans prévenir juste ce soir-là. Elle a semblé comprendre sur le coup, mais récemment…

Il secoua la tête. Il avait du mal à formuler ce qu'il ressentait.

— J'ai l'impression qu'elle veut mettre un terme à notre relation, mais qu'elle ne sait pas comment me le dire.

— Alors, toi, tu attends, tu te poses des questions, tu te ronges les sangs, prévoyant le pire, alors même qu'elle n'a rien dit en ce sens ?

— Ben… Oui…, admit Jack. J'attends et j'en ai la tête tellement retournée qu'au boulot je n'arrive même plus à aligner deux mots sur mon ordinateur.

— Est-ce qu'il ne vaudrait pas mieux savoir ce qu'Olivia pense réellement ?

Jack n'avait pas envie de le savoir, au fond. Il préférait rester dans l'incertitude plutôt que d'entendre Olivia lui déclarer clairement qu'elle ne voulait plus de lui.

— Elle est très occupée par la réception qu'elle prépare en l'honneur du mariage de Justine, dit-il en guise d'excuse.

— Tu n'as pas répondu à ma question, Jack. La vérité, c'est que tu as peur de lui parler. Et je sais très bien pourquoi. Tu ne veux pas entendre des choses qui risquent d'être déplaisantes.

— C'est vrai. Peut-être qu'elle a envie de me laisser tomber, mais moi, je ferai tout pour éviter ça. Je te l'ai dit, je suis amoureux d'elle.

— Il se peut qu'Olivia ait décidé de te quitter, tu as peut-être raison. Mais si ça arrive, tu feras face. Un point c'est tout.

Bob avait plus confiance que lui-même en ses propres ressources.

— Je ne veux pas la perdre…

— Est-ce que la vérité ne vaudrait pas mieux que ce doute et cette inquiétude qui te rendent fou ?

— Peut-être, murmura Jack.

Et la seule manière d'en avoir le cœur net était de poser directement la question à l'intéressée. Peut-être que la réponse ferait mal, mais Bob avait vu juste. Cette angoisse qui le tenaillait depuis des jours et des jours était pire encore que d'affronter les choses. Si Olivia avait l'intention de clore leurs relations, il valait mieux qu'il s'habitue à cette idée dès maintenant.

— Très bien, je vais suivre ton conseil et l'appeler pour discuter, dit-il, déterminé, en se dirigeant vers la porte.

Puis il s'arrêta soudain et fit un signe de tête vers son ami.

— Merci…

Bob lui adressa un sourire, finit son soda et le raccompagna jusqu'à sa voiture.

Maintenant qu'il avait pris sa décision, Jack se disait qu'il ne servait à rien de tergiverser. Il jeta un coup d'œil à sa montre : il était 16 h 30. Olivia devait être rentrée du tribunal.

Il emprunta Lighthouse Road et se rendit directement chez elle. Il ne l'avait pas appelée de toute la semaine, effrayé à l'idée qu'elle puisse l'éconduire. Mais elle non plus n'avait pas essayé de le contacter.

Il se gara devant la maison, se maudissant d'être aussi vulnérable. Cela aurait été bien plus facile si Olivia n'avait pas tant compté pour lui. Il avait cependant une certitude : si elle lui demandait de disparaître de sa vie, il n'irait pas chercher de réconfort dans la boisson cette fois.

Il sonna et attendit.

Après un temps qui lui sembla infiniment long, Olivia apparut. Elle tenait son téléphone portable coincé contre son oreille mais, quand elle l'aperçut, elle lui sourit, défit la chaînette de sécurité et lui fit signe d'entrer, sans pour autant interrompre sa conversation.

— Je suis désolée que Marge ne puisse pas venir, Stan, mais je suis certaine que Justine comprendra.

Elle était donc en train de parler à son ex-mari. Jack avait rencontré Stan plusieurs mois auparavant, juste avant que sa relation avec Olivia ne prenne un tour plus sérieux.

— Peux-tu y être avant 15 heures ?

Elle fit un signe d'excuse en direction de Jack qui s'assit sur le canapé.

— Bien sûr que ta tante Louise est invitée…

Elle leva les yeux au ciel et, d'un geste, fit comprendre à Jack qu'elle avait hâte de mettre un terme à cette conversation.

— Excuse-moi, Stan, mais je dois te laisser. Quelqu'un vient d'arriver… Jack… Tu te rappelles de lui ? Non ? Vraiment ?

Menteur ! songea Jack. Stan savait parfaitement qui il était.

Olivia se mit à rire, mais il ne voyait pas ce qu'il y avait de si drôle. Stan avait sans doute fait quelque remarque peu aimable à son égard.

— Stan, je te laisse, répéta Olivia, plus fermement. On se

verra le week-end prochain avec ta tante Louise. Souhaite bien le bonjour à Marge. Au revoir.

Une seconde plus tard, elle éteignit son appareil et se laissa tomber sur le canapé.

— On avait rendez-vous, cet après-midi ?

— Pas vraiment, non… Mais ça fait longtemps que je ne t'ai pas vue et tu me manques.

— Toi aussi, tu me manques. Cette réception va me tuer. Mais Justine est mon unique fille et je veux faire les choses du mieux possible.

Elle fronça légèrement les sourcils.

— Tu as reçu l'invitation, n'est-ce pas ?

— Oui.

Il commençait déjà à se sentir mieux.

— Tu as l'air épuisé, lui fit-il remarquer.

Elle avait peut-être noté qu'il semblait lui aussi au bout du rouleau, mais il ne voulait pas parler d'Eric. Seule comptait pour l'instant sa relation avec Olivia et non leurs familles et leurs obligations respectives.

— C'est vrai, concéda-t-elle. Tu n'imagines pas tout le temps et l'énergie qu'il faut pour organiser une simple réception de mariage ! J'espère que tu viendras avec ton fils.

— Si ça te fait plaisir.

— Mais naturellement ! J'aurai bien besoin d'un soutien moral.

Son téléphone, qu'elle tenait encore à la main, sonna. Jack reconnut la voix de Justine.

— Maman ? Je suis en route. Oui, oui, préviens les traiteurs que je serai là dans dix minutes.

Olivia éteignit son téléphone, puis se leva et se dirigea vers la cuisine.

— Tu es très occupée à ce que je vois, lui dit Jack, tout en songeant qu'il valait mieux qu'il s'en aille.

— Je suis désolée.

Elle se retourna brusquement vers lui.

— On peut se voir plus tard ?

Il sentit son cœur défaillir.

— Je couvre un conseil d'administration scolaire ce soir, pour le journal.

Elle hocha la tête, mais il eut l'impression qu'elle ne l'avait pas entendu.

— Attends, dit-il, et il la prit par les épaules.

Elle sembla légèrement étonnée, mais elle sourit lorsqu'elle comprit qu'il voulait lui donner un baiser. Elle glissa ses bras autour de son cou et l'embrassa tendrement.

Il s'écarta doucement d'elle.

— J'en avais bien besoin, dit-il.

Trop vite à son goût, elle posa la tête contre son épaule.

— Moi aussi.

Justine, fourbue mais débordante d'allégresse, regardait Seth sortir leur tout dernier cadeau de mariage de la voiture. La réception avait été un formidable succès. Elle n'arrivait pas à croire que sa mère et sa grand-mère aient accompli un tel travail. L'après-midi s'était déroulé à la perfection, dans une ambiance festive où circulaient des plats succulents au son d'une musique suave. Elle avait fait la connaissance des parents de Seth et lui des siens. Il était facile de repérer la famille de son mari dans la foule : des Suédois grands et costauds, à la parole et au rire faciles. En comparaison, ses proches semblaient réservés et timides.

— Je me demande comment grand-mère et maman se sont débrouillées, dit-elle en s'écroulant sur le canapé bleu pâle et en posant les pieds sur un tabouret assorti. C'est le jour le plus magique de ma vie, à l'exception de notre mariage bien sûr.

Elle garderait toujours un merveilleux souvenir de leur escapade follement romantique.

Seth prit place à côté d'elle et appuya la tête contre le dossier.

Il croisa ses grands pieds juste à côté des siens. Il semblait aussi exténué qu'elle.

— J'ai l'impression d'être tellement gâtée, murmura-t-elle.

Seth glissa un bras autour de ses épaules.

— Je ne savais pas que j'avais une aussi grande famille, dit-il doucement.

— Ça faisait des années que je n'avais pas vu tante Louise, la tante de mon père.

Seth lui donna un baiser sur la joue et l'attira vers lui.

— Aucun regret ?

Justine sourit.

— Absolument aucun. Et toi ?

— Moi non plus. Je t'aime.

Seth était rentré d'Alaska depuis presque trois mois maintenant et leur vie avait été un véritable tourbillon depuis son retour. La préparation de la réception leur avait demandé beaucoup de temps et s'adapter l'un à l'autre avait été plus difficile que Justine ne l'avait pensé. Seth travaillait à la marina et ses horaires changeaient d'une semaine à l'autre. Petit à petit, il avait commencé à déménager ses affaires personnelles chez elle. La vie en couple impliquait toutes sortes de compromis, certains agréables, d'autres moins, car ni l'un ni l'autre n'était accoutumé à prendre des décisions en commun ou à supporter dans l'intimité les manies et habitudes de quelqu'un d'autre.

Pourtant, chaque fois qu'elle se réveillait et sentait son mari allongé contre elle dans leur lit, Justine était tellement heureuse qu'elle ne parvenait pas à se rendormir.

— Qui était cet homme avec Grace Sherman ? lui demanda Seth.

— Cliff Harding, répondit Justine en gloussant. Elle m'a affirmé qu'il n'y avait rien entre eux, mais je n'en crois pas un mot !

— Est-ce que quelqu'un a entendu parler de Dan ?

— Pas à ma connaissance. Maman m'a signalé que le divorce serait prononcé de manière officielle le lundi juste avant Thanksgiving.

— C'est-à-dire la semaine prochaine...

— Exactement.

Parler du divorce de Grace rendit Justine songeuse. Son père avait assisté à la réception sans Marge. Etait-ce à dire que leur mariage battait de l'aile ? Si c'était le cas, elle ne voulait surtout pas en entendre parler. Peut-être que Marge avait plus simplement décidé de ne pas venir, considérant que sa présence aurait pu créer un malaise. Quant à Jack Griffin, il était arrivé le premier. Il s'était tenu un peu à l'écart, tandis que sa mère et son père occupaient le devant de la scène. D'être ainsi relégué au second plan avait dû lui être pénible, d'autant qu'Olivia, sollicitée de toutes parts, n'avait guère eu le temps de lui consacrer un moment.

— Pourquoi fronces-tu les sourcils ?

Justine posa les yeux sur son visage, qui rayonnait d'amour pour elle. Elle espéra de toutes ses forces qu'il en soit toujours ainsi.

— J'espère que tu m'aimeras toujours, Seth, murmura-t-elle.

— Jussie... Je t'aimerai jusqu'à mon dernier souffle.

— Promis ?

— Promis juré, lui répondit-il en la prenant dans ses bras.

— Mes parents ont divorcé et je ne veux pas que ça nous arrive.

Seth lui embrassa le front.

— Ne t'inquiète pas. On fera tout pour éviter une chose pareille.

Il y avait longtemps que les Lockhart avaient divorcé, et pourtant Justine en était toujours affectée. Elle savait qu'elle devait paraître vulnérable et quelque peu infantile en ce moment même, mais elle mit cette faiblesse passagère sur le compte de la fatigue. En voyant ses parents réunis, riant et discutant avec leurs invités, les jours heureux qu'elle avait vécus pendant son enfance, avant la mort de son frère jumeau, lui étaient revenus à la mémoire.

— Ma famille me manque, murmura-t-elle.

— Je suis désolé que James n'ait pas pu venir.

Son frère, qui travaillait dans la marine, avait dû rester à Diego où était basé son bateau.

— Moi aussi, j'aurais tant aimé qu'il soit parmi nous.

— Mais ce n'est pas de ton frère James dont il est question, n'est-ce pas ?

— Non, j'aurais tant voulu que Jordan soit là, aussi, avec nous…

Elle s'interrompit, la gorge serrée.

— Le jour de sa mort, j'étais furieuse contre lui, parce qu'il avait lu mon journal intime. Après, mes parents… ma famille… tout a changé. Aucun de nous ne s'est jamais vraiment remis de ce drame.

— Je sais.

Il lui caressa doucement la joue avec son pouce. Il la tenait toujours fermement serrée contre lui.

— Je t'aimerai toute ma vie, lui promit-il une fois encore.

Levant la tête, elle chercha ses lèvres. Bientôt, leur baiser s'intensifia, avec un sentiment d'urgence qui leur était désormais familier.

Seth la souleva et la porta dans la chambre. Avant de se déshabiller, il l'aida à ôter sa robe.

Ils firent l'amour sans se presser, avec une infinie tendresse, et restèrent enlacés pendant un très long moment.

— Est-ce que ce sera toujours aussi bon ? demanda Justine en lui embrassant l'épaule.

— J'espère bien !

— Seth ?

— Hum ?

— Est-ce que tu aimes les enfants ?

— Si tu me posais plutôt la vraie question, Jussie ?

— Est-ce que tu veux des enfants ?

— Maintenant ?

— Eh bien, disons… sans tarder.

— Ce qui signifie dans combien de temps exactement ?

Elle fit semblant de réfléchir.

— Le plus tôt possible, en fait. Dans neuf ou dix mois environ. Si tu es d'accord évidemment…

Elle frotta sa jambe douce et soyeuse contre la sienne.

— Mais tu m'avais pourtant dit un jour que tu n'en voulais pas.

— J'ai changé d'avis. Qu'est-ce que tu dirais d'un enfant ou même de deux ?

— Je serais enchanté, mais uniquement si tu es sûre de toi.

— Je n'ai plus aucun doute à ce propos.

Seth lui embrassa le cou et laissa ses lèvres glisser jusqu'à sa clavicule, puis plus bas. Justine se cambra en gémissant doucement comme il prenait délicatement l'un de ses mamelons dans sa bouche.

Il s'arrêta un instant.

— Juste une question…

— Demande-moi tout ce que tu voudras, fit-elle d'une voix haletante, impatiente qu'il lui fît de nouveau l'amour.

— Est-ce qu'il y a beaucoup de jumeaux dans ta famille ?

Elle éclata de rire.

— On en trouve à chaque génération.

Seth poussa une exclamation.

— C'est bien ce que je craignais !

— Si c'est un garçon…, poursuivit-elle d'une voix à peine audible tandis qu'il continuait d'explorer son corps, … j'aimerais lui donner le prénom de mon frère.

Seth leva la tête et leurs regards se croisèrent.

— C'est d'accord.

— Je suis sûre que Jordan aurait été heureux que notre fils porte son nom.

Les yeux de Seth se mirent à briller dans l'obscurité.

— Je crois qu'on devrait mettre en œuvre ce projet immédiatement. Qu'en penses-tu ?

Quelques instants plus tard, il s'allongeait sur elle et Justine ouvrait son corps et son cœur pour accueillir son amour. Cet après-midi d'été où son frère s'était noyé avait changé sa vie à jamais. Mais, pour la première fois depuis ce sinistre accident, elle se sentait prête à connaître de nouveau le bonheur.

A se lancer dans une nouvelle vie. Une vie où Seth et elle seraient parfaitement heureux.

7

Maintenant que la réception du mariage était terminée, Olivia pouvait se concentrer sur les préparatifs de Thanksgiving. Assise dans son cabinet, après avoir passé la journée à régler des litiges familiaux, elle parcourut son agenda et s'aperçut déconcertée qu'elle serait bientôt en vacances. Mais qu'avait-elle donc fait pendant tout ce temps ?

Quelqu'un frappa doucement à la porte. Olivia sut immédiatement que c'était sa mère. Charlotte adorait venir faire un tour dans la salle de tribunal de temps à autre. Elle prétendait qu'elle ne tricotait jamais aussi bien que lorsqu'elle écoutait sa fille traiter les différents cas qui se présentaient à elle. Toutefois, elle se rendait rarement à son cabinet. En fait, elle y venait uniquement quand elle avait une remarque à lui faire sur l'un de ses jugements. Charlotte exprimait alors son opinion sans détour.

— Entre maman ! lui cria Olivia.

— Comment tu as deviné que c'était moi ? lui demanda Charlotte en entrant.

Elle portait son sac de tricot, deux fois plus grand que son sac à main, pourtant déjà de taille respectable.

Elle examina d'un air approbateur les étagères en acajou sombre qui couraient sur trois murs.

Olivia retint un sourire.

— A quoi est-ce que tu penses, maman ?

Charlotte posa ses affaires sur le canapé de cuir vert et s'enfonça dans les épais coussins.

— C'est bientôt Thanksgiving…

— Oui. Je viens juste de m'en rendre compte. Je n'ai pas vu le temps passer, ce mois-ci.

— On devrait peut-être inviter Jack cette année. Qu'en penses-tu ?

Olivia trouvait que c'était une bonne idée. Thansksgiving leur permettrait de se retrouver et d'oublier les malentendus et les petites rancœurs qui avaient pu altérer leurs rapports ces temps derniers.

— C'est une excellente idée…

Le visage de sa mère s'illumina.

— Et comme son fils vit avec lui, on pourrait également le convier.

— Naturellement ! acquiesça Charlotte avec la meilleure volonté du monde.

— Et Cliff Harding ? Est-ce que tu sais ce qu'il fait, pour Thanksgiving ?

Charlotte s'empara de son sac à tricoter et le posa sur ses genoux.

— Il s'en va sur la côte Est rejoindre sa fille et sa famille.

— Parfait !

Olivia aimait beaucoup Cliff et notamment la patience dont il faisait preuve avec Charlotte — avec Grace aussi. Elle l'avait accueilli avec joie à la réception organisée en l'honneur de Justine et de Seth. De toute évidence, Grace avait été ravie de sa présence et il avait passé pratiquement tout l'après-midi à ses côtés. Grace redevenait elle-même quand Cliff était dans les parages. C'était émouvant de la voir de nouveau troublée par le désir d'un homme.

— Je m'occuperai des tourtes et des tartes, dit Charlotte. Celles à la viande hachée, au potiron et à la poire. J'adore les gâteaux à la poire.

— Et les petits pains pour le dîner ? s'enquit Olivia, pleine d'espoir.

Sa mère les cuisinait à merveille.

— Cela va sans dire…

Elles continuèrent à discuter de l'organisation du repas. Olivia serait chargée de faire cuire la dinde et de confectionner sauce et accompagnement. Olivia demanderait à Justine de faire une salade de fruits et tout autre plat à sa convenance. Jack et Eric, étant leurs invités, seraient dispensés d'apporter quoi que ce soit.

Dès que sa mère fut repartie, Olivia saisit le téléphone et appela Jack au *Chronicle*. Elle fut immédiatement mise en relation avec lui.

— Griffin à l'appareil, dit-il sèchement.

Il semblait préoccupé.

— Lockhart, répondit-elle sur le même ton.

— Olivia ! Bonjour.

Sa voix se radoucit immédiatement.

— Bonjour, Jack. Qu'est-ce que tu fais ?

— D'abord dis-moi comment tu es habillée aujourd'hui, répondit-il de cette voix taquine qu'elle connaissait si bien.

— Jack ! Je suis au tribunal.

— Bon… Alors dis-moi ce que tu portes sous ta toge ?

— Arrête, veux-tu ?

Il soupira comme si cela exigeait de sa part un effort surhumain.

— Qu'est-ce qui t'amène ? Je te manque, c'est ça ?

— Je t'appelle pour vous inviter, Eric et toi, au dîner de Thanksgiving en compagnie de maman, Justine, Seth et moi-même.

— Vraiment ? Je veux dire, ce n'est pas une plaisanterie ? C'est génial. J'accepte sans condition.

— Tu n'avais pas d'autres projets au moins ?

— Aucun. En fait, si. J'avais l'intention de faire cuire une dinde congelée. Mais ton invitation est bien plus alléchante. Ce serait parfait, si seulement…

Il hésita.

— Si seulement quoi ?

— Ça te dérangerait d'inviter une autre personne ?

— Qui ?

— Une femme avec qui je sors depuis quelques semaines. Elle se sent seule et…

— Jack !

— Tu ne me crois pas ?

— Pas une seconde !

Elle eut du mal à se retenir d'éclater de rire. Elle s'était inquiétée à propos de leur relation, mais tout semblait être redevenu normal.

— Non, sans blaguer, j'aimerais inviter une autre personne, dit-il cette fois d'un ton sérieux. Est-ce que ça t'ennuierait vraiment si Shelly Larson se joignait à nous ?

— La petite amie d'Eric ? Celle dont il pense qu'elle est enceinte d'un autre homme ?

— Ecoute, je voudrais tellement qu'ils se réconcilient. Eric est très malheureux sans elle. Il adore Shelly et je crois que s'ils se retrouvaient en terrain neutre, il y aurait une chance pour qu'ils reprennent le dialogue. Il faudra qu'Eric fasse un effort, mais je pense qu'il est prêt à tout, si Shelly se montre elle aussi conciliante.

Olivia n'avait guère envie d'être impliquée dans ce conflit, mais elle sentait que Jack était à bout. Eric et Shelly étaient de toute évidence dans une impasse et Eric n'avait apparemment aucune intention de quitter l'appartement de son père.

— Olivia, tu veux bien me rendre ce service ? Je n'en peux plus. S'il te plaît, pour préserver ma santé mentale !

« Et notre relation », ajouta Olivia en son for intérieur.

— A une seule condition. Je ne pense pas que ce soit une bonne idée de prendre Eric ou Shelly par surprise. Tu dois prévenir ton fils que je vais inviter Shelly.

— Pas de problème, promit-il. Autre chose… Est-ce que tu accepterais de téléphoner à Shelly pour l'inviter ?

Olivia poussa un soupir résigné.

— Bon… D'accord… Donne-moi son numéro.

Elle le nota sur une feuille où elle se mit à griffonner, tout en poursuivant la conversation avec Jack.

— Tu as prévu quelque chose pour ce soir ? demanda Jack d'une voix engageante.

— Je ne sais pas. Tu avais quelque chose en tête ?

— Il y a une journée porte ouverte à la chambre de commerce. Ça te dirait ?

Le ton de Jack sous-entendait une nuit d'amour passionnée et non une soirée d'affaires mortellement ennuyeuse.

— Je pourrai peut-être trouver un moment, même si je suis très prise actuellement.

— Je passe te prendre à 19 heures ?

— C'est d'accord.

— Mets quelque chose de sexy.

— Pour la soirée à la chambre de commerce ?

— Non, répondit-il en allant droit au but. Seulement pour moi.

Olivia sourit et son visage resta rayonnant longtemps après la fin de leur conversation.

Dès son retour chez elle, elle appela Shelly Larson. Après un long monologue où elle se présentait et expliquait les raisons de son appel, elle attendit la réaction de la jeune femme.

— Eric est au courant de cette invitation ? demanda-t-elle alors.

Sa voix était douce et agréable à entendre. Olivia essaya de la faire correspondre à la photographie qu'Eric lui avait montrée d'elle un jour. Dans son souvenir, Shelly était une jeune fille brune, petite et menue, qui travaillait pour une agence de publicité installée à Seattle. Cela faisait pratiquement deux ans qu'elle vivait avec Eric.

— C'est Jack qui a suggéré de vous inviter. J'ai accepté à

condition qu'Eric et vous veniez en toute connaissance de cause. Jack espère que vous allez trouver une solution à votre problème.

Shelly ne répondit pas. Apparemment, elle était en train de réfléchir à cette invitation pour le moins incongrue.

— Est-ce que vous avez de la famille dans la région ? s'enquit Olivia, désireuse de savoir si elle avait quelqu'un sur qui compter en cas de difficultés.

— Non. Ma mère est morte quand j'étais bébé et mon père ne s'est jamais vraiment occupé de moi. J'ai été élevée par ma grand-mère, mais elle est décédée depuis trois ans maintenant.

— Vous êtes donc toute seule ?

— Oui.

Shelly ne semblait pas avoir envie de poursuivre sur ce thème et se mit soudain à parler avec véhémence.

— Je ne comprends vraiment pas pourquoi Eric soutient que ce bébé n'est pas le sien. Ses doutes m'humilient et sont une insulte à toutes les valeurs que je défends.

Olivia n'avait aucune intention de prendre parti. Selon Jack, son fils était incapable d'engendrer un enfant, mais on avait déjà vu des choses bien plus inattendues se produire.

— Les hommes sont parfois obtus, dit Olivia pour lui faire comprendre qu'elle compatissait.

— Je vous suis très reconnaissante de m'avoir invitée, dit Shelly, la voix soudain plus assurée, mais je ne peux pas accepter. C'est fini entre Eric et moi.

— Sauf si cet enfant que vous portez est le sien, lui rappela Olivia. Dans ce cas, vous vous reverrez forcément.

— J'en doute. Eric n'a pas confiance en moi. Et en ce qui me concerne, je considère que c'est aux tribunaux de régler cette affaire maintenant. Je ne veux pas gâcher votre fête de Thanksgiving ; ce ne serait pas sympa pour vous, Jack ou vos autres invités. Vous remercierez quand même Jack pour son geste, mais ça ne peut pas marcher…

Olivia n'avait pas envie de terminer la conversation aussi abruptement maintenant qu'elle savait que Shelly était seule au monde.

— Shelly, j'aimerais qu'on reste en contact malgré tout, si ça ne vous dérange pas.

— Si vous voulez. Jack a le droit de connaître son petit-fils.

Elles raccrochèrent quelques instants plus tard et Olivia repensa aux paroles de la jeune femme. Elle avait deviné que Shelly aurait adoré participer aux festivités, mais elle avait refusé uniquement pour éviter de créer un malaise parmi les invités.

Jack arriva à 19 heures tapantes.

— Alors ? Tu as parlé à Shelly ? fut sa première question.

— Oui et elle ne veut pas venir.

— Flûte !

Il se passa la main dans les cheveux, signe chez lui de frustration intense.

— Et Eric ? Qu'est-ce qu'il en pense ?

— Il ne serait venu que si Shelly avait été là. Autrement, il a l'intention de rejoindre des amis à Kirkland où il travaille.

— C'est peut-être mieux ainsi.

— Pas pour moi ! s'exclama Jack.

« Et pour notre couple non plus », songea Olivia.

— J'espérais que les nouvelles seraient meilleures.

Il s'effondra dans un fauteuil, puis glissa la main dans la poche de sa veste.

— Ça fait des semaines que je traîne ceci avec moi. J'attendais le bon moment pour te le donner.

Il sortit de son veston un joli paquet coloré.

— C'est ton cadeau d'anniversaire.

Elle le regarda d'un air totalement ébahi.

— Vas-y. Ouvre-le…

Olivia prit le paquet dans ses mains, s'assit près de Jack et défit le ruban.

— Désolé pour le retard, dit-il en la regardant d'un air inquiet.

Olivia souleva le couvercle d'une boîte tapissée de velours gris. Lorsqu'elle aperçut le bracelet en diamant, elle laissa échapper un cri.

— Ça te plaît au moins ?

— Jack... Je... Je ne sais pas quoi dire !

— Je voulais que tu saches que tu comptes vraiment pour moi, Olivia.

— Oh, Jack...

Comment lui faire comprendre à quel point elle en était heureuse ? Avec un soin tout particulier, elle mit alors la boîte de côté et glissa ses bras autour du cou de Jack. Puis elle l'embrassa et il n'eut alors plus l'ombre d'un doute sur ce qu'elle pensait de son cadeau.

Thanksgiving promettait d'être une journée tranquille pour Grace, qui serait cette fois seule avec sa fille Maryellen. Son divorce avait été officialisé le lundi précédent. Elle n'avait pas eu besoin de comparaître devant le tribunal. Mark Spellman lui avait téléphoné dans la soirée pour lui annoncer que tout s'était bien passé. Depuis lundi après-midi, elle n'était donc plus mariée à Dan. Tous les papiers avaient été signés, paraphés et marqués du sceau notarial. Elle était de nouveau célibataire.

Le matin de Thanksgiving, elle se leva très tôt. Tout comme un an auparavant. A ceci près que l'année précédente elle avait préparé pour le repas une dinde de dix kilos. Elle s'était occupée de farcir la bête, puis de la mettre à griller dans le four, tandis que Dan était parti couper du bois. Plus tard, Kelly et Paul étaient venus manger, Maryellen aussi. Ils avaient passé ensemble une journée agréable, pleine de rire et de bonne humeur.

Cette année, Kelly se rendait chez les parents de Paul, Dan

avait disparu dans la nature et l'énorme dinde de l'année précédente s'était transformée en une dînette à deux.

Grace se sentait triste à mourir. La maison ne lui avait jamais semblé aussi grande et vide. Buttercup, sensible à l'humeur de sa maîtresse, ne la quittait pas d'une semelle, tandis qu'elle errait sans but de pièce en pièce.

Peu de temps après sa demande de divorce, elle avait nettoyé la partie de l'armoire réservée aux affaires de Dan. Elle en avait profité pour explorer ses vêtements dans l'espoir de trouver un indice sur sa disparition et l'endroit où il se trouvait. Elle n'avait rien trouvé et laissé les vêtements en place.

Cette fois-ci, elle recommença à fouiller les poches de ses chemises et de ses pantalons, sans y croire, puis elle plia avec soin les affaires et les rangea dans des sacs, en vue de les donner à une œuvre de charité.

Le téléphone sonna à ce moment-là. Elle jeta un coup d'œil à sa montre et s'aperçut qu'il était à peine 7 heures du matin.

— Allô ? fit-elle, étonnée que quelqu'un l'appelât de si bonne heure.

Seuls des grésillements lui parvinrent.

— Allô, répéta-t-elle en haussant le ton.

Un malaise soudain l'envahit, lorsque la communication fut brusquement coupée. Elle raccrocha, tout en gardant quelques secondes la main sur le combiné. Comme c'était étrange… Et si c'était Dan qui avait essayé de la joindre ? Cette idée la bouleversa.

Etait-il lui aussi en train de se remémorer leur fête de Thanksgiving de l'an passé ? Peut-être qu'elle lui manquait ou qu'il avait lu l'annonce de leur divorce dans le journal. Tout ceci était extrêmement déconcertant ! Et même totalement absurde. Il fallait qu'elle fasse définitivement une croix sur lui, qu'elle arrête de penser à lui.

Son mariage était terminé, mais sa vie ne devait pas pour autant s'arrêter là.

Maryellen arriva aux environs de 11 heures. Grace avait mis

des pommes de terre à bouillir et la viande dorait doucement dans la poêle. Elle avait l'intention de faire une purée saupoudrée d'ail, accompagnée de brocolis et d'une salade verte.

— Ça sent drôlement bon ici ! s'exclama sa fille en pénétrant dans la cuisine.

Elle posa un petit pot en bronze garni de chrysanthèmes au milieu de la table et embrassa sa mère sur la joue.

— J'ai cuisiné cette sauce à l'orange et à la canneberge que tu aimes tant, lui dit Grace.

— Oh maman, c'est vraiment gentil de ta part ! Pour moi, c'est ce qui fait toute la saveur d'un repas de Thanksgiving.

Elle ouvrit le réfrigérateur et jeta un coup d'œil à l'intérieur.

— Mais tu en as fait beaucoup trop, non ?

— Je n'ai fait que respecter les proportions de la recette, répondit Grace.

La réflexion de Maryellen lui rappela une fois de plus qu'elles ne seraient que toutes les deux cette année.

— Tu pourras en rapporter chez toi.

— D'accord… Tu as besoin d'aide ?

— Non, pas pour le moment… Je crois que je maîtrise…

Maryellen quitta la cuisine et se dirigea vers ce qui autrefois avait été sa chambre. Elle revint quelques secondes plus tard.

— Tu as rangé toutes les affaires de papa, à ce que je vois.

Grace eut soudain envie de se mettre à pleurer. Elle fit oui de la tête.

— Le divorce a été officialisé lundi dernier.

— Je sais, répondit Maryellen en lui prenant gentiment le bras. Comment te sens-tu ?

— A peu près comme toi quand tu as divorcé.

Maryellen poussa un profond soupir.

— Aussi mal que ça ?

Grace détourna le regard, bien décidée à ne pas se laisser submerger par le chagrin et la colère en cette journée de fête.

Lorsque le téléphone sonna, elle fit signe à Maryellen d'aller décrocher. Elle avait peur que sa voix ne se brise en sanglots à l'instant même.

— Allô ? fit Maryellen.

Elle fronça soudain les sourcils.

— Allô ?

Un moment plus tard, elle raccrocha.

— C'est bizarre… Il n'y avait personne à l'autre bout du fil.

— C'est exactement ce qui m'est arrivé tout à l'heure, fit Grace. Personne non plus n'a répondu.

Maryellen la regarda avec inquiétude.

— Tu crois que c'était papa ?

Elles avaient eu toutes deux le même pressentiment, mais aucun moyen de vérifier si leurs craintes étaient fondées. Depuis la disparition de son mari, Grace avait dû réduire ses dépenses personnelles et c'est à ce titre qu'elle avait annulé le service d'identification de ses correspondants, de même que toutes les autres options offertes par la société qui gérait ses appels.

— Pourquoi ferait-il une chose pareille ? fit Maryellen, soudain très remontée contre son père. Il ne peut donc pas nous laisser tranquilles au lieu de jouer à ce jeu pervers ?

— J'imagine qu'on lui manque, le défendit Grace malgré elle.

Pour elle, c'était la seule explication possible.

— S'il a tellement envie de nous revoir, pourquoi ne revient-il pas à la maison ?

Elle décrocha le combiné et commença à composer un numéro.

— Mais qui appelles-tu donc ?

— Le service *Star 69*.

— Inutile, dit Grace d'une voix crispée. J'ai annulé mon contrat d'options. Je n'avais plus les moyens de le payer. Dan a dû s'en douter et comprendre que je ne pourrais pas localiser son appel.

Elle ferma les yeux pour tenter de recouvrer son calme, mais en vain.

— Parfois, je le déteste !

— Maman… Ne le laissons pas gâcher notre journée, d'accord ?

— Ton père et moi sommes restés mariés pendant plus de trente-cinq ans…

Ses jambes se dérobèrent soudain et elle se laissa tomber sur une chaise.

Le téléphone sonna de nouveau.

— Ne réponds pas, dit Grace. Ne lui donne pas ce plaisir. Laisse sonner, ça vaut mieux.

A la cinquième sonnerie, le répondeur se mit en marche et une fois de plus seuls des grésillements se firent entendre.

Maryellen prit une chaise et s'assit en face de sa mère. Elle prit ses mains dans les siennes et les serra fort.

— J'ignore pourquoi papa est parti, murmura-t-elle, mais quelle qu'en soit la raison, ça n'a rien à voir avec toi. Tu n'as rien à te reprocher. Tu es une mère fantastique et tu étais une épouse irréprochable.

Grace baissa la tête, incapable de retenir plus longtemps ses larmes.

— Merci ma chérie.

Elle aurait tant aimé la croire, mais elle savait que les hommes heureux en mariage ne disparaissaient pas de la sorte.

Elle renifla et fit un effort pour chasser toute cette histoire de son esprit. Maryellen lui lâcha les mains et lui tendit un mouchoir en papier.

— J'aurais bien aimé que Cliff Harding soit là, dit la jeune femme avec conviction. Papa aurait été bien attrapé. Il n'aurait pas apprécié d'entendre une voix masculine à l'autre bout du fil !

Grace eut un sourire tremblant.

— C'est sûr.

L'eau des pommes de terre s'était mise à bouillir et Grace se leva pour baisser le feu. Elle tira profit de ces quelques secondes pour reprendre ses esprits et, quand elle se rassit à la table, elle était souriante.

— Maman, fit Maryellen d'une voix hésitante. Qu'est-ce qu'il y a, exactement, entre Cliff et toi ? Est-ce tu vas le fréquenter, maintenant que le divorce est officiellement prononcé ?

Grace réfléchissait à cette question depuis des semaines, incapable de prendre une décision. En fait, elle avait déjà plus ou moins refusé les avances de Cliff.

— C'est peu probable, répondit-elle.

— Tu devrais, l'encouragea vivement Maryellen. Je l'aime bien et, même si Kelly aura du mal à accepter qu'un autre homme remplace papa, elle s'y habituera.

— Je ne me préoccupe pas de l'opinion de Kelly ou de celle de qui que ce soit, à dire vrai. Ne te fais pas de fausses idées, j'aime beaucoup Cliff, mais je ne suis pas prête à m'engager dans une relation sérieuse avec quelqu'un actuellement.

— Mais maman…

— C'est trop tôt. Je suis toujours sous le choc. J'étais persuadée que mon divorce mettrait un point final à mes doutes et mes angoisses, mais ce n'est pas le cas. J'ai besoin de savoir la vérité, Maryellen. D'avoir des réponses. Où est passé ton père ? Pourquoi est-il parti sans rien dire, sans l'ombre d'une explication ? Quel secret nous cachait-il ?

Elle savait pourtant que la vie n'apportait pas toujours de réponse. Peut-être finirait-elle par retrouver sa sérénité ? Mais pour l'heure, seuls l'incertitude, la colère et le chagrin subsistaient en elle, avec autant d'intensité que le jour où son mari s'était évanoui dans la nature. Pourtant sa vie n'était pas dépourvue de joies ni de bons moments. Elle avait ses filles, son petit-fils, ses amis, son travail…

— Maman, il faut tourner la page. Crois-moi… Sinon, j'ai bien peur que tu ne finisses comme moi.

— C'est-à-dire ?

— Regarde-moi ! J'ai trente-cinq ans et je suis terrifiée à l'idée de tomber amoureuse. Je n'arrive plus à me fier à mon propre jugement. J'ai pratiquement une crise d'angoisse à la seule idée qu'un homme va m'embrasser. J'ai si peur de ce qui pourrait arriver que je refuse toute relation sentimentale. Regarde Kelly et Paul, ils ont l'air si épanouis, si normaux… Pourquoi mon mariage a-t-il été un tel échec ?

— Maryellen…

Grace n'avait pas la moindre d'idée de ce qu'elle aurait pu dire à sa fille. La jeune femme évoquait si rarement son divorce qu'elle ne savait pas comment la réconforter.

— Moi qui aime tellement le petit Tyler, je n'aurai jamais d'enfant.

— Ne dis pas ça. Tu es encore jeune.

Maryellen secoua la tête.

— Ne gâche pas tes chances d'être heureuse à cause de ton divorce, répéta-t-elle à sa mère. Tu as encore de longues et bonnes années à vivre, maman. Si quelqu'un s'intéresse sérieusement à toi, lance-toi. Promets-moi que tu ne laisseras pas passer l'opportunité qui se présentera et que tu ouvriras les bras à celui qui t'aime. Je crois qu'autrement, moi non plus, je n'arriverai pas à trouver le bonheur.

Maryellen se disait, en ouvrant la galerie le vendredi matin, que la fête de Thanksgiving avait été certainement l'une des journées les plus éprouvantes de sa vie. Elle en était encore tout ébranlée. Si elle avait pu prendre un jour de congé, elle n'aurait pas hésité une seconde à le faire. Mais la galerie serait certainement prise d'assaut par les clients, car c'était habituellement le jour le plus rempli et le plus rentable de l'année.

Elle dut d'ailleurs attendre qu'il soit pratiquement 14 heures avant de pouvoir s'attaquer à son sandwich à la dinde. Ce fut grâce à son assistante, Lois Habbersmith, qu'elle put souffler un peu, car la jeune femme avait accepté de lui donner un coup de main.

Assise les jambes croisées sur un haut tabouret dans l'arrière-salle, Maryellen venait juste de croquer dans son sandwich quand Jon Bowman entra dans la pièce.

— Jon…

Elle ne s'attendait pas à le voir. Son cœur se mit à battre follement. Il avait téléphoné deux fois à la galerie depuis la fête d'Halloween et elle avait chaque fois réussi à éviter de lui parler.

— Vous ne pourrez pas vous dérober cette fois, lui lança-t-il, avant même de la saluer.

— Que voulez-vous dire exactement ?

Il lui adressa un grand sourire, pour lui faire comprendre qu'il n'était pas dupe.

— Ça vous dirait d'avoir de nouvelles photographies ?

— Oui, répondit-elle avec enthousiasme, prête à mettre en vente autant d'œuvres qu'il voudrait bien lui en confier. La dernière série s'est intégralement vendue. Quand pensez-vous pouvoir me les apporter ?

S'il répondait « aujourd'hui même », elle était prête à les suspendre immédiatement, pour qu'elles soient disponibles à la vente le lendemain.

— En fait, j'aimerais que vous passiez les prendre chez moi, fit-il d'un ton neutre. Je vous promets que le déplacement en vaudra la peine.

Maryellen fronça les sourcils. C'était une manière de la forcer à lui rendre visite.

— Je préférerais que vous les apportiez ici.

Ils avaient toujours agi de la sorte par le passé.

— Je sais, mais cette fois-ci ça m'arrangerait qu'on procède autrement. Je vous préparerai à manger. Si vous désirez vraiment avoir ces clichés, vous viendrez chez moi à 19 heures ce soir…

Elle commença à protester, en l'accusant de chantage, mais il ne lui laissa pas le temps d'aller bien loin. Il lui tourna le dos et quitta tout simplement la galerie et répétant : « Ce soir, chez moi, 19 heures… »

Par deux fois, ce même après-midi, des clients s'enquirent auprès de Maryellen du travail de Jon et elle se retrouva en train de leur promettre qu'il y aurait des photographies nouvelles en vente dès le lendemain. Ses œuvres se vendaient à peine étaient-elles accrochées au mur. Mais, si elle en voulait d'autres cette fois-ci, Jon lui avait fait clairement comprendre qu'elle devrait aller chez lui pour les récupérer elle-même.

A 19 heures, donc, la jeune femme s'engagea en maugréant dans un chemin sombre, à la recherche de la maison de Jon. Elle s'arrêtait de temps en temps pour vérifier à l'aide d'une torche les noms inscrits sur les boîtes aux lettres qui bordaient la petite route de terre.

Elle trouva enfin la bonne adresse et tourna dans une allée de graviers qu'elle poursuivit sur plus d'un kilomètre. Bientôt, une maison à deux étages apparut devant elle.

Elle se gara à l'arrière, sortit de sa voiture et s'arrêta un instant pour contempler les lumières de Seattle qui brillaient au-delà du Puget Sound. La maison devait être proche du quai. Un ferry, tout illuminé, glissait sur l'eau.

— Je me demandais si vous alliez venir, dit Jon, quelque part dans la pénombre.

Il émergea de l'obscurité pour l'accueillir.

— Vous ne m'avez pas laissé le choix.

Elle était agacée et voulait le lui faire savoir.

— C'est vrai, admit-il. Entrez…

— Je… je ne peux pas rester pour dîner. J'espère que vous n'aviez rien préparé de spécial pour moi.

— Bien au contraire, et j'aimerais vraiment que vous acceptiez mon invitation.

— Mais…

Une fois encore, il lui fut impossible de refuser. Elle le suivit dans la maison.

L'aménagement intérieur n'était pas terminé. Il n'y avait ni peinture ni tapisserie sur les murs ; la cuisine était équipée de nouveaux appareils et de plans de travail en céramique blanche, et un plancher en contreplaqué recouvrait le sol. Jon avait installé une table décorée d'une nappe en lin dans une pièce qui devait être le salon. La maison était plongée dans une demi-pénombre et seules de petites lampes de table et la lumière qui s'échappait de la cuisine éclairaient la pièce. Les grandes baies vitrées offraient une vue magnifique sur Seattle.

— Donnez-moi votre manteau…

Maryellen voulut résister, mais au lieu de cela elle laissa glisser son vêtement de ses épaules. Jon le prit et le rangea sur un portemanteau dans un placard encore dépourvu de portes.

— Ça vous dirait de visiter la maison ?

Elle accepta d'un signe de tête.

— Qui l'a construite ?

— Moi, répondit-il avec un petit rire. Je fais tout moi-même…

Elle se rappela qu'il avait expliqué à Terri qu'il était polyvalent. Elle comprenait maintenant qu'il n'avait pas menti.

Il la guida à travers la maison inachevée. La salle de bains était la seule pièce dotée d'une porte. Sa chambre était à l'étage et possédait un balcon face à la mer.

— C'est là que je m'assois les matins d'été pour boire mon café…

Maryellen imaginait parfaitement la scène : la paix et le silence ambiants, la beauté du Puget Sound dans la clarté matinale.

— Je possède vingt mille mètres carrés de terrain, poursuivit Jon. Vous vous demandez peut-être comment j'ai fait pour les acquérir… J'en ai hérité de mon grand-père, qui les a achetés dans les années cinquante pour une misère. A sa mort, il m'a tout légué.

La sonnerie d'un minuteur résonna dans la cuisine.

— Ah… Le dîner est prêt.

Il lui prit la main pour l'aider à descendre l'escalier et, une fois dans la salle à manger, il l'escorta jusqu'à la table et lui présenta une chaise.

— Je peux vous aider ? demanda Maryellen.

— Non, merci.

Il alluma des bougies, puis leur versa un verre de vin — un gewurztraminer au goût épicé. Il apporta ensuite une salade de poires fraîches coupées en lamelles, de cubes de roquefort et de noix grillées enduites de miel, le tout accompagné d'une vinaigrette relevée à framboise.

— Hum ! murmura Maryellen après la première bouchée. C'est un délice !

— Et ça ne fait que commencer…

Ils burent un verre de vin avec la salade, un autre avec du saumon fumé agrémenté d'une sauce si crémeuse que Maryellen ferma les yeux pour mieux en apprécier la saveur. En dessert, Jon servit un gâteau viennois aux pommes et aux figues.

Entre les plats, il continuait à remplir les verres. Il n'hésita pas à ouvrir une seconde bouteille et, une fois le dîner terminé, Maryellen se sentait merveilleusement détendue et légèrement ivre. Jon lui proposa de revenir dans le salon pour la fin de la soirée et la jeune femme prit place sur un canapé confortable, se laissant aller aux premières mesures des *Quatre Saisons* de Vivaldi, que Jon venait de mettre dans son lecteur de CD.

— Il va falloir que je boive beaucoup de café pour ne pas m'endormir ici, dit-elle.

— Je suis en train d'en préparer.

Et, en effet, un délicieux arôme lui parvint bientôt de la

cuisine. Les joues empourprées et le corps rassasié, elle posa la tête contre le dossier du canapé, contemplant la vue étonnante qui s'étalait devant elle. Les lumières de la ville brillaient telles des lucioles dans le lointain et le reflet tremblant de la lune scintillait sur l'eau sombre.

Jon avait éteint les lampes et Maryellen aperçut sa propre silhouette dans la vitre.

Il s'assit près d'elle.

— Alors, ce n'est pas si terrible que ça, si?

Puis, comme s'il avait craint qu'elle n'ait mal interprété ses paroles, il ajouta :

— Etre en ma compagnie, je veux dire...

— Non, c'est même très agréable.

— Vous voyez que je ne suis pas si terrifiant que ça!

Elle s'écarta de lui pour mieux le regarder et lui sourit.

— Parfois, si...

— Quand donc?

— Quand vous m'embrassez.

C'était sans doute les vapeurs de l'alcool qui lui déliaient la langue, mais c'était la vérité.

Jon lui prit la main et examina ses longs doigts fins.

— Vous allez sans doute être surprise, mais vos baisers m'effraient aussi.

— Je vous fais peur?

— Oui...

Et, pour le lui prouver, il se pencha vers elle et posa délicatement sa bouche sur la sienne. Un baiser qui, dans sa douceur même, était plein de promesses.

— Vous voyez? murmura-t-il en posant la main de la jeune femme sur son torse. Vous sentez les battements de mon cœur?

— Oui. Il bat très fort.

Elle aussi sentait le rythme de son pouls s'accélérer. Pour lui montrer à son tour l'effet qu'il produisait sur elle, elle s'approcha tout contre lui et l'embrassa. Cette fois, leur baiser fut plus profond, plus long et plus intense. Maryellen en éprouva comme un vertige.

— Mets ta main sur mon cœur…, chuchota-t-elle.

Jon posa sa grande main sur elle et, incapable de résister plus longtemps, enserra son sein dans sa paume. Il lui laissa tout loisir de l'arrêter, mais elle ne fit aucun geste en ce sens. Cette caresse était exactement ce qu'elle attendait. Elle en voulait même plus. Jon entreprit alors de déboutonner maladroitement son chemisier, tout en la couvrant de baisers. Avant même qu'il eût terminé, elle défit son soutien-gorge, laissant ses seins jaillir hors de leur entrave. Jon les prit dans ses mains et Maryellen s'approcha pour laisser courir sa langue sur le lobe de son oreille.

Par la suite, tout arriva si vite qu'elle aurait été bien incapable de se rappeler qui avait déshabillé l'autre en premier. Une seule chose était sûre : ils étaient maintenant tous les deux sur le canapé et Jon était sur le point de lui faire l'amour.

— Tu es sûre d'en avoir envie ? lui demanda-t-il.

Elle ferma les yeux et hocha la tête, si étourdie de désir qu'elle le serra très fort dans ses bras et rapprocha les lèvres des siennes.

— Alors, dis-le…

— J'ai envie de faire l'amour avec toi…

Ils firent l'amour longuement, sans se presser. C'était délicieux. Maryellen ne se souvenait pas avoir connu autant de plaisir auparavant. Pendant la nuit, ils montèrent à l'étage, dans la chambre de Jon. Ils sombrèrent dans un profond sommeil, leurs deux corps emmêlés.

Aux premières lueurs de l'aube, Maryellen commença à s'agiter. Elle se réveilla bientôt et s'assit brusquement, ne reconnaissant plus rien autour d'elle.

— Où suis-je ?

— Tu es avec moi, fit Jon en la prenant dans ses bras.

Il l'embrassa de nouveau et elle se tourna vers lui.

Quand ils firent l'amour pour la deuxième fois, elle s'assit sur lui, ses longs cheveux ruisselant sur ses épaules et ses seins.

Plus tard dans la matinée, elle se réveilla en premier et resta tranquillement allongée dans les bras de Jon un long moment, réfléchissant à la nuit passée. Jon l'avait séduite et elle s'était laissé faire. Il lui avait offert à boire et à manger, puis l'avait entraînée dans son lit, sans qu'elle manifeste la moindre résistance. Elle avait participé activement à leurs ébats amoureux, sans se soucier de contraception ou de quelque moyen de protection que ce soit. Avait-elle complètement perdu la tête ?

Attentive à ne pas le déranger, elle se glissa hors du lit, mortifiée de se retrouver complètement nue dans un lieu qui lui était étranger. Elle descendit l'escalier sur la pointe des pieds, rassembla ses vêtements et commença à s'habiller. Elle avait déjà enfilé ses sous-vêtements et était en train de mettre son jean quand Jon apparut, torse nu, en haut des escaliers.

— Tu allais partir sans me dire au revoir ?

Elle ne répondit pas. Ses intentions étaient claires : il n'était pas question qu'elle prenne le petit déjeuner avec lui tout en lisant les nouvelles du jour !

— On n'aurait jamais dû passer cette nuit ensemble.

— Et pourtant on l'a fait. Vas-tu le nier maintenant ?

Maryellen se sentit rougir.

— Oui.

— Qu'est-ce que ça veut dire ?

— Que notre relation est professionnelle et qu'elle doit le rester.

— En vertu de quel décret ?

Elle aurait dû se lancer dans des tas d'explications, pour lui faire comprendre son point de vue, mais elle n'en avait aucune envie.

— Parce que c'est comme ça. Je suis désolée…

— Tu me dois un peu plus que trois mots, Maryellen !

— Je ne te dois absolument rien.

Elle finit de s'habiller aussi rapidement qu'elle le put.

— Tu avais tout manigancé pour me séduire. Le vin, le dîner, la musique…

— Evidemment ! Mais tu es une grande fille, non ? Tu me désirais autant que je te désirais. Ose affirmer le contraire !

— C'est vrai que tu me plais, mais je n'aurais jamais couché avec toi si tu ne m'avais pas forcée à venir jusqu'ici pour cette histoire de photos.

Elle rejeta ses cheveux en arrière et alla récupérer son manteau dans le placard.

— Maryellen, je t'en prie. Ne pars pas comme ça. C'est ridicule !

Quand elle était jeune et naïve, Clint l'avait entraînée dans son lit avec du vin et des promesses. Et c'est comme cela qu'elle s'était retrouvée enceinte. Durant toutes ces années — malgré un mariage suivi d'un divorce —, elle n'avait apparemment rien appris.

— Très bien, fit-il d'un ton sec. Nous ferons comme tu voudras…

Elle regagna sa voiture à grands pas furieux et ce n'est qu'à mi-chemin qu'elle réalisa qu'elle avait oublié les photographies.

8

Jack ignorait s'il allait supporter encore longtemps la présence de son fils. Sa maison était exiguë, ce qui rendait la cohabitation d'autant plus difficile. Ce matin-là, alors qu'il était sur le point de prendre son petit déjeuner, il découvrit qu'il ne restait plus une seule tranche de pain de mie. Eric avait terminé le paquet, sans se soucier de lui en laisser une tranche. Il se souciait assez peu des autres, d'une façon générale, comme ces semaines passées ensemble l'avaient montré à Jack. Il se demanda comment Shelly avait réussi à supporter le comportement égoïste d'Eric.

Tout en maugréant, il mit d'un geste rageur les assiettes et les tasses à café sales dans le lave-vaisselle. Il fit un grand effort sur lui-même pour se calmer et se persuader que ce serait bon pour sa ligne de se passer pour une fois de tartines grillées.

La coupe fut pleine quand il se glissa sous la douche et qu'un jet d'eau glacé l'aspergea, à peine avait-il tourné le robinet. Eric avait vidé le ballon d'eau chaude et à moitié inondé la salle de bains. Jack sortit précipitamment en attrapant une serviette au passage. Malheureusement, elle était trempée aussi. Son fils s'était servi des deux serviettes disponibles sur le porte-serviette et n'avait pas pensé à en sortir une sèche pour son père.

— Cette fois il dépasse vraiment les bornes ! s'exclama-t-il en jetant par terre le linge mouillé.

Quand Eric était arrivé chez lui, il ne devait rester que

quelques jours, or cela faisait des semaines qu'il était là. Jack songea qu'il était grand temps de mettre fin à son séjour.

Furieux, il s'habilla et dut s'interrompre par deux fois et respirer profondément, pour apaiser son cœur qui battait à grands coups. Une chose lui paraissait désormais évidente : Eric et Shelly étaient dans une impasse, puisque aucun des deux n'était prêt à faire un geste. Jack avait tenté d'amorcer une réconciliation en demandant à Olivia de les inviter chez elle pour Thanksgiving. Mais cette initiative s'était soldée par un échec, puisque Shelly avait refusé de venir.

Eric avait placé tous ses espoirs dans ces retrouvailles et, quand Shelly avait décliné l'offre d'Olivia, il s'était convaincu qu'elle sortait avec quelqu'un d'autre. Jack était cependant parvenu à décider son fils de se rendre dans une clinique pour y effectuer un test de fertilité. Après cette visite, Eric avait sombré dans une profonde déprime qui avait duré plusieurs jours.

Jack résolut donc de prendre lui-même l'affaire en main. Quand il arriva au *Chronicle*, il avait arrêté son plan d'action : appeler Shelly et la rencontrer rapidement.

Lorsqu'il la joignit, il lui proposa de dîner avec lui. Shelly accepta et ils convinrent de se retrouver le jour même, dans un restaurant branché spécialisé dans les fruits de mer. Il fallait que les choses évoluent. Pour le salut de son fils… et le sien !

A 6 h 30, il se rendit directement sur les quais, en sortant du bureau. Shelly était arrivée avant lui et l'attendait, déjà installée à une table. Elle ne l'avait pas vu venir et il en profita pour la regarder quelques instants à son insu. C'était une jolie fille, menue et d'apparence fragile, tout particulièrement en ce moment. Jack fut surpris de la voir déjà porter des habits de femme enceinte. Sa grossesse était désormais bien visible.

— Bonjour Shelly, dit-il en l'embrassant sur la joue.

Il s'assit en face d'elle.

— Bonjour monsieur Griffin.

— Je vous prie, appellez-moi Jack.

— Très bien, Jack…

Elle baissa les yeux vers la carte, mais Jack eut le sentiment qu'elle avait déjà fait son choix. Quant à lui, il prendrait comme à l'accoutumée de succulents petits beignets au crabe. Toutefois, ce qu'ils mangeraient avait peu d'importance, ils s'étaient retrouvés pour un tout autre motif.

— J'imagine que vous vous demandez pourquoi je vous ai appelée, fit-il en mettant de côté la carte.

— Oui et non. Je me doute que c'est à propos d'Eric.

Puis, comme si c'était plus fort qu'elle, elle lui demanda :

— Comment va-t-il ?

— Disons qu'il a connu des jours meilleurs.

Shelly dirigea son regard vers la jetée et la vaste étendue d'eau noire qui se perdait dans le lointain.

— Il me manque, dit-elle d'une voix douce.

— Est-ce que mon fils a toujours été aussi désordonné ? tenta de plaisanter Jack, pour détendre l'atmosphère.

Il n'était pas lui non plus un parangon d'ordre et de propreté, mais la négligence de son fils le mettait hors de lui. Quand il s'agissait de semer la pagaille dans la maison, Eric le battait à plate couture.

— Toujours, fit Shelly en esquissant un timide sourire. C'est moi qui me charge de l'organisation ménagère. Il se nourrit correctement au moins ?

Jack préféra lui cacher que chez lui, Eric mangeait tout ce qui lui tombait sous la main, au point que lui, son propre père, en était réduit à aller au restaurant.

— De ce côté-là, tout va bien. Et vous ?

Le sourire de Shelly s'agrandit et il remarqua alors combien elle était pâlichonne.

— Je suis tout le temps affamée. Je n'ai jamais eu un tel appétit. Je prends un copieux petit déjeuner et, au milieu de la matinée, j'ai une telle fringale que je me remets à table.

— Vous avez discuté avec Eric récemment ? s'enquit-il avec prudence.

— Non, pas depuis la semaine qui a précédé Thanksgiving.

— Alors vous n'êtes pas au courant…

Jack sentit un pincement au cœur. Eric ne l'avait pas avertie.

— De quoi ?

— J'ai réussi à le convaincre d'aller dans une clinique pour effectuer des tests de fertilité. Vous affirmez que l'enfant que vous portez est de lui et Eric prétend que c'est impossible, étant donné qu'un médecin lui a affirmé il y a des années de ça qu'il ne pourrait jamais être père.

Le visage de Shelly s'illumina soudain.

— C'était une excellente idée. Maintenant il sait que le bébé est de lui !

— Malheureusement, non.

Jack jeta un regard autour de lui, surpris qu'ils n'aient pas encore été servis. Comme s'il avait deviné ses pensées, le serveur apparut subitement. Jack commanda du café et ces beignets au crabe qu'il aimait temps. Shelly demanda de la salade verte accompagnée de fettucine au poulet, de même que du pain au fromage et à l'ail. Jack pressentit que s'il y avait eu des desserts proposés au menu principal, elle en aurait également demandé.

— Que voulez-vous dire ? S'il a fait ces tests, il ne peut plus avoir de doutes : c'est lui le père.

Elle déplia la serviette en lin sur ses genoux et la lissa énergiquement du plat de la main. Son visage était crispé par l'inquiétude.

— Selon les résultats, il est hautement improbable qu'Eric puisse avoir des enfants.

Jack s'en voulait terriblement d'être porteur d'aussi mauvaises nouvelles, mais il avait cru qu'Eric en avait discuté avec elle. Il était persuadé que c'était à cause de la conversation qu'ils avaient eue tous les deux qu'il était si déprimé et non à cause des résultats de l'analyse.

— Son taux de fertilité est très bas. Il existe une possibilité — infime selon les médecins — pour qu'il puisse être le père de votre enfant, mais Eric n'en tient absolument pas compte. Tout ce qu'il retient, c'est le « hautement improbable ».

Sherry baissa les yeux. Allait-elle se mettre à pleurer ?

— Je comprends tout maintenant, murmura-t-elle.

— Ah bon ?

Il ne voulait pas s'immiscer dans leurs affaires, mais si elle était prête à lui fournir de plus amples explications…

— Je comprends pourquoi il ne m'en a pas parlé. Il est convaincu que l'enfant n'est pas de lui et que je l'ai trompé. C'est pour ça que je lui en veux. Son manque de confiance en moi m'est insupportable, Jack.

Elle regardait toujours fixement la table.

— Malgré tout, il continue à payer le loyer. Il sait que je ne gagne pas suffisamment d'argent pour en assurer le règlement tous les mois.

Jack faillit pousser un cri de protestation. Certes, son fils était généreux et il ne pouvait que s'en réjouir. Mais cette grandeur d'âme signifiait qu'Eric risquait de s'incruster chez lui pendant encore un certain temps et que ce face-à-face intolérable allait s'éterniser.

— Je lui ai pourtant dit d'arrêter de payer, mais il n'a rien voulu entendre, poursuivit la jeune femme.

Elle marqua une pause.

— Je lui suis très reconnaissante pour ce geste. Je ne pourrais jamais m'en sortir toute seule, si je devais prendre en charge le loyer en plus de tout le reste.

— Excusez-moi si je vous parle avec une franchise un peu brutale, fit Jack, mais je dois connaître la vérité. Dites-moi : est-ce qu'Eric est bien le père de votre enfant ?

Pour la première fois depuis le début de leur conversation, Shelly le regarda droit dans les yeux.

— Oui. Et dès que le bébé sera né, je le prouverai en demandant que soit fait un test ADN. Plus aucun doute ne subsistera alors. Mais en attendant, je crois qu'il est préférable qu'Eric et moi ne nous revoyons plus.

Elle venait de répondre à l'autre question que Jack s'apprêtait à poser.

— Je vois…

— Merci pour votre sollicitude, Jack. Sincèrement. Mais pour moi, ce que l'on a pu dire à Eric à la clinique n'a aucune importance. Je sais mieux que personne qui est le père de mon enfant et la vérité éclatera maintenant dans moins de cinq mois…

A la fin du dîner, Jack n'avait pas avancé d'un pouce. A son retour, il trouva Eric affalé devant la télévision, un gros cornet de frites posé à ses côtés.

— Tu rentres tard, lui fit remarquer son fils, les yeux rivés sur l'écran.

— Je suis allé dîner avec Shelly, à Seattle.

Eric saisit la télécommande pour éteindre le poste.

— Tu étais avec Shelly ?

Il fronça les sourcils, attendant visiblement que son père lui fournisse des explications.

— C'est elle qui t'a contacté ?

— Non. C'est moi qui en ai pris l'initiative.

Jack ôta son imperméable et vint s'asseoir en face de son fils. Il allait falloir jouer serrer pour ne pas le blesser.

— Tu lui as parlé du test ?

— Oui. J'espérais qu'une discussion avec elle permettrait de clarifier votre situation une bonne fois pour toutes.

— Si tu veux que je prenne mes cliques et mes claques, tu n'as qu'à le dire ! cria Eric en se dirigeant d'un pas furieux vers ce qui, avant son arrivée, était la chambre d'amis.

— Je ne t'ai jamais demandé de partir, lui dit Jack, mais ses paroles manquaient de conviction.

— Tu ne l'as peut-être pas *demandé*, en effet…, rétorqua

Eric en réapparaissant quelques minutes plus tard, un sac en travers de l'épaule.

Ses vêtements, qu'il y avait jetés en vrac, débordaient de toutes parts.

— Je m'en vais. Tu n'as jamais été à la hauteur quand j'étais petit et que j'avais besoin d'un père pour affronter la maladie. Quel imbécile j'ai été de penser que tu avais peut-être changé !

Jack eut l'impression qu'Eric venait de le gifler. Il avait essayé d'améliorer les choses et voilà que la situation avait au contraire empiré.

— Eric, je suis vraiment désolé.

— Désolé ? répéta Eric, comme si c'était la remarque la plus stupide qu'il ait jamais entendue. C'est un peu tard pour les regrets. Mais ne t'inquiète pas, je ne te dérangerai plus.

A ces mots, il disparut. Jack eut l'impression qu'il ne le reverrait pas avant longtemps.

A l'approche de Noël, Cedar Cove se transformait en un endroit magique. Dans Harbor Street, où se trouvait la Harbor Street Gallery, de longues guirlandes de houx étaient suspendues des deux côtés de la chaussée et d'énormes sucres d'orge avaient été accrochés aux lampadaires. De part et d'autre des entrées des magasins et des maisons, des branches de sapin enrubannées embaumaient l'air.

Pour Maryellen, cette odeur était intimement liée aux fêtes de Noël de son enfance — et plus particulièrement au souvenir de son père. Elle gardait de lui cette petite scène — unique ou rituelle, elle ne savait le dire — où, les bras chargés d'un beau sapin, il tapait du pied sur le paillasson pour se débarrasser de la neige collée à ses chaussures. C'était, pour Kelly comme pour elle, le signe que la période du merveilleux, des friandises et des cadeaux commençait. Les larmes lui montèrent subitement aux yeux et elle cligna des paupières pour les refouler.

Elle n'avait pas revu Jon depuis deux semaines. Sans doute viendrait-il bientôt à la galerie pour lui apporter les fameuses photographies qu'elle avait oubliées chez lui. Elle s'était préparée psychologiquement à cette rencontre, car il ne fallait pas que ce qui s'était passé entre eux nuise à leurs relations professionnelles.

Depuis cette nuit passée avec lui, elle n'avait cessé de s'adresser des reproches, tout en se cherchant des excuses pour justifier son attitude. Mais, quand elle regardait la vérité en face, aucune de ces justifications ne tenait la route. Ce n'était ni le vin, ni le clair de lune, ni même Jon, les coupables. Elle avait consenti à ses caresses en toute connaissance de cause et y avait répondu avec enthousiasme.

Comme si Jon avait pressenti qu'il occupait ses pensées, il apparut peu de temps après l'ouverture de la galerie, ce premier vendredi de décembre. Maryellen était occupée avec une cliente. Il transportait deux photographies encadrées et elle soupçonna qu'il y en avait plusieurs autres dans sa camionnette.

Tandis qu'elle était encore en pourparlers avec sa cliente, Jon fit deux autres allers-retours entre son véhicule et l'arrière-salle, pour y déposer ses nouveautés.

— Bon, je crois que je vais réfléchir à tout ça…, dit Mme Whitfield.

Maryellen ne réalisa pas tout de suite que la femme du médecin faisait référence à l'aquarelle qu'elle envisageait d'offrir à son mari pour Noël.

— Très bien, répondit-elle machinalement.

Et elle se retrouva, bien trop vite à son goût, en tête à tête avec Jon.

— Bonjour, fit-elle en déployant de gros efforts pour paraître naturelle et enjouée.

Avant de le quitter, deux semaines auparavant, elle l'avait

averti que leurs relations resteraient strictement professionnelles, en dépit de cette soirée plus intime. Elle avait bien l'intention de ne pas déroger à cette règle.

— Bonjour, dit-il.

Il la dévisagea avec tant d'intensité qu'elle détourna les yeux.

— C'est une belle journée, on dirait…

— Pas sûr. Le ciel est tout gris et il va sans doute pleuvoir.

Elle esquissa un sourire contraint. De toute évidence, il n'avait pas envie de faire la conversation, mais ce n'était pas une nouveauté.

— Tu as apporté de nouvelles photos ?

— Ce sont celles que tu as laissées chez moi. Tu es partie avec une telle précipitation.

— C'est gentil d'être passé les déposer, répondit-elle à la hâte, pour éviter d'autres allusions à leur folle nuit d'amour.

— Je ne suis pas venu pour ça, Maryellen.

Il enfonça les mains dans les poches arrière de son jean et se mit à arpenter la pièce, ce qui la rendit nerveuse. Puis elle comprit que lui aussi était mal à l'aise.

Il s'arrêta brusquement.

— Est-ce que tu es libre, dimanche après-midi ? Il y a un train-restaurant que j'ai toujours voulu prendre et j'aimerais t'inviter.

C'était exactement ce que Maryellen avait craint. Elle retint son souffle aussi longtemps qu'elle le put, jusqu'à ce que ses poumons lui fissent mal.

— Merci, mais c'est impossible.

— Pourquoi ?

Il avait l'air blessé et sincèrement étonné à la fois.

— Tu te rappelles ce que je t'ai dit l'autre jour ? Notre relation doit rester purement professionnelle.

Il fronça les sourcils.

— C'est un peu tard pour ça, murmura-t-il.

Elle préféra ignorer sa remarque.

— Il est hors de question que nous sortions ensemble.

Elle n'aurait pu être plus claire.

— Mais c'est bien toi qui m'as invité à la fête d'Halloween, non ?

— Si, mais c'était une erreur. Ecoute, Jon, tout ceci est terriblement gênant, mais je voudrais que tu oublies ce qui s'est passé entre nous…

Le visage de Jon s'assombrit.

— C'est vraiment ce que tu désires ?

— Oui.

— Je n'ai pas le choix, apparemment…

— En effet. Je suis désolée…

— Très bien, je n'insisterai pas.

Maryellen lui prépara un reçu pour les photographies et le lui tendit.

Un silence pesant s'installa, le temps que Jon récupère son bordereau et quitte la galerie. A peine fut-il parti que Maryellen ferma les yeux et s'affaissa sur son siège. Elle avait besoin de recouvrer son calme.

— Un mot encore…, dit Jon, qui venait de réapparaître dans la pièce. Je ne suis pas du genre à faire semblant. Peut-être que tu peux oublier ce qui s'est passé entre nous, mais pas moi ! On a vécu un moment formidable tous les deux et il n'est pas question pour ma part de le nier !

— Ne rends pas les choses plus difficiles qu'elles ne le sont déjà, Jon. S'il te plaît…

Elle aurait bien dû se douter qu'il n'allait pas lâcher prise aussi facilement.

— Ce n'est pas moi qui complique la situation. Pour moi, au contraire, elle est même très simple… Il faut qu'on parle tous les deux, Maryellen. Choisis où et quand.

— Il n'y a rien à dire.

— Je ne te comprends vraiment pas !

Le vieux plancher craquait sous ses pas, tandis qu'il tournait autour d'un magnifique vase de porcelaine bleue qu'elle s'apprêtait à exposer.

— Si tu veux faire comme si rien ne s'était passé entre nous, très bien, mais laisse-moi quand même t'inviter. Je suis incapable de faire une croix sur ce que nous avons vécu ensemble. J'aimerais bien pourtant, car je pense constamment à toi. A nous…

— En tout cas, pour moi, cette histoire appartient au passé.

Il savait pertinemment qu'elle mentait.

— Donne-nous une chance, au moins. Tu découvriras peut-être que ça en vaut la peine !

— J'en doute, répondit-elle d'une voix dépourvue d'émotion.

Elle voulait lui faire comprendre que toute cette conversation l'ennuyait.

— Je crois que tu as mal interprété mon attitude, poursuivit-elle.

Jon la regarda fixement.

— Vraiment ? Dois-je en conclure que tu es coutumière de ce genre d'aventure d'un soir ?

Elle se força à un petit rire qui se voulait désinvolte, alors qu'en réalité cette réflexion l'humiliait profondément.

— Non, pas du tout. Jon, je suis désolée que tu aies pris plus au sérieux que prévu la nuit que nous avons passée ensemble, mais…

— Je vois, je vois, dit-il en levant les mains pour l'arrêter. Je ne suis pas complètement idiot, j'ai compris !

Elle espérait sincèrement que c'était vrai.

— Notre relation doit être strictement professionnelle, ajouta-t-il avec une pointe d'ironie dans la voix. Tu n'as rien à craindre. Je ne t'embêterai plus.

— Merci.

— Est-ce que tu pourras m'expédier le chèque par la poste, une fois que toutes ces photographies seront vendues ?

Maryellen resta quelques instants interdite. Elle n'était pas sûre de bien comprendre.

— T'expédier le chèque ? Tu veux dire que tu ne repasseras pas ?

— Je ne pense pas que ça soit une bonne idée…

— Comme tu voudras…

C'était elle qui était maintenant dans tous ses états.

— C'est exactement la raison pour laquelle je souhaitais que nos rapports ne deviennent pas intimes. Tes photos sont merveilleuses. Ce sont de véritables œuvres d'art. Tu vas donc choisir une autre galerie ?

La question resta en suspens dans un silence tendu. Maryellen, les mains serrées derrière son dos, attendait qu'il réponde. Elle était bouleversée par ce dénouement inattendu. Elle était fière d'exposer ses photos et son œuvre attirait de riches clients qui payaient rubis sur l'ongle. De plus, ils avaient construit une relation qui leur était à tous deux bénéfique. Une relation d'affaires fructueuse.

Jon soutint son regard, où elle lut colère et regrets.

— Je crois en effet qu'il est temps que j'en trouve une autre, dit-il avec un haussement d'épaules qui exprimait une lassitude infinie.

Elle retint les mots de supplication qu'elle était sur le point de prononcer. Au lieu de cela, elle dit d'une voix étranglée :

— Si c'est vraiment ce que tu préfères, eh bien je te souhaite bonne chance.

— Tu sais très bien que ce choix ne dépend que de toi. C'est toi qui l'as voulu. Au revoir, Maryellen.

Elle sentit une boule se former dans sa gorge, tandis que Jon était pour la seconde fois sur le point de quitter la galerie. Mais il pivota brusquement sur ses talons et fonça vers elle.

— N'aie pas peur, dit-il en la prenant par les épaules. Comme je te l'ai dit, je ne viendrai plus t'importuner. Mais j'aimerais garder quelque chose en souvenir avant de partir.

— Quoi donc ? fit-elle la voix tremblante, émue par le contact de ses mains sur son corps.

— Ça…

Et il l'embrassa comme s'il n'avait eu que cette envie en tête depuis qu'elle s'était enfuie de chez lui. Il pressa ardemment ses lèvres contre les siennes et prit tout son temps avant de s'éloigner d'elle. Elle sentit une fois encore la douceur de sa bouche sensuelle et son cœur se mit à battre à grands coups désordonnés.

Puis Jon s'en alla, en marmonnant des mots incompréhensibles et, cette fois, elle sut qu'il ne reviendrait pas sur ses pas. Les jambes flageolantes, elle se dirigea vers la cafetière, se servit une tasse. Sa main tremblait violemment et elle était au bord des larmes.

S'il l'avait embrassée avec tant de fougue, c'était pour qu'elle ne l'efface pas de sa mémoire. Qu'elle garde en elle le souvenir de la soirée qu'ils avaient passée ensemble. Maryellen ferma les yeux et se remémora leur nuit passionnée. Elle se souvint de la manière dont il lui avait fait l'amour, la tendresse de ses mains fortes explorant son corps, ses caresses avec les doigts, avec la langue. Elle revivait avec intensité toutes les sensations qu'il avait fait naître en elle. Elle avait terriblement envie de lui et savait qu'elle aurait du mal à renoncer aux plaisirs qu'ils avaient partagés.

Malgré les apparences, elle n'avait pas eu l'intention de le blesser, et pourtant c'était ce qui s'était passé. Dans le même temps, elle se faisait aussi du mal. Jon ne comprenait visiblement pas pourquoi elle le repoussait. Ses raisons lui paraissaient dérisoires.

Elle avait connu la passion par le passé et elle en portait encore les stigmates. Il est plus facile de guérir le corps que l'esprit. Les blessures de l'âme ne s'effacent jamais complètement.

*
* *

Lorsque Zach se leva, ce samedi matin-là, il trouva Eddie déjà débout, installé dans le salon, au milieu d'un méli-mélo de guirlandes lumineuses, qu'il tendait avec soin après les avoir démêlées.

— Bonjour, papa.

— Qu'est-ce que c'est que tout ce bazar, Eddie ?

— C'est maman qui a tout sorti, lui expliqua le petit garçon en branchant l'une des guirlandes.

La lumière jaillit instantanément, vive et aveuglante.

Rosie adorait décorer l'extérieur de la maison avec des guirlandes de lumière, au moment de Noël, même si Zach n'appréciait guère cette initiative.

Il y vit un moyen subtil de sa part de lui faire comprendre qu'il fallait installer les guirlandes le jour même. Sa mauvaise humeur, chronique depuis plusieurs semaines lorsqu'il s'agissait de la vie à la maison, se réveilla d'un coup. Elle aurait pu lui en parler avant, même s'ils n'étaient pas en très bons termes ces temps derniers ! Cela allait être difficile de rester aimables l'un envers l'autre pendant les festivités, se dit-il en songeant à Thanksgiving. Ils avaient néanmoins réussi à éviter le pire, parce que Rosie avait passé pratiquement tout l'après-midi avec sa sœur dans la cuisine, ce jour-là, sans doute pour se plaindre de lui.

— Où est ta mère ? demanda-t-il à son fils, profondément agacé.

— Elle est partie.

— Partie ? A cette heure ?

— Oui, à une vente de charité organisée par l'école.

— Mais qu'est-ce qu'elle fait là-bas ?

Eddie haussa les épaules.

— Elle ne m'a pas dit. Est-ce qu'on peut aller chez McDonald's pour le petit déjeuner, papa ? J'en ai marre des Pop-Tart !

Zach regarda Eddie avec consternation. A neuf ans, il était

persuadé que l'alternative aux Pop-Tart ne pouvait être qu'un repas au McDo. Rosie avait à ce point négligé ses responsabilités de mère et d'épouse que leur fils ignorait que la plupart des familles partageaient habituellement des repas cuisinés à la maison, autour d'une table.

— Papa ?

Le cri soudain d'Eddie sortit Zach de ses pensées.

— Regarde ! s'exclama l'enfant, en pointant du doigt la télévision. C'est exactement ce que je veux pour Noël.

Zach se tourna vers l'écran et examina d'un œil circonspect un énorme camion télécommandé qui grimpait sur un tas d'immondices avec un bruit assourdissant.

— Maman m'a promis que je pourrais l'avoir.

— Vraiment ?

Il dirait deux mots à Rosie à ce propos. Il était hors de question qu'il dépense une centaine de dollars pour un jouet aussi inepte !

Quand il pénétra dans la cuisine, le café n'était pas prêt, ce qui le contraria de plus belle, mais ne l'étonna pas outre mesure. Toutefois Rosie avait gribouillé un mot à son intention, qu'elle avait laissé bien en évidence contre la cafetière électrique.

« Je travaille à la vente de charité jusqu'à 16 heures. Peux-tu installer les guirlandes sur la façade de la maison ? Allison est restée dormir chez une amie et il faudrait que tu ailles la récupérer. Et si tu en as le temps, ce serait sympa d'acheter l'arbre de Noël aussi. A plus tard.

Rosie. »

Elle avait une nouvelle fois oublié de le prévenir qu'elle serait absente toute la journée. Même si ce contretemps n'aurait pas dû le surprendre, il avait espéré qu'ils passeraient ce samedi ensemble, sans obligation ni contrainte d'aucune sorte. Autrefois, l'achat de l'arbre de Noël était un événement familial auquel tout le monde participait. Tous les quatre se rendaient gaiement au magasin, exprimant tour à tour leurs préférences. Ensuite, ils le décoraient et passaient un bon moment à écouter de la musique, en mangeant des pop-corns accompagnés de cidre chaud. Mais désormais, l'achat et la décoration du sapin de Noël étaient relégués au second plan, voire au rang des corvées à caser dans l'emploi du temps surchargé de Rosie.

— Alors, on va au McDo ? lui demanda Eddie pour la seconde fois.

Zach ne lui répondit pas.

— Papa ?

— Bien sûr, murmura-t-il alors, tout en notant qu'il n'y avait aucune bouteille de lait dans le réfrigérateur.

On était samedi matin et il se retrouvait seul avec son fils et une liste de tâches fastidieuses à effectuer.

Il fut d'humeur exécrable toute la matinée. Le manque d'attentions de Rosie vis-à-vis de sa famille le mettait hors de lui. La veille, au bureau, Janice lui avait expliqué son projet du week-end : se consacrer exclusivement à son fils. C'était le genre de femme qui plaçait visiblement son enfant au cœur de ses priorités.

Après le petit déjeuner chez McDonald's, Zach récupéra Allison, puis, avec l'aide d'Eddie, il entreprit d'accrocher les guirlandes.

— On va acheter le sapin aujourd'hui ? demanda Eddie, tandis que Zach, en équilibre sur l'échelle, fixait un câble d'ampoules lumineuses au bord du toit de la maison.

Il baissa la tête et nota le regard anxieux de son fils.

— Demande à ta sœur si elle veut nous accompagner.

— D'accord, fit le garçonnet, et il partit en courant.

Quelques secondes plus tard, il était de retour.

— Allison dit qu'elle ne viendra que si elle est vraiment obligée. Mais on n'a pas besoin d'elle, hein, papa ?

— Si. Et va lui dire de se préparer tout de suite !

Eddie considéra son père, bouche ouverte. Zach ne put s'empêcher de rire. Il constata avec un brin d'amertume que c'était la première fois de la journée que cela lui arrivait. Ce n'était pas la faute des enfants, après tout, si Rosie préférait passer toute sa journée avec des étrangers plutôt qu'avec sa propre famille. Il mit à son programme de la soirée d'avoir une sérieuse discussion avec elle, quand les enfants seraient couchés.

L'arbre de Noël fut acheté dans la morosité et cette journée qui avait déjà mal commencé menaçait de s'achever de manière encore plus lamentable. Lorsqu'ils regagnèrent la maison, les enfants se chamaillaient et mouraient de faim.

La voiture de Rosie était dans le garage.

— On a acheté le sapin, maman ! cria Eddie en se précipitant dans le salon.

— Salut, fit Zach d'un air enjoué, décidé à faire bonne figure jusqu'à ce qu'il se retrouve seul avec sa femme. Comment s'est passée ta journée ?

Rosie était assise en travers sur le canapé, les pieds relevés sur l'accoudoir.

— Je suis exténuée. Et vous ?

— C'était génial ! lui répondit Eddie. Papa et moi, on a installé les guirlandes et on est allés prendre le petit déjeuner chez McDo ! Et puis on s'est arrêtés au magasin pour acheter du lait…

— Tu as fait les courses ? demanda Rosie, visiblement soulagée.

— On a pris du pain et du lait, répondit de nouveau Eddie. Papa pensait faire une soupe à la tomate et des croque-monsieur pour le déjeuner de demain.

— On dirait que vous avez passé une excellente journée…

— On va décorer le sapin ce soir ? demanda Allison, de l'air blasé de la grande que ces enfantillages n'amusaient plus.

— Bien sûr, dit Zach.

— S'il te plaît pas ce soir, mon chéri, répondit immédiatement Rosie.

Allison regarda, alarmée, son père puis sa mère.

— Je viens de passer neuf heures debout. Et je n'ai absolument pas envie de décorer un sapin. On pourra s'y attaquer demain après la messe.

— Je ne peux pas. Le club de français organise une vente de gâteaux, maman, dit Allison. Tu avais oublié ?

— Oh, c'est vrai !

Rosie se frotta les yeux.

— Je ne suis pas obligée d'y participer, si ?

— Bien que sûr que si ! rétorqua la jeune fille d'un air indigné.

— D'accord, d'accord…

— Et pour le dîner, qu'est-ce qui est prévu ? s'enquit Zach.

Ils avaient déjà mangé de la pizza et un plat de poulet du Kentucky Fried Chicken au cours de la semaine passée. La période des fêtes de Noël était un moment où tout le monde était très occupé, mais il lui semblait tout de même important de partager au moins un bon repas en famille.

— Qui veut quoi ? demanda Rosie à la ronde.

— De la pizza ! cria Eddie.

— Je n'ai pas faim, fit Allison.

Le visage de Zach se rembrunit.

— J'imagine que tu veux une tourte à la viande avec de la purée ? maugréa Rosie, suffisamment fort cependant pour que Zach l'entende.

— Pourquoi pas ? On mangerait au moins quelque chose d'acceptable pour une fois.

— Alors, on le décore ou pas cet arbre de Noël ? demanda Allison, en s'affalant sur le canapé près de sa mère.

— Apparemment, ce n'est pas le bon moment, répondit Zach.

— Faites comme votre père l'entend…

De nouveau, tout le monde se mit à parler en même temps dans la plus grande confusion.

Allison se leva et se dirigea vers le couloir d'un pas traînant.

— Quand vous aurez pris une décision, prévenez-moi. Je suis dans ma chambre.

Comme si lui aussi avait senti qu'une querelle allait éclater, Eddie s'éclipsa à la suite de sa sœur.

Un silence de mort régna alors dans la pièce.

— Tu aurais au moins pu me prévenir que tu serais partie toute la journée ! reprocha Zach à sa femme, incapable de contenir plus longtemps sa rancœur.

— Mais c'est ce que j'ai fait !

— Quand ?

— Lundi soir, tu ne t'en souviens pas ?

— Si c'était le cas, je ne t'en parlerais pas !

Rosie s'arracha du canapé et partit d'un air offensé vers la cuisine.

— Je n'ai pas envie de me disputer pour si peu.

— Ça tombe bien, moi non plus. Mais j'en ai plus qu'assez de tout ça, Rosie.

— Qu'est-ce qui t'arrive, à la fin, Zach ? fit-elle en se retournant brusquement. On ne peut plus discuter. Tu montes tout de suite sur tes grands chevaux !

— Je voulais juste te signaler que je ne me souvenais plus que tu serais absente toute la journée.

— Et moi, je t'ai dit que…

— Je sais très bien ce que tu as dit ! Mais tu aurais pu me le rappeler.

— Pourquoi ? Pour entendre encore tes jérémiades ?

C'est donc l'image qu'elle avait de lui. Quelqu'un qui n'arrêtait pas de se plaindre ?

— Je vais rédiger une liste à ton intention, dit-il d'un ton cassant, en s'emparant d'un crayon et d'une feuille papier. Pour commencer, on a besoin de nourriture.

— Mais tu es déjà allé au magasin ! Pourquoi as-tu seulement acheté du pain et du lait ?

— Je travaille quarante heures par semaine, figure-toi !

— Et moi alors ? cria-t-elle.

— Regarde autour de toi et tu trouveras la réponse par toi-même. Tu prétends travailler, mais pour qui exactement ? Pas pour ta famille en tout cas. Pas pour moi. Ni pour nos enfants. Une vente aux enchères est plus importante qu'un samedi passé avec ton mari et tes gosses ! Une vente de gâteaux compte plus que la décoration du sapin de Noël !

Rosie enfourna violemment de la viande congelée dans le four à micro-ondes.

— Zachary Cox, le martyr. Laisse-moi rire ! Si tu penses que tu es si parfait, alors commence par mettre la main à la pâte à la maison ! Pourquoi ce serait forcément à moi de faire les courses ? Tu considères que comme je ne passe pas ma journée dans un bureau de 9 heures du matin à 5 heures du soir, tu as le droit de régenter ma vie. Mais au cas où tu l'ignorerais, j'ai le droit d'avoir mes propres occupations !

— Arrêtez de crier ! Ne criez plus !

Eddie se tenait sur le seuil de la cuisine, les larmes aux yeux, les mains sur les oreilles.

— Eddie, je suis désolée ! s'écria Rosie, sur le point de pleurer elle aussi.

Elle se pencha vers son fils et le tint serré dans ses bras, tout en jetant un regard accusateur à Zach.

— Tu es content de toi ? Regarde ce que tu as fait.

— Moi ?

C'était tout de même incroyable ! D'une manière ou d'une autre, c'était toujours lui le coupable.

Une fois avalé le chili préparé en vingt minutes — ce qui représentait tout de même une nette amélioration par rapport aux dîners précédents —, Zach décida qu'il était temps d'avoir avec Rosie cette conversation privée.

— Ecoute, il y a plusieurs points dont j'aimerais parler avec toi, dit-il maladroitement, alors que les enfants étaient dans leurs chambres et que Rosie regardait une reprise de la série télévisée *Buffy contre les vampires*.

— Tu t'exprimes comme un avocat !

— Peut-être bien. Rosie… Essayons de faire une trêve pendant les vacances. Les enfants sont malheureux en ce moment.

— Moi aussi, Zach.

— Et je ne peux pas dire que je sois au comble du bonheur…

Il sortit du salon et se réfugia dans leur chambre. Ils y avaient installé un second poste de télévision. Il choisit la chaîne réservée aux émissions historiques et essaya de se concentrer sur un documentaire évoquant la vie de Napoléon Ier.

Rosie vint le rejoindre une heure plus tard.

— Tu veux vraiment qu'on discute, tous les deux ?

Il lui lança un bref regard. Toute discussion lui paraissait à présent totalement vaine.

— Pas particulièrement…

Elle se tut quelques instants.

— C'est bien ce que je pensais. Ecoute-moi bien, Zach. J'ai sincèrement essayé. Mais tu es impossible !

Si vraiment elle faisait de son mieux comme elle le laissait entendre, elle aurait passé la journée en famille, songea-t-il. Il se força à rester de glace. C'était elle qui dépassait les bornes et il n'allait pas céder tant qu'elle ne le reconnaîtrait pas.

9

Grace avait un sommeil agité depuis la journée de Thanksgiving. Plus elle pensait à ces coups de fils mystérieux, plus elle était persuadée que Dan en était le responsable. Pour une raison obscure, voilà qu'il jugeait utile, en plus de tout le reste, de détruire cet équilibre fragile qu'elle commençait juste à retrouver depuis sa disparition. Il lui avait même traversé l'esprit que quelqu'un de Cedar Cove le renseignait peut-être sur les détails de sa vie quotidienne. Ce qui aurait expliqué la parfaite programmation de ses appels, puisqu'elle était toujours présente quand le téléphone avait sonné.

Depuis trois semaines, elle se réveillait systématiquement à 4 heures du matin, alors qu'il faisait encore nuit noire. Il lui était alors impossible de se rendormir et elle restait allongée dans son lit, rongée par le chagrin. Elle ressentait aussi de la colère, en imaginant Dan et cette femme inconnue, riant d'elle peut-être et de sa solitude. Elle avait l'impression de revenir au point de départ, alors même qu'elle commençait à s'habituer à sa nouvelle vie. Ces appels mystérieux l'avaient bouleversée et elle se sentait aussi mal qu'à l'époque où Dan avait disparu.

Quand elle arriva à la bibliothèque ce lundi matin-là, ses yeux brûlaient du manque de sommeil et son moral était au plus bas. La seule chose qui la réjouissait était l'approche des vacances et la pensée de revoir bientôt son petit-fils. Tyler avait presque quatre mois maintenant et il illuminait ses jours. Tous ses soucis s'évanouissaient, lorsqu'elle le tenait dans ses bras.

Un peu avant midi, Cliff Harding fit son apparition. Grace sentit sa présence avant même de le voir. Il choisit un livre et s'avança d'un pas nonchalant vers le bureau d'accueil. Il souriait avec décontraction et la chaleur humaine qu'il dégageait la réconforta.

Ce fut la bouche sèche et le cœur battant qu'elle le regarda venir à elle. Elle savait qu'il était parti voir sa fille sur la côte Est, mais elle n'avait pas eu de contact avec lui depuis son retour. Elle lui était d'ailleurs reconnaissante de l'avoir laissée tranquille quelque temps.

— Si je vous invitais à déjeuner, vous accepteriez ? demanda-t-il, en se penchant vers elle.

Avant même qu'elle ait pu répondre, il ajouta :

— Charlotte Jefferson m'a dit que votre divorce a été officiellement prononcé juste avant Thanksgiving.

— C'est vrai…

Oui, elle était désormais libre comme l'air, mais elle restait hantée de questions, de doutes et d'angoisses. Célibataire de nouveau, d'un point de vue légal, et pourtant toute tournée encore vers son passé. Mais comment expliquer ce paradoxe à Cliff ? Comment lui faire comprendre sans le blesser qu'elle n'était pas prête à s'impliquer dans une nouvelle relation sentimentale et qu'elle ignorait quand elle en serait capable.

— Alors ?

— Je ne crois pas que ce soit une bonne idée… Je suis désolée, Cliff…

— Et que diriez-vous alors d'une simple promenade sur les quais ? Il fait beau et ça nous ferait le plus grand bien à tous les deux.

Elle accepta : cette proposition lui semblait un compromis raisonnable.

— Laissez-moi d'abord vérifier auprès de Loretta si c'est possible ou non.

Son assistante accepta volontiers de modifier son emploi du temps pour lui ménager un peu de temps libre.

Après avoir pris son manteau et ses gants, Grace retrouva donc Cliff à la sortie. Il était plongé dans la contemplation d'une des peintures murales. Celle qu'il regardait était l'une des préférées de Grace. L'artiste y avait représenté une scène qui se déroulait sur les quais, à la fin du XIXe siècle, avec, à l'arrière-plan, une famille qui pique-niquait.

Ils s'éloignèrent en direction de l'aire de pique-nique et du pavillon de musique et Grace calqua son pas sur le sien. En été, des concerts avaient lieu tous les jeudis soir à cet endroit. Mais on était maintenant à la mi-décembre et le parc était vide et sans vie. Seule une volée de mouettes tournoyait au-dessus d'eux à la recherche de nourriture. Leurs cris discordants résonnaient dans l'atmosphère mélancolique.

— Comment s'est passée votre visite chez Lisa ? lui demanda-t-elle.

Cliff lui avait parlé de sa fille, âgée de vingt-huit ans et mariée à un conseiller financier dans le Maryland.

— A merveille. Elle m'a demandé s'il y avait quelqu'un dans ma vie.

Il lui jeta un regard furtif.

— Et quelle a été votre réponse ?

Plus curieuse qu'elle ne voulait le paraître, Grace enfonça les mains dans les poches de son long manteau de laine, pour ne pas avoir l'air d'attendre impatiemment sa réponse.

— Je l'ai informée que, pour l'instant, il n'y avait rien de nouveau, mais que j'avais rencontré quelqu'un qui me plaisait.

Il l'examina à la dérobée.

— J'attends juste que la femme en question paraisse me remarquer.

Grace faillit éclater de rire. Il n'avait pas d'inquiétude à avoir à ce propos : elle l'avait bel et bien remarqué ! Mais elle était tiraillée entre son passé et l'envie de prendre un nouveau départ.

— Vous avez l'intention de me faire attendre encore longtemps, Grace Sherman ?

Elle aurait aimé lui répondre que non, mais elle ne se sentait pas prête.

— Ne dites rien, s'empressa-t-il d'ajouter. Je me suis promis de ne pas vous bousculer…

Il poussa un soupir et exhala un petit nuage de vapeur qui flotta quelques secondes dans l'air froid et piquant.

— A propos de ma visite chez ma fille, je peux vous dire que ç'a été un voyage riche en émotions.

— Et pourquoi donc ?

— J'ai été accueilli par une tempête de neige le jour de mon arrivée.

— Je suis au courant. Ils en ont parlé à la télévision, dit Grace. Vous avez eu des pannes d'électricité ?

— Oui. Une, notamment, juste quand on était en train de faire rôtir la dinde pour Thanksgiving ! Comme elle n'était pas tout à fait cuite, j'ai suggéré qu'on la mange crue façon sushi, mais personne n'a semblé intéressé.

— Qu'est-ce que vous avez mangé alors ?

— Eh bien, comme nous sommes des gens pleins de ressource, nous avons fait un barbecue en plein milieu de la tempête.

Grace se mit à rire, imaginant le tableau.

— Et vous, ça s'est passé comment, Thanksgiving ?

— Très tranquillement. Je l'ai passé seule avec Maryellen.

Elle mâchonna sa lèvre inférieure, en se demandant si elle devait lui parler ou non des coups de téléphone de Dan. Finalement, elle décida de s'en abstenir.

— Ecoutez, Cliff… Votre fille aimerait que vous rencontriez quelqu'un et je crois que vous êtes prêt. De mon côté, je ne veux surtout pas vous donner de faux espoirs… Je ne sais pas encore où j'en suis.

Il fronça les sourcils, comme si elle faisait totalement fausse route.

— Ce que vous ne semblez pas comprendre, Grace, c'est que la seule femme qui me plaise, c'est vous.

Grace secoua la tête.

— Allons, Cliff ! Je n'en crois rien ! Demandez à Charlotte de vous présenter quelqu'un. Elle connaît tout le monde en ville et, une fois que vous aurez rencontré d'autres femmes, vous pourrez alors vous décider en toute connaissance de cause.

— Vous n'êtes pas du genre jalouse, à ce que je constate.

Un an plus tôt, Grace aurait acquiescé. En effet, elle n'avait jamais ressenti autrefois ce genre de sentiment et ne s'était jamais perçue comme une femme possessive. Mais, depuis le jour où elle avait appris que Dan voyait une autre femme, tout était différent. Cette découverte l'avait remplie d'une telle rage qu'elle avait mis leur chambre sens dessus dessous et vidé la moitié des placards de son mari. Elle avait ensuite lancé à la volée les vêtements de Dan sous la véranda et dans le jardin.

— Je ne sais pas, répondit-elle. Je pense que la plupart des gens se montrent jaloux dans certaines circonstances. Cliff… Je veux que vous me promettiez de faire au moins l'effort de rencontrer d'autres femmes.

Ils marchèrent en silence jusqu'au milieu du vaste belvédère et y restèrent un moment, puis rebroussèrent chemin.

— Très bien, je vais y réfléchir…

Grace se mit à rire en secouant la tête.

— Vous ne me prenez pas au sérieux !

— Mais si, détrompez-vous.

Ils s'assirent sur le banc.

— Je ne veux pas fréquenter d'autres femmes à part vous, Grace. J'attendrai que vous soyez prête. Comme je vous l'ai déjà dit, je suis un homme patient. Ne vous inquiétez pas. Je n'ai pas l'intention de faire pression sur vous, mais je vous ferai peut-être un petit signe de temps à autre.

Grace ignorait pourquoi il persistait dans cette voie. Elle ne lui avait donné aucun encouragement. Et jusqu'à présent elle avait été la seule à tirer profit de cette relation — sa porte de garage et elle, pour être précis.

— Un jour, j'aimerais vous montrer l'endroit où je vis. Vous pourriez venir avec Charlotte. J'en serais vraiment très heureux. Et Buttercup sera la bienvenue aussi, bien entendu…

Grace s'était souvent demandé à quoi pouvait bien ressembler son ranch et elle était curieuse de voir si ce qu'elle avait imaginé correspondait à la réalité. Elle hocha la tête en signe d'assentiment.

— Si vous souhaitez faire une balade à cheval, Brownie sera parfaite pour vous apprendre tout ce que vous devez connaître en matière d'équitation. C'est une jument extrêmement douce et idéale pour quelqu'un qui débute.

— C'est bien vrai, tout ça ?

— Certain !

Les yeux de Cliff se mirent à pétiller.

— Alors, vous êtes d'accord pour prévoir une sortie ce mois-ci ?

Grace était généralement très occupée en décembre, entre la course aux cadeaux et les invitations multiples qui pleuvaient pour célébrer Noël. Mais cette année, elle n'était pas d'humeur à rencontrer des gens. Par contre, la perspective de visiter le ranch de Cliff l'attirait énormément.

— Je suis libre le samedi après-midi, mais je ne connais pas le planning de Charlotte.

Cliff sembla satisfait par cette réponse.

— Je vais me renseigner.

— Ça ne vous gêne vraiment pas si j'amène Buttercup ?

Sa chienne occupait une place importante dans sa vie quotidienne et Grace avait pris l'habitude de l'amener avec elle à peu près partout.

— Mais pas du tout.

Cliff saisit sa main gantée et la tint entre les siennes. Il la regarda et sourit.

— Je me tue à vous répéter que je suis patient, Grace. Ce n'est pas pour me vanter, c'est juste la vérité. Je suis prêt à attendre longtemps quand quelque chose ou quelqu'un en vaut la peine.

Il lui retourna la main et embrassa la petite veine bleue de son poignet.

Grace ferma les yeux pour savourer ce baiser furtif. Elle aussi avait envie d'être avec lui ; elle désirait peut-être encore plus que lui cette relation, mais il fallait tout d'abord qu'elle oublie Dan. Qu'elle n'éprouve plus aucun sentiment à son égard. Car malgré tout le mal qu'il lui avait infligé, il était toujours présent dans son cœur.

Assise sur le rebord de la baignoire, Maryellen contemplait le bâtonnet qui avait viré au bleu et qui venait de lui confirmer ce qu'elle pressentait : elle était enceinte. Elle avait fait de son mieux pour nier l'évidence, mais c'était désormais impossible. Elle calcula rapidement que sa grossesse remontait à un mois maintenant.

— Tu es stupide, vraiment stupide ! se répéta-t-elle en examinant son reflet dans le miroir.

Elle était d'une pâleur extrême. Ce qui expliquait sans doute la remarque qu'on lui avait faite la veille. Un client de longue date était passé à la galerie, lui avait jeté un regard appuyé et lui avait demandé si elle avait la grippe.

Elle aurait de loin préféré souffrir d'une bonne grippe plutôt que d'être dans cet état. La tête lui tournait, non de malaise, mais de panique.

Qu'allait-elle faire ? Elle commença par enfourner un plat dans le four à micro-ondes pour le décongeler, s'assit à la table de la cuisine et entreprit de regarder en face les difficultés auxquelles elle allait être confrontée, à cause de cette situation imprévue.

Une chose était certaine : elle ne dirait rien à Jon Bowman. En ce qui la concernait, il était hors course. Il n'y avait donc aucune raison de lui en parler. Aucune raison de le revoir. Jon vendait désormais ses photographies dans une autre galerie. Il ne serait vraisemblablement au courant que lorsque le bébé serait né et il penserait qu'un autre homme en était le père. Ce qui était exactement ce qu'elle désirait.

Puis s'imposa à elle l'idée qu'il était de son devoir de l'informer de sa paternité. Après tout, il avait lui aussi des responsabilités à l'égard de cet enfant à naître. Oui… mais cela lui donnerait barre sur elle et elle ne le souhaitait absolument pas.

D'autre part, comment cacher le plus longtemps possible sa grossesse à ses amis et à sa famille ? Un an auparavant, quand Kelly était enceinte, elle avait longtemps conservé une silhouette parfaitement normale. Au septième mois, elle portait encore ses habits ordinaires. Maryellen espérait qu'elle pourrait cacher son état à une date aussi avancée. Elle porterait des robes larges et abandonnerait pour un temps les tenues trop ajustées. Dissimuler sa grossesse ne serait pas facile, mais c'était le défi qu'elle s'apprêtait à relever.

Par ailleurs, il lui faudrait réorganiser sa vie en fonction du bébé. Elle savait qu'une fois le choc passé, elle ferait face. D'une certaine manière, une formidable opportunité s'offrait à elle, qu'elle n'avait jusqu'alors absolument pas envisagée. Un enfant, son enfant, prenait forme dans son ventre. Elle fut un instant submergée de joie à cette pensée. Puis elle réalisa ce que cela signifiait concrètement.

Dans moins de huit mois, elle allait être mère. La vie lui offrait une seconde chance et il lui faudrait à tout prix éviter de répéter les erreurs du passé. Cette fois, se promit-elle, elle serait vigilante et ne laisserait personne lui dicter sa loi et régenter sa vie ou celle de son enfant.

Emue et la tête pleine de projets encore trop vagues pour

être clairement explicites, Maryellen fut prise d'une soudaine envie de sortir. Ce serait bientôt Noël et les rues de la ville étaient bondées de gens occupés à faire leurs courses. Poussée par le désir de participer à la joie et à la gaieté ambiantes, elle quitta son appartement à la hâte.

Elle partit en direction du centre commercial de Cedar Cove situé près d'un cinéma multiplexe. Le parking était plein et elle eut du mal à trouver une place où se garer. Le centre contenait plusieurs petites boutiques, un Wal-Mart, un grand magasin spécialisé dans l'artisanat et une quincaillerie. Maryellen se dirigea vers les salles de cinéma, jeta un coup d'œil aux affiches des programmes, sans rien repérer d'intéressant.

Elle décida alors d'aller faire un tour au magasin d'artisanat. Elle était en train de quitter le parking, quand elle aperçut Jon qui s'avançait vers elle. Elle s'immobilisa d'instinct. Jon la vit à son tour et s'arrêta lui aussi. Chacun semblait attendre que l'autre fasse le premier pas.

Elle reprit ses esprits avant lui et réussit à esquisser un sourire contraint.

— Joyeux Noël, Jon.

— Bonjour, Maryellen, répondit-il, le visage fermé. Tu fais tes courses de Noël ?

— Non, j'étais juste venue flâner un peu.

Elle avait fait ses achats plusieurs mois auparavant.

Il fit un vague signe de tête.

— Alors, tu as trouvé un nouvel agent pour tes photos, à ce qu'on m'a dit…

La rumeur allait bon train à Cedar Cove et elle n'avait guère tardé à apprendre qu'il vendait ses œuvres dans une galerie en vogue à Seattle. Il était devenu un artiste reconnu et elle s'en réjouissait pour lui, même si son départ signifiait un manque à gagner non négligeable pour Harbor Street Gallery.

Il se contenta d'un hochement de tête affirmatif.

— Félicitations, lui dit-elle avec la plus parfaite sincérité.

— Merci.

Elle jugea inutile de rester plus longtemps à discuter en plein milieu du parking et décida de prendre congé.

— Ça m'a fait plaisir de te revoir...

C'était un peu exagéré, mais elle ne voulait pas se montrer impolie. Elle se mit en route et, lorsqu'elle parvint à son niveau, il l'arrêta.

— Maryellen...

— Oui ? fit-elle d'une voix impatiente.

— A propos de cette nuit...

Elle ferma les yeux, excédée. Pour elle c'était bel et bien de l'histoire ancienne.

— Tu ne trouves pas qu'on en a déjà assez discuté ?

— Je n'avais pas programmé ce qui allait se passer. Cette invitation n'était pas un traquenard, comme tu l'as sous-entendu.

— C'est ce que tu prétends, fit-elle, sans oser croiser son regard.

— Tout ce que j'essaie de te dire, c'est que nous n'avons pris aucune précaution et...

Il s'interrompit et haussa les épaules.

— Faut-il vraiment que je m'explique plus clairement ?

— Non.

Une explication avec lui était bien la dernière chose qu'elle désirait. D'autant plus qu'elle connaissait, contrairement à lui, les conséquences de leur nuit passionnée.

— Est-ce que tu te portes bien ? Je veux dire... Y a-t-il le moindre risque pour que tu sois... enfin...

Il fronça les sourcils d'un air anxieux. Visiblement, il se préoccupait des suites éventuelles.

Elle eut un sourire crispé.

— Ne t'inquiète pas pour moi.

— Mais si, justement.

Son regard se voila.

— J'ai besoin de savoir... d'être sûr...

Terrifiée, Maryellen crut l'espace d'un instant qu'il était au courant.

— Je t'assure que je vais bien. J'apprécie ta sollicitude mais j'ai la situation bien en main.

Il parut soulagé et la tension qui lui raidissait les épaules se relâcha soudain.

— Tu ne me caches rien ?

— Non.

Il étudia son visage avec attention pendant quelques secondes encore, puis pivota brusquement sur ses talons.

Maryellen put enfin se laisser aller. Elle poussa un profond soupir et se hâta vers le magasin Tulips and Things Craft.

Un vendredi — cinq jours avant Noël —, Maryellen déjeunait à l'heure de sa pause à Potbelly Deli, où l'on servait de succulents potages et des sandwichs sortant de l'ordinaire. Assise dans un coin du restaurant, elle dégustait une soupe onctueuse aux palourdes tout en lisant un magazine d'art lorsqu'elle vit sa mère entrer.

— Je pensais bien t'avoir aperçue à l'intérieur, dit cette dernière. Je peux me joindre à toi ?

— Avec plaisir.

Même si elles vivaient et travaillaient dans la même ville, une semaine pouvait très bien s'écouler sans qu'elles aient l'occasion de se parler ou de se rendre visite l'une à l'autre.

Grace commanda une soupe à la tomate et une tasse de café, puis s'assit sur la chaise en face de sa fille.

— Quelqu'un m'a rendu visite il y a quelques jours.

Maryellen n'eu aucun mal à deviner de qui il s'agissait.

— Cliff Harding ?

Grace rougit et fit signe que oui.

— Il m'a invitée à visiter son ranch avec Buttercup. J'y suis allée samedi dernier.

Elle avait les yeux rivés sur sa soupe qu'elle tournait consciencieusement.

— Charlotte devait venir initialement, mais elle ne se sentait pas bien. Il n'y avait donc que Cliff, Buttercup, les chevaux et moi. Cliff possède de magnifiques animaux !

Après une courte pause, elle poursuivit, décrivant la maison de bois à deux étages, la forêt alentour, les magnifiques prairies où serpentait une rivière.

Il y avait longtemps que Maryellen n'avait pas vu sa mère aussi enthousiaste et animée.

— On dirait vraiment que c'est un très bel endroit.

C'était bon signe que sa mère ait accepté l'invitation de Cliff.

Grace goûta la soupe dans laquelle elle avait émietté quelques crackers. Lorsqu'elle releva la tête, elle examina avec attention le visage de sa fille.

— Je te trouve très pâle, ma chérie…

— Vraiment ?

— Oui, on dirait que tu es anémiée.

— Tout va bien pourtant, maman.

Mais Grace ne lâcha pas prise et continua à l'étudier avec un léger froncement de sourcils.

— Je veux que tu me promettes d'aller voir le médecin.

— C'est inutile, répondit Maryellen d'un ton enjoué, pour rassurer sa mère. La prochaine fois, tu me conseilleras de manger des prunes comme Charlotte !

Grace avala une gorgée de soupe.

— Si tu ne prends pas rendez-vous, c'est moi qui le ferai. Tu es livide. Quelqu'un qui ne te connaîtrait pas pourrait croire que tu es enceinte.

Ces dernières paroles prirent la jeune femme au dépourvu et, sous le choc, elle avala de travers. Elle se mit à tousser et à respirer avec difficulté, les yeux remplis de larmes. Grace se leva prestement et lui tapa avec vigueur dans le dos.

— Ça va ?

Maryellen attrapa son verre rempli d'eau et se mit à boire lentement.

— Oui… Je crois.

Une minute ou deux passèrent pendant lesquelles Maryellen sentit sa mère la dévisager.

— Ton père a toujours été très proche de Kelly, alors que moi, je me sentais plus d'affinités avec toi, reprit Grace. Nous nous ressemblons, tu sais… Quand j'étais jeune, j'avais les cheveux exactement de la même couleur que les tiens et des yeux marron comme toi.

Où sa mère voulait-elle en venir ? Maryellen avait bien une petite idée à ce sujet, mais elle ne souhaitait pas que Grace s'engage plus loin dans cette voie.

— Tu es ma mère, répondit-elle d'un ton léger. C'est normal que je te ressemble.

— J'étais encore au lycée, en terminale, lorsque j'ai découvert que j'étais enceinte de toi.

Maryellen avala sa salive avec difficulté. Les circonstances dans lesquelles elle était née n'avaient jamais été évoquées dans le détail.

— J'ai prévenu Dan et nous n'avions aucune idée de ce que nous allions faire. Il nous semblait important d'avoir d'abord notre baccalauréat avant d'annoncer à nos parents la nouvelle, mais ma mère a très vite su ce qui se passait. Je n'ai jamais eu besoin de lui avouer quoi que ce soit, et tu sais pourquoi ?

Les larmes aux yeux, Maryellen prit sa serviette entre ses mains et la tritura nerveusement.

— Parce que tu étais toute pâle ?

Sa mère acquiesça d'un signe de tête.

— Moi aussi, je souffrais d'anémie. J'étais jeune et en bonne santé, mais la grossesse me pompait toute mon énergie et j'étais littéralement exsangue. Rien de grave cependant. Un régime enrichi en fer a suffi à me redonner des couleurs.

Elle se tut. Et, au lieu de harceler sa fille de questions, elle se contenta d'attendre.

— Alors je n'ai plus rien à t'apprendre, fit Maryellen après quelques instants, luttant désespérément pour ne pas s'effondrer en larmes devant tout le monde.

— Qui est le père ?

— N'en parlons pas, dit-elle.

Elle désirait à tout prix éviter de révéler le nom de Jon.

— Mais…

— Tout ira bien, maman, dit-elle bravement. Je t'assure. J'ai presque trente-six ans. Je me débrouillerai parfaitement bien toute seule.

— Maryellen…

— J'ai bien réfléchi à tout ça et maintenant tout est clair dans ma tête. Je suis heureuse, ne t'inquiète pas…

Les larmes qui coulaient sur ses joues contredisaient pourtant ses paroles.

— Tu vois, il y a toujours eu quelque chose de spécial entre nous, Maryellen, dit Grace. Je savais. Dès que je t'ai vue, si pâle, j'ai compris la situation.

— Tu te trompes, nous n'avons pas toujours été proches l'une de l'autre.

Grace la regarda avec surprise.

— Que veux-tu dire ?

— Si ç'avait été le cas, tu aurais compris ce qui m'est arrivé, il y a quinze ans.

Grace la fixa avec de grands yeux incrédules.

C'était fait. Elle l'avait enfin révélé, ce secret dont elle avait cru qu'il resterait à jamais enfoui en elle. Ce péché, cette douleur, cette culpabilité qui l'avaient tenaillée pendant toutes ces années.

— Tu es en train de me dire que tu as déjà été enceinte ?

Maryellen avait la gorge si serrée qu'elle ne put lui répondre que par un signe de tête.

*
* *

— Voilà ce qui arrive, quand on achète le sapin de Noël à la dernière minute, dit Olivia à Jack en riant, tandis qu'il sortait du sac à commissions l'un des paquets contenant des boules de toutes les couleurs.

En fait, Jack avait fait preuve d'une grande gentillesse, songeait Olivia. Eric avait quitté son appartement sur un coup de colère, puis il était revenu, au grand soulagement de son père.

Jack avait acheté ce sapin dans l'espoir de remonter le moral de son fils pendant les vacances et elle avait accepté de l'aider à le décorer. D'où l'achat de ces guirlandes lumineuses et de ces ornements de natures diverses, car depuis son divorce Jack ne fêtait plus Noël.

A l'approche des fêtes de fin d'année, Eric s'était mis à déprimer de plus en plus. Jack avait fait de son mieux pour le sortir de sa mélancolie, mais sans succès.

Deux jours avant Noël, il avait invité Olivia, en l'absence de son fils, afin qu'elle lui donne un coup de main pour les préparatifs. Ils espéraient que sous l'effet de la surprise, Eric retrouverait un peu de sa bonne humeur.

— Eh bien moi, j'éprouve une certaine affection pour cet arbre malgré son air minable, dit Jack en reculant de quelques pas pour l'examiner.

Il fallait beaucoup d'imagination pour le croire, car toutes les branches semblaient avoir poussé du même côté.

— C'est tout à fait un sapin à la Charlie Brown, dit Olivia en considérant le spécimen.

Elle voulut bien concéder qu'il avait un certain charme malgré sa disgrâce.

Elle avait apporté quelques décorations de même qu'un CD avec des chansons de Noël et ils se mirent à l'ouvrage sans tarder. La voix suave d'Andy Williams emplit bientôt la pièce, tandis qu'une petite flambée brûlait dans la cheminée.

— Alors ? lui demanda Jack, en plaçant une guirlande aux

ampoules blanches clignotantes. Est-ce que tu as des plans pour plus tard ?

— Je pensais que tu pourrais peut-être m'inviter à dîner.

— Au Taco Shack ?

Olivia soupira. Jack choisissait ce restaurant une fois sur dix.

— Ils te paient encore pour faire leur pub dans ton journal, ou quoi ?

— Je ne me lasserai jamais de ce restau…

— C'est bien ce que je craignais !

Jack suspendit un petit bonhomme de gingembre sur l'une des branches tombantes de l'arbre.

— Je croyais que tu aimais la cuisine mexicaine, Olivia ?

— Certes, mais j'apprécie encore plus celui qui m'accompagne.

Avec un petit rire satisfait, Jack l'attrapa par la taille et l'attira à lui pour l'embrasser. La porte s'ouvrit à ce moment-là et il s'interrompit, s'écartant d'elle.

— Eric ! s'écria-t-il. Je ne m'attendais pas à te voir arriver de si bonne heure !

Le jeune homme avança dans la pièce, l'air lugubre. Il ne semblait pas avoir remarqué leur étreinte amoureuse.

— Tu as pris le courrier ?

Eric hocha la tête. Il avait l'air bouleversé. Il se pencha pour déposer les lettres sur la table du salon.

— Je viens d'avoir des nouvelles de Shelly…

— Elle t'a écrit ? fit Jack, plein d'espoir.

— Non… Elle m'a juste expédié un cliché.

— Un cliché ?

Jack fronça les sourcils.

— De quoi ?

— Du bébé…

Il se redressa et les regarda tous les deux tour à tour.

— Enfin… des bébés… Shelly va avoir des jumeaux.

— Des jumeaux !

Jack s'écroula sur le canapé.

Eric saisit l'enveloppe sur le dessus du paquet de lettres et en retira le cliché de l'échographie.

— Tiens, regarde…

Jack se leva et l'examina, tandis qu'Olivia jetait un coup d'œil à son tour par-dessus son épaule. Le cliché était un peu flou, mais on y distinguait deux minuscules fétus. Ils étaient positionnés de telle manière que leur sexe était aisément identifiable.

— A l'évidence, ce sont des garçons, commenta Jack.

— Shelly n'a pas joint de mot, avec le résultat de l'échographie ?

— Non, répondit Eric. Quand je l'ai reçu, je me suis immédiatement rendu chez elle pour discuter…

— Et ? l'encouragea Jack.

— En fait, j'adore Shelly… Je ne supporte pas d'être séparé d'elle. Ces deux derniers mois ont été un véritable enfer.

— Pour moi aussi, marmonna Jack.

Olivia lui donna discrètement un coup dans les côtes.

— Tu as réussi à parler avec elle ? demanda-t-elle gentiment à Eric.

— Je lui ai dit la vérité. Que je l'aime ; que je l'ai toujours aimée. Que je m'en fiche de savoir si les bébés sont de moi ou non. Que je veux vivre avec elle, un point c'est tout…

Il se passa la main sur le visage et Olivia crut un instant qu'il allait fondre en larmes.

— Je ne peux pas faire plus que ça. Je lui ai déjà donné mon cœur et je lui ai offert mon pardon. Ce n'est donc pas encore assez pour elle ?

Olivia soupira.

— Le problème, Eric, c'est qu'elle considère qu'elle n'a rien à se faire pardonner…, fit-elle remarquer avec circonspection.

— Pourtant c'est impossible que je sois le père de ces bébés ! s'exclama Eric. Mais je suis prêt à les adopter, si elle voulait bien me laisser faire.

— Elle a refusé ? fit Jack d'un ton indigné.

— Jack ! s'écria Olivia.

Ce n'était pas le moment de jeter de l'huile sur le feu, vu l'état de délabrement moral dans lequel Eric se trouvait. Ce genre de remarques ne ferait qu'aggraver sa détresse au lieu d'alléger le fardeau qui pesait sur ses épaules.

— Shelly refuse obstinément de me parler. Elle m'a mis à la porte…

— A la porte de ta propre maison ? fulmina Jack. Elle est complètement cinglée, ma parole !

— Jack ! intervint Olivia en lui assenant un nouveau coup dans les côtes. Laisse donc Eric nous raconter ce qui s'est passé exactement.

— Désolé, fit Jack sans conviction.

— Je suis allé retrouver Shelly pour qu'enfin on ait une discussion sérieuse. Je voulais qu'elle sache que je me moque à présent de savoir qui est le père. Que ce soit son nouveau collègue de travail ou n'importe quel autre type… Shelly pleurait tellement que je comprenais à peine ses explications, mais j'ai quand même clairement saisi qu'il était hors de question que je remette les pieds à la maison. Elle ne souhaitait qu'une seule chose : que je déguerpisse le plus vite possible.

— Ah, les femmes ! maugréa Jack. On ne peut pas vivre avec, mais en même temps on ne peut pas s'en passer.

— Arrête, s'il te plaît, s'énerva Olivia. Ce genre de commentaires convenus n'a jamais fait avancer les choses… Alors épargne-nous, d'accord ?

Jack lui lança un regard penaud.

— Shelly m'a jeté à la figure qu'elle désirait tout simplement que je disparaisse complètement de sa vie…

Eric semblait infiniment triste et Olivia avait le cœur brisé par son chagrin.

— Et les bébés ?

— Elle a dit que c'était trop tard.

— Trop tard ? Ça veut dire quoi, trop tard ? cria Jack.

— Elle considère que tout est fini entre nous, précisa Eric, sur le point d'éclater en sanglots. C'est du moins ce que j'ai cru comprendre.

— Peut-être que tu as mal interprété ses paroles…

— Elle m'a claqué la porte au nez. On ne peut pas être plus explicite que ça, si ? Tout est fini entre nous. Je l'ai enfin compris.

— Pas de précipitation et de conclusions trop hâtives, dit Jack. Eric…

— Eric, assieds-toi, lui intima Olivia. Je vais préparer du café et puis on discutera tous les trois.

— A quoi bon ? Ça ne servira à rien.

— Bien sûr que si ! Ces bébés vont avoir besoin de leur père, Eric…

Elle s'interrompit, en jetant un regard pénétrant à Jack.

— Et de leur grand-père aussi…

— Mais qu'est-ce que je peux faire de plus ?

Eric suivit Olivia dans la cuisine.

— Ne t'inquiète pas, lui dit-elle en le prenant dans ses bras. Dans la vie, tout finit souvent par s'arranger. Si ta mère était ici et non à Kansas City, elle te dirait exactement la même chose. Pour l'instant, tu souffres énormément, mais sois patient, Shelly finira par revenir vers toi. Elle a besoin de toi, Eric, et de ta présence à ses côtés.

— Tu le penses sincèrement ?

Dans sa volonté désespérée de croire à ces paroles apaisantes, il avait un air si vulnérable, si enfantin qu'elle eut le cœur serré en le regardant.

— Oui, fit-elle.

Si Shelly avait réellement désiré couper les ponts avec Eric, elle n'aurait maintenu aucun contact avec lui. En outre, la jeune femme n'avait-elle pas assuré à Jack qu'elle reverrait Eric après la naissance et qu'elle ferait éclater la vérité ? Pour Olivia, l'avenir semblait donc moins sombre que le jeune homme ne le croyait.

— Et combien de temps est-ce que ça va prendre ? demanda Jack, qui les avait rejoints.

— Oui, combien de temps vais-je devoir attendre ? répéta Eric.

— Ça, je n'en sais rien, répondit-elle, furieuse contre Jack d'avoir soulevé cette question. Je ne suis pas voyante.

— Peut-être pas, mais vous avez une grande expérience de la vie, lui dit Eric en la regardant d'un air admiratif.

Il eut l'air soudain un peu moins anxieux.

— Elle est formidable, tu veux dire ! ajouta Jack.

— Bon, et si maintenant tu nous aidais à décorer ce sapin à la Charlie Brown, Eric ? proposa Olivia.

— D'accord. Allons-y !

Au plus profond d'elle-même, Olivia était convaincue que tout s'arrangerait entre Shelly, Eric et les jumeaux — quel que soit leur père.

10

Ce n'était pas la première fois qu'Olivia devait prononcer un discours. Toutefois, c'était toujours avec réticence qu'elle acceptait de se plier à ce genre d'exercice qu'elle jugeait fastidieux. Mais, en sa qualité d'élue, elle ne pouvait y échapper. Ce jour-là, elle devait s'exprimer en public à l'occasion d'un repas organisé au Henry M. Jackson Senior Center. Elle se sentait nerveuse et n'avait qu'une hâte : s'acquitter de cette pénible formalité au plus vite.

Les déjeuners avec conférence, organisés par le centre, avaient lieu le premier lundi de chaque mois. En juin dernier, Mary Berger avait contacté Olivia pour qu'elle leur fasse l'honneur de sa visite. Six mois s'étaient depuis écoulés et Olivia, qui avait dûment inscrit ce rendez-vous dans son agenda, s'était ensuite dépêchée d'oublier cette corvée. Ce n'est qu'au nouvel an qu'elle s'était souvenue de sa promesse.

Bien évidemment, Charlotte était enchantée à l'idée de présenter sa fille « le juge » à ses amies. Olivia, qui connaissait bien sa mère, savait qu'elle serait tout excitée pendant le mois précédant son allocution et ferait à chaque occasion l'éloge de sa fille même devant des inconnus. Elle était touchée par ce soutien chaleureux, mais trouvait malgré tout cette fierté excessive et légèrement embarrassante. Pire encore, il était bien possible que Charlotte se lançât dans le récit des jugements qu'elle avait rendus, avec force commentaires strictement personnels et subjectifs.

Charlotte n'avait pas eu une minute à elle durant tout l'été et Olivia s'en inquiétait. Sa mère avait en effet passé son temps à faire la cuisine pour des amis, à rendre visite à l'un et à l'autre ou à organiser des manifestations au centre, sans oublier la rédaction de son article hebdomadaire pour le journal local.

Au moment de Noël, elle avait trouvé sa mère harassée, elle qui, jusqu'à peu, était toujours pleine d'allant. Pour la première fois, Olivia réalisa que Charlotte vieillissait. Elle avait perdu cette formidable énergie qui l'avait portée toute sa vie, même si elle tentait vaillamment de dissimuler son immense fatigue.

L'après-midi du jour de Noël, lorsque la famille s'était rassemblée dans sa maison, Charlotte lui avait semblé pâle et usée. Dès la fin du repas, Olivia avait insisté pour qu'elle se repose. Comment allait-elle s'y prendre pour que cette dernière réduise ses activités, au cours de cette nouvelle année ?

Passant sa garde-robe en revue pour choisir une tenue appropriée à la circonstance, elle opta pour une robe en daim couleur sable, douce au toucher, qu'elle agrémenta d'une écharpe marron tissée de fils d'or, puis elle se rendit au centre sans perdre de temps. Elle arriva quelques minutes seulement avant l'heure prévue.

Charlotte et sa meilleure amie, Laura, l'attendaient à la porte. Avec un sourire étincelant de fierté, sa mère la serra dans ses bras comme si cela faisait des mois — et non quelques jours seulement — qu'elles ne s'étaient vues.

— Tu te rappelles Laura, n'est-ce pas ? lui demanda Charlotte de manière superflue.

Puis elle l'entraîna dans la vaste salle où l'on avait installé de grandes tables et un buffet, de même qu'une estrade légèrement surélevée où se trouvaient le podium prévu pour l'orateur et la table d'honneur pour le repas.

— Mais naturellement, répondit Olivia en adressant un

sourire chaleureux à l'amie de sa mère, elle aussi passionnée de tricot.

C'étaient elles deux qui avaient lancé cette activité qui connaissait désormais un énorme succès au centre. Laura était une adepte particulièrement enthousiaste, qui aurait pu vous convaincre qu'instaurer la paix dans le monde était chose possible à condition que les hommes acceptent d'échanger leurs armes contre des aiguilles à tricoter.

— Je suis tellement heureuse que vous ayez accepté notre invitation ! s'exclama Mary Berger, la responsable des affaires sociales. Nous sommes impatientes de vous entendre.

Olivia esquissa un sourire contraint. Elle était crispée et espérait qu'elle n'allait pas se ridiculiser en s'emmêlant dans ses notes, car cette humiliation rejaillirait sur sa mère.

— Voulez-vous que notre invitée d'honneur s'assoie près de vous ? demanda Mary à Charlotte.

Elle se pencha vers Olivia et lui murmura à l'oreille :

— Votre mère souhaite habituellement que les intervenants extérieurs se placent à sa table et non pas à la table d'honneur.

Jack Griffin s'était adressé à cette même assemblée un an auparavant et Charlotte avait en effet réussi à l'entraîner à sa table, au grand dam de Mary Berger. En contrepartie, Jack l'avait convaincue de contribuer à la rubrique hebdomadaire consacrée au troisième âge dans le *Cedar Cove Chronicle*.

— Maman, tu préfères que je me mette près de toi ? demanda Olivia.

Charlotte se raidit et releva le menton d'un air indigné.

— Ta place est à la table d'honneur, Olivia !

— Naturellement, acquiesça Mary d'un ton guindé.

A ces mots, elle pivota sur ses talons et se dirigea d'un pas vif vers l'estrade. Olivia était sur le point de la suivre lorsque Charlotte la retint par le bras.

— N'attends pas pour aller chercher ton dessert, lui conseilla-t-elle.

— Mon dessert ?

— Si tu ne vas pas te servir immédiatement, il ne restera rien. C'est pourquoi nous mangeons notre dessert avant la conférence. On procède toujours de cette manière ici. Je n'approuve pas cette pratique, mais personne ne m'écoute.

— Très bien, maman, murmura Olivia.

Mary la conduisit à sa place à la table d'honneur et Olivia s'empara alors d'une assiette à dessert comme le lui avait suggéré sa mère. Il y avait vraiment un choix impressionnant de pâtisseries sur les tables dressées pour l'occasion. Elle opta pour une part de gâteau de Savoie au citron et retourna à sa place, juste au moment où Mary prononçait quelques mots de bienvenue, toussotant avec un air de désapprobation lorsque Charlotte passa près d'elles en tenant une assiette généreusement garnie.

— Votre mère n'approuve peut-être pas cette pratique, mais elle n'est pas la dernière à l'appliquer ! fit remarquer Mary à Olivia.

— C'est parce qu'elle sait que si elle ne se sert pas à l'avance, il ne restera plus rien, répondit cette dernière en posant le plus naturellement du monde sa propre part à la place qui lui était réservée.

Elle se retenait de sourire. A sa façon, sa mère était une rebelle, mais une adorable rebelle. Bien sûr, il y avait des jours où Charlotte l'agaçait au plus haut point, mais dans le même temps Olivia l'admirait. Charlotte était pleinement impliquée dans le monde qui l'entourait et savait jouir de la vie. Outre les multiples activités créatives qu'elle chapeautait, elle s'occupait avec une ferveur sincère du bien-être des autres. Olivia espérait que dans vingt-cinq ans elle posséderait autant d'énergie et de joie de vivre que sa propre mère. Et le fait même que l'infatigable Charlotte semblât perdre cette belle vigueur qui faisait tout son charme inquiétait sa famille. Olivia se promit de lui conseiller d'aller prendre l'avis d'un médecin.

Comme les personnes âgées les plus proches de l'estrade

quittaient leurs tables pour former une longue file d'attente jusqu'au buffet, Olivia aperçut Justine et Seth assis tout au fond de la salle. Sa fille et son gendre étaient venus exprès pour l'écouter. Charlotte s'empressa d'aller saluer les jeunes mariés et les présenta ensuite à ses amies, visiblement enchantées de faire la connaissance du couple, et tout particulièrement de Seth. Charlotte persuada les deux jeunes gens de venir plutôt à sa table et leur conseilla de se diriger sans tarder vers le buffet des desserts.

Justine et Seth n'étaient pas les seuls invités surprises. Olivia aperçut Jack qui se faufilait discrètement dans la salle, au moment même où elle montait sur le podium pour prononcer son discours. Elle s'arrêta quand elle le remarqua et se sentit ragaillardie par le grand sourire et le clin d'œil complice qu'il lui adressa. Souriante et détendue, elle se mit alors à parler. Elle avait choisi d'évoquer le thème de la créativité des personnes âgées et de leur précieuse contribution à la société.

Plus tard, elle serait incapable de se rappeler ce qu'elle avait pu dire à tous ces gens rassemblés devant elle, mais apparemment ils avaient apprécié, car les applaudissements fusèrent lorsqu'elle se tut. Mary Berger annonça alors que le prochain intervenant, au mois de février, serait Bob Beldon, le propriétaire du Bed and Breakfast Thyme and Tide. Elle donna par la suite quelques informations pratiques et clôtura ainsi la réunion. Olivia fut étonnée lorsqu'un petit groupe se rassembla autour d'elle pour la remercier d'être venue leur rendre visite.

Charlotte accourut et se tint près d'elle, en lui tenant le bras, rappelant ainsi à chacun et chacune qu'Olivia était sa fille — comme si tout le monde n'était pas déjà au courant ! Mary Berger l'avait annoncé dans son petit mot d'introduction, mais apparemment Charlotte avait jugé que cela n'était pas satisfaisant.

Justine et Seth attendirent que ses admirateurs et admiratrices s'éclipsent pour venir la féliciter à leur tour.

— C'était vraiment très intéressant, maman ! lui dit Justine. Je comprends pourquoi grand-mère est si fière de toi.

Ce compliment de la part de sa fille prit Olivia totalement au dépourvu et elle resta un moment sans rien dire, la gorge serrée par l'émotion. Ses relations avec Justine étaient parfois compliquées, malgré tous les efforts qu'elle avait pu déployer pour faciliter la communication entre elles.

— C'est très gentil à vous d'être venus m'écouter.

— C'était génial, Olivia, lui dit Seth.

Il dépassait tout le monde d'une tête et la prestation de sa belle-mère l'avait visiblement impressionné.

— Ça te dirait de venir dîner à la maison, ce soir ? lui demanda Justine. C'est moi qui cuisinerai.

C'était la première fois que sa fille la conviait chez elle et Olivia en fut à la fois enchantée et étonnée.

— Merci. J'accepte avec plaisir.

Puis, parce qu'elle pensait — et espérait — que cette invitation avait une raison particulière, elle lui posa carrément la question.

Seth eut un petit rire.

— Ne vous inquiétez pas, on ne va pas vous réclamer de l'argent ou quelque chose dans ce goût-là !

— Oh, je ne suis pas inquiète, simplement curieuse…

Justine était rayonnante. Cela faisait longtemps qu'Olivia ne l'avait pas vue aussi sereine et en paix avec elle-même. Ce mariage lui avait fait énormément de bien. Elle ignorait ce qu'il était advenu de Warren Saget, mais apparemment sa fille semblait avoir définitivement coupé les ponts avec lui. Elle n'allait pas s'en plaindre, elle qui avait désapprouvé cette liaison.

— Alors, c'est d'accord ?

— Naturellement.

Tout en reconduisant Olivia vers la sortie, Charlotte lui annonça :

— Laura et moi nous allons à Silverdale cet après-midi pour acheter de la laine.

Charlotte en avait autant besoin que le désert de sable, mais Olivia ne fit aucun commentaire. Si cela faisait plaisir à sa mère, elle n'y trouvait rien à redire.

— Je te raccompagne jusqu'à ta voiture, dit Jack qui sortait juste derrière elle. Bonjour Charlotte…

Il embrassa Charlotte sur la joue et entoura de son bras les épaules d'Olivia.

— Excellent discours. J'ai pris plein de notes.

— Jack ! Tu ne vas tout de même pas en parler dans ton journal ?

— Mais bien sûr que si !

— Non, c'est hors de question ! fit Charlotte avec le plus grand sérieux.

Jack et Olivia la regardèrent, interloqués.

— Olivia est ma fille et, jusqu'à nouvel ordre, c'est moi qui écris dans la rubrique du *Chronicle* réservée aux seniors ! Olivia est venue nous voir au centre. Ici, je suis chez moi, alors ne vous mettez pas en tête d'empiéter sur mon territoire ! Je me fiche que vous soyez le rédacteur en chef du journal. Je rédigerai cet article que ça vous plaise ou non !

— OK ! OK ! Je me rends ! fit Jack en riant.

Puis, le bras toujours posé autour des épaules d'Olivia, il lui demanda :

— Alors, ce n'était pas si terrible que ça, si ?

— Si, mais j'ai survécu.

Il jeta un coup d'œil sur sa montre et fit la grimace.

— Il faut absolument que j'aille rédiger un rapport sur la réunion du conseil municipal. Je suis déjà en retard. Je t'appellerai, d'accord ?

— D'accord…

Il l'embrassa, mais ce fut plus qu'un simple baiser. Il voulait lui faire sentir combien lui manquaient leurs rendez-vous du mardi soir et combien il regrettait de ne pas la voir plus souvent. Il comprit qu'elle aussi le regrettait. Il s'étonna de la gamme infinie d'émotions qu'il était possible d'exprimer dans un simple baiser.

Ils se séparèrent et Jack se dirigea vers sa vieille guimbarde. Olivia aurait voulu le garder auprès d'elle, mais il lui fallait retourner au tribunal pour la session de l'après-midi.

Ce soir-là, alors qu'elle était en chemin pour se rendre chez Justine et Seth, elle bouillait d'impatience de connaître la raison de cette invitation inattendue. Avaient-ils quelque chose de particulier à lui annoncer ?

Ce fut Justine qui vint lui ouvrir. Olivia la trouva irradiante de joie et de bonheur. Elle n'en revenait pas de la voir aussi joyeuse. Elle n'était venue qu'une fois dans l'appartement de sa fille, alors qu'il était rempli de cadeaux de mariage et de boîtes éparpillées un peu partout.

Cette fois, elle remarqua immédiatement les affaires de Seth, qui s'intégraient parfaitement dans l'univers typiquement féminin de sa fille. Seth devait se sentir comme un poisson dans l'eau dans ce logement qui initialement n'était pas le sien. Justine, sensible et attentionnée, avait fait un travail formidable pour qu'il y trouve sa place.

Seth apporta dans le salon une bouteille de vin blanc pétillant, pendant que Justine accrochait le manteau de sa mère à une patère.

— On célèbre quelque chose ? demanda Olivia, en s'asseyant dans un joli fauteuil.

— Nous avons une nouvelle à t'annoncer, dit Justine en souriant d'un air ravi à son mari.

Seth posa la bouteille sur la table et s'assit sur le canapé à côté de sa femme.

— La dernière fois, quand je suis rentré de ma saison de pêche en Alaska, Justine et moi avons décidé qu'il était impossible de rester séparés pendant six mois.

— C'est trop dur à supporter, ajouta Justine.

C'était donc ça, la nouvelle ?

— Tu vas choisir un autre métier ? l'interrogea Olivia, très étonnée.

Il avait pourtant cette passion de la pêche dans le sang. Dans la famille Gunderson, les hommes étaient tous pêcheurs de père en fils, depuis quatre ou cinq générations.

— Seth et moi allons acheter un restaurant, annonça Justine. Le Captain's Galley est en vente depuis quelques mois déjà et nous avons fait une offre que le propriétaire a acceptée.

Bon, ce n'était pas exactement ce à quoi Olivia s'était attendue, mais c'était quand même une bonne nouvelle.

— C'est formidable ! dit-elle, sincère.

— Nous n'avons toujours pas choisi de nom, mais nous sommes très enthousiasmés par ce projet, dit encore Justine.

Elle jeta un regard à Seth et il lui prit la main.

Olivia se détendit tout d'un coup.

— Je suis contente pour vous. Ça va vous demander beaucoup de travail, mais je ne vous apprends rien...

— Ça fait des années que Seth économise pour réaliser un projet de ce genre.

Justine regarda de nouveau son mari avec fierté.

— Je conserverai mon travail à la banque, dans un premier temps, mais je finirai sans aucun doute par le rejoindre au restaurant.

— Vous garderez le personnel actuel ou vous emploierez de nouvelles personnes ? demanda Olivia en pensant à la jeune Cecilia Randall, qui travaillait comme hôtesse à mi-temps au Captain's Galley.

— On ne connaît pas encore le personnel en place, lui répondit Seth. Tout ça, c'est très nouveau. En fait, on a appris il y a une heure seulement que notre offre était retenue.

— Mais on avait l'intention de t'inviter avant même d'avoir la réponse de l'agent immobilier...

— Vraiment ? Mais à quel propos, alors ?

— Ma chère maman, dit Justine en se penchant vers Olivia et en lui prenant les deux mains.

Sa fille ne l'appelait ainsi que lorsqu'elle était très émue et cela faisait longtemps qu'elle n'avait pas prononcé ces paroles. Les beaux yeux de Justine se remplirent de larmes tandis qu'elle lui souriait.

— J'attends un bébé…

Olivia poussa un grand cri de joie et se leva en même temps que le jeune couple. Elle les prit tous les deux dans ses bras, en pleurant de bonheur. C'était bien cette nouvelle-là qu'elle était venue entendre !

Cliff Harding, ses longues jambes allongées devant lui, regardait à la télévision un feuilleton sentimental qui l'ennuyait à mourir. Ce n'était pas dû au scénario ou aux acteurs, mais à l'extrême nervosité qui l'avait agité toute la journée à l'idée de passer son vendredi soir en solitaire. En fait, il n'avait qu'une seule envie : revoir Grace. Il s'abstenait cependant à dessein de la contacter, excédé d'être toujours celui qui fait le premier pas. Il avait décidé qu'il attendrait qu'elle l'appelle, mais dix jours venaient de s'écouler sans résultat. Cela lui paraissait terriblement long et sa détermination faiblissait. Il lui avait affirmé qu'il était un homme patient, mais ses limites étaient dépassées et il commençait à trouver la situation pénible.

Peut-être Grace avait-elle raison ? Peut-être valait-il mieux qu'il cesse de l'attendre et qu'il fréquente d'autres femmes ? Le problème, c'était que personne ne l'intéressait. Il aimait tout chez Grace. Son sourire, son rire, ses manières douces avec les enfants et les animaux. Elle ne possédait pas une beauté classique, mais elle était très attirante. Il aimait ses cheveux poivre et sel coupés court. Il trouvait que cette nouvelle coupe lui allait bien mieux que le style de coiffure qu'il lui avait vu porter, sur cette ancienne photographie de famille, dans son salon. Bien sûr, elle avait vieilli depuis cette époque, mais avec les années elle avait acquis une maturité physique qui lui seyait à merveille.

Cliff estimait par-dessus tout sa loyauté et sa fidélité — sa réaction lors de son divorce n'avait d'ailleurs fait que confirmer ses sentiments à cet égard. Il ne voulait pas d'une femme qui puisse le laisser tomber sur un coup de tête. Néanmoins, cela faisait neuf mois que Dan avait disparu et neuf mois lui semblaient un délai honorable pour qu'une femme abandonnée commence à fréquenter un autre homme.

Tout ce qu'il avait pu entendre au sujet de Dan indiquait qu'il était parti avec une autre. Lors de cet après-midi passé au ranch, Grace lui avait très peu parlé des semaines qui avaient suivi le départ de son ex-mari. Elle lui avait simplement expliqué qu'elle avait trouvé un reçu correspondant à l'achat d'une bague très coûteuse. Apparemment, Dan avait fait cette acquisition avec leur carte VISA commune. Toutefois, sa dernière paye, sous la forme d'un chèque expédié par son employeur, en avait couvert le montant.

Mais ce qui blessait le plus Grace, c'était que, hormis l'alliance en or qu'il lui avait offerte le jour de leur mariage, Dan ne lui avait jamais fait cadeau d'une bague. Par contre, il n'avait pas hésité à offrir un tel présent à une autre femme et c'était cela qui l'avait humiliée au plus haut point.

Cliff se leva et se dirigea vers son bureau, pour y chercher le dernier polar d'un auteur qu'il appréciait tout particulièrement. Mais, avant même qu'il ne soit de retour dans le salon, il sut qu'il n'ouvrirait pas le livre. Il était obsédé par Grace et n'avait aucune envie de se plonger dans une intrigue policière ou de regarder une émission stupide à la télévision.

Il l'avait vue pour la dernière fois pendant la semaine de Noël. Après sa visite au ranch, elle lui avait envoyé un bref message. Uniquement trois lignes pour le remercier. Depuis, il lisait et relisait la carte, comme pour y déceler une signification secrète ou l'indice d'un encouragement.

Juste avant le jour de Noël, il s'était arrêté à la bibliothèque avec un cadeau pour elle. Ce n'était rien de très original ou de très précieux. C'était juste un petit quelque chose pour qu'elle sache qu'il pensait à elle. Sur la carte laconique qu'elle lui avait expédiée, il s'était aperçu qu'elle avait utilisé un stylo plume. Il en avait alors choisi un autre et était parti sans plus attendre à la bibliothèque pour le lui apporter. Elle avait semblé surprise et reconnaissante, mais aussi embarrassée, car de son côté elle n'avait pas songé à lui offrir quoi que ce soit.

Faute de moyens, avait-il compris. Elle connaissait des difficultés financières depuis la disparition de Dan. Elle avait été longtemps habituée à vivre dans un foyer alimenté par deux revenus et maintenant cette période faste était terminée.

Leur conversation avait été brève, ce jour-là, mais Cliff s'était vite rendu compte de l'état d'esprit de Grace. Cette période de Noël était un moment douloureux pour elle. Pourtant il avait nourri l'espoir secret qu'elle l'inviterait le 25 décembre. Il n'en fut rien : elle partit rendre visite à sa fille cadette. Il avait ensuite pensé qu'elle lui téléphonerait la veille du nouvel an pour lui proposer d'aller boire un verre avec elle. Mais il n'avait reçu aucun appel.

Alors il s'était mis à douter de lui-même et de Grace. Allait-elle un jour se remettre de la disparition de Dan ? Et s'ils sortaient ensemble, arriverait-il à lui faire oublier cet homme ? Il était peut-être préférable pour lui de tourner la page et de jeter son dévolu sur une femme plus disponible, affectivement.

Ce ne serait pas si difficile, après tout. Il y avait si peu de chose, concrètement, entre eux. Ils ne s'étaient jamais embrassés, excepté une fois sur la joue. Et il n'était pas un saint ! L'envie de la tenir dans ses bras et de l'embrasser avec ardeur s'intensifiait au fil de leurs rencontres.

La sonnerie du téléphone résonna soudain, le tirant de sa rêverie. Il n'aimait guère les conversations téléphoniques. Sa voix agressive et bougonne échaudait généralement les commerciaux, ce qui était exactement le but recherché.

— Harding à l'appareil, aboya-t-il.

Personne ne répondit tout d'abord et il était sur le point

de raccrocher lorsqu'il reconnut la voix hésitante de Grace. Il rapprocha immédiatement le combiné de son oreille.

— Grace ?

— Bonjour, Cliff... J'espère que je ne te dérange pas...

— Bonjour Grace, répondit-il avec une légère impatience.

— Je voulais te remercier pour le stylo plume que tu m'as offert. J'aime beaucoup écrire avec.

Je suis trop pressé et trop empressé, songea Cliff. Finalement, il avait eu raison d'attendre et de ne pas la contacter depuis Noël. S'il se montrait plus distant, peut-être qu'elle rechercherait à son tour sa compagnie ? En tout cas, cet appel était prometteur. Il n'avait pas menti. Il savait être patient. De fait, il avait déjà oublié qu'il avait été à deux doigts de mettre définitivement un terme à leur relation.

— Quand tu es passé à la bibliothèque, tu as suggéré que nous pourrions aller dîner ensemble un soir...

— Vraiment ? fit-il d'un ton faussement désinvolte, même s'il savait très bien que c'était la vérité.

— Oui... Et j'accepte ta proposition, si tu es toujours intéressé, évidemment.

S'il était intéressé ? Il était fou de joie et il lui était désormais difficile de prétendre le contraire !

— Quand veux-tu qu'on se retrouve ?

— Je... je ne sais pas. Quel moment te conviendrait le mieux ?

— Laisse-moi consulter mon agenda...

Il tourna bruyamment les pages de son carnet, pour donner l'illusion qu'il était bien rempli.

— Que dirais-tu de demain soir ? A 19 heures ?

Il l'entendit pousser un soupir de soulagement.

— Ce sera parfait.

Pendant toute la journée du lendemain, Cliff attendit impatiemment le moment de leur rendez-vous. Il se rasa, prit une douche et s'habilla avec soin. A 18 heures, il était prêt à partir. Mais à cette heure-là, il ne fallait pas plus de quinze minutes pour aller jusque chez Grace. Il décida tout de même de partir, quitte à arriver à l'avance, plutôt que de tourner en rond chez lui.

Pour finir, même en prenant tout son temps, il sonna à sa porte une demi-heure trop tôt. Qu'allait-elle penser de ce manque de sang-froid ?

Il fut agréablement surpris de découvrir qu'elle était aussi nerveuse que lui.

— Je pensais qu'on pourrait aller dîner à Tacoma, lui dit-il.

Il désirait que Grace se sente parfaitement à l'aise. C'est pourquoi il avait jugé préférable de la conduire dans un lieu où elle n'aurait pas à craindre de rencontrer des gens qu'elle connaissait.

— Il y a un charmant petit restaurant italien de l'autre côté de la rivière.

Le cours d'eau The Narrows séparait la péninsule de Kitsap de Tacoma et un pont reliait les deux communautés.

— J'adore la nourriture italienne !

Cliff avait déjà réservé une table dans un coin tranquille du restaurant, qu'il connaissait. Le trajet se passa agréablement, entre discussions et silences complices. Ils prirent tout leur temps pour manger, boire du vin, puis du café accompagné d'un dessert et le repas dura pratiquement deux heures. Cliff n'était pas pressé de s'en aller, mais le restaurant se remplissait petit à petit pour le second service et il leur sembla illégitime de s'approprier une table pendant toute la soirée.

Sur le chemin du retour, comme ils approchaient du pont, les voitures ralentirent. Cliff jeta un coup d'œil à Grace et vit qu'elle avait fermé les yeux, la tête appuyée contre le dossier du siège.

— Tu as l'air si sereine…, lui dit-il.

— Je me sens merveilleusement bien.

Elle se tut un instant.

— J'ai passé une excellente soirée, Cliff.

Le repas avait été irréprochable — accompagné d'un merlot d'excellente qualité —, mais il espérait sincèrement que Grace faisait allusion à sa compagnie et non à la nourriture proprement dite.

— Je me sens libre, poursuivit-elle sans ouvrir les yeux. Je croyais que si j'acceptais de dîner avec toi, je me sentirais coupable toute la nuit.

— Tu n'as rien à te reprocher — du moins pas encore.

— Pas encore ?

Elle releva la tête et le regarda avec perplexité.

— Je vais t'embrasser, Grace, dit-il, le regard toujours rivé sur la route. Et quand ça t'arrivera, tu ne pourras pas résister.

— Mais…

— Ce sera un baiser dont tu te souviendras toute ta vie.

— Cliff, je…

— Oui ? Tu as quelque chose à ajouter à ça ?

— Oui, murmura-t-elle en posant la main sur son genou.

— Et on peut savoir ce que c'est ?

— Arrête-toi immédiatement et fais-le.

Cliff ne se fit pas prier pour obéir.

Les relations entre Rosie et Zach, qui furent tendues pendant les fêtes de Noël, ne s'améliorèrent guère au nouvel an. Rosie essaya de faire de son mieux pour apaiser leur mésentente, mais Zach se montrait de plus en plus exigeant, irritable, ne tolérant plus rien.

Ils en étaient arrivés à se quereller pour tout, à longueur de journée. Certains jours, Rosie en arrivait à penser que son mariage avait été une triste erreur. Ce n'était pas une femme indépendante que Zach recherchait, mais une ménagère scotchée à la maison, dont la préoccupation essentielle serait le bien-être de son mari et celui de leurs enfants. Elle s'efforçait malgré tout d'être à la hauteur de ses attentes. Pourtant, chaque fois qu'elle avait tenté d'aménager son planning d'activités pour accomplir ses tâches de femme au foyer, sa bonne volonté s'était heurtée à un mur. Le petit déjeuner amoureusement préparé et qui avait fini à la poubelle en était le meilleur exemple. Zach souhaitait la voir passer son temps aux fourneaux à mijoter de bons petits plats, mais personne ne semblait intéressé par sa cuisine, quand elle s'y mettait.

Juste avant Noël, d'humeur conciliante, elle avait préparé une tourte à la viande avec de la purée, le tout généreusement arrosé de sauce. Eddie avait détesté la tourte et Allison n'avait pas trouvé la purée à son goût. Rosie aurait pu passer outre les doléances des enfants, mais Zach lui-même ne lui avait fait aucun compliment. Il lui avait au contraire reproché d'avoir utilisé de la purée en sachet et de la sauce toute faite, sacrilège que n'aurait jamais commis sa mère.

Rosie lui avait vertement rétorqué qu'elle n'était pas sa mère.

— Pardon ? avait répliqué Zach d'un ton agressif qui l'avait humiliée.

Ce jour-là, tout semblait s'annoncer pire encore que d'habitude… Zach avait oublié son attaché-case à la maison. Comme elle devait se rendre à une réunion du comité de gestion de la bibliothèque de la paroisse, elle en avait profité pour passer au bureau lui déposer la mallette.

Elle avait alors vu Janice Lamond… Pas étonnant que la vie familiale pesât à Zach ! Ils semblaient s'entendre à merveille, tous les deux. Ils n'avaient sans doute pas de liaison — mais elle n'avait aucune preuve du contraire —, et pourtant on sentait tout de suite que le courant passait entre deux.

Elle y songea avec amertume pendant toute la réunion. Elle se décommanda pour la cantine de l'école et rumina toute la journée. Avec une énergie farouche, elle se mit à ranger la maison de fond en comble, passa l'aspirateur et fit toute la lessive en retard. Un plat mijotait dans le four quand Zach rentra du travail.

Debout sur le seuil de la cuisine, une main posée sur la hanche, elle le regarda arriver d'un air sombre.

— Que se passe-t-il ? lui demanda-t-il.

— Il faut que nous parlions, toi et moi.

— A quel propos ?

Il dénoua sa cravate avec lenteur ; il avait l'air très fatigué.

— Je voudrais qu'on discute un peu de Janice Lamond...

— Qu'est-ce que Janice vient faire dans la conversation ? lança-t-il, visiblement contrarié.

En plus, il jouait les innocents ! Pivotant brusquement sur ses talons, elle mit violemment une assiette dans le lave-vaisselle.

— On ferait mieux d'attendre que les enfants soient couchés pour en reparler !

Zach disparut cinq minutes, puis reparut aussitôt après.

— Si tu penses qu'il y a un problème, il vaut mieux vider ton sac tout de suite.

— Très bien.

Elle ouvrit brutalement le tiroir du buffet et en sortit des fourchettes et des couteaux.

— Je suis passée à ton bureau ce matin. Tu t'en souviens ?

— Parfaitement.

Il croisa les bras et s'adossa contre le comptoir.

— Et alors ?

— Ton assistante te dévorait des yeux et toi, tu n'étais guère mieux !

Zach fronça les sourcils.

— Tu as trop d'imagination, Rosie...

— C'est ça, oui ! Prends-moi pour une idiote !

Plus elle y pensait, plus la colère montait en elle. Elle s'était trituré l'esprit toute la journée pour savoir ce qui se passait exactement entre son mari et cette femme. Elle s'était sentie si blessée et si bafouée qu'elle n'avait pas réussi à réfléchir clairement.

— Il n'y a rien entre Janice et moi, fit Zach après un pénible silence.

— Très bien. Alors dans ce cas je veux que tu te débarrasses d'elle.

— Quoi ?

— Si tu racontes la vérité, alors tu n'auras aucun mal à changer d'assistante.

— Je devrais la licencier parce que tu nous fais une crise de paranoïa ? Ne compte pas là-dessus ! En fait, tu es jalouse...

— Non, tout simplement réaliste. J'ai bien vu la façon dont elle te regardait.

— Ça suffit maintenant, Rosie.

— J'ai enfin compris pourquoi tu n'es jamais satisfait, quand tu es à la maison. Ça fait des mois que tu me fais des reproches. Je ne suis pas une bonne ménagère et tout ce que je cuisine est infecte. C'est bien comme ça que tout a commencé, non ?

— Je n'avais jamais réalisé que tu avais une imagination aussi débordante.

Même si ces paroles n'avaient rien d'insultant en soi, le ton de sa voix était clairement méprisant.

— Tu es tellement à côté de la plaque que ça en est pathétique, dit-il.

— Je veux que tu la vires !

Zach agrippa violemment le dossier d'une chaise.

— Tu as complètement perdu la tête !

Rosie se posta elle aussi derrière une chaise et imita sa posture. Elle le regarda fixement avec des yeux perçants. En le voyant ainsi, le visage déformé par la colère, elle se demanda s'il n'entretenait pas déjà une relation sentimentale avec sa secrétaire.

— Tu refuses de la renvoyer ?

— Mais bien sûr ! Premièrement, ce qui se passe au bureau

ne te regarde pas. Deuxièmement, Janice Lamond est une femme organisée, efficace et c'est un plaisir de travailler avec elle. Je ne vais pas m'en débarrasser parce que tu t'imagines Dieu sait quoi. Tu ferais mieux de prendre exemple sur elle plutôt. Elle a le goût de l'ordre et de la propreté !

— Si c'est vraiment ce que tu penses…, dit-elle, aussi blessée que s'il avait levé la main sur elle.

— C'est exactement ce que je ressens.

— Eh bien alors, on ferait peut-être mieux de divorcer, Zach.

Il la considéra avec attention.

— Tu parles sérieusement, Rosie ?

— Je ne tolérerai pas que tu me trompes.

Elle voulait que ce point soit parfaitement clair entre eux.

— Pour la dernière fois, je te répète que je n'ai pas d'aventure avec Janice Lamond ! Et le fait même que tu puisses le penser est une insulte pour elle autant que pour moi.

— Peut-être en effet que, pour l'instant, il n'y a rien entre vous physiquement, mais c'est évident que vous vous appréciez énormément. Tu crois que je suis aveugle et que je ne vois pas ce qui se passe devant mes yeux ?

— Je me demande si tu es capable d'être lucide.

— C'est toi qui es aveugle. Je veux que tu la licencies.

— Je te le répète : n'y compte pas !

— Tu préfères mettre en péril ton mariage et ta famille pour les beaux yeux de cette assistante ? Pour moi, tout est clair.

Allison apparut alors brusquement et se tint, hésitante, sur le pas de la porte.

— Vous êtes encore en train de vous disputer ?

— Non, fit Rosie d'une voix radoucie.

— Si, rétorqua Zach, en criant presque sous l'effet de la colère.

Son regard était si dur que Rosie en eut presque peur. Pourtant, il était hors de question qu'elle cède et retire ses paroles. Zach faisait exprès de la contredire, pour aggraver encore la discorde et le chaos qui régnaient entre eux.

— Je ne veux pas me quereller avec toi devant les enfants, dit-elle.

— C'est toi qui as commencé et on va en finir tout de suite ! cria-t-il en tapant du poing sur la table, si fort qu'il fit vibrer les assiettes et les couverts.

— Maman ? Papa ? lança Eddie, alarmé.

Rosie se tourna vers eux :

— Le dîner sera prêt dans dix minutes. Allez vous laver les mains en attendant.

Mais aucun des deux enfants ne broncha.

— Obéissez à votre mère, leur ordonna Zach.

Ils quittèrent la cuisine à contrecœur. Rosie les entendit discuter dans le couloir. Leurs paroles lui parvinrent, indistinctes, mais le mot « divorce » émergea clairement de leur conversation.

— C'est réellement ce que tu souhaites ? lui demanda Zach.

— Et toi ? Tu es prêt à abandonner ta famille pour ton assistante ?

Il ignora sa question.

— Peut-être qu'après tout on ferait mieux de se séparer. Je ne veux pas que les enfants souffrent de ta paranoïa.

Rosie eut du mal à avaler sa salive.

— Si tu es prête à divorcer, je te suggère de consulter un avocat.

— C'est ce que je vais faire, répondit-elle.

Une grande faiblesse l'envahit soudain et elle regarda droit devant elle, le regard perdu dans le vague.

Zach resta immobile quelques minutes encore, puis, tournant les talons, il attrapa son attaché-case et se dirigea vers la porte du garage.

— Où vas-tu ? lui cria-t-elle.

Il hésita l'espace d'une seconde.

— Si nous décidons de ne plus vivre ensemble, je ferais mieux de me mettre tout de suite en quête d'un appartement.

Et, sans ajouter un mot, il quitta la pièce.

Rosie, figée sur place, avait du mal à respirer. Comment en étaient-ils arrivés là, après toutes ces années de vie commune ?

11

Pendant les mois d'hiver, le Bed and Breakfast des Beldon marchait au ralenti, mais Bob et Peggy ne s'inquiétaient pas de la rareté de la clientèle. Ils avaient conçu ce projet au moment de leur retraite et les périodes creuses leur permettaient de mieux profiter de leur maison et l'un de l'autre.

Ce soir-là, alors qu'ils s'apprêtaient à aller se coucher, les lumières se mirent à clignoter. Le vent hurlait et une pluie battante cognait les vitres. Les branches, fouettées par le vent, frappaient contre la façade.

— On dirait qu'il va y avoir une sacrée tempête, fit Bob en éteignant la télévision, après le bulletin d'informations de 23 heures. Est-ce que tu peux aller chercher les torches, Peggy, au cas où il y aurait une coupure d'électricité ?

Peggy acquiesça d'un signe de tête et se dirigea vers la cuisine, leurs deux tasses à café vides dans les mains.

Bob allait monter à l'étage lorsqu'il aperçut le faisceau lumineux de phares de voiture dans l'allée.

— On attend des clients pour ce soir ?

Bien qu'il connût la réponse, il préféra poser la question à sa femme au cas où elle aurait pris une réservation, en oubliant de la lui signaler.

— Personne avant le week-end, répondit Peggy en disposant les tasses dans le lave-vaisselle.

— On dirait pourtant que quelqu'un arrive…

Peggy écarta le rideau et scruta l'obscurité.

— C'est peut-être quelqu'un qu'on connaît.

— Je ne reconnais pas la voiture, mais c'est difficile d'y voir, à travers ces trombes d'eau.

La sonnette retentit. Bob alluma la lumière de la véranda et tira le verrou. Un homme en imperméable et coiffé d'un chapeau mou se tenait devant lui. Il portait une petite valise à la main et il était impossible de voir clairement son visage, plongé dans l'ombre.

— J'ai vu un panneau au bord de la route. Auriez-vous une chambre disponible pour la nuit ? demanda le visiteur d'une voix rauque.

— Oui, lui répondit Bob en l'examinant avec attention.

Il devait avoir la cinquantaine. Difficile d'évaluer son âge avec exactitude, car il entra dans la maison en courbant légèrement le dos. Pourtant, Bob lui trouva quelque chose de vaguement familier.

Peggy, chaleureuse et accueillante comme à l'accoutumée, introduisit leur hôte dans la cuisine où ils conservaient les formulaires d'enregistrement. L'homme jeta un bref coup d'œil au formulaire que lui tendit Peggy.

— Je vais vous payer d'avance, annonça-t-il en sortant quelques billets de son portefeuille.

— Il faut quand même que vous remplissiez cette fiche, lui dit Bob, qui éprouvait un sentiment mitigé face à cet étrange personnage. Ma question va peut-être vous paraître insolite, mais on ne se serait pas déjà rencontrés quelque part ?

L'inconnu ne lui répondit pas.

— Mon chéri, ce n'est peut-être pas le moment de soumettre notre hôte à un interrogatoire. Il est tard…

Bob fronça les sourcils d'un air irrité. Ça lui semblait tout de même bizarre que cet étranger ait choisi leur Bed and Breakfast, relativement isolé, au lieu de l'un de ces motels qui bordaient l'autoroute, bien plus faciles d'accès.

— Voulez-vous boire quelque chose de chaud, avant d'aller vous coucher ? lui proposa Peggy.

— Non, répondit-il d'un ton bourru, presque hostile.

— Comment se fait-il que vous ayez atterri ici par une nuit pareille ? ne put s'empêcher de lui demander Bob. Ce n'est pas un endroit particulièrement facile à trouver.

— Tout ceci n'a pas d'importance, l'interrompit Peggy en lui lançant un regard noir.

L'insistance déplacée de son mari commençait à l'irriter.

L'étranger ignora une nouvelle fois la question de Bob.

— Pourriez-vous me conduire jusqu'à ma chambre, s'il vous plaît ?

— Naturellement… Suivez-moi…

Peggy ouvrit la marche.

— Vous avez le choix, ce soir. Nous avons la chambre Rossignol ou la…

— La première fera très bien l'affaire !

Il semblait impatient de se retrouver seul.

— Je vous rendrai la fiche d'enregistrement demain matin, remplie en bonne et due forme.

Peggy lui ouvrit la porte. Il posa sa valise contre le mur.

— Eh bien, je vous remercie, déclara-t-il sans les regarder. Bonne nuit…

Bob était sur le point de lui rappeler qu'il devait d'abord remplir le formulaire, mais Peggy ne lui en laissa pas le temps.

— Nous servons le petit déjeuner entre 8 et 10 heures, lui dit-elle. Dormez bien…

— Merci.

L'homme ferma la porte et ils l'entendirent mettre le verrou.

— Ce type ne m'inspire pas confiance, déclara Bob lorsqu'ils eurent regagné leur chambre.

— Ne sois pas ridicule !

Peggy se dirigea vers la salle de bains attenante pour se démaquiller.

— Ce n'est qu'un client comme un autre et ça n'a pas

grande importance que tu l'aimes ou pas. D'après moi, il partira tôt demain matin et nous n'entendrons plus jamais parler de lui.

— Peut-être bien, murmura Bob, mais il avait le pressentiment inverse.

Au-dehors, la tempête continuait à faire rage et Bob jeta un coup d'œil par la fenêtre. La maison surplombait les eaux sombres de la baie de Cove. Il aperçut au loin le pinceau lumineux du phare qui avertissait les bateaux de la proximité de la côte. Il n'aimait pas l'homme qui couchait chez eux, même s'il n'arrivait pas à expliciter cette aversion. Confusément, il sentait que leur hôte pourrait bien être une source d'ennuis.

Peggy était une femme généreuse et il aurait été contraire à ses principes de laisser cet homme seul dans la tourmente, sans abri pour la nuit. Bob aurait aimé partager cette confiance et cette compassion.

— Tu viens te coucher ? lui demanda-t-elle au bout d'un moment, en repoussant la couette et en se glissant dans les draps tous frais.

Peut-être qu'après tout Peggy avait raison. Elle se trompait rarement. L'homme qu'ils avaient accueilli était juste de passage. Demain matin, il serait déjà reparti et ils ne le reverraient jamais plus. Il avait d'ailleurs payé sa nuit et, s'il n'avait pas envie de remplir sa fiche, c'était son droit le plus strict.

Le lendemain, Bob fut réveillé par la lumière du soleil. Il ouvrit les yeux et fut surpris d'être encore au lit à une heure apparemment aussi avancée. Peggy était déjà descendue. Il l'entendit qui chantait en écoutant la radio. Elle était sans doute occupée à cuisiner ses fameux muffins à la myrtille. C'était sa spécialité. Les fruits provenaient de leur jardin et ils avaient un carré d'herbes aromatiques dont elle était très fière. Une odeur de café frais flottait agréablement dans la maison.

Il se frotta le visage de la main, les bribes d'un cauchemar encore à la mémoire. Il s'agissait plus d'un sentiment d'angoisse diffuse que d'images proprement dites. Malgré tous ses efforts, il ne parvenait jamais à se souvenir avec exactitude de ses rêves. Une fois au lit, la veille, il avait somnolé, agité et inquiet, puis avait sombré dans un profond sommeil.

Habituellement il se levait avant Peggy et c'est lui qui préparait le café. Se sentant coupable d'avoir dormi si tard, il s'habilla à la hâte. Puis il se dirigea instinctivement vers la fenêtre. La Ford blanche de l'inconnu était toujours là. Il ne s'était donc pas éclipsé au petit matin comme il l'avait espéré. Cet homme énigmatique se montrerait-il plus sociable au petit déjeuner qu'au moment de son arrivée ? Et Bob allait-il comprendre, en le voyant au grand jour, en quoi il lui avait paru familier ?

Peggy sourit en le voyant.

— Bonjour, mon chéri. Ça fait longtemps que tu n'as pas dormi comme ça !

— Je sais. Je ne comprends pas ce qui m'est arrivé.

— Tu as fait un cauchemar, cette nuit.

— Oui, je m'en rappelle vaguement.

— Tu te sens bien, ce matin ?

Elle semblait inquiète à son sujet.

— Oui. Est-ce que je me suis levé, dans la nuit ?

Il lui était arrivé par deux fois d'être pris de crise de somnambulisme.

— Tu étais dans le lit quand tu t'es réveillé ce matin, non ? le taquina-t-elle.

Il hocha la tête et se sentit soulagé. Il serra sa femme dans ses bras, se versa une tasse de café et se dirigea vers le salon. Il s'installa dans son fauteuil à dossier réglable pour consulter sa « bible » sur les Alcooliques Anonymes. Il ne buvait plus une goutte d'alcool depuis vingt ans, mais il savait qu'une récidive était toujours possible. Il revenait de loin et il ne se passait pas un jour sans qu'il ne se forçât à se souvenir de cette terrible époque. Quinze minutes plus tard, Peggy sortit les muffins du four.

Ils étaient maintenant tous deux prêts à démarrer la journée.

Lorsque 10 heures arrivèrent, Peggy s'étonna que leur hôte ne soit pas encore descendu. Intrigué, Bob sortit de la maison et jeta un coup d'œil par la vitre, à l'avant de la voiture. Il aperçut une carte routière sur le siège côté passager et une bouteille d'eau à demi pleine. Tout semblait absolument normal.

— On l'avait pourtant prévenu que le petit déjeuner serait servi entre 8 et 10 heures, non ? dit Peggy, quand il revint dans la maison.

— Peut-être qu'il n'est pas encore réveillé.

— Il est 11 heures passées, s'inquiéta Peggy, un peu plus tard. C'est bizarre qu'il ne bouge pas, là-haut, tu ne trouves pas ?

— Si…

Une demi-heure plus tard :

— On ferait peut-être mieux de vérifier que tout va bien, suggéra Peggy.

— Laisse-le dormir ! A moins qu'il ne soit en train de travailler dans sa chambre. Il avait un ordinateur avec lui, il me semble…

— Je ne me rappelle pas.

Bob ne voulait pas troubler l'intimité de cet étranger qui désirait peut-être tout simplement se reposer en toute tranquillité.

Peggy haussa les épaules et retourna à son ouvrage : elle venait juste de se lancer dans la confection d'un couvre-lit en patchwork. Bob, quant à lui, se retira dans son atelier de menuiserie installé dans le garage. Depuis qu'il était à la retraite, il s'était pris de passion pour le travail du bois et adorait fabriquer des meubles. Il s'était perfectionné au fil des ans et possédait désormais de belles pièces. Il venait juste de terminer une commode et était fier de sa réalisation. Après l'avoir enduite d'une ultime couche de vernis, il retourna dans la maison. Il était maintenant midi et demi. Un simple coup d'œil par la fenêtre lui révéla que la voiture de l'inconnu était toujours garée au même endroit.

Il se prépara un sandwich au jambon et repartit dans le garage. Quelques minutes plus tard, Peggy vint le rejoindre.

— Je crois qu'il se passe quelque chose d'anormal là-haut, lui dit-elle. J'ai frappé à sa porte, mais il n'a pas répondu.

Bob la suivit jusqu'à la chambre et frappa à son tour.

— Monsieur ? Est-ce que tout va bien ?

Peggy était nerveuse et son angoisse, communicative : Bob se sentait de plus en plus mal à l'aise. Depuis plus de dix ans qu'il tenait ce Bed and Breakfast, c'était la première fois que ce genre de chose arrivait.

— J'ai pris la clé, l'informa Peggy, comme la porte restait obstinément close.

— Parfait.

— Tu crois que je devrais appeler Troy Davis ?

Le shérif était un bon ami à eux, mais Bob ne voulait pas le déranger avant de s'assurer qu'il y avait réellement un problème.

— Attendons encore un peu.

— Mais enfin, Bob…

— Pas de panique !

Il regrettait de ne pas avoir suivi son intuition. Ils n'auraient jamais dû accepter cet inconnu chez eux.

Peggy lui tendit la clé et Bob l'inséra à contrecœur dans la serrure, puis il tourna lentement la poignée et ouvrit grand la porte. L'homme était étendu en travers du lit. Il avait suspendu son manteau dans le placard et posé son chapeau sur l'étagère, juste au-dessus. Dans sa valise ouverte, tout était rangé avec un soin maniaque. Les vêtements y étaient parfaitement pliés et, de toute évidence, il n'avait touché à rien.

— Il est peut-être malade, dit Peggy en s'accrochant au bras de son mari.

Bob en doutait. Une odeur caractéristique flottait dans la pièce, qui lui rappelait les combats dans la jungle du Viêt-nam. C'était l'odeur de la mort, une odeur impossible à oublier.

Pourquoi cet homme était-il venu à Cedar Cove pour y mourir ?

Bob s'approcha du lit et regarda l'homme. La nuit précédente, il n'avait pas vu distinctement son visage dissimulé par son chapeau. Il lui semblait plus jeune maintenant. Plus jeune et totalement en paix avec lui-même.

— Est-ce qu'il est mort ? demanda Peggy, prise de panique.

Bien qu'il connût la réponse, Bob posa sa main sur le cou de l'homme pour vérifier. Il ne sentit aucun battement.

— Je crois qu'il est temps de téléphoner à Troy, dit-il.

Quinze minutes plus tard, la cour était envahie de voitures. La police, le médecin et les ambulanciers étaient arrivés sans tarder. Bob répondit à toutes les questions posées par Troy ou Joe Mitchell, le médecin légiste, même s'il ne possédait que de maigres informations.

— Il faudra faire une autopsie, dit Troy.

— Avez-vous une idée de ce qui a pu provoquer sa mort ? demanda Bob au médecin.

— Pas encore, répondit ce dernier d'un air préoccupé. D'après son permis de conduire, il s'appelle Whitcomb, James Whitcomb. Il vient de Floride. Ça vous dit quelque chose ?

— Non, répondit Bob sans hésiter, même s'il avait perçu chez cet inconnu quelque chose de familier. Je n'ai jamais rencontré cet homme.

— En tout cas, une chose est sûre : il s'est fait refaire le visage. Il y a quelque chose de bizarre dans tout ça, continua Joe Mitchell, en suivant le corps que l'on acheminait vers l'ambulance. Et ça ne me dit rien qui vaille…

Après l'enthousiasme déclenché par la « foire aux célibataires », dans la petite communauté des esthéticiennes du Get Nailed, le début de la nouvelle année était marqué du sceau de la morosité.

Rachel avait rencontré l'ex-petit ami de Terry, passionné d'automobiles, et les débuts de leur relation avaient été prometteurs. La jeune femme avait porté aux nues Larry et son incroyable don pour la mécanique. Il avait tout d'abord remplacé les freins défectueux de son véhicule, et ce pour une somme dérisoire. Puis il s'était attaqué à l'éclairage intérieur. Il avait même accompli l'exploit de remettre en état de marche son radiocassette. Rachel lui en était très reconnaissante et elle avait réussi à se convaincre qu'elle était tombée follement amoureuse de lui. Seule une imbécile aurait dédaigné un homme qui lui faisait économiser des centaines de dollars !

Puis la transmission lâcha. C'était une réparation extrêmement délicate à effectuer, mais Larry ne doutait pas une seconde de ses capacités à venir à bout de ce nouveau casse-tête. Malheureusement, il s'était surestimé. Ses tentatives se soldèrent par un échec et Rachel dut faire remorquer sa voiture jusqu'au garage qui lui remit ultérieurement une facture d'un montant astronomique. Ajoutant l'insulte à l'humiliation, Larry lui présenta quant à lui une note de frais comptabilisant ses heures de travail et les pièces achetées à cette occasion. Inutile de dire que Rachel avait rapidement mis un terme à leur relation suite à cette triste affaire.

Quant à Jane, à la recherche d'un homme économe et plein de bon sens, elle n'avait guère été mieux lotie. Jeannie lui avait présenté un de ses ex, un conseiller financier. Le courant était immédiatement passé entre eux. Jane prétendait que Geoff était quelqu'un de très agréable et pas si ennuyeux que cela, malgré les dires de Jeannie. Il lui avait suggéré de faire un placement boursier qui promettait d'être très avantageux. Jane, confiante, avait investi toutes ses économies. Malheureusement pour elle, le cours des actions avait chuté de 8 % juste après cette malencontreuse transaction.

— Moi, je vais vous dire ce que je pense de tout ça, déclara Rachel en finissant de polir les ongles de Maryellen. Quand on largue un homme, c'est forcément qu'il y a une bonne raison. Sinon, pourquoi est-ce qu'on le larguerait ?

— C'est tout à fait juste ! approuva Jane.

— Et toi, Maryellen… Qu'est-ce qu'il est devenu, le type que tu as rencontré à la soirée ?

Maryellen cligna des yeux et prétendit ne pas comprendre la question.

— Je n'ai rencontré personne…

— Allez, pas d'histoires ! Ce type avec qui tu es venue et qui t'a collée pendant toute la soirée, tu te souviens bien ? cria Terry de l'autre côté du magasin, où elle s'occupait d'une dame plus âgée. Je l'ai couvé toute la soirée, mais il n'y avait que toi qui l'intéressais !

— Je suis sûre que tu te fais des idées.

Jon Bowman était bien la dernière personne dont elle voulait parler ici.

— Ça m'étonnerait, murmura Terry devant le présentoir des vernis à ongles.

Elle choisit un petit flacon et demanda à sa cliente si la couleur lui convenait.

Maryellen accueillit avec soulagement cette diversion opportune.

— Alors tu ne sors pas avec lui ? demanda Rachel.

— Non. Je ne l'ai pas revu depuis la semaine précédant Noël, mais si je le rencontre, vous voulez que je lui demande pour vous son numéro de téléphone ?

Cette stupide proposition était le seul moyen qu'elle avait trouvé pour convaincre Rachel qu'elle n'avait aucune envie de sortir avec Jon.

— Certainement pas ! se récria la jeune femme. Il m'est arrivé de sortir avec des types amoureux d'une autre fille. Eh bien, c'est totalement déprimant, si vous voyez ce que je veux dire.

Elle appliqua la touche finale aux ongles de Maryellen, mit le minuteur en marche et abaissa la lampe au-dessus.

Une fois le séchage terminé, Maryellen se précipita hors du salon. Elle avait rendez-vous avec sa mère au Pancake Palace. Tout son planning avait été bouleversé à cause de l'arrivée des propriétaires de la galerie, qui avaient débarqué sans prévenir. Heureusement, Rachel avait réussi à déplacer son rendez-vous en fin d'après-midi.

Redoutant les questions, Maryellen avait évité ces temps derniers de voir sa famille. Kelly, accaparée par Tyler, avait accepté ses excuses sans broncher, mais avec Grace, c'était plus compliqué. Mise au pied du mur, Maryellen avait accepté qu'elles se retrouvent au Palace, où l'on mangeait en abondance pour un prix tout à fait correct.

Grace était déjà là lorsque Maryellen arriva. La jeune femme s'assit en face de sa mère et consulta immédiatement le menu.

— Comment vas-tu ?

— Très bien, maman.

C'était totalement faux, mais elle ne voulait pas que sa mère s'inquiète. Pour l'heure, seule Grace était au courant de sa grossesse. Elle n'avait pas encore eu le cran de l'annoncer à Kelly ou à l'une ou l'autre de ses amies. Au cours du dernier mois, elle s'était réveillée tous les matins avec des nausées qui la faisaient immanquablement vomir. Kelly n'avait pas souffert de tels symptômes quand elle était enceinte, lui semblait-il. Et même si ç'avait été le cas, Paul aurait été à ses côtés pour l'apaiser et l'aider à surmonter ces pénibles moments. Maryellen, quant à elle, se sentait horriblement seule.

Grace lui prit la carte des mains.

— Vraiment ?

— Maman ! s'écria Maryellen en s'efforçant de rester joviale. Je t'en prie. Tu ne vas pas commencer…

— Commencer quoi ?

— S'il te plaît, parle-moi plutôt de toi. Et ne me bombarde pas de questions auxquelles je ne veux pas répondre pour le moment.

Grace la regarda fixement, déconcertée et soucieuse.

— Très bien, répondit-elle. Après tout, il y a bien d'autres choses dont nous pouvons discuter.

— Comme quoi par exemple ?

— Eh bien, j'ai dîné avec Cliff Harding samedi dernier, lui annonça Grace, en faisant rouler son verre d'eau entre ses deux mains.

C'était exactement ce que désirait entendre Maryellen. On n'aurait pu lui annoncer de meilleure nouvelle.

— Cliff t'a appelée ?

La jeune femme trouvait qu'il s'était déjà montré bien trop patient.

Sa mère rougit et reporta son regard sur le menu.

— En fait, c'est moi qui lui ai téléphoné, dit-elle précipitamment, comme si elle avait commis quelque chose de honteux et de répréhensible.

— C'est formidable !

— Je n'avais jamais pris ce genre d'initiative avec un homme…

Et, même en cet instant, elle se demandait encore si elle n'avait pas fait preuve d'une audace déplacée.

— Qu'est-ce qui t'a poussée à le faire ?

— C'est Olivia qui m'a convaincue. Plus deux verres de vin. Elle m'a prévenue que Cliff allait finir par se lasser… Et puis… je me sens si seule.

— Rien de tel que le vin pour supprimer les inhibitions, ironisa Maryellen.

Elle parlait en connaissance de cause.

— En fait, j'avais retrouvé Olivia pour célébrer un heureux événement. Seth et Justine attendent un bébé. Et puis, tu savais qu'ils allaient acheter un restaurant ? Ils ont l'air très heureux.

— Oui, j'avais entendu dire que The Captain's Galley était en vente. Je suis certaine qu'ils se débrouilleront très bien et je…

Une toute jeune serveuse vint prendre leur commande. Elle débutait visiblement dans le métier et était un peu nerveuse.

Maryellen attendit qu'elle s'éloigne pour reprendre leur conversation :

— J'espère que tu n'as rien dit à Olivia, à mon propos.

— Non, murmura Grace, même si j'en mourais d'envie.

— Maman, personne ne doit savoir !

— Mais pourquoi ?

— J'ai mes raisons.

— Maryellen, j'aimerais vraiment qu'on parle sérieusement de ta situation mais, chaque fois que je fais une tentative en ce sens, tu es immédiatement sur la défensive et tu te fermes comme une huître !

— Je savais que je n'aurais pas dû t'en parler si tôt, soupira Maryellen.

— Ce n'est pas seulement à propos de ta grossesse présente que je veux te parler.

— Maman, je t'en prie…

— Tu m'as dit que tu avais déjà été enceinte. Etait-ce avant ton mariage ou…

La gorge de Maryellen se serra. Elle était au bord du malaise.

— Je n'ai pas du tout envie d'en discuter…

Il était hors de question qu'elle revienne sur ce qui avait été l'époque la plus douloureuse de sa vie.

— Parlons plutôt de ton dîner avec Cliff.

Grace lui lança un regard empli de tristesse.

— Est-ce que tu me raconteras ce qui s'est réellement passé, un jour ?

« Pas si je peux l'éviter », songea Maryellen. Sa première grossesse avortée avait transformé sa vie et forgé le caractère de la femme qu'elle était devenue. Sans cet enfant dont Clint avait exigé qu'elle se débarrasse, elle ne se serait sans doute jamais mariée avec lui et aurait peut-être connu le bonheur.

Néanmoins, même si elle en voulait terriblement à son ex-mari, elle était également consciente de ses propres faiblesses et de ses erreurs. C'était trop facile de se trouver des excuses et de rejeter la faute sur Clint. En fait, tout ce qu'il y avait à dire sur cette lamentable affaire, c'était qu'en ce temps-là elle était jeune, vulnérable et incroyablement naïve.

— Maryellen, tu me promets qu'un jour tu me diras la vérité ?

— Peut-être.

Cette nouvelle grossesse, c'était sa seconde chance, une occasion inespérée de repartir de zéro. Et cette fois elle n'écouterait que les exigences de son cœur.

— En as-tu touché un mot à Kelly ?

— Pas encore, mais je le ferai.

— Quand ?

— Maman… Je l'informerai quand je serai prête.

Elle aimait beaucoup sa sœur, mais Kelly était incapable de garder un secret. Dès qu'elle serait mise au courant, la ville entière connaîtrait la nouvelle.

— Raconte-moi plutôt ton dîner avec Cliff, reprit-elle avec impatience.

Après tout, c'était la première fois que sa mère sortait avec un autre homme depuis son divorce et l'événement méritait qu'elle s'y arrête !

— Nous avons mangé dans un charmant restaurant italien, à Tacoma.

— A l'abri de regards trop curieux, approuva Maryellen. C'était une gentille attention de la part de Cliff. Est-ce qu'il t'a embrassée ?

En guise de réponse, sa mère rougit.

— Oui.

Elle prit sa fourchette et l'examina avec soin.

— Je m'en doutais.

— Le seul homme qui m'ait embrassée au cours des

trente-sept dernières années, c'était ton père… jusqu'à samedi dernier.

— C'était comment ?

Elle savait que cette question était tout à fait déplacée. Malgré elle, cela l'amusait de voir sa mère confuse et rougissante comme une jeune fille dont c'est le premier rendez-vous amoureux. Elle avait envie de rire, tout en étant sincèrement heureuse que Cliff et elle aient passé une soirée romantique en tête à tête.

— C'était agréable. Très agréable…

— Tu vas le revoir ?

— Tu es aussi insupportable qu'Olivia !

— Peut-être. Alors ?

— Eh bien, probablement, même si nous n'avons pas évoqué l'avenir.

La serveuse arriva avec leurs deux salades.

— Désirez-vous autre chose ? leur demanda-t-elle en posant l'addition sur la table et sans même leur laisser le temps de répondre.

Maryellen la regarda s'éloigner.

— Olivia et toi, j'en ai bien peur, vous montez la tête à propos de Cliff et moi…

Grace attrapa une serviette en papier dans le distributeur installé sur la table.

— Nous n'avons dîné qu'une seule fois ensemble et nous n'avons pas de plans arrêtés en tête.

— Mais tu sortirais avec lui s'il te le demandait ?

— Oui… Sans doute… même si toute cette histoire m'effraie un peu. Tout le monde a l'air de trouver que c'est la meilleure chose qui puisse m'arriver. Alors, pourquoi est-ce que je me sens si coupable ?

— Tu ne devrais pas. Tu es divorcée et libre d'agir à ta guise.

Grace soupira.

— Je sais, mais je ne suis pas certaine que ce soit bien…

— Pourquoi ?

— Oh ma chérie, tu ne devines donc pas ?

Le visage de sa mère reflétait un réel désarroi.

— J'ai d'abord besoin de savoir ce qui est arrivé à ton père. Depuis qu'il a disparu, j'ai ce nœud à l'estomac qui m'empêche de respirer librement.

Elle commença à triturer nerveusement sa serviette en papier.

— Après avoir dîné avec Cliff, je me sentais bien. Libérée en quelque sorte. Mais cette sensation de bien-être n'a été qu'un feu de paille. J'ai eu un mal fou à dormir la nuit dernière.

— Maman, combien de fois faut-il te le répéter ? Tu es divorcée et totalement libre de mener ta vie comme tu l'entends !

— Légalement oui, mais psychologiquement je me sens toujours mariée. Et ça ne pourra changer que lorsque je saurai où se trouve ton père et pour quelle raison il nous a quittées.

— Maman…

Maryellen posa sa main sur celle de sa mère.

— Nous risquons de toujours l'ignorer…

— J'en ai conscience, ma chérie, mais ça ne change rien à ce que je ressens.

Charlotte était assise dans la salle d'attente du Dr Fred Steven, tricotant avec fureur. Fred Steven était son médecin attitré depuis vingt ans et elle avait une confiance totale en lui. Il s'était aussi occupé de son mari qui l'estimait énormément.

— Le docteur va vous recevoir maintenant, Charlotte, lui annonça Pamela Johnson.

Charlotte fourra son tricot dans son sac et suivit l'infirmière. Lorsqu'elles firent halte devant la balance, Charlotte ôta ses chaussures et monta dessus, les yeux fermés, retenant sa respiration. Elle n'avait pas envie d'entendre ce que Pamela allait lui annoncer.

— Vous avez perdu trois kilos…

— Vraiment ?

Elle n'en était guère étonnée, en réalité, étant donné son absence d'appétit au cours des dernières semaines. Au début, elle avait mis cela sur le compte du stress lié aux préparatifs des fêtes de Noël. Puis elle avait remarqué combien elle était anormalement fatiguée à la fin de la journée. Ces derniers temps, rien que de monter les escaliers lui pesait et il lui était difficile de trouver un moment pour se reposer, à cause de son emploi du temps surchargé.

Pamela la conduisit vers la salle d'examen. Elle lui posa quelques questions et lui prit la tension. Elle la nota sur une fiche qu'elle plaça dans une boîte.

— Déshabillez-vous et mettez cette blouse, s'il vous plaît, lui indiqua-t-elle avant de la laisser seule dans la pièce.

Charlotte examina le vêtement en coton bleu clair trop court pour elle. Elle allait rarement chez le médecin, une fois par an en moyenne, et elle ne parvenait plus à se rappeler si cette blouse s'ouvrait à l'avant ou l'arrière.

— Bonjour Lottie, la salua le Dr Steven, en la rejoignant, cinq minutes plus tard.

Ce diminutif, que si peu de personnes de son entourage utilisait, la choqua un bref instant. Mais elle comprit que si Fred Steven s'adressait à elle de cette manière, c'était parce que Clyde, son mari, l'avait toujours appelée ainsi.

— Bonjour, docteur…

Il prit place sur un tabouret pour lire la fiche remplie par l'infirmière tandis qu'elle était assise sur la table d'examen, les pieds ballants. Elle avisa soudain ses ongles au vernis écaillé. Gênée, elle essaya de dissimuler cette négligence en posant maladroitement ses pieds l'un sur l'autre.

— Alors qu'est-ce qui vous arrive ?

Charlotte décrivit ses symptômes. La fatigue, le manque d'appétit et d'énergie, et aussi ses problèmes d'intestins. Plus elle parlait, plus l'angoisse l'étreignait.

— J'ai l'impression que j'aurais dû venir vous voir depuis quelque temps déjà. Mai j'ai été tellement occupée, et puis il y a eu les fêtes de Noël, finit-elle dans un murmure.

Toutes ses excuses sonnaient soudain faux à ses oreilles.

Après un examen de routine, le médecin demanda à l'infirmière de lui faire une prise de sang. Lorsque ce fut terminé, il revint dans la salle d'examen. Charlotte, qui s'était rhabillée entretemps, se préparait pour le verdict.

— Eh bien ? fit-elle, anxieuse.

Peut-être allait-il se contenter de lui prescrire un complément en fer et tout rentrerait dans l'ordre.

— Je ne peux pas me prononcer avant d'avoir les résultats de votre bilan sanguin.

— Est-ce que vous avez quand même une petite idée de ce dont je pourrais souffrir ?

— Oui, mais rien de sûr.

— C'est exactement ce que vous aviez dit à Clyde, répondit-elle avec impatience.

— Ce ne serait pas sérieux de ma part de me perdre en conjectures, sans résultats en main. Vous êtes bien d'accord avec moi ?

— Oui.

Fred Steven eut un petit rire gourmand.

— Aurai-je droit cette fois à votre ragoût à la viande hachée et aux tomates vertes ?

— Vous ne manquez pas de culot !

— C'est vrai, dit-il en jetant un coup d'œil dans son sac.

Charlotte lui donna une tape sur la main et sortit du sac un pot de conserve.

— Vous êtes un amour !

— Oui, tant que je vous apporterai votre petite gourmandise, lui répondit Charlotte avec un sourire.

— Je vous téléphonerai lorsque j'aurai reçu les résultats, la prévint-il tout en la reconduisant.

Charlotte resta sans nouvelles pendant les jours suivants,

mais elle se sentait mieux malgré tout. Cela faisait trop longtemps qu'elle n'avait pas pris soin d'elle et, maintenant qu'elle s'était rendue chez le médecin, elle avait meilleur moral.

La secrétaire du cabinet médical lui téléphona au tout début de la semaine suivante. Fred Steven voulait qu'elle effectue une batterie de tests dont une coloscopie, examen qui l'obligeait à se rendre à l'hôpital Harrison à Bremerton. Pour éviter d'alarmer sa fille, elle demanda à son amie Laura de la conduire.

— J'ai déjà subi ce genre d'examen, la rassura Laura quand elle vint la chercher.

Bess et Evelyn s'étaient jointes au convoi pour la soutenir.

— On va s'occuper de toi, lui promit Bess, assise à l'arrière du véhicule.

— Vous me donnez l'impression d'être une vieille femme sans défense ! protesta Charlotte.

En fait elle était reconnaissante à ses amies de l'accompagner.

Evelyn se mit à rire.

— Charlotte, au cas où tu ne l'aurais pas encore remarqué, nous ne sommes plus toutes jeunes ! Maintenant, tiens-toi tranquille et arrête de te plaindre.

Bien qu'on lui ait administré des anesthésiants, Charlotte resta éveillée pendant une partie de l'examen. Elle entendit le personnel médical murmurer autour d'elle, s'interpeller, montrer du doigt un endroit précis sur l'écran. Elle se demandait tout ce que cela signifiait et attendait le diagnostic avec anxiété.

Lorsque le médecin chargé de l'examen vint la rejoindre en salle d'attente pour la conduire à son bureau, Charlotte comprit immédiatement qu'il avait une mauvaise nouvelle à lui annoncer.

Ses amies se forcèrent à entretenir la conversation sur le chemin du retour, mais Charlotte avait la tête qui bourdonnait et elle entendait à peine les paroles qui s'échangeaient autour d'elle. Un seul mot résonnait dans sa tête, obsédant, effrayant…

— Tu veux que j'appelle Olivia ? lui proposa Laura en la reconduisant chez elle.

Charlotte secoua la tête.

— Non. Je ne veux pas la déranger. Elle est tellement occupée.

— Il faut qu'elle sache, pourtant !

— Je lui annoncerai moi-même la nouvelle... mais un peu plus tard...

Laura insista malgré tout quelques instants, puis comprenant, en bonne amie qu'elle était, que Charlotte désirait être seule, elle la serra très fort dans ses bras et repartit.

Quand elle fut seule, Harry sur les genoux, Charlotte réfléchit à ce qui lui arrivait. La vie n'était pas éternelle, elle le savait, mais elle avait encore tant de choses à accomplir ! Lorsqu'elle se sentit enfin prête à parler, ce ne fut pas Olivia qu'elle contacta mais son fils, Will, qui vivait à Atlanta.

— Maman, c'est toi ? s'écria-t-il, tout surpris. Comment vas-tu ?

— Très bien, mentit-elle. Tu te demandes peut-être pourquoi je t'appelle au travail, au beau milieu de la journée, à une heure où on paie plein tarif, en plus ?

— Non, je n'y avais pas pensé, répondit Will.

Ingénieur nucléaire, il avait exactement la même voix que son père. Charlotte était très fière de lui et Olivia aussi.

Comme elle ne disait plus rien, Will s'alarma.

— Maman, qu'est-ce qui ne va pas ?

En homme intuitif et sensible, il devinait toujours les états d'âme de ses proches.

— Je suis allée voir le Dr Steven, la semaine dernière...

Il y eut un bref silence.

— Olivia m'a dit que tu semblais fatiguée, ces temps derniers.

— C'est vrai.

— Suffisamment fatiguée pour rendre visite à un médecin, c'est ça ?

— Oui. Tu sais qu'il adore mon ragoût de viande hachée aux tomates vertes. J'ai eu plein de tomates vertes cette année.

— Maman, tu ne m'as pas appelé pour me parler des légumes de ton jardin !

— Non…

— Qu'est-ce qu'il t'a dit ?

— Eh bien, pas grand-chose… Il voulait que je fasse divers examens.

Elle serra très fort le combiné contre son oreille.

— Et tu as suivi ses instructions ?

— Bien sûr. Il y tenait absolument. En fait, je suis allée à l'hôpital Harrison, ce matin.

— Avec Olivia ?

— Non. Je ne voulais pas l'embêter un jeudi, notamment à la fin du mois. Tu sais combien elle est occupée en cette période.

— En d'autres termes, Olivia n'est au courant de rien ?

— Pas encore.

— Et tu as eu les résultats de tes examens ?

Charlotte sentit les larmes lui monter aux yeux et fut heureuse d'avoir Harry sur les genoux pour la réconforter. Sa présence la rassurait et, dans l'état où elle était, elle avait bien besoin de lui.

— Maman, dit Will en haussant légèrement la voix. Tu es toujours là ?

— Oui.

— Qu'est-ce que le docteur t'a dit ?

Elle hésita un instant, puis poursuivit :

— Will, je sais que Georgia et toi vous êtes très occupés, mais je me demandais si vous ne pourriez pas faire un saut à Cedar Cove, prochainement.

— Maman, vas-tu enfin me dire la vérité ?

Charlotte se mordit la lèvre avec violence et avoua enfin :

— J'ai un cancer.

12

Zach n'avait pas envie de divorcer, au fond, mais Rosie en avait décidé autrement, de manière déraisonnable, comme à son habitude. Il avait été choqué et blessé quand elle lui avait présenté les formulaires de divorce. Et voilà qu'il n'avait plus que vingt-quatre heures pour faire ses valises et quitter la maison ! Il se sentait sonné et n'en revenait pas qu'elle ait fait appel à un avocat. Certes, c'était lui-même qui lui en avait soufflé l'idée, mais seulement au plus fort d'une dispute, et il ne s'était pas attendu qu'elle le prenne au mot.

Puisqu'elle était fermement décidée à le quitter, il espérait qu'au moins tout se passerait dans un respect mutuel. Il avait renoncé à la convaincre qu'il ne sortait pas avec Janice. Si Rosie lui faisait aussi peu confiance, il valait mieux qu'ils se séparent.

Trouver un appartement à distance convenable de la maison n'avait pas été chose facile. Heureusement, Janice l'avait aidé dans ses recherches. Sans elle, il n'aurait pas réussi à s'en sortir. Rosie connaissait pourtant son emploi du temps par cœur, elle savait à quel point il était occupé en cette période de bilans et de clôtures des comptes.

Mais non. Apparemment, elle s'en fichait comme d'une guigne. Elle ne lui avait pas laissé de temps.

Il faisait tout son possible pour conserver une attitude positive devant ses enfants. Ce qui comptait le plus pour lui, c'était de préserver la relation qu'il entretenait avec eux. Il voulait continuer à faire partie de leur vie, indépendamment du divorce.

— Il faut vraiment que tu t'en ailles, papa ? lui demanda Eddie d'un air lugubre.

Il s'était assis au bout du grand lit parental et le regardait faire ses valises.

— Pour l'instant, ça vaut mieux comme ça…

Zach ne souhaitait pas épiloguer sur ses problèmes de couple avec les enfants. Leur mère avait beau se comporter comme une folle hystérique et jalouse depuis plusieurs semaines, Allison et Eddie étaient innocents et ils devaient être épargnés autant que possible.

— Je veux que ta sœur et toi veniez chez moi, d'accord ?

— Tu veux dire pour y habiter ?

Comment lui expliquer ? Sa vie allait changer et forcément tout deviendrait plus compliqué.

— Il faut que ta mère et moi en discutions d'abord. Pour l'instant, je veux juste que vous ayez une idée de l'endroit où je vais m'installer.

— D'accord, dit Eddie au bord des larmes. Je pourrai venir quand je veux dans ton appartement ?

— Mais naturellement. Tu y es aussi chez toi !

Le petit garçon s'agita, comme si une question lui brûlait la langue.

— Tu aimes toujours maman ? finit-il par demander.

— Bien sûr.

Zach posa une chemise sur le tas de vêtements déjà empilés dans une valise et s'assit près de son fils. Il lui entoura les épaules de son bras et fit de son mieux pour trouver des paroles apaisantes.

— Parfois deux personnes qui s'aiment n'arrivent plus à se mettre d'accord sur la plupart des choses. Et quand ça se produit, il vaut mieux se séparer.

Eddie baissa la tête.

— C'est exactement ce que maman m'a dit.

Zach ne put s'empêcher de penser que, pour une fois, Rosie et lui étaient tombés d'accord. Dommage que ce fût à propos de leur séparation. Ils ne s'étaient guère adressé la parole au cours des dernières semaines et avaient communiqué essentiellement par l'intermédiaire de leurs avocats respectifs, ce que Zach considérait comme une situation parfaitement ridicule, étant donné qu'ils continuaient à vivre ensemble.

— Allison dit que toute cette histoire de divorce, c'est bidon.

Sa fille adorait utiliser ce mot ces temps-ci. Zach ne fit aucun commentaire.

— Est-ce que tu vas parler avec maman ?

« Pas s'il est possible de l'éviter », songea-t-il. Au moins ils ne se disputaient plus, et c'était déjà pour lui un énorme soulagement. Rosie mettait un point d'honneur à rester polie. C'était presque comme s'ils étaient devenus des étrangers l'un pour l'autre. Toutefois, elle était beaucoup plus bavarde avec son avocat. Ses manquements à son rôle d'époux et de père s'étalaient sur plusieurs pages dans les documents juridiques. Comme il savait que la lecture de ces récriminations le mettrait en rage, il préférait que son avocat se charge de tout à sa place. Il connaissait Otto Benson depuis des années et avait fréquemment travaillé avec lui. Il ne doutait pas qu'Otto le représenterait en toute loyauté.

— Tu veux bien m'aider à tout charger dans la voiture ?

— Oui, répondit Eddie sans le moindre enthousiasme.

Il se leva et suivit son père avec une pile de linge dans les bras. Zach déposa deux valises sur le siège arrière et s'empara du paquet que portait son fils.

— Tu viens avec nous visiter mon nouvel appartement ? demanda-t-il à Allison en retournant dans la cuisine.

Sa fille ôta ses écouteurs et éteignit son MP3. Elle le regarda d'un air éberlué, comme si elle n'avait pas compris. Elle murmura enfin :

— Tu vas vraiment nous quitter, papa ?

— Je crois que oui, ma chérie.

— Mais tu avais promis d'aimer maman toute ta vie, le jour de ton mariage !

— Je sais et ce qui se passe est très dur pour moi. Mais tu as pu constater par toi-même que ta mère et moi n'arrêtons pas de nous disputer. C'est mauvais pour toute la famille. On va divorcer pour vous épargner toutes ces querelles et ces conflits, pour vous…

— Vous divorcez pour Eddie et moi ? Vraiment ? Je crois plutôt que vous agissez pour votre confort personnel et que nous, on n'a rien à voir là-dedans. Tout ça me dégoûte. Ça me dégoûte vraiment ! cria-t-elle.

Elle remit ses écouteurs, empêchant toute poursuite de la discussion.

Zach s'aperçut qu'elle avait des larmes plein les yeux et son cœur se serra. Il aurait voulu la persuader que cette mésentente entre leur mère et lui n'avait rien à voir avec elle ou Eddie, que ce n'était pas leur faute.

Mais comment leur faire comprendre que Rosie et lui s'étaient détachés l'un de l'autre sans s'en apercevoir. Il avait lu un article sur le divorce, un article que Janice avait photocopié dans un magazine féminin. Comme d'autres avant eux, ils n'avaient plus rien en commun, hormis leurs enfants et la maison. Zach gagnait bien sa vie et ils menaient une existence confortable, mais ce qu'ils avaient perdu, c'était l'impression d'être des partenaires partageant non seulement les hauts et les bas de la vie mais aussi des projets et des rêves. Leur mariage était désormais empli d'amertume et de rancœur. Ils passaient leur temps à se rendre malheureux l'un l'autre. Leur vie de couple n'avait plus aucun sens et ce n'était certainement pas un environnement sain pour éduquer des enfants.

Il n'avait pratiquement pas vu Rosie de toute la journée, ce qui ne l'avait guère étonné. Elle passait souvent tout le week-end à l'extérieur. Cette fois, il ne fut pas contrarié de constater que la vaisselle sale du petit déjeuner était toujours entassée dans l'évier. Lui aussi aurait pu faire étalage des faiblesses et des défauts de sa femme mais, hormis si elle lui rendait la vie vraiment impossible, il s'abstiendrait de les évoquer dans une salle de tribunal.

— Alors, tu m'accompagnes ? demanda de nouveau Zach à son fils en se forçant à l'enthousiasme.

— Ouais…

— Tu auras ta propre chambre là-bas, tu sais.

Il était obligatoire qu'il dispose d'une seconde chambre s'il voulait que ses enfants restent avec lui, et c'était exactement ce qu'il souhaitait.

— Je ne veux pas dormir dans la même chambre qu'Allison, se plaignit Eddie.

— Tu pourras dormir dans la mienne, si tu veux.

— C'est vrai ?

— Mais oui.

Cette perspective sembla un instant le soulager.

Avant de partir, Zach demanda une seconde fois à sa fille si elle souhaitait venir, mais elle prétendit ne rien entendre, les écouteurs vissés aux oreilles, la musique à fond. Elle était en colère et Zach comprenait parfaitement ses sentiments. Elle finirait bien par changer d'avis et ils pourraient alors discuter de la situation avec plus de sérénité. Allison avait toujours été plus proche de lui que de sa mère.

L'appartement, composé de deux chambres, était à moins de cinq kilomètres de Pelican Court, où était située la maison. Ce n'était pas aussi grand, mais Zach avait désormais deux foyers à sa charge et il ne pouvait s'offrir le luxe d'un logement à trois chambres. Il avait fait son choix en fonction de l'école des enfants. Otto était quant à lui en train de négocier un programme de garde avec l'avocat de Rosie.

Une fois arrivés, il ouvrit la porte à son fils. Eddie pénétra dans le salon et jeta un regard circulaire en fronçant les sourcils.

— Où est la télévision ?

— Je prendrai celle qui se trouve dans notre ancienne chambre, à Rosie et moi.

Ils s'occupaient actuellement du partage des meubles, mais à cette heure rien n'avait encore changé de place. Jusqu'à présent, Rosie n'avait fait aucune difficulté concernant la répartition de leurs biens communs et Zach était certain qu'ils n'auraient pas de différends à ce sujet. Etant donné qu'il avait toujours tout payé, il n'était que justice qu'il récupère ce dont il avait besoin pour son nouvel appartement.

Apparemment, Rosie n'avait pas encore réfléchi au fait qu'il lui faudrait trouver du travail. Il gagnait bien sa vie, mais il ne pouvait cependant pas assurer totalement les frais de deux foyers distincts. Pour la première fois depuis la naissance des enfants, Rosie allait être forcée de travailler à l'extérieur.

— Va voir ta chambre, proposa-t-il à son fils tout en déposant ses valises dans la sienne.

Le plancher était recouvert d'une moquette neuve de couleur sombre et il n'avait pas encore fait l'acquisition d'un lit. Mais tout cela serait bientôt résolu. Il aurait sans tarder tout autant l'impression d'être chez lui ici que dans l'ancienne maison.

— Bonjour...

Quelqu'un frappait doucement à la porte et il reconnut immédiatement la voix qui appelait.

— Janice !

Il ne s'attendait pas à la visite de son assistante, notamment un week-end.

— Bonjour, dit-il.

Elle entra d'un pas hésitant dans l'appartement, suivie d'un garçon de l'âge d'Eddie.

— Voici Chris, annonça-t-elle, le bras posé sur les épaules de son fils.

— Et voici Eddie...

— Bonjour, lança timidement Eddie.

— Je suis juste passée pour voir si n'aviez besoin de rien. Je sais qu'un déménagement prend du temps et que c'est bien du tracas. Si je peux faire quelque chose pour aider, n'hésitez pas à faire appel à moi…

Janice avait toujours été très généreuse envers lui et Zach appréciait d'autant plus sa gentillesse en ce moment difficile. Elle posa sur le comptoir de la cuisine le sac qu'elle tenait à la main.

— Eddie, tu fais visiter l'appartement à Chris ? suggéra Zach.

Les deux garçons disparurent presque immédiatement.

— Je vous ai apporté un petit quelque chose, fit la jeune femme en sortant de son paquet une machine à café et un sachet de café moulu.

— Vous n'auriez pas dû ! protesta Zach, que cette attention rendait mal à l'aise.

— C'est vrai. Et je comprendrais très bien que vous me disiez que tout ceci ne me regarde pas. Mais j'ai appris que vous déménagiez aujourd'hui et je sais par expérience combien une séparation est douloureuse. J'espère que cette transition se passera sans trop de dégâts.

— Merci.

Zach aurait préféré ne pas mêler vie professionnelle et affaires privées. Pourtant, il lui fallait bien admettre que, sans l'aide de Janice, il aurait été complètement dépassé.

Une heure plus tard, lorsqu'il rentra à Pelican Court, la première chose qu'il remarqua fut la voiture de Rosie garée dans l'allée. Le visage d'Eddie s'illumina immédiatement. Il courut vers la maison.

Zach le suivit en traînant les pieds. Il avait espéré qu'il réussirait à déménager toutes ses affaires avant le retour de sa femme. Il lui restait encore des livres, des CD…

— Bonjour, lui dit Rosie, le visage tendu mais sans agressivité. Tu es en train de faire tes bagages, à ce que je vois.

Il fit un signe de tête affirmatif.

— Je me suis fait un nouvel ami, l'informa Eddie en la serrant dans ses bras.

— Parfait. Comme ça tu auras des amis ici et chez ton père.

— Chris n'habite pas dans l'immeuble. Sa mère, c'est l'assistante de papa. Ils sont venus nous apporter un cadeau…

Rosie plissa les yeux et jeta un regard furieux à son mari.

— Je l'aurais parié, murmura-t-elle en quittant la cuisine.

Zach resta planté au milieu de la pièce, les épaules affaissées, l'air abattu. Rosie ne manquerait pas d'utiliser ce détail contre lui au tribunal. Le geste d'amitié innocent et généreux de Janice allait se transformer en « pièce à conviction ».

Cliff Harding se réjouissait à l'avance de son nouveau rendez-vous avec Grace, ce samedi après-midi-là. Cela faisait trois semaines qu'ils avaient dîné ensemble pour la première fois. Depuis, ils s'étaient parlé à deux ou trois reprises au téléphone, mais il avait senti que Grace nourrissait encore quelques réserves à son égard. Apparemment, un événement était survenu au cours de ces trois semaines qui l'avait bouleversée. Lorsqu'il avait voulu en savoir plus, elle s'était excusée et avait raccroché rapidement.

En temps normal, il aurait questionné Charlotte Jefferson, qui était sa meilleure source d'informations quand il s'agissait de Grace. Mais il ne voulait pas importuner son amie qui avait actuellement de graves soucis. Elle allait bientôt se faire opérer et suivrait ensuite une chimiothérapie. C'était une rude épreuve, tant moralement que physiquement. Il avait lui-même assisté à la déchéance progressive de son père, ravagé par un cancer des poumons. Bien sûr, la médecine avait depuis beaucoup progressé, mais cette terrible maladie faisait encore de nombreuses victimes.

Non, décidément, il était hors de question qu'il dérange la pauvre Charlotte.

Il était cependant convaincu que la réserve soudaine de Grace était liée à son ex-mari. Elle voulait absolument connaître les raisons de sa disparition et n'avait pas encore compris que cette tranquillité d'esprit, qu'elle appelait de tous ses vœux, viendrait d'elle-même et non pas de l'extérieur.

Et puis un soir, elle l'avait appelé, pour l'inviter à manger chez elle. Il allait peut-être enfin comprendre la raison pour laquelle elle était devenue plus distante, après des débuts si prometteurs.

Le jour de leur rendez-vous, le vent soufflait en rafales. C'était le premier week-end de février et le ciel chargé de nuages annonçait une pluie prochaine.

Quand il sonna, Buttercup l'accueillit derrière la porte avec un bref jappement. Quand Grace lui ouvrit, la petite chienne agita la queue et Cliff se pencha pour caresser sa fourrure soyeuse. Au moins, celle-là, il avait réussi à la conquérir !

— Bonjour, lui dit Grace avec une certaine réserve.

Elle s'effaça pour le laisser entrer.

Il la trouva ravissante dans un pull-over à col roulé rouge et un jean très ajusté. Il sentit une odeur de chili flotter jusqu'à lui et la huma avec délice.

— Ça sent rudement bon, dis donc…

— J'ai cuisiné du chili, répondit-elle en évitant son regard. Viens t'asseoir dans le salon.

— Je te suis.

Elle attendit qu'il fût assis, puis se plaça juste en face de lui.

— Je n'ai pas été très disponible ces temps derniers… Je crois que je te dois une explication.

— Pas de problème…

Il attendit patiemment, en s'adossant au fauteuil usé mais confortable. Grace ne savait apparemment pas que faire de ses mains. Tout d'abord elle les joignit comme en une prière, puis elle les glissa entre ses genoux. La chienne s'était couchée aux pieds de sa maîtresse.

— Est-ce que je suis toujours comme ça ?

Il se contenta de hausser les épaules avec un petit sourire.

— Je ne parle pas du fait de t'avoir laissé sans nouvelles. Mais chaque fois que je te rencontre, je suis convaincue que c'est la meilleure chose qui puisse m'arriver et, par la suite, j'en arrive toujours à douter de moi-même.

Elle regarda fixement ses mains.

— De quoi s'agit-il, cette fois-ci ? lui demanda-t-il.

Grace tapota gentiment la tête de Buttercup.

— Tu te rappelles la fois où tu es passé ici, à l'automne dernier ? Tu as réparé la porte du garage et nettoyé la gouttière. J'ai trouvé que tu étais quelqu'un d'adorable et ma reconnaissance était sans bornes. Pour la première fois depuis le départ de Dan, j'ai eu l'impression que je pourrais recommencer ma vie.

Cliff avait été lui aussi enchanté par cette journée qui, avait-il espéré, marquerait le début de nombreuses autres passées avec elle.

— Mais peu de temps après — le jour de Thanksgiving exactement —, j'ai entendu parler de Dan.

D'après ce que Cliff savait, Dan avait disparu depuis bientôt un an maintenant. Personne, ni Grace, ni ses filles, ni qui que ce soit d'autre, n'avait eu de nouvelles de lui depuis. Quelqu'un l'avait juste aperçu brièvement en ville le mois suivant son départ. Et c'était tout.

— Tu as parlé à Dan ?

— Non. Mais il a téléphoné ici. Il n'a rien dit, c'était juste pour me faire savoir qu'il était là.

— Comment peux-tu être sûre que c'était lui ?

— Je n'ai aucune preuve, dit-elle, se redressant et serrant nerveusement ses mains. Mais je le sais d'instinct. Tôt dans la matinée, le jour de Thanksgiving, le téléphone a sonné, mais quand j'ai décroché, personne n'a parlé. C'était Dan. J'en suis certaine…

Cliff songea qu'il était déjà dur d'avoir affaire à un mari disparu dans la nature, mais avoir un fantôme pour rival !

— Après notre dîner à Tacoma, j'étais vraiment heureuse d'avoir passé une si bonne soirée avec toi. J'ai vraiment cru que nous allions avoir une relation sérieuse.

— Moi aussi. On est bien ensemble.

— Je pensais… Oh Cliff, cette nuit-là a vraiment été magique ! J'ai vécu quelque chose de merveilleux.

— Tu veux parler de nos baisers ?

Par fierté personnelle, il désirait qu'elle admît qu'elle les avait appréciés autant que lui.

— Oui, de ça. C'était le meilleur moment.

Cliff avait lui aussi été transporté par cette soirée. Lorsqu'il l'avait déposée chez elle, il était fou de joie et plein d'espoir. Il n'avait qu'une envie : la revoir le plus vite possible. Mais, au lieu de cela, il avait enduré trois semaines de silence, puis diverses excuses sans consistance. L'attitude distante de Grace l'avait laissé désemparé.

— Il y a un peu plus d'une semaine, un drôle d'incident s'est produit. Apparemment, je n'arriverai jamais à me défaire de Dan…

— Il t'a de nouveau téléphoné ?

— Non, cette fois, c'est Joe Mitchell, le médecin légiste, qui m'a appelée. Un homme est mort récemment chez les Beldon.

Cliff se rappela en effet avoir lu un article à ce propos dans le *Chronicle*. C'était une histoire étrange. Apparemment, l'homme n'avait toujours pas été identifié.

— Il avait de faux papiers d'identité ?

— Oui. D'après Joe, il a subi une opération de chirurgie esthétique.

— Il s'était fait refaire le visage ?

Grace hocha la tête.

— Joe a établi qu'il devait avoir à peu près le même âge que Dan et une corpulence identique.

Cliff comprit tout à coup où elle voulait en venir.

— Le médecin légiste pense que ce pourrait être lui ?

Grace ferma brièvement les yeux.

— Joe pensait que je pourrais peut-être identifier le corps.

Elle frissonna malgré elle.

— Je suis donc allée à la morgue. C'était horrible !

Cliff se pencha vers elle.

— Mais ce n'était pas Dan…

Grace baissa les yeux et secoua la tête.

— Non, en effet. Dieu me pardonne, j'aurais mieux aimé qu'il s'agisse de lui. Pourtant, je ne souhaite pas sa mort, car j'ai besoin de réponses, de savoir pourquoi il est parti et s'il a l'intention de revenir.

Les articulations de ses mains étaient livides et Cliff aurait bien voulu la prendre dans ses bras, mais il n'osa pas.

— Tout d'abord ces appels le jour de Thanksgiving et maintenant ceci. C'est comme si…

— Des appels ? répéta Cliff. Il y en a donc eu plusieurs ?

— Oui, trois. Et chaque fois que Maryellen ou moi décrochions, on n'entendait que des grésillements. C'était une affreuse sensation et je savais que c'était Dan à l'autre bout du fil. Ce ne pouvait être que lui. Qui d'autre aurait pu faire une chose pareille ?

— Attends, dit Cliff en réfléchissant à cent à l'heure.

— Qui d'autre ? répéta-t-il. Et si c'était moi ?

— Quoi ?

— Oui, je pense que c'était moi.

— Toi ? Mais pourquoi ne disais-tu rien ?

— Tu te rappelles de ce blizzard dont je t'ai parlé ? Et le barbecue dans la tempête ? J'ai essayé de t'appeler toute la journée, trois fois, en fait, pour être exact. Les deux premières fois, la ligne grésillait et je n'entendais rien. La troisième, personne n'a décroché et je n'ai pas laissé de message.

— C'était donc toi ? fit Grace en pressant une main contre ses lèvres. Mais je croyais… J'étais sûre que c'était Dan !

Ses yeux s'emplirent de larmes et Cliff, sans perdre une minute, s'approcha d'elle. Il la guida tendrement vers le canapé et enroula ses bras autour de ses épaules d'un geste protecteur et apaisant.

— Je suis désolé. J'aurais dû t'en parler, mais j'ignorais que ces appels t'avaient bouleversée à ce point.

— J'avais l'impression que Dan essayait désespérément de me joindre pour me parler. L'année dernière, nous avions passé une merveilleuse fête de Thanksgiving, et cette année… Cette année, il n'y avait que Maryellen et moi et…

Cliff la serra plus fort et posa son menton sur sa tête. Elle était douce et chaude contre lui et cela lui semblait tout naturel de la cajoler de la sorte. Il savoura intensément ce moment. Il mourait d'envie de relever son visage et de l'embrasser, mais il ne voulait pas qu'elle se tourne vers lui pour soulager sa peine. S'ils s'étreignaient de nouveau, ce devait être dans un esprit de découverte. De passion mutuelle. D'affection partagée.

La porte d'entrée s'ouvrit brusquement et ils sursautèrent. Grace s'écarta vivement et prit une profonde inspiration.

— Kelly !

Sa fille cadette se tenait sur le seuil, Tyler dans les bras. Elle les regardait tous deux d'un air à la fois étonné et mécontent.

— Kelly, voici Cliff Harding, l'homme dont je t'ai parlé et avec qui je sors parfois, s'empressa de dire Grace en reprenant rapidement contenance.

Elle s'approcha de son petit-fils. Tyler dormait profondément.

— Votre mère m'a invité pour le déjeuner, ajouta Cliff pour faire comprendre à Kelly qu'il avait une bonne raison d'être là.

Mais Kelly les observait sans rien dire, d'un air courroucé.

— Viens t'asseoir, ma chérie…

Malgré l'attitude de sa fille, qui frisait la grossièreté, Grace conservait son calme.

Kelly obéit à sa mère, visiblement à contrecœur.

— Pourquoi ne m'as-tu rien dit à propos de Maryellen? lui reprocha-t-elle alors.

Grace soupira et détourna les yeux.

— Ce n'était pas à moi de le faire, mais à elle...

— Ma propre sœur est enceinte et personne ne me dit rien!

Cliff venait lui-même de l'apprendre, mais il s'abstint d'intervenir. Moins il se ferait remarquer, mieux cela vaudrait.

— Je te suggère de discuter de tout ça avec Maryellen. Je ne veux pas m'immiscer dans vos affaires. Juste un mot : j'ai désapprouvé qu'elle te tienne à l'écart, mais c'était son choix.

— Toi, elle t'a prévenue au moins! fit remarquer Kelly, visiblement blessée par l'attitude de son aînée. Elle n'avait pas confiance en moi? Elle m'a laissée dans l'ignorance comme si je ne comptais pas pour elle!

— Je suis désolée, répéta Grace, mais c'était son choix...

— Qui d'autre est au courant? Est-ce que je suis la seule à avoir été mise sur la touche?

— Tu sais, en fait, elle ne m'a rien confié non plus. C'est moi qui ai deviné qu'elle était enceinte.

Cliff se dit qu'il ferait mieux de s'éclipser et de laisser la mère et la fille s'expliquer. Il était plus une gêne qu'une aide, dans le cas présent.

— Je vais faire un tour, annonça-t-il en se levant.

Grace lui tendit la main et lui lança un regard plein de tendresse.

— Accorde-nous une heure, lui dit-elle.

Il hocha la tête et, après avoir dit au revoir à Kelly, il se dirigea vers la porte d'entrée. Il allait sortir quand il entendit Kelly demander d'un ton agressif à sa mère :

— Comment peux-tu sortir avec quelqu'un? On ne sait

toujours pas ce qui est arrivé à papa et tu as un petit ami ! Franchement, ça me dépasse. D'abord, Maryellen me cache qu'elle est enceinte, et puis toi ! C'est vraiment charmant. Que reste-t-il de notre famille ? Rien ne va plus depuis le départ de papa.

Cliff eut alors l'impression d'entendre la jeune femme éclater en sanglots.

Olivia jeta un coup d'œil à sa montre. Elle attendait l'arrivée de son frère à l'aéroport Sea-Tac. Will serait là à 15 heures et il lui restait du temps à tuer. Après plusieurs conversations téléphoniques, ils étaient tous deux convenus qu'il était préférable que Will soit présent pour l'opération de leur mère, prévue très tôt le lendemain matin.

Olivia s'entendait bien avec son frère aîné. Ils se téléphonaient fréquemment et Will s'était montré particulièrement attentif pendant l'horrible été 1986. Il avait été aussi choqué qu'Olivia quand il avait appris que Stan s'était remarié si rapidement après leur divorce. Récemment pourtant, ils avaient tous deux été très occupés par leurs carrières respectives et avaient eu moins l'occasion de se parler. Ils avaient donc commencé à s'envoyer des courriels où ils échangeaient des plaisanteries, des articles de journaux qui avaient retenu leur attention, mais jamais rien de très intime.

Olivia avait été très ébranlée quand Charlotte lui avait annoncé qu'elle était atteinte d'un cancer. Elle qui avait toujours été débordante de santé, si vigoureuse, si pleine d'énergie ! Au cours des derniers mois, Olivia l'avait vue décliner progressivement, mais elle avait été tellement prise par ses propres affaires, intimes et professionnelles, qu'elle n'avait pas compris la gravité de son état. Elle avait simplement mis ce manque de vitalité sur le compte de la vieillesse.

A 15 heures tapantes, Will apparut au portillon des arrivées. Il s'arrêta un instant pour regarder autour de lui. Quand il vit sa sœur, ses yeux s'illuminèrent et il la serra affectueusement dans ses bras.

— Tu es toujours aussi belle, lui dit-il.

— Et toi, toujours aussi menteur !

Elle se sentait déjà mieux. En cette période difficile, le soutien de son frère ne serait pas superflu.

— Comment va Georgia ?

Son frère était marié depuis plus de trente ans. Georgia se consacrait totalement à sa carrière — elle était actuellement responsable marketing dans une grosse entreprise — et elle n'avait pas voulu d'enfants. Will avait accepté cette décision, mais Olivia se demandait s'il ne le regrettait pas. Si c'était le cas, il ne lui en avait jamais rien dit.

— Tout comme moi, elle est très occupée.

Ces paroles convenues, prononcées d'un ton détaché, troublèrent pourtant Olivia. Elle soupçonna une discorde latente entre eux, mais ce n'était pas le moment de l'interroger à ce sujet.

Une fois qu'ils eurent récupéré les bagages et payé le ticket de parking, ils prirent l'embranchement d'autoroute qui menait à Cedar Cove.

— Eh bien, fit Will tandis qu'ils quittaient l'aéroport, d'où sors-tu ce ravissant bracelet ?

Olivia avait hésité à mettre le bracelet en diamants offert par Jack, de crainte d'attiser la curiosité de son frère. C'était chose faite !

— C'est le cadeau d'anniversaire de Jack Griffin.

— Le journaliste ? Maman m'a parlé de lui. Par contre, toi, tu ne m'en as rien dit…

Olivia était encore dans l'incertitude quant à ses relations avec Jack et elle ne savait trop qu'en dire.

— C'est quelqu'un que j'aime beaucoup.

Son frère ne la quittait pas des yeux et elle tourna brièvement la tête pour le regarder à son tour.

— S'il faut attacher une signification quelconque à ce bracelet, lui aussi apparemment, commenta Will.

— J'espère bien !

Subitement plus à l'aise depuis qu'ils discutaient de Jack, elle ajouta :

— Son fils vit avec lui en ce moment et la cohabitation est parfois difficile.

Eric, d'humeur maniaco-dépressive, vivait des moments d'abattement intense suivis de phases d'exaltation.

— Je suis content d'apprendre que Justine est heureuse, reprit Will. Il n'y a pas si longtemps, elle m'a ri au nez à la seule mention du mot mariage. Elle prétendait qu'elle n'était pas faite pour ça.

— Elle est non seulement mariée mais enceinte.

— Tu plaisantes ! Si ma mémoire est bonne, elle avait carrément éclaté de rire lorsque je lui avais suggéré qu'un jour elle désirerait peut-être fonder une famille.

Olivia lui adressa un sourire ravi.

— Tu verras, elle est rayonnante de bonheur. Et rien que pour ça, j'ai beaucoup d'estime pour Seth. Il faudra que tu le rencontres.

— Et James, tout va bien pour lui ?

Elle hocha la tête.

— Stan et moi avons été choqués de la rapidité avec laquelle il s'est remis en ménage mais, depuis, j'ai fait la connaissance de Selina et j'ai compris qu'elle était faite pour lui. Je te montrerai les dernières photos d'Isadora Dolores.

— Je suis impatient de les voir.

Ils s'engagèrent sur l'autoroute et Will attrapa son téléphone portable. Il composa un numéro, tint un moment l'appareil contre son oreille, puis l'éteignit.

— Je voulais juste prévenir Georgia que j'étais bien arrivé. Elle doit être sortie.

Il ne semblait pas surpris de son absence, mais n'avait pas jugé utile de lui laisser un message. Plus tard, une fois l'opération de leur mère achevée, elle essaierait d'avoir une conversation plus intime avec lui, décida Olivia.

— Comment va maman ? Elle n'est pas trop stressée ?

Olivia n'aurait su le dire. Charlotte semblait calme et confiante. Pourtant, quelques jours auparavant, Olivia avait surpris une expression de panique dans le regard de sa mère.

— Est-ce que grand-mère Munson est également morte d'un cancer du colon ? demanda-t-elle à Will.

C'est Charlotte qui lui en avait parlé et Olivia devinait qu'elle était terrifiée à l'idée que l'histoire ne se répète.

— Je me souviens à peine de grand-mère Munson, fit Will.

— En réalité, maman essaie de faire bonne figure, mais elle est très angoissée.

— C'est compréhensible.

— Oui, bien sûr. Mais elle veut se montrer forte. C'est drôle, lorsqu'elle m'a dit qu'elle avait un cancer, j'ai été complètement anéantie. C'est elle qui m'a réconfortée. Elle m'a fourni toutes les informations qu'elle avait glanées sur internet.

— Maman utilise internet ?

— Ça lui arrive. L'une de ses amies au centre pour personnes âgées a suivi des cours d'informatique. Dès que Bess a su pour maman, elle l'a invitée chez elle et elles se sont mises à rechercher des renseignements sur le cancer du colon.

— Maman est vraiment extraordinaire ! s'exclama Will. Tu te rappelles toute cette histoire avec l'acteur Tom Harding ? Elle avait récupéré ses habits et les avait cachés dans sa commode…

Olivia se mit à rire. Elle était heureuse de retrouver son frère.

— Comment va Grace ces temps-ci ? A-t-elle eu des nouvelles de Dan ? Il a vraiment disparu dans la nature ?

— Pendant un temps, elle a été convaincue qu'il revenait

subrepticement dans leur maison, mais c'était il y a déjà longtemps.

— Comment pouvait-elle le savoir ?

— Pour avoir travaillé dans la forêt pendant toutes ces années, Dan était comme imprégné de l'odeur du sapin. Par deux fois, en rentrant du travail, Grace a eu l'impression de sentir ce parfum flotter dans la maison. Et elle expliquait ça par la venue de son mari en son absence.

— Et depuis ?

— Pas un signe. Elle a cru qu'il avait tenté de la joindre le jour de Thanksgiving, mais elle s'est finalement aperçue qu'il s'agissait de Cliff. Tu sais, cet ami de maman que Grace rencontre de temps à autre.

— Un ami de maman ? répéta Will incrédule. Il n'est pas un peu trop vieux pour elle ?

— Mais non ! Cliff est le petit-fils de ce fameux Tom Harding.

— Ah… tu me rassures.

Il y eut un silence, puis Olivia ajouta :

— Tu sais, quand nous étions jeunes, j'ai toujours pensé que tu étais amoureux de Grace.

— Et tu avais vu juste.

— Mais tu ne lui as jamais rien dit ?

— Non, j'étais trop timide.

— Toi ! s'exclama Olivia. Ça lui aurait plu que tu te déclares.

« Et peut-être que tout aurait été différent pour vous deux », songea-t-elle.

— Tu plaisantes ?

Will semblait réellement surpris.

— Pour moi, Grace est l'une des femmes les plus incroyables que j'aie jamais rencontrées.

— C'est vrai. Malgré cette terrible épreuve qu'elle a traversée, elle reste solide comme un roc.

— A-t-on découvert une piste ?

Oliva secoua la tête.

— Tout le monde aimerait bien. Mais non. Absolument rien.

— Les gens ont leur petite idée à ce propos, non ?

— Tout le monde pense que Dan est parti avec une autre femme. Il a acheté une bague très chère juste avant de disparaître et puis quelqu'un prétend l'avoir aperçu en galante compagnie en ville, peu de temps après, comme s'il voulait s'exhiber avec sa nouvelle conquête.

— Mais toi, tu vois cette affaire d'un autre œil, n'est-ce pas ?

— Non, dit-elle. Ça ne me surprendrait pas qu'il en soit ainsi.

— Vraiment ?

— Tu sais, Dan était quelqu'un de faible et d'imprévisible. La guerre du Viêt-nam l'a complètement transformé. Parfois, sans raison apparente, il sombrait dans la dépression et s'isolait du monde. Il pouvait aussi se montrer totalement indifférent à son entourage, voire cruel. En tout cas, Grace n'était pas heureuse avec lui.

— Mais pourquoi ne l'a-t-elle pas quitté ?

Olivia réfléchit quelques instants avant de lui répondre. Grace et elle se connaissait depuis longtemps et se confiaient spontanément leurs chagrins et leurs espoirs.

— C'est une femme loyale, dit-elle enfin. Quand elle a prononcé ses vœux de mariage, elle y croyait vraiment. Elle s'est engagée pour le pire et le meilleur. Mais elle a eu droit au pire, et bien plus que la plupart d'entre nous. Pourtant elle aimait Dan et lui aussi l'aimait, à sa manière.

Elle sortit de l'autoroute en direction de Cedar Cove et bifurqua vers la maison de sa mère.

— Quand nous arriverons chez maman, fais attention à Harry. Il est très possessif.

Will eut un petit rire surpris.

— Ne me dis pas qu'il y a un homme chez maman !

C'était maintenant au tour d'Olivia de rire.

— Attends de voir…

13

— Arrête de tourner comme un fauve en cage !

Jack, excédé, referma le journal de Bremerton qu'il tentait de lire depuis quelques minutes et le jeta sur le tabouret. Depuis qu'ils avaient terminé leur repas — un plat de lasagnes réchauffé au four à micro-ondes, suivi d'une glace —, Eric faisait les cent pas dans le petit salon de la maison que son père louait. Il ne tenait plus en place.

Il lança à Jack un regard noir depuis l'autre bout de la pièce.

— C'est plus fort que moi. Ça m'aide à réfléchir de marcher...

Peut-être... Mais Jack était au bord de la crise de nerfs. Il ne supportait plus la présence de son fils sous son toit et leurs disputes étaient de plus en plus fréquentes.

Il poussa un soupir d'exaspération. Il avait perdu toute patience.

Comment les collègues de travail d'Eric arrivaient-ils à tolérer ces accès de fébrilité intense ? Si seulement Olivia était là, pour lui redonner le moral... Mais elle était occupée avec sa mère. Et quand elle n'était pas à l'hôpital, elle tenait compagnie à son frère. Cela faisait pratiquement une semaine qu'ils ne s'étaient pas vus et elle lui manquait terriblement.

Lorsque Eric avait débarqué chez lui, ils avaient redoublé d'attentions, craignant de dire ou de faire quelque chose qui aurait risqué de fâcher l'autre. Ces rapports empruntés et contraints avaient heureusement disparu, car ce qui ne devait durer que quelques jours s'était transformé en un séjour de près de cinq mois. Cette cohabitation leur pesait à tous deux, mais, si bizarre que cela puisse paraître, ces confrontations es avaient aussi rapprochés. Leurs rapports étaient devenus plus francs et avaient dépassé ce stade superficiel auquel ils s'étaient au départ prudemment cantonnés.

— C'est quoi ton problème exactement ? demanda Jack avec brusquerie.

Eric le considéra d'un air buté, sans répondre.

La question était idiote : son fils était évidemment contrarié à cause de Shelly et des jumeaux.

— Tu vas lui offrir un cadeau pour la Saint-Valentin, la semaine prochaine ? fit-il alors d'une voix plus avenante.

Eric se retourna d'un coup.

— Tu penses que je devrais le faire ?

— Quand lui as-tu parlé pour la dernière fois ?

— Il y a une semaine. Je voulais savoir comment elle allait.

— Je croyais que tu avais décidé d'abandonner la partie.

Jack n'avait pas approuvé cette décision, quand Eric la lui avait annoncée, et puis il s'était dit qu'après tout, ce n'était pas sa vie. Il souhaitait continuer à soutenir son fils, quelle que soit sa décision à propos de Shelly et des deux bébés. Pour lui, cela n'avait aucune importance qu'Eric en soit ou non le père biologique. Les jumeaux auraient besoin d'un homme auprès d'eux pour les élever de toute façon. Après sa rencontre avec la jeune femme, qui lui avait permis de mieux la connaître, il était convaincu que les enfants étaient ceux de son fils, en dépit des tests médicaux relativement pessimistes. Shelly n'était tout simplement pas le genre de femme à tromper son compagnon et il était évident qu'elle aimait toujours Eric, malgré leur séparation.

— J'ai essayé de l'oublier, papa, mais je pense sans cesse à elle !

— Tu sais, lui dit Jack calmement, ces bébés pourraient parfaitement être les tiens…

Il le lui avait déjà répété de nombreuses fois. Le médecin de la clinique spécialisée dans les problèmes de fertilité avait lui-même diagnostiqué une chance — infime, certes, avait-il précisé — pour qu'Eric puisse être père. Ce n'était qu'une chance, pas une certitude, mais « infime » ne signifiait pas « aucune » !

Eric se laissa tomber sur le canapé et enfouit son visage dans ses mains.

— J'aimerais tant que ce soit vrai !

Ramassé sur lui-même, il poursuivit, d'une voix si basse que Jack dut tendre l'oreille pour comprendre le sens de ses paroles :

— La semaine dernière, quand j'ai discuté avec elle, je lui ai proposé qu'on se marie et qu'on élève les enfants ensemble.

— Excellente idée ! s'exclama Jack avant de réaliser que, de toute évidence, la jeune femme avait refusé.

Autrement, son fils ne serait pas devant lui, à gémir, plus malheureux que jamais.

— Oui… Si elle avait accepté…, répondit Eric d'une voix nouée par le chagrin.

Jack s'en voulut horriblement d'avoir été si maladroit.

— Je suis désolé… Les femmes sont parfois si déraisonnables.

— A qui le dis-tu !

Jack se mit à rire.

— Pourtant, Olivia et toi avez l'air de bien vous entendre, continua Eric. Je l'aime bien. Je trouve qu'elle te fait du bien.

— Moi aussi, je l'aime bien.

L'expression était faible. En réalité, ils étaient exactement sur la même longueur d'onde, elle et lui. Ou tout du moins jusqu'à récemment car, chaque fois qu'ils étaient sur le point de se retrouver pour un moment en tête à tête, un événement quelconque survenait qui les en empêchait.

— Ecoute, papa, fit Eric en se redressant. Il est temps que je me reprenne. Je ne peux pas rester comme ça ! Shelly m'a clairement fait comprendre que tout était fini entre nous. Je pensais qu'elle changerait d'avis, mais maintenant je pense que c'est vraiment fichu…

— En tout cas, tu n'as rien à te reprocher, car tu auras tout tenté pour parvenir à une réconciliation.

Même si Jack avait beaucoup d'estime pour Shelly, il trouvait qu'elle se montrait trop obstinée. Bien sûr, elle s'était sentie trahie et humiliée quand Eric l'avait soupçonnée d'infidélité, mais depuis il s'était repenti et il lui avait montré qu'il souhaitait sincèrement reconquérir son amour. Pourtant, aucune de ses tentatives en ce sens ne la satisfaisait.

— Tout ceci n'a plus d'importance…

Jack observa son fils avec plus d'attention. Cette fermeté et cette détermination dans sa voix étaient inhabituelles.

— Que veux-tu dire ?

— J'ai demandé ma mutation dans une filiale de la société.

— Où ça ?

— Dans le Nevada. A Reno…

Jack le regarda d'un air incrédule.

— Et tu l'as obtenue ?

— Pas encore, mais je suis le premier sur la liste. Je devrais le savoir bientôt. Je vais enfin te laisser tranquille. Je suis sûr que tu seras soulagé, ajouta-t-il d'un air mitigé.

— Oui et non…

Jack ne voulait pas se montrer hypocrite. Cette constante promiscuité lui avait beaucoup pesé. En revanche, cette vie en commun lui avait permis de connaître enfin son fils.

— Je suis content d'avoir passé ces quelques mois avec toi, même si mes nerfs ont été mis à rude épreuve assez souvent ! dit-il.

— Moi aussi, j'en avais parfois ras le bol, mais c'était bien. Je te dois beaucoup, papa.

Jack prit son fils dans ses bras. Sans s'attarder à ces effusions, Eric se dirigea vers la porte.

— Ça ne va probablement rien changer, mais je vais tout de même expédier des fleurs à Shelly pour la Saint-Valentin.

— Des fleurs..., répéta Jack d'un air songeur.

Il ferait en sorte qu'Olivia reçoive également un gros bouquet.

Eric allait donc s'en aller bientôt... Jack se laissa tomber sur le canapé et ferma les yeux. Cette nouvelle suscitait en lui des sentiments contradictoires. D'un côté, elle signifiait qu'ils seraient de nouveau éloignés l'un de l'autre, Eric et lui. De l'autre, il allait enfin pouvoir reprendre une vie sentimentale normale avec Olivia.

Il était très amoureux. Olivia était une femme séduisante, élégante et intelligente. Il aimait son naturel et la manière dont elle riait à ses plaisanteries, même si elles n'étaient pas toujours très subtiles. Avec elle il se sentait bien. Il avait souvent envie de lui faire l'amour et il était convaincu que cet aspect de leur relation n'était plus qu'une question de temps.

La perspective de nouer des liens plus intimes avec elle le ragaillardit. Il savait de longue date qu'Olivia appréciait par-dessus tout la sincérité, c'est pourquoi il décida de lui parler sans détour. Il allait lui avouer ses sentiments et en profiter pour lui demander comment elle-même envisageait leurs rapports et jusqu'où elle était prête à aller.

Il se leva et mit son manteau.

Olivia lui manquait beaucoup, en ce moment. Ils ne s'étaient parlé qu'une fois dans la semaine, et très brièvement de surcroît. Lorsqu'il était allé rendre visite à Charlotte à l'hôpital, Olivia n'était pas là et Jack n'avait pas voulu importuner la malade en la questionnant sur l'emploi du temps de sa fille, même s'il en mourait d'envie. Il avait juste croisé Olivia dans le couloir de l'hôpital, quand il était reparti. Elle était accompagnée de Will et avait fait des présentations hâtives, l'esprit ailleurs.

Il était passé voir Charlotte par amitié, mais également en tant que rédacteur en chef du *Chronicle*. Toutes les semaines, Charlotte écrivait pour la rubrique réservée aux seniors et s'en sortait d'ailleurs à merveille. Laura s'était gentiment proposée pour la remplacer durant son hospitalisation, mais Jack voulait avoir son avis, avant de publier quoi que ce soit. Il désirait également savoir quand elle pensait pouvoir reprendre cette activité. Par délicatesse, il s'était pourtant abstenu de lui poser cette dernière question.

Tout en roulant le long de Lighthouse Road, Jack sifflotait, d'humeur légère. Eric et Shelly étaient dans une impasse, mais après tout son fils avait fait de son mieux pour sauver les meubles. Il ne pouvait pas le blâmer de vouloir désormais vivre sa vie.

Jack adorait la grande maison d'Olivia, avec ses lucarnes, ses fenêtres aux vitres à petits carreaux, sa véranda couverte qui en faisait le tour, contribuant au charme désuet du lieu. Les pièces de devant étaient brillamment éclairées et des cônes de lumière s'en échappaient, illuminant généreusement la véranda. Son cœur se mit à battre plus vite lorsqu'il imagina Olivia ouvrant la porte avec un sourire et s'approchant de lui pour l'embrasser.

Il se gara et grimpa d'un pas vif l'escalier. Il s'adossa au chambranle de la porte dans une attitude qui se voulait sexy et appuya sur la sonnette.

Quelques minutes plus tard, la porte s'ouvrit et, tandis qu'il préparait son plus beau sourire, il reconnut Stan Lockhart, qui se tenait en face de lui. Il avait fait la connaissance de Stan au mois de mai précédent et l'avait instantanément pris en grippe. Un sentiment bien réciproque !

— Qui est-ce ? demanda Olivia de l'intérieur.

Elle était probablement dans la cuisine. Jack entendit

en bruit de fond un morceau du groupe de rock Credence Clearwater Revival.

— C'est ton petit ami ! cria Stan par-dessus son épaule et sans plus de façons, le planta là.

Jack attendit donc sur le seuil qu'Olivia arrive. Dès qu'elle le vit, elle le prit par la main et l'entraîna dans la maison.

— Je ne veux pas te déranger, dit-il en préambule.

Il avait la désagréable impression d'être un intrus. En remarquant qu'elle portait le bracelet qu'il lui avait offert, il retrouva cependant le sourire.

— Mais qu'est-ce que tu vas chercher, Jack ! Tu es le bienvenu, toujours, insista-t-elle en glissant son bras sous le sien. Tu as déjà rencontré mon frère Will…

Jack fit un salut embarrassé.

— Et tu connais Stan, bien sûr.

Jack hocha de nouveau la tête.

— Maman rentre de l'hôpital et nous fêtons son retour. Elle se porte à merveille, bien mieux que ce qu'on espérait. Elle va arriver d'un instant à l'autre. Les médecins nous ont assuré qu'ils avaient extrait la totalité de la tumeur cancéreuse et nous en sommes tous soulagés. Il faudra tout de même qu'elle fasse des séances de chimiothérapie, mais ça se présente bien.

— Voilà de bonnes nouvelles ! s'exclama Jack, sincèrement content pour Charlotte.

— Stan et moi, nous sommes de vieux amis, dit alors Will. Cette petite fête est le seul moment où nous pouvions être tous réunis, avant mon départ.

Jack, en son for intérieur, lui fut reconnaissant pour cette explication attentionnée.

— De toute façon, je ne faisais que passer, fit-il. Je me suis juste arrêté prendre des nouvelles de Charlotte.

— Reste avec nous, lui proposa Olivia. Tu n'es pas si pressé… Si ?

Il secoua la tête, inventa une excuse et partit au plus vite. Olivia le raccompagna jusqu'à sa voiture. Stan les observait, de la véranda. Une idée très désagréable traversa alors l'esprit de Jack : et si Stan Lockhart était encore amoureux d'Olivia, prêt à tout pour la reconquérir ?

Grace fourra sa tenue de gym dans son sac et prit le chemin du YWCA pour assister à son cours d'aérobic du mercredi soir. Olivia avait manqué les deux dernières séances, à cause de l'opération de sa mère, mais elle avait promis d'y assister ce soir-là. Charlotte était maintenant sortie de l'hôpital et passait le début de sa convalescence chez sa fille. Elle rentrerait chez elle à la fin de la semaine. Grace avait hâte de voir son amie. Elles s'étaient parlé au téléphone plus tôt dans la journée et Olivia lui avait semblé de mauvaise humeur, ce qui ne lui ressemblait pas. Elle n'avait pas eu le temps de s'en expliquer. Grace espérait que Charlotte n'était pas en cause.

Elle l'attendit sur le parking, adossée à sa voiture. Olivia arriva bientôt et se gara à côté d'elle. Elle sortit de la voiture et saisit avec brusquerie son sac de gymnastique posé sur le siège arrière.

— Quelque chose ne va pas ? lui demanda Grace.

— Jack et moi, on s'est disputés tout à l'heure…

— A quel sujet ?

— J'ai essayé de le raisonner mais c'était impossible !

— Comment est-ce arrivé ?

— Il m'a appelée à la première heure ce matin. Si tu savais ce qu'il m'a dit !

Grace dut courir, presque, pour la rattraper, tant Olivia marchait à grandes enjambées vers le gymnase.

— Il est jaloux de Stan. Tu imagines ! Stan et moi, on a divorcé il y a seize ans ! Et ça fait pratiquement le même nombre d'années qu'il est marié avec Marge ! Mais attends, ce n'est pas tout…

Elle ouvrit avec violence la porte du gymnase, puis, s'arrêtant brusquement, elle croisa les bras sur sa poitrine.

— Et puis, zut ! J'arrête d'en parler. Ça m'énerve trop !

Comme d'habitude, il y avait foule dans la salle. Se frayant un chemin parmi les femmes qui s'échauffaient déjà, Grace et Olivia se dirigèrent vers les vestiaires pour se changer.

Grace enfila sa tenue puis s'assit sur un banc pour mettre ses tennis. Olivia ôta son pull et son pantalon, découvrant son justaucorps et ses collants qu'elle portait en dessous. Elle boucla ensuite d'un geste brusque sa ceinture.

Grace ne savait que dire.

— Comment vont Justine et Seth ? tenta-t-elle, pour aborder un sujet plus plaisant.

Elle ignorait ce que Jack avait bien pu raconter, mais apparemment Olivia et lui s'étaient violemment querellés.

Olivia se laissa tomber sur le banc.

— Pauvre Justine ! Elle travaille comme une folle pour ce restaurant. Elle en fait trop. Et Seth est la seule personne qu'elle veuille bien écouter. Je suis très heureuse qu'elle soit enceinte, mais c'était peut-être un peu prématuré.

Grace comprenait parfaitement l'inquiétude de son amie. Justine et Seth allaient devoir à la fois s'occuper de leur enfant et démarrer leur nouvelle activité. Pour compliquer les choses, Justine continuait à travailler à la banque et Seth était toujours employé à la marina. Par ailleurs, ils s'étaient lancés dans une rénovation totale des locaux du Captain's Galley. Entre l'examen des différents devis et les contacts avec les artisans, ils étaient exténués.

— Et comment va ta mère ?

— Elle est toujours faible et passe beaucoup de temps à dormir, mais elle se remet bien.

Grace fut soulagée d'entendre de bonnes nouvelles.

— Cliff lui a expédié un magnifique bouquet de fleurs. Il est vraiment très attentionné !

Grace ne répondit pas, refusant l'ouverture. Elle n'était pas d'humeur à parler de Cliff Harding. Elle ne l'avait pas revu depuis leur tête-à-tête brusquement interrompu par l'arrivée inopinée de Kelly. Sa fille s'était montrée franchement grossière et hostile et elle avait été très embarrassée par sa réaction, qu'elle avait jugée tout à fait déplacée. Cliff était revenu plus tard dans l'après-midi, mais la douce intimité qui les avait rapprochés quelques heures auparavant avait fait place à un malaise latent. Elle aurait voulu s'excuser et lui dire combien elle regrettait la réaction de Kelly. Pourtant, elle n'avait pas essayé d'arranger la situation, faisant preuve au contraire de cette passivité dont elle était coutumière dans ses relations avec Dan.

Quant à Cliff, il n'avait pas réévoqué le sujet et, maintenant, cet incident flottait entre eux comme un voile terni.

— Quand est-ce que Will rentre chez lui ?

— Il est parti cet après-midi et il me manque déjà ! En dépit des circonstances, nous avons passé du bon temps ensemble. On ne s'était pas vus depuis longtemps.

— Peut-être que maintenant il viendra plus souvent en vacances ici, dit Grace.

— J'espère. Will est un homme merveilleux.

— C'est aussi mon avis.

Olivia resta un instant immobile, les sourcils froncés.

— Tu as l'air contrariée tout à coup, non ?

— Non… Allez, assez parlé, on y va !

La plupart du temps, Grace aimait bien ces cours. Pourtant, l'année précédente, quand Olivia lui avait demandé de l'accompagner, elle l'avait fait sans enthousiasme. Elle n'était pas très athlétique et n'avait jamais aimé l'exercice physique. Mais elle s'était laissé tenter pour avoir le plaisir de rencontrer Olivia au moins une fois par semaine.

En revanche, le cours étant très intensif, elles ne pouvaient guère discuter qu'avant ou après la séance. C'est pourquoi il leur arrivait parfois de rester pendant une heure ou plus sur le parking, à parler de choses et d'autres.

Ce soir-là, lorsque le cours prit fin, Grace était en nage. Heureusement que des exercices de détente étaient prévus pour clore la séance, car son cœur battait furieusement. Quant à Olivia, elle avait le visage écarlate et ses cheveux retombaient en mèches humides sur son front. Grace soupçonna qu'elle s'était donnée à fond pour oublier ses déboires avec Jack.

— J'en avais bien besoin ! s'écria Olivia, comme elles s'en retournaient au vestiaire. Je suis encore tellement furieuse contre Jack que j'ai du mal à contrôler mes nerfs !

— Ce n'est pas seulement à cause de Jack, à mon avis... En ce moment, tu es sous pression. Tout d'abord, tu es inquiète à propos de Justine et de son bébé. Ensuite, ta mère vient de subir une très grave opération et ça t'a beaucoup remuée. Maintenant, Jack se comporte comme un petit garçon boudeur parce qu'il t'a surprise en compagnie de Stan et de Will et qu'il n'avait pas été convié à votre réunion familiale.

Olivia s'essuya le visage avec une serviette et attrapa son shampoing.

— Tu t'en fais trop, poursuivit Grace. Pour ta mère, ta fille, Jack...

— C'est vrai, admit Olivia.

Elle enroula sa serviette autour de son cou.

— C'est exactement mon sentiment.

Elle s'assit sur le banc et soupira.

— La situation de Justine m'inquiète vraiment, mais elle ne veut pas m'écouter. Elle considère que je fais des histoires pour rien. Elle ne voit pas qu'en travaillant comme une brute elle peut mettre en danger sa grossesse.

— Et puis, il y a Jack...

— Ah oui, Jack !

Sa voix se radoucit malgré elle.

— Je me sens coupable vis-à-vis de lui. Je n'aurais pas dû me mettre en colère.

— Appelle-le, conseilla Grace. Je suis certaine qu'il ne t'en veut pas et qu'il sera trop heureux d'avoir de tes nouvelles.

— Non, il est encore trop tôt. Il faut que je recouvre mon calme ; ensuite je verrai.

— Tu as un peu de temps encore ? Tu veux qu'on dîne ensemble ? lui proposa Grace, même si son budget était très serré depuis le départ de Dan.

Elle sentait qu'Olivia avait besoin de se confier à quelqu'un.

— Oui, pourquoi pas ? Mais allons chez moi plutôt. J'ai plein de bonnes choses à manger. Les amies de maman viennent tous les jours lui apporter de bons petits plats et on a de quoi tenir un mois entier au moins ! Je te propose des lasagnes aux brocolis.

— Ça marche.

Grace cuisinait rarement et elle était ravie de pouvoir goûter à des mets faits maison.

Deux heures plus tard, engourdies par un bon repas, un verre de vin rouge et la voix suave d'Anne Murray, elles sirotaient un second verre, dans le salon d'Olivia. Charlotte était profondément endormie dans une chambre située à l'arrière de la maison.

— Et si j'appelais Jack ? On faisait ce genre de choses quand on était au lycée, tu te rappelles ? Quand je me disputais avec mon petit ami, c'est toi qui l'appelais pour essayer de l'amadouer.

Olivia gloussa.

— Bien sûr que je m'en souviens ! Mais c'est un peu puéril, à notre âge, tu ne trouves pas ?

— Tu as quelque chose de mieux à proposer ?

Olivia éclata de rire.

— Non ! Alors c'est d'accord… Téléphone-lui.

Grace ne se le fit pas dire deux fois. Olivia lui donna son portable et Grace composa le numéro de Jack. Juste avant qu'il ne décroche, elle passa l'appareil à Olivia.

— Mais qu'est-ce que je vais lui dire ?

Grace craignit un instant qu'Olivia ne coupe la communication. Mais elle n'en fit rien.

— Jack ? C'est moi, dit-elle. Je voulais m'excuser pour cet après-midi…

Elle resta silencieuse pendant plusieurs minutes, puis sourit lentement.

— Je te pardonne, moi aussi, fit-elle, puis elle éclata de rire à l'une de ses reparties. Tu peux remercier Grace ! C'est elle qui a insisté pour que je fasse la paix. Comme d'habitude, elle avait raison.

Quand elle raccrocha, elle lança un regard reconnaissant à son amie.

— Merci…

Grace était heureuse.

— De rien.

— Tu veux que j'appelle Cliff de ta part ?

Grace fit un signe de dénégation, mais Olivia l'ignora.

— Son numéro ?

— Olivia, arrête !

— Ne me force pas à le chercher dans l'annuaire. Et ne me fais pas croire que tu ne le connais pas par cœur.

— Très bien, je capitule…

A sa grande surprise, Olivia ne lui passa pas tout de suite le téléphone. Elle attendit que Cliff réponde, puis commença :

— Bonjour Cliff, Olivia Lockhard à l'appareil. Merci pour les fleurs que vous avez expédiées à ma mère. Elles sont absolument ravissantes.

Après une brève discussion à propos de l'état de santé de Charlotte, elle ajouta :

— J'ai quelqu'un près de moi qui aimerait vous dire bonsoir.

Elle tendit le téléphone à Grace. Grace prit une profonde inspiration et essaya de se détendre.

— Bonsoir, Cliff…

— Grace ?

Il semblait à la fois surpris et heureux.

— Je croyais qu'Olivia était chez sa mère.

— Pas exactement. Charlotte habite chez elle pour le moment. Mais lorsqu'elle rentrera dans sa maison, ses amies se sont mises d'accord pour passer une nuit chez elle chacune à leur tour. Olivia et moi nous sommes retrouvées à notre cours de gym et nous avons mangé chez elle et bu quelques verres de vin, je dois dire !

— Ah ! Je comprends tout maintenant ! Ce sont ces quelques verres qui t'ont donné le courage de m'appeler.

— Qui sait ?

— Nous n'avons pas fini la conversation que nous avons entamée samedi dernier…

— Non.

— Tu es prête à ressayer ?

Grace avait l'impression d'être redevenue une adolescente timide.

— Ça me ferait énormément plaisir.

— A moi aussi. Vraiment plaisir…

Sharon Castor, l'avocate de Rosie Cox, lui avait expliqué qu'une audience serait bientôt organisée entre les deux parties pour régler les derniers détails du divorce, notamment la garde des enfants.

C'est ainsi que Rosie et Zach, de même que leurs avocats respectifs, se retrouvèrent dans la bibliothèque du tribunal. La principale pierre d'achoppement, c'étaient bien sûr Allison et Eddie. S'ils n'arrivaient pas à se mettre d'accord sur leur garde et sur le partage de leurs biens, ils passeraient devant le juge dans le cadre d'une audience informelle. Sharon avait affirmé à Rosie que la décision du juge ne les engageait en rien, mais si leur affaire allait jusqu'au tribunal, ce serait certainement son avis qui prévaudrait. Rencontrer le juge de manière préalable leur ferait donc économiser du temps et de l'argent, ce qui arrangeait Rosie. Elle voulait en finir au plus vite. Maintenant que la procédure de divorce était lancée, elle était impatiente de faire une croix sur une union qui la rendait malheureuse, même si elle allait au-devant de grandes difficultés financières, une fois leur séparation officialisée.

Durant leur mariage, elle avait su gérer les dépenses avec discernement, sans jamais dépasser les limites du salaire de son mari. Mais une fois divorcée, elle allait se retrouver d'un seul coup avec moitié moins d'argent et elle aurait du mal à joindre les deux bouts. Depuis le départ de Zach, elle était d'ailleurs déjà obligée de mener une vie plus austère. Zach avait emporté une partie du mobilier, du linge de maison et pas mal d'autres choses. Une douzaine de fois par jour, elle constatait qu'un objet qu'elle recherchait avait disparu. Outre la gêne occasionnée, ces incidents lui rappelaient désagréablement que son mari ne faisait désormais plus partie de la maison.

Sharon Castor et Rosie avaient déjà pris place dans la bibliothèque lorsque Zach et son avocat arrivèrent. Rosie avait choisi son avocate sans références ni recommandations particulières, car elle n'aurait souhaité pour rien au monde que son entourage sache qu'elle devait faire appel à un avocat. Elle avait tout simplement trouvé ses coordonnées dans l'annuaire. Par ailleurs, elle avait préféré choisir une femme pour la défense de ses intérêts et « Castor », son nom de famille, qui signifiait « huile de ricin », lui avait plu. Sans être revancharde, elle ne voulait pas que Zach s'en tire à trop bon compte. Une fois leur divorce prononcé, elle espérait qu'il se sentirait aussi mal que s'il avait avalé une dose de cette huile réputée pour son goût abominable. Il méritait d'en baver, tout autant qu'il faisait souffrir sa famille par son manque de loyauté.

Elle évitait de regarder Zach ou son avocat, mais elle eut soudain une violente nausée. Ce sentiment d'écœurement avait commencé le matin même et s'était progressivement aggravé au fil de la journée.

— Avez-vous rempli la partie du formulaire concernant la garde parentale ? s'enquit Otto Benson auprès de Sharon.

— Oui, répondit l'avocate en présentant le document.

Rosie n'en revenait pas du comportement policé et neutre de chacun d'entre eux. Sa vie était en train de s'écrouler mais, par souci des apparences, elle devait conserver une attitude digne et prétendre que tout allait pour le mieux dans le meilleur des mondes.

Zach et Otto se penchèrent sur le formulaire tout en parlant à voix basse.

— Ça ne marchera jamais, les informa Otto, totalement impassible. Mon client aime ses enfants et il considère qu'ils ne recevraient pas l'attention qu'ils méritent s'ils sont confiés à la seule garde de leur mère.

— Comment oses-tu penser une chose pareille ! explosa Rosie.

Tout ceci revenait à dire qu'elle était une mauvaise mère.

Sharon Castor posa la main sur son avant-bras dans un geste d'apaisement.

— Insinuez-vous que votre client considère que ses enfants seront plus heureux en vivant avec lui ?

— Oui, répondit Otto à la place de Zach.

— Dans un appartement avec deux malheureuses chambres ? éclata Rosie.

Tout ceci ne tenait pas debout. Elle était même étonnée que Zach puisse suggérer une chose pareille. C'est alors qu'une idée lui traversa l'esprit. Zach avait sans aucun doute l'intention de reprendre possession de la maison et de la chasser. Par la suite, il aurait tout loisir d'y installer Janice Lamond. A cette pensée, elle perdit tout contrôle sur elle-même.

— Je pourrais louer un appartement plus grand si je n'étais pas obligé de payer pour toutes tes dépenses ! Il va falloir que tu trouves du travail, Rosie…

Elle lui jeta un regard furieux. Elle avait peine à croire qu'elle avait été un jour amoureuse de cet homme. Et que, pour lui, elle avait renoncé à sa carrière pour s'occuper de leurs enfants. Aujourd'hui, sa seule vue la révulsait.

— Vous soulevez là un point dont je voulais vous entretenir, intervint Sharon Castor avec ce même flegme dont avait fait preuve son collègue quelques minutes plus tôt.

Rosie était sidérée de la voir garder ainsi son calme, mais Sharon était visiblement habituée à ce genre de situations difficiles.

— Il va falloir que Rosie suive des cours de formation continue pour remettre à jour ses connaissances et ses qualifications d'enseignante.

— Et quoi encore ? cria Zach en tapant si fort du poing sur la table que les documents faillirent s'éparpiller sur le sol. Rosie a un diplôme universitaire. Ce n'est pas suffisant ?

Rosie sursauta face à cet accès de violence. Elle était choquée, mais elle devait désormais s'attendre à tout de sa part. Ainsi, comment aurait-elle pu imaginer que cet homme, avec qui elle avait vécu seize ans, la tromperait de la sorte ? Et si elle ne possédait aucune preuve d'une liaison entre Zach et son assistante, elle avait de bonnes raisons de croire que la jeune femme était sa maîtresse.

— C'est vrai que ma cliente possède un diplôme lui permettant d'enseigner, mais cela fait longtemps qu'elle a quitté les bancs de l'université. Elle n'obtiendra jamais de poste si elle ne suit pas des cours de remise à niveau.

— Et ce serait évidemment à moi de payer ces cours, fit Zach avec rage.

Son avocat lui murmura quelque chose à l'oreille. Zach fut sur le point de relancer la discussion, puis hocha finalement la tête d'un air résigné.

Rosie voyait bien qu'il était hors de lui. Et même si c'était mesquin de sa part, elle s'en réjouissait. Elle ne se serait jamais cru capable de ressentir ce genre d'émotions, mais elle souffrait tellement qu'elle désirait qu'il éprouvât ne serait-ce qu'une petite part de cette douleur qui la rongeait depuis les six dernières semaines.

Otto se redressa et annonça :

— M. Cox accepte de payer ces cours, mais ils devront s'échelonner sur une période de temps précise.

— Tout ce qui m'importe, c'est de m'occuper de l'éducation de mes enfants et de refaire ma vie, dit Rosie.

— Ça va être dur, étant donné que tous les soirs tu es prise par des réunions ou des engagements bénévoles, rétorqua Zach, les nerfs à vif. Si les enfants vivent avec moi, ils auront au moins de vrais repas et non des plats tout préparés mal réchauffés au micro-ondes.

— Tu leur feras donc la cuisine en rentrant du travail à 7 heures du soir ? Ou bien comptes-tu faire appel à ton assistante pour t'aider ?

Rosie s'était à moitié levée de son siège, rouge d'indignation.

— S'il vous plaît, madame Cox…, dit Sharon Castor, pour tenter une nouvelle fois de la calmer.

— Je veux que les enfants vivent chez moi, dit Zach, faisant manifestement de violents efforts pour ne pas crier.

— Allison et Edward resteront avec moi ! rétorqua Rosie.

Sharon Castor et Otto Benson échangèrent un regard entendu.

— En ce cas, il est préférable d'organiser une garde partagée.

— Et ça fonctionne comment ? demanda Zach en recouvrant son calme.

Rosie sentit elle-même que sa fureur diminuait, même si elle détestait l'idée que ses enfants soient amenés à côtoyer cette Janice Lamond. Le concept de garde partagée n'était pas nouveau, mais il ne lui plaisait guère. Elle aurait pensé que Zach aurait préféré vivre seul, pour profiter au maximum de cette nouvelle relation sentimentale avec son assistante. Et, s'il niait cette éventualité avec énergie, n'était-ce pas uniquement pour la contrarier ?

— Les enfants passeraient quatre jours chez leur mère, suggéra Sharon Castor, et les trois autres chez leur père.

— Et la semaine suivante, ce serait l'inverse : ils seraient quatre jours chez leur père et trois jours chez leur mère, ajouta Otto.

Sharon approuva d'un signe de tête.

— Et qui assurera le financement de leur éducation ? demanda Zach.

Décidément, il ne laissait rien passer.

Otto leur expliqua que, dans les situations comme la leur, aucune pension alimentaire n'était versée. Toutefois, toutes les dépenses concernant les enfants, qu'il s'agisse de soins d'orthodontie, de colonies de vacances ou de frais d'habillement, seraient réparties équitablement entre eux deux.

Au départ Rosie fulmina. Comment Zach osait-il faire allusion au soutien financier de leurs enfants, sachant que pour l'instant elle n'avait pas de travail ? Malgré tout, plus elle songeait à sa situation future, mieux elle se sentait. Ce serait en fait une occasion en or de prouver à Zach qu'elle n'avait pas besoin de lui. Mieux encore, il allait bientôt s'apercevoir que *lui* était perdu sans elle. Il n'avait jamais mesuré à sa juste valeur son dévouement à la famille et le temps que ça lui prenait, quoi qu'il pense de ses activités de bénévolat. Elle allait enfin être libre de mener sa vie à sa guise, sans avoir à dépendre de qui que ce soit. Et c'était très bien ainsi. La garde partagée lui sembla du coup le meilleur moyen d'arriver à ses fins.

14

Grace n'était pas suffisamment riche pour s'offrir une nuit dans un hôtel de luxe en plein centre de Seattle, encore moins deux, mais elle réserva néanmoins une chambre pour le week-end, en utilisant un bon de réduction. Puis elle partit rendre visite à Maryellen dans sa galerie d'art. Sa fille l'évitait depuis Noël et Grace avait décidé qu'il était temps qu'elles reprennent contact.

— Bonjour ma chérie, dit-elle, heureuse de trouver sa fille seule.

Maryellen lui lança un regard inquiet. Elle devait déjà être en train de chercher une excuse pour mettre rapidement un terme à cette visite inopportune.

— Bonjour, maman, répondit-elle avec bref hochement de tête. Qu'est-ce qui me vaut le plaisir de ta visite ?

— Je suis venue pour faire la paix…

Sa fille la regarda avec circonspection.

— On ne s'est pas disputées, que je sache.

— Pas exactement. Mais ces derniers temps, à chacune de nos rencontres, je t'ai harcelée de questions au sujet du père du bébé et de tes projets d'avenir. Je m'en excuse : c'était une erreur.

Maryellen avait refusé de répondre à ses questions et Grace soupçonnait que le futur père n'était pas au courant de l'existence du bébé. Elle craignait par-dessus tout que ce soit un homme marié. C'étaient les réticences de sa fille qui l'avaient conduite à nourrir de tels soupçons.

Maryellen lui sourit. Elle était moins pâle que le mois précédent et quiconque l'aurait vue en cet instant ne se serait pas douté qu'elle était enceinte. Une multitude d'indices confirmaient pourtant sa grossesse et Grace était étonnée de ne s'être aperçue de rien, lorsque Maryellen s'était trouvée enceinte la première fois, à peine sortie de l'adolescence. Elle ne lui avait plus reparlé de ce triste événement, à tel point que Grace se demandait parfois s'il n'était pas le fruit de son imagination.

— Je nous ai réservé une chambre d'hôtel à Seattle, dit-elle pour expliquer la raison de sa visite.

— Une chambre d'hôtel ? Mais pourquoi ?

— Pour une escapade mère-filles...

— Kelly va venir aussi ?

— J'espère bien.

Grace n'ignorait pas que ses filles n'étaient pas en très bons termes. Kelly était vexée que sa sœur ne lui ait pas annoncé tout de suite qu'elle allait être mère. Mais Grace ne voulait pas s'immiscer dans leurs affaires et prendre parti.

— Si Kelly est d'accord, alors moi aussi, déclara Maryellen.

— J'espérais que tu réagirais de la sorte !

De retour chez elle, Grace appela sa fille cadette. Il lui fut difficile de la convaincre de s'échapper à Seattle pour le week-end, mais Paul l'encouragea en ce sens. Il prétendit que ce serait l'occasion pour Tyler et lui de se retrouver seuls ensemble et ainsi de renforcer leurs liens.

A la grande joie de Grace, Kelly finit par céder.

Le vendredi soir, elles prirent toutes les trois le ferry. Une fois arrivées sur le quai, elles hélèrent un taxi. Le jeune chauffeur, un immigré nouvellement arrivé dans le pays, bondit hors de son véhicule et leur ouvrit la porte, puis retourna précipitamment à sa place.

Grace était bien décidée à passer un week-end mémorable avec ses deux filles.

— Nous avons de la chance d'avoir un chauffeur aussi prévenant, dit-elle, de très bonne humeur.

— Merci madame, répondit l'homme tandis que la voiture s'éloignait des quais.

Il parlait mal l'anglais, mais elles firent un gros effort pour comprendre ses commentaires et ses questions à propos de la ville. Il se dirigea vers l'hôtel situé sur la Quatrième Avenue et s'arrêta le long du trottoir, où le maître d'hôtel s'avança pour leur ouvrir la porte.

Grace paya le jeune conducteur, en le gratifiant d'un généreux pourboire.

— Bienvenue en Amérique ! lui dit-elle.

L'hôtel était d'un confort luxueux. Un énorme piédestal de marbre, orné d'un somptueux bouquet de fleurs, trônait au milieu du hall d'entrée. Grace n'en avait jamais vu d'aussi beau de sa vie. Elles se dirigèrent sans se presser vers le bureau d'accueil. Grace parvint à retenir une grimace lorsqu'elle tendit sa carte VISA.

Quelques minutes plus tard, un groom les escortait jusqu'à leur chambre.

Après avoir téléphoné à Paul pour prendre des nouvelles de Tyler, Kelly commença à se décontracter. C'était la première fois qu'elle s'éloignait de son fils pour plus de quelques heures et son bébé lui manquait déjà.

Assise sur l'un des vastes lits, elle enveloppa ses genoux de ses bras.

— Tu as déjà choisi des prénoms ? demanda-t-elle à sa sœur.

Pendant quelques instants, un silence tendu régna, puis Maryellen répondit :

— En fait, j'aimerais bien avoir une petite fille et, si c'est le cas, je pensais l'appeler Catherine Grace.

— C'est un prénom magnifique.

Grace sentit des larmes lui picoter les yeux, mais elle se reprit rapidement. Pas question de jeter une ombre mélancolique sur cette soirée en sombrant dans un sentimentalisme pleurnichard ! Ce week-end devait être une réussite totale et elle voulait rire et discuter à bâtons rompus avec ses filles. En un mot, retrouver cette intimité qu'elles avaient autrefois partagée.

Lors de la disparition de Dan, elles avaient toutes trois perdu plus qu'un mari ou un père. C'était le sens même de la famille et le sentiment de sécurité qu'il leur procurait qui s'étaient subitement évanouis.

Depuis, elles avaient vécu dans l'expectative, oscillant entre l'espoir et l'incertitude. La fuite de Dan restait inexplicable : elles étaient assaillies de questions et minées par des doutes angoissants. C'était à cause de cette situation difficile qu'un fossé s'était creusé entre elles. Et c'était précisément cette distance que Grace voulait essayer de combler.

Elles se réveillèrent tôt le lendemain matin, impatientes de jouer les touristes. Elles commencèrent par le grand marché de Seattle, le Pike Place Market, où elles dégustèrent des petits pains chauds et des mélanges de café exotiques. Elles flânèrent entre les stands croulant sous les fruits et les légumes. Grace adorait regarder les étalages de poissons et de fruits de mer. Poissons, crabes, crevettes, palourdes et coquilles Saint-Jacques étaient savamment disposés sur des lits d'algues et de glace pilée.

Elles déjeunèrent ensuite sur les quais, sous un ciel gris et couvert. Puis elles visitèrent l'aquarium et regardèrent un film Imax sur l'éruption du mont Saint-Helens, l'un des spectacles favoris des touristes.

A la fin de la journée, elles étaient ivres de fatigue. Aucune d'entre elles ne voulut ressortir de l'hôtel pour dîner à l'extérieur. Elles commandèrent donc une pizza qui leur fut livrée dans leur chambre.

Assises sur leurs lits, elles dévorèrent leur repas, riant du prix exorbitant qu'elles avaient payé pour une minuscule canette de jus de fruit provenant du minibar.

Malgré leur fatigue, elles restèrent à discuter longtemps, ensuite, en pyjama et robe de chambre. Elles évitèrent cependant de mentionner Dan. Elles n'évoquèrent pas non plus la grossesse de Maryellen, sauf pour s'interroger sur des prénoms de garçon possibles. Pourtant, ces deux sujets brûlants étaient très présents dans leur esprit. Tout comme Grace, aucune des deux filles ne souhaitait rompre l'entente fragile que toutes trois avaient réussi à rétablir pendant cette magnifique journée.

Lorsqu'elles quittèrent l'hôtel, à la fin du week-end, Grace regrettait que cette réunion prenne déjà fin. Elle était infiniment heureuse d'avoir vécu ces instants privilégiés avec ses filles. Tout s'était passé comme elle l'avait imaginé.

— Il faudra qu'on recommence, dit-elle, tandis qu'assises dans le terminal du ferry elles attendaient l'arrivée du bateau.

— Ce sera plus compliqué l'an prochain, répondit Maryellen. A cause du bébé…

— Tu n'auras qu'à amener ta fille avec toi ! suggéra Kelly.

— Ma fille ? rétorqua Maryellen en riant. Tu es donc convaincue que ce sera une fille ?

— Oui.

— Comment tu peux savoir ça ?

— Je le sais, un point c'est tout…

Kelly croisa les bras et étendit les jambes, s'adossant au dossier de bois dur du banc.

— De la même façon, j'ai toujours su que le bébé que je portais était un garçon. J'en étais convaincue bien avant sa naissance. Et, en ce qui te concerne, j'ai un très fort pressentiment : tu vas l'avoir, ta petite Catherine Grace.

Grace ne savait pas si Kelly faisait une simple supposition ou si c'était une réelle conviction. Dans tous les cas, elle avait cinquante pour cent de chance d'avoir raison. Mais ce qui comptait surtout, c'était de voir ses filles en train de rire et de plaisanter ensemble alors qu'elles étaient encore en froid quelques jours auparavant.

Lorsqu'elle avait réservé la chambre d'hôtel, Grace s'était reproché en son for intérieur cette dépense non nécessaire et très au-dessus de ses moyens. Mais, à présent, elle n'avait plus aucun remords. Cela en valait vraiment la peine !

Roy McAfee détourna les yeux de l'écran et jeta un coup d'œil au dossier Sherman posé sur son bureau, un dossier qui s'épaississait au fil des semaines. Plusieurs mois auparavant, Grace Sherman avait fait appel à lui pour retrouver la trace de son mari. Jusqu'à présent, il n'avait rien découvert d'intéressant. Il avait suivi plusieurs pistes, mais cela n'avait rien donné de concret. Roy prenait pourtant cette affaire très à cœur et se sentait frustré par ses échecs successifs.

Après avoir passé vingt ans dans la police, à Seattle, il était devenu détective. En fait, il avait d'abord accepté de prendre une retraite anticipée suite à une blessure au dos qu'il s'était faite en poursuivant un suspect. C'était le bon moment : ses fils avaient terminé leurs études universitaires et étaient autonomes.

Corrie et lui avaient emménagé à Cedar Cove, où le coût de la vie et des biens immobiliers était encore raisonnable. Mais Roy n'avait pas prévu qu'il allait s'ennuyer à rester chez lui sans rien faire. Dix-huit mois plus tard, il avait ouvert un cabinet de détective privé. Corrie connaissait parfaitement l'univers de la police et elle était devenue son assistante.

Quand il avait démarré, Roy s'était dit qu'il serait surtout sollicité par des entreprises, pour enquêter sur les antécédents professionnels de recrues potentielles et régler des problèmes d'assurance. Mais la variété des affaires qu'on lui avait proposées l'avait agréablement surpris. La disparition de Dan était le premier dossier qui lui donnait autant de fil à retordre ! Cet homme s'était carrément volatilisé. Et on aurait pu croire que

Dan faisait désormais partie d'un Programme de protection des témoins contre la mafia.

Corrie entra dans le bureau avec une tasse de café. Elle désigna l'écran de l'ordinateur d'un signe de tête.

— Dan Sherman, encore ?

Roy haussa les épaules. Corrie ne fit aucun commentaire, mais ils savaient bien tous les deux qu'il était obsédé par ce cas. Pourtant, il n'avait plus aucun intérêt financier à poursuivre son enquête. Grace ne le payait plus pour ses recherches.

— Troy Davis a téléphoné, lui annonça Corrie. Il passera cet après-midi.

Ça au moins, c'était une information intéressante. Roy avait parlé au shérif quelquefois et leurs chemins s'étaient croisés. Il appréciait Davis, mais l'inverse n'était pas forcément vrai. Davis se montrait réservé à son égard. Il attendait sans doute qu'il fasse ses preuves.

— Il t'a dit la raison de sa venue ?

— Non. Juste qu'il aurait peut-être un petit travail pour toi.

A 15 heures tapantes, Troy se présenta et Corrie l'introduisit dans le bureau de Roy. Roy se leva pour accueillir le shérif, à peine plus grand que lui, mais légèrement empâté. Il passait sans doute trop d'heures derrière son bureau.

Ils échangèrent une poignée de main et s'assirent.

— Vous vous rappelez cet homme qui est mort il y a quelque temps de ça chez les Beldon ? commença Troy.

Roy se souvenait avoir lu un article à ce sujet. C'était une histoire classique. Un étranger apparaît loin de chez lui au beau milieu d'une nuit de tempête, loue une chambre et est retrouvé mort le lendemain matin sur son lit. Sans motif apparent. Mis à part cet article, qui avait fait la une du *Chronicle*, Roy ne savait rien de plus. Un détail pourtant avait retenu son attention. L'homme avait de faux papiers au nom de James Whitcomb, originaire de Floride.

— Nous ne savons toujours pas qui est ce John Doe, en

réalité. C'est comme ça qu'on l'appelle, faute de connaître sa véritable identité. Pendant un temps, Joe Mitchell, le médecin légiste, a pensé qu'il s'agissait peut-être de Dan Sherman.

— Dan ? Mais quelqu'un l'aurait reconnu !

— Non. Notre homme a subi plusieurs opérations de chirurgie esthétique. Comme il avait à peu près la même corpulence et la même couleur de cheveux que Dan, on a demandé à Grace de venir le voir. Ça ne m'enchantait guère, mais nous n'avions pas le choix. Ça l'a secouée, mais c'est une femme qui a du cran. J'ai beaucoup d'admiration pour elle.

— Il ne s'agissait pas de Dan ?

— Non. Ç'aurait été trop simple !

— Et vous n'avez rien appris grâce aux empreintes digitales ?

Troy se pencha vers l'avant.

— Malheureusement non. Il n'en avait pas. Il les a sans doute perdues dans cet accident qui lui a valu toutes ces opérations de chirurgie esthétique.

— Un accident ou bien pensez-vous qu'il aurait pu les faire effacer de manière délibérée ?

L'hypothèse était possible, bien qu'à l'ère de l'ADN elle semblât quand même un peu tirée par les cheveux.

Troy haussa les épaules avec résignation.

— Tout ce que je sais, c'est qu'il avait de faux papiers d'identité et qu'il a été retrouvé mort au petit matin chez Beldon. L'autopsie n'a fourni aucun résultat concluant. Cette histoire ne s'inscrit pas dans nos scénarios habituels.

Roy fronça à son tour les sourcils.

— Vous pensez qu'il aurait pu faire partie d'un Programme de protection de témoins contre la mafia ?

— J'y ai songé. La seule manière d'en être sûr, c'était de contacter la cellule locale du FBI. Et c'est ce que j'ai fait.

— Ils se sont montrés coopératifs ?

Troy fit un signe de tête affirmatif.

— Je leur ai donné toutes les informations en ma possession et ils m'ont répondu, pour me signaler qu'ils n'avaient rien trouvé.

Cette piste était donc une impasse.

— Et la voiture ?

— Il l'avait louée.

— Est-ce que Mitchell a au moins une idée concernant la cause de sa mort ?

Tout en mâchonnant son cure-dents, Troy répondit :

— Comme je vous l'ai déjà dit, il s'agit d'une affaire complexe. Mitchell n'est arrivé à aucun diagnostic convaincant. D'après les dires de Bob et Peggy, l'homme donnait l'impression d'être en bonne santé, quand il est allé se coucher. Il semblait seulement impatient de s'isoler dans sa chambre. Peggy pense qu'il était tout simplement fatigué, car il était tard.

— D'accord, mais que vous a dit Mitchell ?

— Il n'a rien remarqué qui sorte de l'ordinaire. L'homme n'est pas mort d'une crise cardiaque. Et, si nous ne disposons pas encore de la totalité des examens de toxicologie, aucun poison courant n'a été détecté dans son sang. En fait, on ignore totalement la raison de son décès. Il était en parfaite santé et puis le matin, on l'a retrouvé mort dans son lit. Voilà l'histoire.

— Connaît-on l'heure de sa mort ?

— Selon Joe, peu de temps après son arrivée chez les Beldon.

Roy n'était plus simplement curieux, mais réellement fasciné par ce cas qui défiait la raison.

— J'imagine que vous n'êtes pas venu uniquement pour me demander mon avis sur cette affaire. Qu'est-ce qui vous amène au juste ?

Troy retira le cure-dents de sa bouche et le jeta dans la poubelle installée près du bureau de Roy.

— Je ne peux pas classer cette affaire. Pourtant l'enquête ne progresse pas. Cet homme portait une pièce d'identité falsifiée, mais c'est le cas d'un grand nombre de personnes.

Il poussa un gros soupir.

— Je n'ai pas suffisamment de personnel à ma disposition et j'aimerais louer vos services pour nous aider à identifier notre John Doe. Si jamais vous dénichez des informations, tant mieux. Tous les nouveaux indices et pièces à conviction seront les bienvenus.

— Pouvez-vous me donner d'autres renseignements ?

Il avait déjà pris sa décision — c'était le genre de mission qu'il adorait —, mais il avait besoin d'avoir tous les éléments en main avant d'accepter officiellement.

— Je peux juste vous préciser que notre John Doe était un homme extrêmement méticuleux. Toutes ses affaires personnelles étaient impeccablement rangées dans sa valise. On pourrait croire qu'il était dans l'armée. Il portait des vêtements luxueux et très coûteux. Son imperméable, il aurait fallu que j'économise plus d'un mois de salaire pour m'en payer un comme ça !

— Quel genre de voiture avait-il loué ?

— On aurait pu s'attendre à ce qu'il choisisse une Lexus ou quelque chose de ce genre, compte tenu de sa garde-robe. Mais non, c'était tout simplement une Ford Taurus. Intéressant, n'est-ce pas ? Il a opté, malgré sa richesse apparente, pour le véhicule le plus banal qui soit.

Cette réflexion en amena une autre de la part de Roy :

— Combien d'argent avait-il sur lui ?

— Une centaine de dollars. Rien qui sorte de l'ordinaire.

— Très bien. Vous pouvez compter sur moi.

— Marché conclu.

Troy se leva et tendit la main à Roy.

— Passez à mon bureau. Je vous donnerai une copie du dossier. Ça pourra vous être utile.

Roy avait déjà hâte de se mettre au travail.

Corrie, qui brûlait de curiosité, rejoignit son mari dès qu'elle entendit la voiture du shérif démarrer.

— Il t'a proposé une affaire ?

— Oui, et pas n'importe laquelle !

Il se leva et se dirigea vers la fenêtre pour regarder le véhicule du policier s'éloigner. Ce John Doe avait l'air d'une passionnante énigme.

Olivia avait mis des muffins au son à cuire au four — une recette de sa mère. Tout en faisant la vaisselle, elle chantonnait en écoutant la musique de la célèbre comédie musicale *South Pacific*, plébiscitée à Broadway.

La sonnerie de la porte d'entrée résonna soudain et elle alla ouvrir, sans se soucier de baisser le volume.

C'était Jack. Il avait plusieurs heures d'avance sur leur rendez-vous.

— « Bienvenue, jeunes amants de tous pays… », chantonna-t-elle, en ouvrant la porte en grand pour le laisser entrer.

— Amants ? Ai-je bien entendu ?

Il agita les sourcils d'un air intéressé et pénétra dans la maison sans se faire prier. La musique les enveloppa et Jack saisit Olivia par la taille, la faisant basculer en arrière comme en une figure de tango, puis la releva.

— Mon Dieu ! dit-elle avec bonne humeur. Tu as le don pour faire battre mon cœur plus vite !

— Si on reparlait de cette histoire d'« amants » ?

— Il s'agissait de *jeunes* amants, folâtrant dans les paysages de rêve du Pacifique Sud, pendant la Seconde Guerre mondiale.

— Non, répondit-il en la serrant dans ses bras. Je ne veux pas parler de *jeunes* amants, mais d'amants tout simplement, comme toi et moi, par exemple.

Ses yeux s'assombrirent et il la fixa avec intensité. Olivia comprit que ce n'était plus une plaisanterie, mais une demande. Il attendait maintenant qu'elle réagisse.

Et, tout à coup, la vie lui sembla très compliquée. Jack lui avait téléphoné plus tôt dans la journée et avait proposé qu'ils se retrouvent. Il désirait lui parler, avait-il dit. Il lui avait semblé d'humeur insouciante, pour la première fois depuis des mois. Eric se reprenait en main et avait choisi d'aller de l'avant. Cette réaction réjouissait Jack, content par ailleurs de se retrouver de nouveau seul dans sa maison.

Olivia fut sauvée par la sonnerie du minuteur de son four. Elle eut ainsi une excuse pour échapper à Jack et différer sa réponse.

— Les muffins ! s'écria-t-elle en se précipitant dans la cuisine.

Elle attrapa au passage deux gants de protection, sortit le plat du four et le posa sur le comptoir, pour le laisser refroidir.

Lorsqu'elle se retourna, Jack se tenait sur le seuil. Son regard croisa le sien.

— Eric s'en va ce week-end…

— Ah… Je comprends à présent…

— Je n'avais pas l'intention de commencer par parler de nous, de notre relation, mais c'est toi qui m'as fourni un excellent prétexte en évoquant ces jeunes amants.

Elle s'était laissé emporter par le rythme joyeux de la musique, sans arrière-pensée. Elle n'avait pas l'intention de lui suggérer de se mettre au lit avec elle.

— Olivia, écoute-moi…, dit Jack,en avançant lentement vers elle. Je t'adore…

Elle ressentait exactement la même chose à son égard, mais elle était également effrayée. Elle n'avait pas eu d'amant depuis son divorce, c'est-à-dire depuis seize ans, et elle tremblait à l'idée de toute intimité sexuelle. Ses hésitations mêmes lui faisaient peur. Si elle n'était pas encore prête après toutes ces années, peut-être ne le serait-elle jamais. Et pourtant elle désirait de tout son cœur connaître de nouveau la passion et jouir de la proximité d'un corps désiré.

Comme si c'était sa dernière chance, elle noua les bras autour de son cou.

— Embrasse-moi, idiot…

Elle eut alors l'impression que sa vie était devenue le thème d'une comédie musicale et elle appréciait chaque seconde de cette nouvelle situation.

Jack la saisit par le bras et scella ses lèvres aux siennes en un baiser passionné et sauvage. Ses jambes tremblaient et elle fut prise de vertige. Cela faisait une éternité qu'ils ne s'étaient pas embrassés avec autant d'abandon, comme s'ils avaient tous deux compris qu'ils ne pouvaient plus échapper à ce désir qui maintenant les emportait. Ils savaient en même temps que faire l'amour changerait à jamais leurs relations…

Jack frissonna et l'enveloppa complètement dans ses bras. La musique s'était tue et, quand son téléphone portable sonna, ils sursautèrent tous les deux. Il l'ignora. Au lieu de cela, il continua à l'embrasser avec la même urgence frénétique.

— Viens chez moi, murmura-t-il d'une voix rauque. J'ai changé les draps ce matin.

— Jack !

Il aurait tout de même pu trouver une formule plus romantique !

— J'ai rêvé de nous là-bas, en train de faire l'amour sur le canapé, face à la mer…

Le téléphone sonna encore cinq fois, puis s'arrêta.

Le silence résonna plus fort à leurs oreilles.

Olivia prit son visage entre ses mains et le regarda intensément.

— Est-ce que ça a quelque chose à voir avec Stan ? lui demanda-t-elle.

Elle avait besoin de savoir.

Ils s'étaient disputés à propos de son ex-mari et, selon elle, Jack se montrait tout à fait déraisonnable. Il semblait penser que Stan voulait vivre de nouveau avec elle. Ignorait-il donc qu'il était marié avec Marge depuis plus de quinze ans ?

— Non. Ceci nous concerne juste toi et moi. Laisse Stan hors de notre histoire.

— Alors pourquoi maintenant ?

— Et pourquoi pas ?

Olivia, prise au dépourvue, ne sut que répondre. Alors qu'elle essayait de recouvrer ses esprits et d'émerger du tourbillon de baisers qui lui avait fait perdre tout contrôle sur elle-même, la sonnerie de la porte d'entrée retentit. Une fois encore, elle put s'extraire in extremis des bras de Jack.

Lorsqu'elle ouvrit la porte, Eric se tenait devant elle, dans un état d'agitation extrême.

— Papa ? cria-t-il.

— Eric, que se passe-t-il ? demanda Jack en apparaissant derrière Olivia.

— Shelly. Elle a des contractions et elle est toute seule.

— Elle t'a téléphoné ?

— Non, c'est une amie à elle qui en a pris l'initiative. Shelly a perdu les eaux la nuit dernière et elle va accoucher. Ça peut se produire à tout moment maintenant. Son amie ne pouvait pas rester. Tu ne crois pas que je ferais mieux d'y aller ?

— Si. Tout à fait.

— Mais elle ne veut pas de moi…

Il se passa nerveusement la main dans les cheveux.

— Pourtant, je dois être à ses côtés. Je le sens !

— Alors vas-y.

Comme il ne partait pas, Olivia comprit qu'il avait encore quelque chose à demander à Jack. Elle l'aida.

— Tu souhaites que ton père t'accompagne, c'est ça ?

— Tu ferais ça pour moi, papa ?

L'amour qu'Olivia ressentait pour Jack fut encore plus fort lorsqu'elle vit la manière dont il réagissait. Il prit son fils dans ses bras, lança à Olivia un regard de regret et dit sans hésiter :

— O.K. On est partis.

Il se tourna vers elle et lui tendit la main.

Elle la prit dans les siennes et la serra avec amour, attendrie par sa gentillesse et la sollicitude dont il faisait preuve à l'égard de son fils.

— Appelez-moi, quand les bébés seront nés…

Trois heures plus tard, le téléphone sonnait. C'était Jack qui l'appelait de l'hôpital.

— Deux garçons. Comme prévu. Ils sont si totalement identiques, c'est à peine croyable ! annonça-t-il d'un ton triomphant, comme s'il y était lui-même pour quelque chose. Eric est resté avec Shelly. En fait, elle était très heureuse qu'il soit venu.

— Félicitations, grand-père…

— Tu peux le dire, aucun doute là-dessus. Ils sont le portrait craché d'Eric ! Plus besoin de faire une recherche en paternité.

— Comment va-t-il s'arranger alors, pour son travail ?

Eric avait obtenu sa mutation pour Reno et devait démarrer son nouvel emploi deux semaines plus tard.

— Je n'en sais rien. C'est à lui de voir. Heureusement, il lui reste encore quelques jours avant de donner une réponse définitive.

Seth et Justine avaient décidé de baptiser leur restaurant The Lighthouse. Justine aimait ce nom, car il lui rappelait la maison où elle avait grandi. Et puis le phare, à l'extrémité de la baie, était l'un des points de repère les plus marquants de la communauté. Seth, quant à lui, approuvait ce nom, car il suggérait implicitement que leur restaurant serait spécialisé dans les fruits de la mer.

Même s'il adorait son métier de pêcheur qui lui rapportait de bons revenus, l'idée d'ouvrir un restaurant lui trottait dans la tête depuis un bon moment déjà. Quand on vivait en mer une grande partie de l'année, on dépensait peu et Seth avait investi ses économies avec discernement. Une fois marié, il avait vite compris qu'il n'aurait plus envie d'être séparé de Justine pendant de longs mois. De plus, il allait être papa, c'était donc le bon moment pour changer de cap et démarrer une nouvelle activité.

Son père avait proposé de contribuer financièrement à leur projet, au titre de simple investisseur. Le père et le fils n'ignoraient pas que c'était une aventure hasardeuse. Seth avait fait des recherches et s'était aperçu que la moitié des restaurants nouvellement établis échouait dès la première année. Mais il était bien déterminé à réduire les risques au minimum et à faire les choses dans les règles de l'art. Menus, employés, prix, décor, promotions, Justine et lui avaient longuement réfléchi à toutes ces questions. Seth faisait bien la cuisine, mais il n'avait ni les compétences ni les connaissances requises pour être chef cuisinier. Il passa donc des annonces et n'hésita pas à demander des conseils à d'autres patrons de restaurant. Il apprit bientôt que Jon Bowman, du restaurant gastronomique André, avait une excellente réputation. Lorsque Jon répondit à son offre d'emploi, Seth étudia scrupuleusement son curriculum vitæ, puis l'appela en vue d'un entretien.

Le second vendredi du mois de mars, Jon se présenta, se frayant un chemin dans le désordre du restaurant en pleine rénovation.

Les travaux n'étaient pas encore terminés. Une équipe de charpentiers construisait de nouveaux box, tandis que les électriciens suspendaient les luminaires. Les planchers avaient été rabotés et polis, et la première couche de peinture venait d'être appliquée sur les murs. Quant aux fenêtres, elles avaient été remplacées. Seth et Justine avaient néanmoins décidé de conserver le bar d'origine de bois d'acajou.

Seth conduisit Jon dans la pièce qui serait son futur bureau et le pria de s'asseoir.

— Vous avez fait du bon travail, observa Jon. Quand comptez-vous ouvrir ?

— La première semaine de mai, si possible.

Jon jeta un coup d'œil par-dessus son épaule, comme pour évaluer la faisabilité du délai.

— A mon avis, tout sera fini pour cette date-là, affirma-t-il.

— Comme vous le savez, nous recherchons un chef cuisinier. Quelqu'un qui pourra élaborer la carte des menus et travailler en étroite collaboration avec nous.

— C'est pourquoi j'ai répondu à votre offre. Je travaille chez André depuis trois ans. C'est moi qui ai établi leur carte et ils sont, eux aussi, spécialisés dans les fruits de mer.

— Et que faisiez-vous, auparavant ?

Seth avait déjà examiné son curriculum vitæ, mais il voulait que Jon lui donne plus de détails. Par ailleurs, Justine et lui s'étaient rendus par deux fois chez André pour se faire leur opinion sur ses talents culinaires.

— J'ai travaillé pour le restaurant des Veterans of Foreign Wars à Olympia. J'ai des références, si vous le souhaitez.

Joignant le geste à la parole, il tendit à Seth une liste de noms et de numéros de téléphone.

— Quelle formation avez-vous suivie ?

Son curriculum fournissait peu de renseignements à ce sujet.

Jon sembla un instant se crisper, mais peut-être n'était-ce que le fruit de son imagination, pensa Seth.

— J'ai appris sur le tas, comme on dit familièrement. Je n'ai pas suivi de formation particulière. J'ai commencé comme cuisinier à Tacoma, dans un restaurant où l'on servait des petits déjeuners. J'ai progressivement gravi les échelons. Je vous avertis tout de suite : je ne suis pas le genre de cuisinier médiatique qui fait des émissions à la télévision. Si c'est ce que vous cherchez, je ne suis pas l'homme qu'il vous faut. En fait, je suis tout simplement un autodidacte passionné par la cuisine et qui se débrouille bien dans ce domaine.

— Je vous rassure, nous ne sommes pas en quête de vedettes ! lui dit Seth.

De toute façon, il n'aurait jamais pu se payer le luxe d'un cuisinier renommé.

— Vous êtes également photographe ?

Jon fit un signe de tête affirmatif.

— Je suis cuisinier, mais mon autre passion est en effet la photographie.

Il ne cherchait pas à dissimuler cet autre centre d'intérêt et Seth apprécia sa loyauté.

— Si vous êtes prêt à me donner ma chance, vous ne serez pas déçu, dit-il avec ferveur.

Seth sut d'instinct qu'il pouvait avoir confiance en lui et qu'il aurait tout à gagner à l'employer.

— Je vais commencer à faire les stocks pour la cuisine dans un mois environ. Vous serez libre, à ce moment-là ?

— Oui, pas de problème…

Ils se mirent alors à discuter salaire, avantages divers, recettes et autres sujets concernant le restaurant. Une fois l'entretien terminé, Seth lui fit faire le tour des salles et écouta d'une oreille attentive les conseils de décoration que lui donna Jon. Il fut conquis par les idées de ce dernier et il en fit part à Justine dans la soirée.

— J'avais le pressentiment que ce Jon Bowman conviendrait, lui dit-elle tandis que Seth préparait le dîner dans la cuisine.

— Moi aussi.

La jeune femme était assise sur le canapé, les jambes relevées pour prévenir le gonflement de ses chevilles, qui sans être alarmant, devait faire l'objet d'une surveillance. C'était donc Seth qui s'occupait des repas, d'où il avait décidé d'éliminer toute trace de sel, soucieux de la santé de sa femme.

— J'ai l'impression d'être un morse, se plaignit-elle, en posant les mains sur son ventre arrondi.

Seth se pencha vers elle et l'embrassa dans le cou.

— Tu es si belle, murmura-t-il. Et tu n'as rien d'un morse — même s'ils ont eux aussi leur charme.

— Arrête de plaisanter, Seth !

— Mais je suis sérieux.

Elle tourna la tête vers lui et ils s'embrassèrent. Il réalisa une fois encore combien il l'aimait.

— Dis-moi ce que tu sais à propos de Jon Bowman, lui demanda-t-il quelques minutes plus tard.

— Que veux-tu savoir exactement ?

— Eh bien, d'où il vient, ce qu'il a fait par le passé. Est-ce que tu en as une idée ?

Justine réfléchit un instant.

— En fait, je le connais très peu. A une époque, il vendait ses photos dans la galerie que tient Maryellen Sherman, dans Harbor Street.

— Il m'a semblé un peu nerveux, quand je lui ai posé des questions à ce sujet.

— Où est-il allé à l'école ?

— Il ne me l'a pas dit. Mais j'ai parlé à deux personnes dont il m'avait donné les coordonnées. Il s'agissait de deux gérants de restaurant où il avait été employé. Ils n'ont pas tari d'éloges à son propos ! Tu as déjà vu ses photos ?

Justine s'approcha de la table et Seth lui présenta une chaise.

— Maryellen m'en a montré quelques-unes avant Noël. Elles sont absolument merveilleuses. A la fois originales et émouvantes.

— Peut-être que nous devrions en acheter et les accrocher dans l'entrée du restaurant. Qu'en penses-tu ?

— Que mon brillant époux vient d'avoir, une fois de plus, une idée géniale.

Ils se sourirent, heureux et comblés par la vie qu'ils menaient ensemble.

15

Rosie avait rêvé des centaines de fois au bonheur qu'elle ressentirait à passer quelques heures en paix, entièrement seule à la maison, notamment avant les vacances scolaires. Zach n'avait jamais compris tout le travail qu'exigeaient d'elle ces périodes où les enfants étaient à la maison en permanence et où elle avait en charge la préparation des grandes fêtes annuelles. Ainsi, à Pâques, il lui fallait préparer un grand dîner auquel étaient habituellement conviés leurs amis et la famille — même si cette année tout serait différent. Sans parler des œufs à peindre pour garnir de petits paniers à l'attention des enfants. Bien qu'Allison et Eddie fussent plus âgés maintenant, Rosie se sentait obligée de maintenir la tradition.

Or, à présent qu'elle pouvait vivre à loisir sa solitude à la maison, elle en ressentait un profond sentiment de mélancolie. Les enfants passaient la journée avec leur père, et Janice Lamond trouverait sans aucun doute un bon prétexte pour se joindre à eux.

Néanmoins, en dépit de sa curiosité, elle se refusait à interroger ses enfants à propos de cette autre femme, de son caractère ou de ses activités. Elle ne voulait pas les mêler à ses différends conjugaux, même si elle brûlait de savoir si Janice et son fils passaient la journée à l'appartement en leur compagnie.

S'affairant dans la cuisine, elle prépara tout d'abord la gelée favorite d'Eddie, puis la mit au congélateur pour qu'elle se solidifie. A Pâques, elle servait traditionnellement du jambon, mais uniquement parce que c'était le mets préféré de Zach. Comme elle n'avait plus à se soucier de ses goûts, elle avait acheté à la place une côte de bœuf de premier choix. Cet acte d'affirmation de soi — si modeste fût-il — lui donnait l'impression d'être une femme indépendante et libre de ses choix.

Elle décida ensuite de s'attaquer à son traditionnel gâteau de Pâques. Mais le cœur n'y était pas. Elle persévéra néanmoins, pour faire plaisir aux enfants. Avec la procédure de divorce en cours, ils étaient suffisamment perturbés pour qu'elle ne brise pas d'un coup les traditions. L'absence de jambon constituait en soi une modification suffisante. Toutefois, elle se dit qu'ils pourraient, une autre année, faire quelque chose de totalement différent à Pâques, comme partir en voyage par exemple.

Le gâteau en forme de lapin blanc était le préféré d'Allison. Elle découpa une tranche dans l'un des deux gâteaux ronds de vingt centimètres de diamètre qu'elle réservait pour faire les oreilles, la section centrale étant prévue pour le nœud papillon. Après avoir saupoudré le tout de sucre glace, elle utilisa de fines lamelles de réglisse pour les moustaches et des M&M's marron pour les yeux. Par le passé, c'étaient les enfants qui l'aidaient à en faire la décoration.

Comme ils lui manquaient, à cet instant ! Pourtant, elle en avait rêvé tant de fois, de ces longues plages de solitude et de tranquillité ! Elle était inquiète à propos des relations d'Allison et d'Eddie avec Janice. La jeune femme n'allait-elle pas essayer de les influencer ou de les monter contre elle ? Une inquiétude bien naturelle, se dit-elle, même si elle n'était pas jalouse, évidemment !

Lorsque Zach ramena les enfants, elle était devenue d'une humeur massacrante, d'autant qu'il lui avait semblé pressé de se débarrasser des enfants. A peine furent-ils sortis de sa voiture qu'il fit aussitôt demi-tour.

— On est là, maman ! cria Eddie en entrant.

Il enleva son sac à dos et le laissa tomber dans le couloir.

Allison le suivait, les écouteurs de son I-pod scotchés aux oreilles. Elle semblait ne jamais s'en séparer, ce qui déplaisait à Rosie. Elle aurait bien voulu savoir quel genre de musique sa fille écoutait exactement, mais elle n'osait pas le lui demander, de peur de provoquer une dispute. Finalement, elle en prit son parti en décidant qu'Allison en avait peut-être plus besoin que d'habitude en ce moment.

— Vous vous êtes bien amusés ? leur demanda-t-elle d'un ton enjoué un peu forcé.

Eddie haussa les épaules.

— On est restés chez papa presque toute la journée.

— Mais vous n'êtes donc pas allés faire un tour au Rotary Club pour récupérer des œufs de Pâques ?

— Ce n'est plus de notre âge, dit Allison, en enlevant ses écouteurs, juste le temps de répondre à sa mère d'un ton hargneux.

Elle se laissa tomber sur le canapé de la salle à manger et Eddie s'empara de sa Game Boy, affalé sur la moquette.

Très bien, se dit Rosie. Ils n'avaient visiblement pas envie de parler. Cela tombait à pic, car elle n'était pas non plus d'humeur à faire la conversation.

Allison, les yeux fermés, hochait la tête en rythme. Quelques minutes plus tard, elle ôta de nouveau ses écouteurs pour demander :

— Qu'est-ce qui est prévu pour le dîner ?

— Votre père ne vous a rien donné à manger ?

— Papa ne fait jamais la cuisine !

— Mais vous avez passé la soirée avec lui. Il ne vous a tout de même pas laissé mourir de faim pendant tout ce temps ?

Et lui qui l'avait critiquée parce qu'elle ne confectionnait jamais de bons petits plats mijotés avec amour !

— Nous sommes allés au McDo pour le petit déjeuner.

— Vous avez pris tous vos repas à l'extérieur ?

— Pas vraiment, fit Eddie.

Allison ne prit pas la peine de répondre.

— Papa nous a recommandé de manger plein de jambon, demain, en pensant à lui, reprit Eddie, qui venait d'allumer la télévision.

— Je n'ai pas acheté de jambon…

Allison enleva violemment ses écouteurs.

— Et on peut savoir pourquoi ?

— J'ai pris une côte de bœuf à la place.

— Je déteste ça ! cria l'adolescente.

— Allison…

— Nous avons toujours mangé du jambon à Pâques !

Rosie sentit son cœur se serrer.

— J'ai pensé qu'on pourrait peut-être changer cette année.

— Tu l'as fait exprès !

— Mais de quoi parles-tu ? lui demanda sa mère en faisant de violents efforts pour maîtriser sa colère.

— Tu le sais très bien ! fit Allison en courant vers sa chambre.

Elle claqua la porte avec une telle violence que le bruit se répercuta dans toute la maison.

Rosie jeta un regard à son fils en quête d'explication. Eddie roula sur le côté et leva les yeux vers elle.

— Papa adore le jambon.

— Mais ton père ne sera pas là demain. Je pensais vous faire plaisir en changeant un peu le menu. Je ne savais pas qu'Allison y attachait tant d'importance.

— En fait, ça lui est égal, lui expliqua Eddie en se remettant sur le ventre, témoignant d'une surprenante maturité. Elle est juste fâchée contre papa et toi à cause du divorce.

Rosie se laissa tomber sur le canapé, au bord des larmes.

— On s'est gavés au déjeuner, en plus, poursuivit Eddie. Voilà pourquoi on n'a pas très faim.

Les soupçons de Rosie se réveillèrent instantanément.

— Au déjeuner ?

Elle faillit demander si Janice Lamond les avait accompagnés, mais se retint in extremis.

— Papa nous a emmenés Allison, Chris et moi dans une pizzeria, avec buffet à volonté !

Rosie sourit avec bienveillance, malgré son indignation, à ce naïf enthousiasme. Chris étant le fils de Janice Lamond, il ne faisait aucun doute que sa mère les avait accompagnés au restaurant.

— J'ai besoin d'aller faire une course, dit-elle en luttant pour maîtriser le tremblement de sa voix.

Eddie détourna les yeux de l'écran de télévision et demanda :

— Tu vas acheter du jambon pour Allie ?

— Oui, répondit-elle, même si elle n'en aurait jamais eu l'idée sans la suggestion faite par son fils.

En réalité, elle avait l'intention de se rendre chez Zach pour lui dire deux mots au sujet de son comportement. En rentrant, elle s'arrêterait au magasin afin d'apaiser les foudres de sa fille.

Elle était dans une rage folle avant même d'atteindre l'appartement de Zach. En temps habituel, elle aurait laissé son avocate régler ce problème délicat avec toute l'efficacité et la diplomatie qui la caractérisaient. Mais, cette fois, elle jugea nécessaire d'avoir au plus vite une conversation sérieuse avec son mari.

Elle s'arma de courage, car elle s'attendait à y rencontrer Janice. Elle n'allait pas leur faire le plaisir de s'effondrer devant eux. Ils étaient peut-être même au lit en ce moment. A cette pensée, elle eut la nausée, mais poursuivit malgré tout son chemin.

Lorsque Zach ouvrit la porte sur laquelle elle cognait à coups redoublés, il sembla abasourdi de la voir.

— Rosie, mais qu'est-ce que tu viens faire ici ?

— J'ai besoin de te parler, répliqua-t-elle d'un ton sec.

— Maintenant ?

— Qu'est-ce qui ne va pas Zach ? Tu as de la compagnie et je te dérange, c'est ça ?

Il se mit sur le côté pour la laisser entrer. Rosie franchit le seuil, l'estomac affreusement noué. L'appartement était pratiquement vide et seul le mobilier provenant de leur maison y avait été installé. Ce qui voulait dire que Zach était venu ici avec cette autre femme, qui s'était assise sur les chaises ou sur le canapé qu'elle-même avait pris soin de choisir et d'acheter, qui avait aussi utilisé la vaisselle qu'elle avait autrefois aimée et dû céder.

— Je viens juste te demander une faveur, reprit-elle, comme si elle choisissait ses mots avec soin. J'apprécierais que tu n'invites pas ta petite amie quand les enfants sont là — tout au moins tant que le divorce n'est pas officiellement prononcé.

— Mais qu'est-ce que tu racontes ?

— Janice était avec toi cet après-midi.

— Tu as fait subir un interrogatoire en règle aux enfants, c'est ça ?

— Non. C'est Eddie qui a vendu la mèche sans le faire exprès. Il m'a dit qu'il n'avait pas faim, parce que vous aviez déjeuné à la pizzeria avec Chris.

— Oui, et alors ?

— Il me semble que la situation est suffisamment limpide. Et j'en parlerai à Sharon Castor s'il le faut.

— Ne te gêne surtout pas, fit Zach avec un sourire narquois. Rends-toi encore plus ridicule que tu ne l'es déjà. Personnellement, je m'en contrefiche !

Cet échange d'insultes ne rimait à rien, mais Rosie voulut quand même avoir le dernier mot avant de le quitter.

— Tu sais, en matière de ridicule, c'est toi qui bats tous les records, lança-t-elle.

Sur ce, elle se dirigea vers la porte que Zach claqua violemment derrière elle.

Quand elle se retrouva au volant de sa voiture, elle s'aperçut que ses mains tremblaient si fort qu'elle prit quelques instants pour se calmer, avant de démarrer.

Elle ferma les yeux de toutes ses forces, dans un effort désespéré pour ne pas éclater en sanglots.

Maryellen fit glisser sa jupe le long de ses hanches et découvrit qu'elle ne pouvait plus la fermer à la taille. Elle n'en était pas encore à son sixième mois et, pourtant, les vêtements qu'elle portait habituellement étaient devenus trop étroits. Il lui fallait désormais des vêtements de grossesse.

— Tu veux que toute la ville soit au courant, c'est ça ? dit-elle à son bébé tout en plaçant une main sur son ventre légèrement rebondi.

Son gynécologue la suivait avec une attention toute particulière à cause de son âge. A trente-cinq ans, elle était en effet plus âgée que la plupart de ses autres patientes.

Ce n'était pas seulement sa garde-robe qui allait changer, mais sa vie entière. Elle jeta un coup d'œil circulaire autour d'elle et tenta d'imaginer comment serait sa maison dans moins d'un an. A l'endroit où se trouvait actuellement la bibliothèque, il y aurait bientôt un berceau ou un parc. Elle n'avait pas encore pris de décision arrêtée à ce sujet. Elle se demandait cependant comment caser une chaise haute dans sa cuisine américaine. Quant à la seconde chambre, qui servait actuellement de bureau et de d'atelier, elle serait bientôt celle de son futur enfant.

Elle se sentait tout excitée et doutait d'avoir jamais connu une telle exaltation. C'était son bébé à elle ! A elle toute seule… Cette fois, elle ferait les choses comme il faut. Cette fois, il n'y aurait pas d'homme pour se mettre en travers de son bonheur.

Avec un joyeux enthousiasme, elle saisit son téléphone et composa le numéro de sa sœur. Elle ne s'était pas sentie aussi proche de Kelly depuis longtemps. Leur escapade en famille à

Seattle les avait de nouveau réunies. Leur mère avait vraiment été bien inspirée de les emmener toutes les deux.

— Je ne te réveille pas au moins ? demanda-t-elle lorsque Kelly lui répondit.

Elle entendit en bruit de fond les braillements de Tyler.

— Tu plaisantes, j'espère ?

Maryellen sourit.

— Tu fais quelque chose de spécial pour le déjeuner ?

— Non, rien de particulier. Tu avais une idée ?

— Ça te dirait de me rejoindre au Potbelly Deli ?

— Avec plaisir !

Kelly pouvait s'offrir le luxe de rester à la maison pour s'occuper de son enfant. Paul et elle avaient longtemps attendu ce bébé et ils étaient déterminés à faire tous les sacrifices nécessaires à son bien-être. Maryellen n'aurait pas cette chance. Elle serait obligée de trouver un service de garde de qualité, mais elle ne savait pas trop à qui s'adresser.

Juste avant midi, sa sœur débarqua dans la galerie, accompagnée de Tyler, confortablement installé dans sa poussette. A neuf mois, il se tenait déjà bien droit et gazouillait gaiement, en agitant ses petites mains dodues tel un chef d'orchestre miniature.

— Commandons plutôt une soupe chez le traiteur et mangeons sur les quais, d'accord ? suggéra Kelly.

C'était une magnifique journée de printemps. Il avait plu toute la semaine précédente et l'air frais leur ferait le plus grand bien.

— Excellente idée !

C'était aussi bien plus pratique, car il serait plus facile de distraire Tyler dans le parc que dans un restaurant bondé.

Tandis que Maryellen passait prendre leur commande, Kelly se précipita dans le jardin public, afin de réserver une table pour leur pique-nique. Plusieurs autres personnes avaient eu la même idée qu'elles, apparemment, mais la jeune femme fut la plus rapide.

Assise en face de sa sœur, Maryellen ouvrit son gobelet de soupe au riz et au poulet et la tourna avec une cuillère en plastique. Des mouettes irascibles décrivaient des cercles au-dessus d'elles, criant pour qu'on leur jette un peu de nourriture, mais elles les ignorèrent superbement.

— Je voulais te demander quelques renseignements à propos de la grossesse, Kelly… Si ça ne te dérange pas, bien sûr.

— Je t'écoute, répondit Kelly en léchant le dos de sa cuillère.

Elle avait su garder un charmant côté enfantin, tout en étant une femme accomplie. Elle ôta l'emballage en plastique contenant les crackers et les tendit un par un à son fils qui les fourra goulûment dans sa bouche.

Maryellen ne savait par où commencer. Au fil des années, elle avait vu ses amies se marier, tomber enceintes et assumer avec le plus parfait naturel leur rôle de mère. Mais, pour elle, la maternité n'allait pas de soi. Tout en étant ravie de cette grossesse inattendue, elle n'arborait pas cette assurance désinvolte qu'elle enviait maintenant à ses amies. Elle espérait que Kelly, qui avait attendu des années avant de réaliser son rêve, comprendrait mieux ses inquiétudes et ses interrogations.

— Est-ce que tu avais peur ? lui demanda-t-elle.

— J'étais terrifiée ! admit Kelly. Je lisais tous les livres qui me tombaient sous la main.

— Moi aussi.

Sa mère avait fait une razzia à la bibliothèque et lui avait rapporté les ouvrages les plus récents traitant de la grossesse et de la naissance.

— Comment ça s'est passé, quand tu as ramené Tyler de l'hôpital ?

Kelly éclata de rire.

— Question suivante, s'il te plaît !

— Pourquoi ?

— Parce que Paul et moi, on n'était d'accord sur rien.

Maryellen prit un cracker et le croqua.

— Ça ne risque pas de m'arriver !

— Tant mieux pour toi. Tu as commencé à acheter des vêtements ? J'ai des débardeurs et des chemisiers super-mignons. Tu veux que je te les prête ?

Maryellen hocha la tête.

— Merci, tu es adorable !

— Je te les apporterai ce week-end... Et pour la garde du bébé, tu as commencé à y songer ? Il serait temps, vu que tu es seule.

C'était évidemment une priorité. Il fallait qu'elle se mette sérieusement en quête d'une solution adéquate.

— Ecoute, dit Kelly en posant les coudes sur la table de pique-nique. Je pourrais peut-être garder ton bébé...

Maryellen en resta sans voix. Une fois qu'elle eut recouvré l'usage de la parole, elle murmura :

— Tu ferais ça pour moi ?

— Je dois d'abord demander son avis à Paul, bien sûr, mais je ne vois pas pourquoi il s'y opposerait. Je ne vais pas me remettre à travailler pour l'instant et m'occuper d'un autre bébé ne fera pas de grosse différence. J'aimerais bien te donner un coup de main. Voilà à quoi ça sert d'être sœurs : à s'entraider.

Maryellen eut soudain les larmes aux yeux. Cette offre la prenait totalement au dépourvu. Elle détourna les yeux pour dissimuler son émotion.

— Tu sais ce que j'ai compris l'autre jour ? dit-elle une fois qu'elle fut certaine de maîtriser sa voix. J'étais assise dans la cuisine, en train de lire un magazine que maman m'avait recommandé et, soudain, je me suis rendu compte que j'étais heureuse.

Kelly prit sa main dans la sienne.

— Ça se voit. Je l'avais deviné.

— J'ai tellement envie de ce bébé !

Elle pressa la paume de sa main contre son ventre et ferma les yeux.

— J'éprouve un sentiment aussi fort que lors de ma première grossesse.

Ses paroles firent place à un silence assourdissant.

— Ta première grossesse ? fit Kelly avec difficulté.

— J'étais… J'étais enceinte lorsque Clint et moi, nous nous sommes mariés. Oh ! Kelly… J'étais jeune et totalement immature ! C'était un accident, mais nous aurions dû nous y attendre, car nous ne prenions aucune précaution. Pourtant, ç'a été un choc.

— Que s'est-il passé ensuite ?

Maryellen regarda au loin les eaux bleues de la baie, frangées d'écume.

— Clint a exigé que j'avorte. Il m'a juré qu'il m'aimait mais qu'il se trouvait trop jeune pour être père.

— Comment a-t-il pu te faire une chose pareille ?

Maryellen, la gorge serrée, eut du mal à poursuivre :

— Je n'arrivais pas à croire qu'il veuille se débarrasser de notre bébé, mais à cette époque il n'a rien voulu entendre.

— Et pourtant tu t'es quand même mariée avec lui.

Maryellen hocha la tête, malade de regret et culpabilité.

— Je… Je l'aimais… ou du moins je le pensais. Je lui ai dit que je n'avorterais pas et que ça n'avait pas d'importance qu'on se marie ou non. Je désirais cet enfant. Rétrospectivement, je crois qu'il était terrifié d'avoir à payer une pension alimentaire, et il a choisi le mariage.

— Je ne comprends pas.

— Il acceptait de m'épouser, si j'avortais. C'était sa manière à lui de me prouver son amour. De me montrer qu'il prenait au sérieux notre relation. Il m'a juré qu'on aurait des enfants, mais plus tard.

Elle ne précisa pas qu'il l'avait forcée à choisir entre l'enfant et lui. Soit elle avortait et ils se mariaient, soit il la quittait pour toujours. Même à présent, après toutes ces années, Maryellen avait du mal à évoquer cette triste époque. Elle n'était alors qu'une jeune fille naïve et sans défense et il en avait profité.

— Et tu as accepté ?

Maryellen hocha la tête en ramenant ses longs cheveux sur sa poitrine.

— Oui, mais contre ma volonté. Le problème, c'est que j'aimais Clint et que j'étais persuadée qu'il m'aimait. Nous nous sommes donc enfuis et, juste après la cérémonie de mariage, nous nous sommes rendus dans une clinique pour que j'avorte. Pendant tout ce temps, Clint n'arrêtait pas de me dire que c'était la meilleure chose à faire et que nous prenions la bonne décision.

— Ma pauvre chérie !

— Je n'ai jamais pensé que c'était la bonne solution. Je savais très bien que je commettais une erreur, mais je me suis laissé faire. J'essayais de garder le moral, en me disant qu'à défaut de bébé il me resterait au moins Clint.

Peu de temps après, elle avait réalisé que Clint était un homme autoritaire et manipulateur. Un an à peine après leur mariage, elle avait décidé de le quitter.

— Je me suis toujours méfiée de Clint et maintenant je comprends pourquoi, dit Kelly, la main de Maryellen étroitement serrée dans la sienne.

— Jusqu'à présent, j'évitais toujours la compagnie des enfants et, chaque fois que j'en parlais, c'était pour les critiquer. Je prétendais être trop sophistiquée et indépendante pour devenir mère. Pourtant, j'étais profondément triste d'avoir perdu ce bébé.

— Comme tu as dû souffrir !

— Oui, sans parler du sentiment de culpabilité et de la honte qui m'ont minée pendant toutes ces années.

Pourtant elle avait réussi à cacher son douloureux secret. Personne n'avait été courant, même pas sa mère.

L'enfant qu'elle portait en ce moment même, elle ne l'avait pas non plus programmé, mais cette fois elle ne répéterait pas ses erreurs passées. Elle avait bien l'intention de ne rien dire à Jon. D'ailleurs il ne voulait pas être père, il le lui avait fait clairement comprendre avant Noël lorsqu'il lui avait demandé s'il y avait un risque qu'elle soit enceinte. Quand elle avait répondu par la négative, en lui affirmant que tout allait bien, elle avait bien vu qu'il était soulagé. Cette fois, elle protégerait son bébé à naître, qui la rendait déjà si heureuse.

Installé à son bureau, Jack relisait un article rédigé par Charlotte Jefferson. Il avait l'impression que ses opinions prenaient un tour de plus en plus politique. Depuis son opération, Charlotte menait un combat pour obtenir l'ouverture d'un centre médico-social gratuit à Cedar Cove et elle trouvait toujours un moyen ou un autre pour en parler dans ses articles.

Crayon en main, il apporta quelques corrections, supprimant des mots ici et là, remodelant des phrases pour donner plus de clarté et de fluidité au texte. L'écriture de Charlotte manquait parfois d'élégance et de naturel, même si elle s'était considérablement améliorée au cours de l'année passée.

La sonnerie de son téléphone retentit et Jack saisit le combiné d'un geste machinal.

— Griffin à l'appareil.

— Papa, tu me chantes une chanson, s'il te plaît ?

— Quoi ?

Son fils avait formulé des requêtes insolites ces derniers temps, mais cette fois il dépassait les bornes.

— Tu as bien entendu. Tu te rappelles comme tu aimais me chantonner des berceuses quand j'étais petit ?

Comme si Jack avait pu l'oublier !

— Papa, je t'en prie, chante-moi une chanson.

Jack entendit les deux jumeaux qui hurlaient et esquissa un sourire. Jetant un coup d'œil furtif autour de lui pour vérifier que personne ne l'entendait, il fredonna une ritournelle qu'il avait apprise dans son enfance.

— « Deux Irlandais, deux Irlandais… »

Les hurlements s'intensifièrent et il entendit de nouveau la voix d'Eric.

— Ça ne marche pas.

— Que fais-tu donc en ville ?

— Shelly avait besoin de moi.

Tedd et Todd aussi, apparemment.

— Tu ne sais pas tout le travail que ça demande, des jumeaux ! poursuivit Eric.

— Mais tu devrais être à Reno, non ?

Sa mutation avait eu lieu. Pourtant, dès la naissance de ses jumeaux, Eric n'avait eu qu'une envie : rester avec eux et Shelly. Il avait donc pris des vacances anticipées pour s'occuper pendant deux semaines des bébés avec la jeune femme. Mais il avait ensuite été obligé de prendre son nouveau poste, conformément à ses engagements. C'est pourquoi il venait tous les week-ends en avion, pour rejoindre sa famille à Cedar Cove. Shelly avait insisté pour que les enfants subissent chacun un test ADN et ce qui avait semblé évident à Jack à l'instant même où il les avait vus était désormais officiel. Eric était bien le père de ces petites canailles.

— Papa ! cria Eric pour couvrir les glapissements de ses fils. Tu es toujours en ligne ?

— Oui, oui…

— Est-ce que tu crois que tu pourrais convaincre Olivia de célébrer notre mariage ?

— Une minute, fiston. Si on parle de mariage et d'Olivia, je suis le premier intéressé.

Il sourit en entendant son fils éclater de rire à l'autre bout de la ligne.

— Alors comme ça, Shelly et toi avez décidé de vous marier ?

— Oui… Il est grand temps, tu ne crois pas ?

— Vous auriez dû le faire il y a au moins dix mois, mais tu ne m'as pas demandé mon opinion.

— Shelly est prête à venir me rejoindre à Reno.

Jack détestait la perspective d'être de nouveau séparé de son fils et de ne voir qu'épisodiquement ses petits-enfants, mais il approuvait le choix de Shelly.

— Tu veux me priver de mes petits-enfants ?

— Tu seras toujours le bienvenu chez nous. Tu pourras nous rendre visite quand tu voudras.

— Attends-toi à me voir souvent, alors !

Quelques minutes plus tard, Jack raccrocha, après avoir promis à son fils de parler de sa requête à Olivia. Il était ravi d'avoir à accomplir cette mission. Ils s'étaient beaucoup fréquentés ces temps derniers, avec elle, et il désirait que cela continue.

En quittant les locaux du *Chronicle*, il prit sa voiture et mit le cap sur Lighthouse Road. Il trouva Olivia au milieu de ses rosiers, dans le jardin situé à l'arrière de la maison. Elle en avait récemment planté une rangée dont elle s'occupait avec un soin excessif, d'après Jack tout au moins. Il considérait en effet qu'on devait laisser les plantes vivre leur vie. « Comme si c'étaient de vulgaires mauvaises herbes ? » lui avait-elle demandé d'un air de reproche. De toute évidence, ils n'avaient pas la même conception du jardinage. Elle portait un large chapeau de paille qui lui abritait les yeux du soleil et un jean délavé assorti à une vieille chemise masculine. Jack s'arrêta pour la contempler tandis qu'elle se tenait penchée au-dessus de ses rosiers.

— J'aimerais bien que tu aies autant d'égards pour ma personne. On dirait que ces satanées plantes comptent plus que moi !

— Tais-toi, le réprimanda-t-elle gentiment. Je viens de les planter et il faut faire très attention au départ.

— Mais je suis exactement dans le même cas, se plaignit-il.

— Allez ! Si tu ne fais pas d'histoires, je te préparerai quelque chose de bon pour dîner.

Il sourit, tout heureux d'être invité. Il avait une relation compliquée avec Olivia. Si les jumeaux étaient nés un autre jour et n'avaient pas interrompu leur tendre tête-à-tête, il aurait sans doute réussi à l'entraîner dans son lit. Mais lorsqu'il était revenu de l'hôpital, elle avait eu le temps de réfléchir à leur situation et d'en soupeser les conséquences. Apparemment, elle avait décidé qu'elle finirait certainement par faire l'amour avec lui, mais contrairement à lui elle ne semblait pas pressée.

— Eric m'a appelé cet après-midi, lui annonça-t-il. Serais-tu d'accord pour célébrer leur mariage ?

— Naturellement !

Elle attrapa un grand arrosoir et versa sur la terre de l'eau enrichie d'engrais.

— Il t'a indiqué une date ?

— Non, mais c'est un détail mineur, tu ne trouves pas ?

— Vu le temps qu'il a mis pour prendre cette décision, tu as tout à fait raison.

Elle releva le visage pour écarter une mèche de cheveux et au passage, se macula la joue de terre. Jack baissa la tête pour dissimuler un sourire.

— Décidément, il doit y avoir quelque chose dans l'air, car James aussi m'a appelée aujourd'hui, dit-elle d'un air désinvolte. Selina et lui viennent me voir le mois prochain.

— C'est une très bonne nouvelle. J'ai hâte de les rencontrer.

— Je suis folle de joie à l'idée de tenir la petite Isadora dans mes bras. Elle aura un an ce mois-ci, tu te rends compte ? Le temps passe si vite ! Elle nous connaît à peine, Stan et moi.

A l'évocation de son ex-mari, Jack se crispa.

— J'imagine que Stan voudra voir James.

— Bien sûr ! s'exclama-t-elle en se redressant, les mains sur les hanches.

Le regard noir qu'elle lui jeta le fit se rapetisser en lui-même.

— Ne me dis pas que tu vas encore me faire une crise de jalousie ?

— Qui, moi ? Bien sûr que non !

Mais, de fait, il détestait savoir Stan dans les parages. Il pouvait lire en lui comme dans un livre et il n'aimait pas ce qu'il y voyait. Même s'il était marié, il était visiblement las de son épouse et n'appréciait guère la présence de Jack auprès d'Olivia. Cette dernière, apparemment, ne s'apercevait de rien et il n'avait pas osé l'interroger à ce propos, persuadé que Stan avait fait tout ce qui était en son pouvoir pour nuire à leurs relations.

— Que vas-tu préparer pour le dîner ? demanda-t-il pour éviter un sujet épineux.

— Je pensais à une salade orientale à base de poulet.

— Celle avec des raisins et des nouilles chinoises que j'ai adorée la dernière fois ?

— C'est facile de te faire plaisir, dit-elle, en souriant.

Et elle avait entièrement raison. Après des années passées à se contenter de manger ce qui lui tombait sous la main ou à consommer sans discernement des plats tout préparés, la cuisine d'Olivia lui semblait une bénédiction. Malgré tout, même s'il était grand amateur de ses talents culinaires, c'est avant tout pour la voir qu'il venait là. Il l'aimait et désirait être à ses côtés le plus souvent possible. Mais il ne lui avait pas encore tout dit de ses sentiments. Pour un homme dont le métier consistait à jongler avec les mots, il était étrangement malhabile quand il s'agissait d'exprimer ses propres émotions ! De fait, rédiger un article politique ou défendre certains préceptes moraux étaient pour lui un jeu d'enfant. Il avait alors les idées claires et trouvait immanquablement le terme juste. En revanche, quand il devait formuler ce qu'il ressentait… il était d'une maladresse confondante.

— Tu as l'air préoccupé, murmura Olivia en ôtant ses gants de jardinage.

Il haussa les épaules et gravit derrière elle les marches qui menaient à la véranda située à l'arrière de la maison, là où elle rangeait ses outils. Ils pénétrèrent ensuite dans la cuisine.

— Tu as des soucis ?

— Pas vraiment, répondit-il en pensant aussitôt qu'il avait parlé trop vite.

Olivia le regarda avec attention tout en se lavant les mains. Elle les sécha ensuite, ouvrit le réfrigérateur et en sortit une grosse laitue.

— Je peux faire quelque chose pour t'aider ? proposa-t-il.

Il n'avait qu'une envie : lui dire ce qu'il avait sur le cœur, mais il avait peur de l'embarrasser ou de faire une remarque déplacée. Il préféra donc se taire.

— Rien du tout, pour l'instant, merci…

Il se dirigea vers le salon, mais ne parvint pas à se calmer. Il se mit à marcher de long en large, l'esprit torturé de pensées contradictoires, tenaillé par l'envie de tenir quelque chose entre ses mains. Il avait besoin de boire un verre de vin. Il ressentait parfois ce manque, même si cela se produisait de plus en plus rarement, après pratiquement onze ans de sobriété totale.

— Olivia, commença-t-il en essayant de dissimuler l'angoisse qu'il sentait monter en lui. Je ne peux pas rester.

— Mais pourquoi ?

Debout sur le pas de la porte qui séparait la cuisine du salon, elle le regardait d'un air perplexe.

— J'ai un rendez-vous. Je suis désolé, j'avais complètement oublié… En fait, c'est faux… Simplement, j'ai besoin d'aller à l'une de ces réunions dont je t'ai parlé. Tu ne m'en veux pas j'espère ?

— Une réunion ? Ah oui, j'ai compris.

Elle s'approcha de lui.

— Tu es sûr que tout va bien ?

— Je ne sais pas. J'imagine que oui. Je suis sincèrement désolé, mais ces réunions m'aident à clarifier mes idées et à me débarrasser de pensées toxiques.

— Ça veut donc dire que tu te sens mal, en ce moment ?

— Non, mais j'ai terriblement envie de boire une bonne

bière fraîche. C'est ce que j'appelle mes « pensées toxiques » et il vaut mieux que j'assiste à une réunion dans ce cas. Il y en a une en ville qui commence dans quinze minutes.

— Alors, vas-y, lui dit-elle sans hésiter.

— Merci, d'être aussi compréhensive.

— Jack ?

Il s'arrêta, la main sur la poignée de la porte.

— Tu m'appelleras après ?

— Bien sûr.

16

Maryellen était bien déterminée à ne plus rien partager avec Jon Bowman, ni même à le revoir. Pourtant, elle pensait très souvent à lui, sans regretter la décision qu'elle avait prise — du moins lui semblait-il —, mais avec curiosité. Une curiosité mal venue, sans doute, dont elle ne parvenait pas à se débarrasser. Ils ne s'étaient plus croisés depuis cette entrevue embarrassante, la veille de Noël. Elle n'avait pas, non plus, entendu parler de lui, et la déception qu'elle en éprouvait la troublait au plus haut point.

C'était la galerie Bernard, située à Pioneer Square au centre-ville de Seattle, qui exposait et proposait à la vente les œuvres de Jon, désormais. Maryellen était persuadée que tout allait bien pour lui et il méritait d'ailleurs d'avoir un plus large public, mais il n'en restait pas moins que ses visites lui manquaient. Elle avait toujours apprécié son travail de photographe et aurait aimé pouvoir encore en discuter avec lui, voir ses nouvelles œuvres. Il avait réellement du talent. C'est pourquoi, lorsqu'elle reçut un carton d'invitation pour un vernissage à la galerie Bernard, elle décida de s'y rendre. Elle ne craignait pas de tomber sur lui. Elle savait par expérience qu'il détestait ce genre d'événements dont le snobisme lui était insupportable et qui avait le don de le rendre d'une humeur massacrante. Les commentaires des critiques croyant avoir tout compris de « sa déconstruction savante de phénomènes naturels » ou de « sa formidable aptitude à capter le non-être » lui donnaient envie de faire des bonds de singe en poussant des cris, affirmait-il.

L'exposition se déroulait un dimanche après-midi, le jour même de la fête des Mères, et Maryellen songea qu'elle avait donc parfaitement le droit de s'offrir le plaisir d'y assister. Elle passa la matinée en compagnie de sa mère à qui elle offrit un brunch chez D.D.'s. Dans un élan de sentimentalité tout à fait inhabituel chez elle, la jeune femme lui confia qu'elle espérait être une aussi bonne mère qu'elle. Puis, juste avant de partir en direction du terminal du ferry, elle lui donna un cadeau pour Kelly.

Lorsqu'elle pénétra dans la galerie Bernard, il y avait déjà foule. Elle portait une robe noire flottante avec des collants assortis ; un collier de perles blanches ajoutait une touche d'élégance discrète à sa tenue. Un verre de jus de pomme à la main, elle se fraya un chemin pour examiner de plus près les photographies de Jon.

Elle aperçut bientôt M. Bernard en personne, qui parlait avec un couple d'un certain âge visiblement très emballé par l'un des clichés de l'artiste.

— M. Bowman est une sorte d'ermite, leur expliquait-il. J'ai lourdement insisté pour qu'il vienne aujourd'hui, mais il a refusé.

Maryellen sourit en son for intérieur. Elle avait deviné juste. S'il y avait eu le moindre risque pour qu'il assistât au vernissage, elle serait restée chez elle. Il était hors de question qu'il sache qu'elle était enceinte.

Ses photographies étaient superbement encadrées et chacune était signée et numérotée.

Passant d'une pièce à l'autre, Maryellen s'arrêta un instant pour admirer des photos de paysages. Elle ressentit un petit choc esthétique à la vue du magnifique mont Rainier bordé d'un champ de fleurs sauvages bleu indigo. Plusieurs clichés des montagnes Olympic, dont les sommets enneigés surplombaient les eaux pures et transparentes du Puget Sound, révélaient toute la puissance de cette nature rude et sauvage aux alentours de Cedar Cove.

Une série de photographies en noir et blanc, différentes de la veine d'inspiration habituelle de Jon, lui firent découvrir une facette inattendue de sa personnalité. Elles étaient toutes prises près de la marina. Sur l'une d'entre elles, on distinguait vaguement, enveloppé dans le brouillard matinal, le chantier naval de Puget Sound situé de l'autre côté de la baie, avec au premier plan les mâts fantomatiques des bateaux à voile. Un sentiment de sérénité et de mystère se dégageait de cette scène, qui fit forte impression sur la jeune femme.

Une autre photo la surprit plus encore. Elle ne ressemblait en rien aux autres œuvres. Un mot accroché en bordure du cadre signalait qu'elle n'était pas à vendre. Maryellen s'arrêta et contempla avec attention ce paysage où l'on voyait une femme, debout, tout au bout du quai, en contemplation devant la baie. Les montagnes Olympic aux sommets immaculés se dressaient dans le lointain. C'était une journée ensoleillée et on voyait la femme de dos. Debout sur la pointe des pieds elle lançait, penchée au-dessus du parapet, des pop-corns aux mouettes qui se pressaient autour d'elle en battant des ailes.

Jon s'était enfin décidé à faire figurer des personnes sur ses photos… Pendant une fraction de seconde, elle se demanda qui était cette femme qui avait su retenir ainsi son attention et elle fut prise d'un accès de jalousie aussi inattendu qu'embarrassant.

Toutefois, les sentiments ambivalents qu'elle éprouvait furent bientôt dominés par son admiration pour l'artiste lui-même. Il n'était pas nécessaire d'apercevoir le visage de la femme pour comprendre la joie simple et innocente qu'elle ressentait ainsi à nourrir les oiseaux. Maryellen l'avait souvent fait et savait combien cela pouvait être exaltant. Elle-même avait marché tout au bout du quai et…

Mais…

Cette femme, c'était elle, évidemment ! Jon l'avait prise

subrepticement en photo. Elle se dirigea précipitamment vers l'autre cliché et constata avec soulagement qu'elle n'y figurait pas.

Au lieu d'être envahie d'une joie enthousiaste et inspirée, après cette splendide exposition, elle embarqua, l'esprit morose, dans le ferry qui la ramènerait à Bremerton cinquante minutes plus tard. Cette photographie d'elle-même lui révélait des choses qu'elle aurait préféré ignorer. Jon l'avait vue sans qu'elle s'en aperçoive. Quand ? C'était de toute évidence après leur rencontre au moment de Noël — probablement au mois de mars, à en juger par le manteau qu'elle portait. Elle était plus d'une fois partie flâner le long des quais à l'heure du déjeuner et il l'avait aperçue. Qu'il ait eu envie de la prendre en photo — et c'était en plus l'unique cliché où figurait un être humain — prouvait qu'il nourrissait des sentiments forts à son égard. Pourtant, elle ne pouvait pas y répondre, ni se laisser aller à la profonde attirance qu'elle éprouvait pour lui. C'était tout simplement impossible.

Au lieu de rentrer directement chez elle, Maryellen se surprit à prendre la direction de la maison de sa mère. Grace était dans sa cuisine, en train de préparer des plats pour la semaine à venir. Elle avait pris depuis peu l'habitude de cuisiner chaque dimanche, de congeler et de stocker tout ce dont elle aurait besoin durant les six jours à venir, jusqu'au dimanche suivant qui marquait le début d'un nouveau cycle.

— J'essaie de nouvelles recettes, annonça-t-elle à sa fille tout en triant les légumes, les boîtes de conserve et autres ingrédients sur le comptoir. Tu as déjà dîné ?

— Non, pas encore, mais je n'ai pas faim. Ce brunch était vraiment copieux.

Son manque d'appétit était plutôt dû à de sombres pensées qu'à un estomac bien rempli.

— Qu'est-ce qui ne va pas ? lui demanda Grace.

— Pourquoi cette question ? C'est la fête des Mères et

j'aimerais passer un peu plus de temps avec toi. C'est tout naturel, non ?

Grace déchira un morceau d'aluminium et en recouvrit un plat qu'elle venait juste de sortir du four.

— J'espère que tu ne m'en voudras pas d'être aussi franche, mais on dirait que tu es sur la défensive.

— Je ferais peut-être mieux de rentrer chez moi…

Ce n'était pas une bonne idée d'avoir rendu visite à sa mère, qui savait trop bien lire en elle.

— Tu l'as vu ?

Maryellen ne lui demanda même pas à qui elle faisait allusion. C'était évident.

— Non, répondit-elle.

Puis elle répéta, en hochant la tête :

— Non, je ne l'ai pas vu.

Grace posa la bouilloire sur le feu. Chaque fois qu'elles avaient une discussion sérieuse, sa mère se mettait à faire du thé. Cela signifiait donc qu'elle considérait que leur conversation mériterait toute l'attention de sa fille.

— Maman…

— Assieds-toi et ne proteste pas ! lui dit-elle d'un ton qui ne supportait pas de refus.

Elle attrapa une chaise et fit signe à sa fille d'y prendre place.

La théière fut bientôt posée sur la table et Maryellen comprit qu'il ne lui restait plus aucune échappatoire.

— Je t'ai déjà dit que j'étais enceinte, quand j'ai épousé ton père ?

Maryellen était au courant de cette histoire et ne voulait pas savoir si ses parents se seraient tout de même mariés si Grace n'avait pas attendu un bébé.

— A l'époque, le mariage était une obligation dans ce genre de situation.

— Les temps ont changé, lui rappela Maryellen.

D'après les statistiques, un tiers des enfants naissaient

hors des liens du mariage. Beaucoup de femmes élevaient leurs enfants toutes seules et c'était exactement ce qu'elle s'apprêtait à faire.

— C'est un artiste, n'est-ce pas ?

— Maman !

Toutes ces questions l'exaspéraient.

— Je t'ai déjà dit que je ne répondrai à aucune question concernant le père du bébé, alors n'insiste pas, s'il te plaît.

— Tu as raison. Tu es absolument dans ton droit, fit Grace en tapant sur la table comme si elle était furieuse contre elle-même pour s'être ainsi immiscée dans les affaires de sa fille. En fait, j'avais l'intention de te parler de ton père et de moi-même. Nous avons passé plus de trente-cinq ans ensemble et pourtant je n'étais pas la femme qui lui convenait. Je crois qu'il aurait été plus heureux avec une autre. C'est peut-être la raison pour laquelle il est parti.

— J'en doute, répondit Maryellen.

Elle était reconnaissante à sa mère d'évoquer ses relations avec Dan avec tant de sincérité. Sans doute Grace n'aurait-elle jamais pu être aussi franche avec Kelly qui considérait son père comme un saint, exempt de tout défaut. Kelly s'aveuglait sur son compte, et maintenant encore elle était incapable de changer d'attitude.

— En y réfléchissant, dit-elle à sa mère, je crois que je n'ai jamais vu papa heureux. Il était d'humeur sombre la plupart du temps et Kelly et moi, on savait qu'il valait mieux l'éviter dans ce cas.

Grace hocha la tête.

— Il était complètement introverti, ajouta-t-elle.

Maryellen ne gardait pas que de mauvais souvenirs de son père, mais depuis qu'il avait disparu, c'était plutôt ceux-là qui remontaient à la surface.

— Tu n'as rien à te reprocher, maman…

— Je sais, répondit Grace nerveusement. Mais je voudrais que tu comprennes que…

Elle poussa un gros soupir.

— En ce qui concerne le père de ton bébé, il est préférable que tu suives ton instinct. Ne prête pas attention à l'opinion des autres. Agis selon ton cœur.

— C'est exactement ce que j'ai l'intention de faire, maman.

— Alors, je n'ai plus rien à ajouter.

Maryellen sourit et se pencha pour prendre la main de sa mère dans la sienne.

— Merci. J'avais besoin d'entendre ces paroles. Et si on mangeait ces pâtes que tu as préparées ? Finalement, je commence à avoir faim.

Pratiquement une semaine plus tard, un vendredi après-midi, Grace songeait de nouveau à la conversation qu'elle avait eue avec Maryellen. Elle espérait avoir trouvé les mots justes. Si sa fille avait décidé d'élever seule son enfant, il devait bien y avoir une raison. Elle la sentait parfois en proie au doute — comme si elle n'était pas sûre de sa décision — mais, si c'était le cas, Maryellen s'était toujours abstenue de lui faire part de ses incertitudes.

Son assistante, Loretta Bailey, arriva tôt à la bibliothèque afin qu'elle puisse se rendre à un rendez-vous. Dès son apparition, Grace attrapa sa veste, pressée de partir avant que sa collègue ne l'assomme de questions indiscrètes.

— Merci, Loretta, dit-elle en se dirigeant vers la sortie.

— Pas de problème. Tu vas voir ton charmant ami ?

Comment Loretta avait-elle deviné ? Etait-ce imprimé sur son front ? Maryellen lui avait demandé exactement la même chose lorsqu'elles s'étaient retrouvées pour déjeuner.

— Je vais conduire Cliff à l'aéroport.

Après tout ce qu'il avait fait pour elle au cours des derniers mois, elle était enchantée de lui rendre ce petit service.

— Il va apporter quelques affaires qui appartenaient à son grand-père dans un musée en Arizona.

— Ah, oui ! C'est vrai que son grand-père était un acteur célèbre…

— Oui, le fameux Tom Houston en personne.

— J'étais toute jeune quand il passait à la télévision, et je n'ai aucun souvenir de lui. Mais, par contre, j'en ai souvent entendu parler. Mes frères ont bien essayé de l'imiter, mais quand ils commençaient à chanter, ils terrorisaient tout le voisinage !

Grace se mit à rire et s'éloigna vers le parking réservé aux employés de la bibliothèque.

Quand elle arriva chez Cliff, il l'attendait, prêt à partir. Ses voisins prendraient soin de ses chevaux. Il leur rendrait ce même service lorsqu'ils s'absenteraient.

Comme elle avait quelques minutes d'avance, Grace en profita pour aller voir l'enclos. Tandis qu'elle se tenait appuyée contre la clôture, une jolie jument couleur caramel trotta vers elle.

— Bonjour Brownie, fit-elle en caressant l'encolure douce et soyeuse de l'animal.

— Tu pourrais la mener par le bout du nez, dit Cliff en s'approchant d'elle. Tout comme moi…

Il faisait souvent ce genre de réflexions dans le dessein de la faire rougir, lui semblait-il.

— Prêt à partir ? demanda-t-elle en se détournant de Brownie, ignorant volontairement ce commentaire qui l'embarrassait.

— C'est quand tu voudras.

Il déposa sa valise dans le coffre de la voiture, puis s'installa côté passager. Grace quitta la cour du ranch en soulevant une traînée de poussière derrière elle. Deux chevaux hongres les suivirent en courant le long de la barrière et elle admira leur beauté véloce. Elle comprenait pourquoi Cliff avait choisi de vivre dans cet endroit isolé. Elle se sentait sereine, quand elle venait ici. Et elle réalisa soudain que, après avoir passé tant d'années en ville, elle serait heureuse de vivre à la campagne. Elle fut la première étonnée par ce changement d'attitude.

— Merci de m'accompagner à l'aéroport, dit Cliff tandis qu'elle rejoignait la route principale.

— C'est le moins que je puisse faire. Tu m'as rendu tellement de services…

— Si tu vois ça comme une obligation, je crois que tu ferais bien de réfléchir sérieusement à l'avenir de notre relation ! répondit-il aussitôt.

Il avait prononcé ces paroles sur le ton de la plaisanterie et elle fit de même.

— Pour l'instant, nous allons jusqu'à l'aéroport. Alors arrête, tu veux ?

— Je n'en ai pas l'intention, à moins que tu le souhaites.

Elle sourit tout en regardant fixement la route devant elle.

— Pas vraiment.

Cliff se mit à rire doucement.

— Comment se porte Maryellen ?

— Elle a grossi et porte maintenant des vêtements de grossesse. Je n'aurais jamais cru la voir aussi heureuse. Elle est très contente à l'idée d'avoir ce bébé.

Elle s'interrompit, puis, comme si elle réfléchissait à haute voix, elle poursuivit :

— Je suis pratiquement certaine que le père est l'un des artistes avec qui elle travaille, à la galerie.

Grace, qui avait pensé initialement s'en abstenir, lui raconta la conversation qu'elle avait eue avec sa fille le dimanche précédent.

Cliff l'écouta avec attention.

— J'admire les rapports francs et honnêtes que tu entretiens avec tes filles.

— Tu n'es pas comme ça avec Lisa ?

Cliff ne répondit pas immédiatement.

— Non. Nous évitons par exemple de parler de sa mère.

C'est comme si Susan était un fantôme entre nous. Lisa, je crois, a peur de me blesser, bien que mon ex-femme ait perdu le pouvoir de me faire de la peine.

— Qu'est-ce que tu veux dire ?

Grace était curieuse de la vie passée de Cliff. Il avait déjà fait des remarques occasionnelles au sujet de son mariage, mais rien qui puisse lui en donner une idée précise. D'une certaine manière, évoquer les mariages et les divorces de son entourage l'aidait à mieux appréhender ce qui lui était arrivé.

— Tu sais, si j'ai été attiré par toi, c'est à cause de Susan.

Grace s'alarma instantanément.

— Tu veux dire que je lui ressemble ?

— Au contraire ! Tu es totalement différente. Physiquement, tout d'abord. Elle est grande et mince alors que toi, tu es une petite femme aux jolies rondeurs.

— Merci…, marmonna Grace.

Il n'avait pas voulu la blesser, mais un homme ne comprenait pas les efforts qu'il fallait déployer pour maintenir un poids correct et de « jolies rondeurs », comme il le disait si bien.

Elle lui jeta un regard furtif et s'aperçut qu'il la considérait d'un air amusé.

— Tu fais allusion à mes hanches ?

Il se mit à rire.

— Dommage que tu conduises, autrement je t'aurais embrassée sur-le-champ.

— Certainement pas !

— Pourtant ce n'est pas l'envie qui m'en manque.

Il secoua la tête.

— Tu n'as pas encore compris que je te trouve très séduisante ?

Elle agrippa le volant avec plus de fermeté.

— Bon, tu veux bien m'expliquer ce commentaire à propos de Susan ?

— Tout ce que je voulais dire, c'est que nous avons beaucoup de choses en commun, toi et moi.

— Quoi par exemple ?

— Eh bien, d'une part, je sais combien il est douloureux de voir la personne qu'on aime sortir avec quelqu'un d'autre. C'est une expérience extrêmement traumatisante — comme si tous les doutes qu'on ressentait vis-à-vis de soi-même et toutes les imperfections que l'on se trouve s'avéraient tout à coup justifiés. En quelque sorte, si Susan me trompait, c'était parce que quelque chose clochait chez moi. C'était pour moi un désaveu, une sorte de reniement total de ma personnalité.

Grace se faufila entre les voitures en direction de Narrows Bridge. Elle ralentit une fois sur le pont de plus d'un kilomètre de long.

— J'ignorais que les hommes avaient de telles pensées, dit-elle, surprise par cette révélation.

— Eh bien, te voilà détrompée. Quand une telle expérience nous arrive, nous réagissons assez peu différemment des femmes, je pense, et nous essayons de survivre, en nous impliquant dans d'autres domaines.

— Du genre ?

Il haussa les épaules.

— Moi je me suis mis à élever des chevaux. J'ai fait semblant d'ignorer ce qui se passait derrière mon dos, car c'était la seule manière de m'en sortir. Un homme n'est pas censé exprimer sa souffrance, ajouta-t-il non sans ironie.

— Mais c'est ridicule !

— Oui. En tout cas, j'ai appris qu'on ne peut pas jouer les héros éternellement. Si Susan et moi avions continué à vivre dans la duplicité, je crois que j'y aurais laissé ma peau. Elle a été plus courageuse que moi. C'est elle qui a décidé de divorcer. Et, le plus drôle, c'est que je lui en ai été reconnaissant.

— Mais en quoi tout ceci me concerne-t-il, Cliff ?

— Excuse-moi, répondit-il avec un sourire, je ne suis pas très clair. Mais quand nous nous sommes rencontrés la première fois...

— Tu veux dire lorsque tu m'as fauché ma carte de crédit ?

— Tu sais, j'ai repensé des centaines de fois à la signification de cet incident.

— Finis ce que tu avais commencé à me dire, d'abord…

— Le jour où je suis allé à la bibliothèque pour te rendre ta carte et récupérer la mienne, j'ai tout de suite été très attiré par toi. Ç'a été un véritable choc, car j'étais divorcé depuis cinq ans et je ne souhaitais pas m'impliquer dans une relation sentimentale. Et puis là, d'un seul coup, ça m'a sauté au visage comme une bombe et l'avenir m'est soudain apparu de manière totalement différente.

Grace reçut ces explications sans se troubler, bien que l'intérêt de Cliff à son égard l'ait au départ déstabilisée. A vrai dire, elle se sentait de plus en plus à l'aise avec lui. Pendant longtemps, elle avait eu besoin de comprendre ce qui avait poussé Dan à disparaître dans la nature mais, comme il lui semblait désormais improbable qu'elle connût jamais la raison de son départ, elle en avait pris son parti.

— Je sais maintenant ce qui m'a séduit chez toi. Ou du moins, je le discerne mieux…

Elle lui jeta un regard interrogateur.

— Tu es convaincue que Dan vit avec une autre femme.

Elle hocha la tête, dominant le chagrin que ces mots provoquaient encore en elle.

— Toi aussi, tu t'es sentie trahie quand il t'a quittée, tout comme moi lorsque Susan est partie avec un autre.

Il avait raison. Tout au fond d'elle-même, Grace était persuadée que Dan s'était enfui avec une femme dont il devait être fou amoureux, puisqu'il avait laissé tomber sa famille du jour au lendemain, sans même un mot de justification.

Elle quitta l'autoroute à Tacoma et emprunta la petite route de campagne qui menait à l'aéroport. Dan passait toujours par là.

— Tu veux bien que je t'explique ma théorie sur la confusion entre nos deux cartes ?

Elle éclata de rire.

— Je meurs d'envie de la connaître.

— Eh bien, d'après moi, c'était le destin.

— Le serveur au Pancake Palace n'était donc pas responsable ?

— Il n'a été qu'un instrument du destin.

— En d'autres termes, on était faits pour se rencontrer ?

— Sans l'ombre d'un doute ! répondit Cliff le plus sérieusement du monde. J'en suis venu à considérer notre rencontre comme un don du ciel. Une sorte de compensation, pour toute la souffrance vécue à cause de mon divorce.

Grace sentit sa gorge se serrer.

— Je suis très touchée, Cliff…

— Je le pense vraiment. Un jour, quand tu seras prête, j'espère que tu seras plus qu'une amie pour moi.

Il avait une manière un peu désuète mais charmante de s'exprimer.

Grace resta songeuse un instant, puis :

— Je crois que ça me plairait…

— Je sais que c'est important pour toi de retrouver Dan, reprit Cliff alors qu'ils arrivaient à proximité du terminal. Ou du moins d'avoir une idée de ce qui lui est arrivé.

— En fait, je souhaiterais clore cette histoire une bonne fois pour toutes, même si c'est peut-être un désir impossible. Tu sais, j'ai accepté la situation, maintenant. Je sais que ma vie ne doit pas s'arrêter à cause de ça.

— Tu le penses sincèrement ?

Elle lut dans son regard une vulnérabilité qui la toucha profondément.

— Parce que si c'est vrai, poursuivit-il, j'aimerais que tu envisages une relation plus sérieuse avec moi, Grace.

Elle ne répondit pas immédiatement, manœuvrant pour garer sa voiture.

— Tu veux dire… que tu aimerais qu'on vive ensemble ?

— Oui, c'est exactement ça.

Sans un mot de plus, il ouvrit la portière. Elle le retint un instant, en le prenant par le bras.

— Bon voyage, Cliff.

— Merci.

Elle ne retira pas sa main, mais se pencha vers lui. Il s'approcha d'elle et ils s'embrassèrent.

— C'est ta réponse ? lui demanda-t-il.

— Je ne sais pas encore, fit-elle en lui adressant un sourire chaleureux. Je réfléchirai à tout ça pendant ton absence.

— Oui, réfléchis-y, répondit-il, le regard pétillant d'espoir.

Olivia était bien trop excitée pour rester assise. Stan allait arriver d'une minute à l'autre avec James, Selina et leur petite-fille, Isadora Delores.

— Quelle heure est-il ? demanda Charlotte.

Sa mère était aussi excitée qu'elle.

— A ta place, je n'aurais pas attendu : je serais allée moi-même les chercher.

— Stan vit à Seattle, maman. C'était plus logique que ce soit lui qui passe à l'aéroport !

— Oui, oui, je sais… Mais pourquoi met-il tant de temps à arriver ?

— Les voilà ! cria Justine, qui guettait, assise sur le rebord de la fenêtre.

Stan ouvrit la porte grillagée qui donnait sous la véranda et Olivia et Charlotte se précipitèrent dehors. Olivia dévala les escaliers, les bras grands ouverts pour accueillir son fils. Quelques minutes plus tard, elle portait tout contre elle la petite Isadora endormie. Le bébé s'appuyait contre son épaule et elle sentit son cœur fondre de tendresse.

— Bonjour grand-mère, dit James à Charlotte en l'embrassant. Tu as l'air en pleine forme !

— Oui, ça va…

Elle fit un pas en avant pour souhaiter la bienvenue à Selina.

— J'imagine que je n'étais pas encore sur la liste noire, ajouta-t-elle avec humour.

James enlaça sa femme par la taille et la présenta à sa grand-mère. Les yeux sombres de Selina brillaient de bonheur, tandis que tout le monde s'empressait autour d'elle.

Seth et Justine apparurent au moment où les présentations prenaient fin dans la joie et la bonne humeur.

— Mais regardez-moi ça ! s'exclama James à l'attention de sa sœur, en tapotant son ventre rebondi.

— Il me reste encore plusieurs mois avant l'accouchement.

— Bon, alors tu es tout simplement trop grosse, la taquina-t-il.

— Attention à ce que tu dis, lui conseilla Seth en aparté.

Les deux hommes se donnèrent mutuellement une tape amicale sur l'épaule.

— Bienvenue dans la famille, Seth, dit James.

— Merci.

Olivia irradiait de bonheur. C'était tellement rare que toute la famille soit ainsi réunie !

— Où est Marge ? s'enquit-elle auprès de son ex-mari.

Elle avait pensé que cette dernière l'accompagnerait.

— Elle a eu un empêchement, dit Stan d'une voix où perçait un regret sincère. Elle m'a dit de vous présenter ses excuses.

— Surtout, dis-lui bien qu'elle est toujours la bienvenue.

— C'est promis.

Olivia remarqua cependant qu'il n'avait demandé aucunes nouvelles de Jack. Elle mit de côté cette réflexion en se disant qu'elle y réfléchirait plus tard.

Tandis qu'elle dressait la table avec Charlotte pour le dîner, Stan s'occupait d'Isadora. Le bébé s'était blotti contre lui et s'était rendormi presque instantanément. Olivia sourit en voyant son ex-mari assis dans le rocking-chair, leur petite-fille dans les bras. Il semblait décontracté et parfaitement à son aise. La dernière fois qu'elle l'avait vu ainsi, c'était lorsque James était encore bébé et que les jumeaux avaient cinq ans... Elle refoula précipitamment les larmes de nostalgie que ces souvenirs suscitaient et se précipita de nouveau dans la cuisine.

— Dis-moi tout ! ordonna-t-elle à son fils, tandis que Justine et Selina transportaient les plats sur la table de la salle à manger. Est-ce que la marine va enfin te laisser rentrer chez toi ? J'aimerais tant que tu sois affecté ici, à Bremerton.

— Désolé, maman, mais je vais encore devoir passer deux ans à San Diego.

Olivia eut du mal à cacher sa déception.

— Je suis contente pour vous que la famille de Selina habite là-bas.

— Mes parents adorent James, lui confia sa belle-fille.

— Maintenant, oui, mais au départ ça n'a pas été facile, rectifia James en donnant une petite tape sur les fesses de sa femme, tandis qu'elle passait devant lui avec un grand récipient rempli de salade verte.

Olivia avait été déçue de n'être pas invitée au mariage de ses deux enfants. Tout d'abord James et ensuite Justine, au cours d'une escapade avec Seth à Reno. Elle pensait pourtant qu'ils avaient choisi des conjoints qui leur convenaient bien et elle, de même que Stan, ne pouvaient que s'en réjouir. Ils étaient tous deux heureux et soulagés d'avoir un gendre et une belle-fille sympathiques, qui comblaient de bonheur leur fille et leur fils.

Toute la famille se retrouva bientôt autour de la table. Olivia et Charlotte préparaient ce repas depuis plusieurs jours. Elles voulaient être sûres que James goûterait à ses mets favoris. Il y avait des poivrons verts farcis, une salade verte parsemée de croûtons frottés à l'ail et des spaghettis aux fruits de mer. James se resservit deux fois de chaque plat.

— Tu n'auras plus faim pour le dessert ! le mit en garde Charlotte.

— Tu as fait un gâteau à la noix de coco ?

Charlotte revit en lui le petit garçon qu'il avait été, tout excité à l'idée de déguster son dessert favori.

— Oui. Juste pour toi.

— C'est donc ça, le gâteau dont James me rebat les oreilles ? demanda Selina. Celui qui se fait en trois jours ? Vous accepteriez de me donner la recette ?

— Tout d'abord, il vous faut une noix de coco fraîche.

En remarquant le visage alarmé de Selina, Olivia se pencha vers elle et murmura :

— Il existe des solutions plus simples…

— Peut-être, mais je ne les adopte pas, dit Charlotte. En tout cas, pas quand c'est pour James.

— Il est trop gâté, cet homme, fit remarquer sa femme, les yeux rieurs. Moi aussi, je le gâte. Il est tellement mignon !

Cette remarque déclencha une salve de plaisanteries bon enfant au sujet du charme irrésistible de James.

Après le dîner, ils burent du café et évoquèrent le passé. Ils rirent beaucoup en se racontant des souvenirs qui reconstruisaient une histoire familiale idéalisée, sans problèmes. Cette nostalgie les réconfortait, car elle leur donnait le sentiment d'être plus forts et plus unis.

Un peu plus tard, Selina s'éclipsa pour remettre le bébé au lit. Olivia l'accompagna jusqu'à l'ancienne chambre de James et Stan la suivit en portant les bagages.

Alors qu'ils étaient sur le point de redescendre, Stan posa la main sur l'épaule d'Olivia. Elle s'arrêta. Il examina les photos accrochées dans la cage d'escalier. Ils avaient divorcé depuis de nombreuses années et, pourtant, elle avait laissé une de leurs photos de mariage. Ce n'était pas pour des raisons sentimentales, mais parce qu'elle pensait que c'était quelque chose d'important pour les enfants.

Le regard de Stan s'attarda sur une photographie de Jordan, prise l'année de sa mort.

— Parfois je me demande…

Il ne prit pas la peine de terminer sa phrase. C'était inutile. Elle savait à quoi il songeait. Leurs vies n'auraient-elles pas été totalement différentes, si Jordan était resté ce jour-là à la maison ou s'il avait décidé d'aller faire du vélo au lieu d'aller au lac avec ses amis ?

— Maman ! appela James du salon. Grand-mère est en train de faire la vaisselle. Impossible de l'arrêter !

— C'est ce qu'on va voir, marmonna Stan en descendant quatre à quatre les marches. Charlotte, assieds-toi immédiatement ! C'est moi qui suis préposé à la vaisselle, ce soir…

— Toi ? s'écria Olivia.

Apparemment, Marge l'avait bien dressé.

Lorsqu'il aperçut la table où s'empilaient pêle-mêle des assiettes, des tasses, des verres et des saladiers, il perdit cependant un peu de son allant.

— A bien y réfléchir, je crois que je vais avoir besoin d'un peu de renfort…

— Je veux bien mettre la main à la pâte, proposa Seth.

— Non, intervint Olivia. Justine ne tient plus debout. Ramène-la chez vous. Je ne veux pas qu'elle soit épuisée demain matin.

L'ouverture officielle de leur restaurant devait avoir lieu la semaine suivante. Mais dès le lendemain une soirée était organisée pour les membres de la chambre de commerce à laquelle étaient également conviées Grace et Maryellen. Après avoir passé dix heures le jour même à préparer cette manifestation, le couple avait besoin de repos. Heureusement, Justine avait quitté son travail à la banque et Seth ne travaillait plus à la marina.

Olivia leur dit au revoir chaleureusement et les raccompagna sans se presser vers leur voiture. James se joignit au petit groupe.

— Je trouve que c'est une idée géniale d'ouvrir un restaurant, leur dit-il.

Quand Olivia revint dans la cuisine, Stan avait déjà débarrassé la table, tandis que Charlotte regardait « Jeorpardy ! », son jeu télévisé favori, tout en tricotant.

L'évier débordait d'eau mousseuse, avec à côté une pile de casseroles et de poêles.

— Tu n'es pas obligé de faire la vaisselle, dit-elle à Stan.

— Si, si, j'y tiens.

Il mit les assiettes et les couverts dans le lave-vaisselle et elle prit des boîtes en plastique pour ranger les restes.

— Je me suis vraiment régalé avec tes poivrons farcis.

— Je suis contente que tu les aies appréciés.

Puis il resta silencieux. Olivia fut surprise par cette gravité inattendue, qui contrastait avec la joyeuse animation du dîner et de la soirée.

— Ecoute, il faut que je te parle…, dit-il brusquement tout en lui tournant le dos.

— De quoi ?

— Marge et moi, on va se séparer…

— Oh… Stan, je suis désolée.

— Moi aussi.

— Pourquoi ? demanda-t-elle, puis elle leva la main et ajouta : Non, ça ne me regarde pas. Mais je ne m'attendais pas à ça.

— Moi non plus, répondit-il, soudain très concentré sur son travail. Ç'a été une année difficile pour nous deux et nous avons décidé d'un commun accord qu'il était préférable qu'on vive chacun de notre côté pour un temps.

Olivia ne savait que lui dire.

Stan attrapa un torchon, s'essuya les mains tout en évitant son regard.

— Ce soir, avec James et Justine qui semblaient si heureux, je ne sais pas… quelque chose s'est passé en moi…

— C'est-à-dire ?

— C'est difficile à expliquer. Nous sommes désormais grands-parents, Olivia, et nous allons le devenir pour la seconde fois.

— Oui, mais encore…

— Au milieu des enfants, j'ai compris l'erreur que j'avais faite par le passé. Olivia, j'aimerais qu'on essaie de vivre ensemble, de nouveau.

— Mais, Stan…

— Je sais, je n'ai pas vraiment le droit de te demander une chose pareille, mais ça a été comme une révélation pour moi. Toi et moi, on est faits l'un pour l'autre. J'ai commis une terrible erreur en te quittant et je n'arrête pas de m'en mordre les doigts depuis.

Olivia avait elle-même regretté ce divorce des centaines de fois. Si elle s'était sentie plus forte, plus apte à faire face à la mort de Jordan, elle aurait lutté pour sauver son mariage. Mais il était désormais trop tard pour retrouver ce qui appartenait au passé. Elle en était intimement persuadée et Stan aussi devait l'être, en son for intérieur.

17

En découvrant le Lighthouse, Maryellen fut très impressionnée. Le talent de Justine et Seth avait opéré une véritable métamorphose sur l'ancien Captain's Galley. Le résultat était tout simplement sublime ! Grace, qui l'accompagnait, discutait maintenant un peu à l'écart avec Olivia. Elles avaient beaucoup de choses à se dire, car elles ne s'étaient pas quittées depuis leur arrivée.

Les hors-d'œuvre, sur des plateaux d'argent, étaient disposés sur de longues tables drapées de nappes blanches. En prévision de la soirée, Maryellen avait peu mangé au cours de la journée, et elle était maintenant affamée. Une assiette à la main, elle attendait de pouvoir se servir, en discutant avec les membres de la chambre de commerce.

Elle regardait de temps à autre les nouveaux propriétaires du Lighthouse accueillir leurs invités et trouvait Justine radieuse. En parlant de leurs grossesses respectives, elles avaient calculé qu'elles accoucheraient à quelques semaines de distance. Elles se connaissaient depuis leur enfance, mais n'avaient pas grand-chose en commun. D'une part, il y avait un écart d'âge important entre elles, puisque Maryellen avait sept ans de plus que Justine. Lorsque la première avait quitté le lycée après avoir obtenu son diplôme, la seconde était encore en CM2.

Elles avaient par la suite suivi des chemins totalement différents et ce n'était que maintenant, alors qu'elles étaient toutes les deux enceintes, qu'elles se voyaient plus fréquemment. Elles comparaient régulièrement leurs résultats d'examens prénataux et avaient récemment fait du shopping ensemble pour meubler la chambre de leurs futurs bébés.

Maryellen avait fini par s'asseoir dans l'un des box refaits à neuf, où elle bavardait à présent avec Virginia Logan, propriétaire de la librairie située juste à côté de la galerie. Justine s'approcha d'elles.

— Bonsoir Maryellen, dit-elle. Bonsoir, Virginia. Je suis très heureuse que vous soyez venues.

— Cet endroit est ravissant, fit Maryellen.

— C'est vrai, approuva Virginia.

— Si vous avez des remarques, ou des suggestions, n'hésitez pas à les faire…

Maryellen savait combien ce projet comptait pour le jeune couple. Et Justine attendait des opinions sincères, non des commentaires convenus et des compliments attendus. C'était la raison pour laquelle ils avaient organisé cette première soirée « portes ouvertes ».

— Tout est merveilleusement décoré et agencé, affirma Virginia en s'emparant d'un second petit feuilleté au crabe.

Elle le mit dans sa bouche et le savoura les yeux fermés.

— Et la nourriture est délicieuse !

Maryellen acquiesça d'un signe de tête.

— Nous avons la chance d'avoir un chef cuisinier exceptionnel.

— Où l'avez-vous déniché ? demanda Virginia.

— On le connaissait déjà de réputation et il a répondu à notre annonce. Seth lui a fait passer un entretien et nous l'avons embauché sans hésiter ! Est-ce que vous aimeriez jeter un coup œil aux cuisines ?

Virginia secoua la tête.

— Non, merci.

— Oui, ça m'intéresserait…, répondit Maryellen, plus

par politesse que par réel désir de visiter les coulisses du restaurant.

Elle se leva et suivit Justine, attrapant au passage une asperge marinée au vinaigre, sur la table du buffet. Elle n'avait jamais aimé ce légume avant d'être enceinte, mais depuis, elle en raffolait. Il devait y avoir des lubies pires que la sienne, songea-t-elle avec un léger amusement.

Justine ouvrit la porte battante de la cuisine pour céder le passage à une serveuse. Celle-ci portait un plat garni d'un cheesecake à l'artichaut. Maryellen en avait goûté un peu plus tôt dans la soirée et avait adoré ce mélange insolite de saveurs et de textures.

La cuisine était d'une propreté étincelante, avec ses appareils en acier rutilants et sa batterie de casseroles suspendues au-dessus du plan de travail. Deux hommes en tablier blanc, coiffés de toques, s'affairaient, prompts et efficaces, se déplaçant de manière presque synchrone dans cet espace immaculé.

— Suis-moi, je vais te présenter au chef cuisinier…, dit Justine. Jon, voici une amie, Maryellen Sherman. Maryellen, voici le génie de la cuisine dont je t'ai tant parlé, Jon Bowman.

Elle reprit, réalisant soudain :

— Mais je suis bête ! Vous vous connaissez déjà, par la galerie.

Maryellen se força à sourire. Si cela lui avait été possible, elle aurait tourné les talons et se serait enfuie, mais il était trop tard. Tendant la main à Jon, elle le regarda l'air de rien, tout en priant intérieurement pour qu'il se comporte normalement et ne fasse rien qui puisse l'embarrasser.

— Je suis content de te revoir, dit-il, les yeux braqués sur son ventre arrondi.

— Maryellen et moi allons accoucher le même mois, dit Justine, comme pour détourner l'attention de Jon, dont le regard appuyé devenait presque gênant.

— Je vois…

Son regard croisa celui de Maryellen. Elle eut soudain

envie de se raccrocher au comptoir car ses jambes flageolaient dangereusement.

— Tu es un excellent chef cuisinier, murmura-t-elle. Les hors-d'œuvre sont excellents.

— Merci, répondit-il d'un ton lugubre.

De toute évidence, il n'était pas plus bavard qu'avant.

— Et voici Ross Porter, notre chef pâtissier, continua Justine en l'éloignant intentionnellement de Jon. Nous l'avons, lui aussi, débauché de chez André. Viens voir notre réfrigérateur, c'est une pièce à lui tout seul ! Qui aurait crû qu'il y a un an j'aurais été folle de joie de posséder ça ?

Elle se mit à rire. Son bonheur faisait plaisir à voir, mais pendant tout le reste de la visite, Maryellen suivit Justine comme un automate, le corps engourdi et l'esprit en proie à la plus grande confusion.

— Vous avez gardé beaucoup de personnel ?

Elle avait du mal à feindre l'intérêt et à formuler ses questions de manière cohérente.

— Tu veux parler de l'ancien personnel du Captain's Galley ? Oui, nous avons conservé la plupart des serveuses et l'une des hôtesses. Tu l'as peut-être déjà rencontrée, d'ailleurs, elle s'appelle Cecilia Randall. Son père était barman ici. Il est parti en Californie juste avant que nous achetions le restaurant.

Même si Maryellen ne connaissait pas vraiment les anciens employés du Captain's Galley, elle fut heureuse d'entendre que beaucoup d'entre eux avaient été gardés.

— Vous avez accompli un travail formidable, dit-elle à Justine en rejoignant à la hâte la grande salle du restaurant.

Et c'était la vérité.

— Merci, répondit Justine, comme son mari s'approchait d'elle.

Il l'enlaça par la taille et lui sourit.

Maryellen fut émue de les voir si bien ensemble. Ils formaient un véritable couple, soudé et solidaire dans la vie de tous les jours, mais aussi professionnellement. Elle était impressionnée par cet accord parfait et ne pouvait s'empêcher d'en être un peu jalouse. Acheter un restaurant était une aventure audacieuse, pourtant l'avenir ne leur faisait pas peur. Ils croyaient sincèrement au succès de leur nouvelle entreprise.

Elle trouva bientôt une excuse pour s'éclipser. Elle n'avait pas réussi à recouvrer son calme, depuis la visite en cuisines, et sur le chemin du retour il lui fut impossible de réfléchir clairement. Jon voudrait la rencontrer pour discuter et ce, sans tarder. Il n'avait pas à s'inquiéter, elle ne lui réclamerait aucun soutien financier. Le bébé ne l'intéressait pas et, en ce qui la concernait, Jon ne lui devait rien. Une fois qu'il l'aurait compris, elle était certaine qu'il serait soulagé.

Cela faisait à peine une heure qu'elle était rentrée que la sonnette de la porte d'entrée retentit. Déjà ! se dit-elle, affolée. Leur confrontation allait donc avoir lieu dès ce soir ? Elle n'attendait personne d'autre à cette heure-ci.

Effectivement, c'était bien Jon. Il se tenait, tel l'ange ténébreux de la vengeance, sur le seuil de sa petite maison.

— Je... je pensais bien que tu passerais, dit-elle en s'écartant pour le laisser entrer.

— Tu m'avais pourtant dit que notre nuit n'avait eu aucune conséquence.

— Je t'ai menti, répondit-elle.

Cette marque d'honnêteté sembla l'irriter davantage.

— Mais pourquoi ?

— Parce que tu avais peur que je sois enceinte. Tu préférais ne pas entendre parler de cette grossesse et j'ai respecté ton désir. Je ne comprends donc pas pourquoi tu es en colère maintenant.

— Tu te moques de moi ou quoi ?

— Je t'en prie...

Elle lui fit signe de s'asseoir.

— Ça ne sert à rien de crier. Je suis désolée que tu aies eu un tel choc, mais ça ne sert à rien de s'énerver.

Il ignora ses paroles et s'assit.

— Parce que je devrais rester calme, comme si de rien n'était ? Tu te rends compte de ce que tout ça signifie pour moi ? Tu es enceinte… et je vais être père !

Il prononça ces paroles d'un air vindicatif, comme pour la mettre au défi de le contredire.

— Oui, mais…

Elle n'acheva pas sa phrase. Elle n'avait aucunement l'intention de prétendre le contraire.

— C'est tout ce que tu trouves à dire ?

Il se leva et marcha de long en large dans la pièce, à grands pas rageurs.

— S'il te plaît, tu pourrais arrêter de tourner en rond comme un lion en cage ?

Elle se laissa aller dans le canapé, en plaçant ses deux mains à plat sur son ventre.

— Ecoute…

— Ecoute quoi ? Tu veux que je m'en aille, c'est ça ?

— Non… Il est sans doute préférable que tu connaisses la vérité.

— Préférable ? explosa-t-il.

Maryellen leva la main.

— Jon, tu es furieux et…

— Furieux ? fulmina-t-il. C'est peu de le dire ! Tu ignores totalement quels sont mes sentiments.

— Totalement ?

Elle secoua la tête.

— Laisse tomber. Ça n'a pas vraiment d'importance. Ce qui importe pour le moment, c'est que ce bébé est aussi le mien, insista-t-il.

— Assieds-toi, s'il te plaît, tu me donnes le vertige.

— C'est ennuyeux, car si je m'arrête je pourrais bien faire quelque chose que je regretterais par la suite.

— C'est une menace, Jon ?

Elle n'avait jamais pensé à lui comme à un homme violent.

Mais elle ne l'avait jamais vu non plus en proie à une telle fureur.

— Une menace ?

Il la regarda, incrédule, comme si elle lui assenait le coup de grâce.

— Comment une chose pareille peut-elle te traverser l'esprit ? Non, Maryellen, ce n'est pas une menace.

Puis, comme s'il ne lui restait soudain plus une once d'énergie, il s'effondra sur une chaise.

— Je m'excuse, Jon… Tu avais le droit d'être mis au courant.

— Sans blague !

Cet accès de colère ne la surprit pas. Elle s'y était préparée et, franchement, elle n'avait que ce qu'elle méritait. S'il lui en laissait la possibilité, elle le rassurerait en lui confirmant qu'elle ne réclamerait aucune aide, financière ou autre ; ils pourraient alors sereinement mener leur vie chacun de son côté.

— Tu n'auras à te soucier de rien, dit-elle. C'est mon bébé…

Il fronça les sourcils.

— Ton bébé ? C'est aussi le mien, je te signale.

— Jon, je ne te demande rien. J'ai l'intention d'élever cet enfant toute seule.

— Ne compte pas là-dessus !

— Comment ?

N'était-ce pas ce qu'il souhaitait entendre ? Ne le libérait-elle pas ainsi de toutes ses obligations ? Que voulait-il de plus ?

— Je veux participer à l'éducation de notre enfant.

— C'est hors de question !

— On verra ça !

Il s'était levé, les poings serrés de rage.

Maryellen se leva à son tour.

— Tu ferais mieux de partir, maintenant.

— Je m'en vais, mais tu entendras de nouveau parler de moi !

Pourquoi rendait-il les choses si compliquées ? Elle n'avait pas prévu qu'il réagirait de la sorte. Certes, il avait eu un choc en découvrant sa grossesse, mais elle avait cru qu'il serait par la suite soulagé d'être délivré de toute responsabilité.

Elle s'était trompée. Au lieu de se réjouir, il allait se montrer exigeant et cette situation inédite la laissait complètement désemparée.

De Colchester Park, en surplomb du bras de mer, la vue sur la ville de Seattle était vraiment magnifique. Un air printanier flottait dans l'air, des tulipes en fleur égayaient les parterres ; à l'entrée du parc, d'immenses sapins montaient la garde comme de graves sentinelles.

Debout près du rivage, le dos tourné à la mer, Olivia faisait face à Eric et Shelly, jeunes mariés à présent, tandis que Jack, un jumeau sur chaque bras, éclatait de joie et d'orgueil. Agés de trois mois, Tedd et Todd rayonnaient de santé et, au grand soulagement de leurs parents, ils avaient rapidement fait leur nuit. Bien qu'ils fussent apparemment identiques, Jack savait très bien les distinguer. Tedd était le plus actif et s'endormait toujours en dernier. Todd semblait prendre un grand bonheur à sucer son pouce, tandis que son frère préférait la tétine. Ces deux petits lui rappelaient Eric enfant et il fondait de tendresse en les regardant.

Vicki, son ex-femme, n'avait pas pu venir au mariage. Elle avait inventé un prétexte pour éviter de le voir, avait-il pensé. Bob Beldon n'était pas de cet avis. D'après lui, Vicki ne se souciait guère de cela. Pourtant, Jack était convaincu qu'il se trompait. Vicki et lui ne s'étaient pas quittés en très bons termes. Au moment du divorce, ils ne se voyaient déjà pratiquement plus. Ils s'étaient ensuite perdus de vue du fait de son alcoolisme persistant, qui avait miné sa vie plusieurs années durant.

Il ferma les yeux, se forçant à se concentrer sur les vœux

de mariage répétés par son fils. *Amour et fidélité*. Il éprouva soudain une immense tendresse pour Eric, ses petits-fils, sa belle-fille et... Olivia. Depuis qu'il la connaissait, qu'il passait du temps avec elle, sa vie s'était transformée et sa seule présence lui procurait un bonheur intense.

Shelly jura à son tour amour et fidélité à son époux et le garçon d'honneur d'Eric, Bill Jamison, un collègue de travail, lui tendit l'alliance de diamants. Eric s'empressa de la passer au doigt de celle qui était désormais sa femme à part entière.

— Je vous déclare désormais mari et femme, unis par les liens du mariage, déclara Olivia d'une voix forte et solennelle qui résonna dans le parc.

Quelques instants plus tard, Eric et Shelly s'embrassaient tandis que leurs invités les regardaient en applaudissant. Plusieurs personnes, dont la demoiselle d'honneur de Shelly, Karen Morrison, prirent des photos.

Le bras autour de la taille de Shelly, Eric se tourna vers son père.

— Tu ne croyais pas qu'un jour tu vivrais un moment pareil, pas vrai ?

— Tu veux parler de ton mariage ou du fait que je sois grand-père de deux magnifiques petits garçons ?

Jack avait l'impression d'être comblé, après les moments douloureux qu'il avait traversés et ses défaillances passées.

— Des deux, répondit son fils en prenant Tedd de ses bras, tandis que Shelly faisait de même avec Todd.

Bientôt, les deux enfants furent installés dans leurs porte-bébés respectifs et tout le monde se prépara à partir.

— Merci, Olivia, dit Eric.

— Merci infiniment, dit Shelly à son tour, en la prenant spontanément dans ses bras. Pour tout.

— Merci aussi, Jack, ajouta-t-elle.

— Vous feriez mieux de vous dépêcher, si vous ne voulez pas rater votre avion, leur conseilla Bill.

C'était la personne la plus responsable du groupe, remarqua Jack, celui qui faisait toujours attention à l'heure.

— Je regrette d'être obligé de partir aussi vite, dit Eric.

Jack et Olivia les accompagnèrent jusqu'au parking.

— Allez, vas-y, lui dit Jack en le serrant une ultime fois dans ses bras. Mais tu m'appelles demain, promis ?

— Promis…

Eric attacha les deux coques où étaient installés Tedd et Todd à l'arrière de la voiture de son ami.

Avant que Jack ait trouvé une nouvelle raison de les retenir, le jeune couple avait disparu et il resta seul avec Olivia. Pendant quelques instants encore, il suivit du regard la voiture de Bill qui quittait le parking de Colchester.

— J'espère que tout ira bien pour eux, murmura-t-il, comme s'il réfléchissait à voix haute.

— Mais oui, ne t'inquiète pas !

Jack posa son bras autour des épaules d'Olivia pour la sentir plus proche de lui. Ces deux dernières semaines n'avaient pas été très intimes pour eux deux. James était venu à Cedar Cove et Olivia avait passé tout son temps — à juste titre — avec sa famille. Il n'y voyait aucun inconvénient, hormis le fait que Stan était à son goût un peu trop souvent chez Olivia. Pourtant, il ne pouvait rien redire à cela, même si ces visites lui déplaisaient. James était aussi son fils, après tout.

— De voir Eric et Shelly avec leurs jumeaux, ça m'a rappelé beaucoup de souvenirs…, dit-elle d'un air rêveur.

Jack s'aperçut alors qu'il n'avait pas du tout songé à cet aspect-là des choses.

— Je suis désolé, murmura-t-il d'une voix émue. J'avais oublié.

— Oh, Jack ! Tu n'as rien à te reprocher. Des jumeaux, j'en vois tous les jours. Mais aujourd'hui, je ne sais pas… c'est plus difficile, sans doute. Il y a James à la maison et j'ai beaucoup vu Stan au cours de ces deux dernières semaines.

Alors, quand je t'ai vu avec les deux petits dans les bras, tout le passé a soudain resurgi.

Elle passa le bras autour de sa taille. Ce geste tendre le réconforta immédiatement et lui redonna confiance en eux.

Ainsi enlacés, ils marchèrent en direction des quais. Jack n'était pas prêt à partir. C'était une journée radieuse et il se sentait heureux. La vie de son fils était sur de bons rails désormais. Les mois qu'ils avaient passés ensemble lui étaient chers, en dépit des disputes et différends occasionnels qui lui apparaissaient rétrospectivement tout à fait mineurs.

— J'ai l'impression que ça fait des semaines qu'on ne s'est pas parlé, toi et moi, se plaignit Olivia.

— A qui la faute ? répondit-il, feignant le reproche.

Comme il se sentait bien avec elle ! N'était-ce pas le moment idéal pour lui faire part de ses sentiments ? Pourtant il hésitait encore. Il reportait cet instant depuis si longtemps maintenant que, à chaque fois qu'il était sur le point de se déclarer, il était pris de panique.

— Même si je suis contente que James et les autres soient à la maison, ça fait du bien de retrouver ses anciennes habitudes.

— Moi, je suis content de te retrouver, fit-il. Je ne veux pas paraître égoïste, mais tu m'as terriblement manqué.

— Toi aussi, tu m'as manqué.

Elle tourna la tête et ses lèvres effleurèrent sa joue.

Jack sentit son pouls s'accélérer.

— Tu es sincère ?

Olivia se mit à rire, d'un rire doux et délicieux à ses oreilles.

— Mais naturellement.

Ils continuèrent leur promenade, bras dessus bras dessous, indifférents aux gens autour d'eux. Il avait Olivia pour lui tout seul et, en dépit de ce qu'il lui avait dit précédemment, il ne se sentait pas le moins du monde égoïste.

— Stan m'a confié quelque chose, déclara Olivia, sans transition.

Jack fronça les sourcils. Il n'avait aucune envie de discuter de son ancien mari.

— Vraiment ?

Il fit un effort pour paraître intéressé.

— Apparemment, son mariage avec Marge bat de l'aile.

Il n'en fut pas étonné. Stan était un homme renfermé et peu sympathique. En réalité, il le détestait, et selon lui, à juste titre.

— Il ne va quand même pas divorcer ?

— J'espère que non.

— Eh bien, moi non plus.

Il fut soudain sur ses gardes. Bob lui avait pourtant assuré qu'il accordait trop d'importance à Stan, mais il savait intuitivement qu'il avait raison de se méfier.

— Je me fais du souci pour lui, poursuivit Olivia.

— A propos de Stan ? demanda Jack d'un air distrait, comme si toute cette histoire n'avait aucune importance. C'est un grand garçon maintenant. Il peut prendre soin de lui tout seul.

— Oui, je sais, mais ça lui a fichu un coup.

— Ce n'est jamais drôle, les conflits conjugaux.

Il s'efforçait d'apparaître sage et serein, généreux aussi, comme si dans le fond les ennuis de Stan lui importaient. Il ne lui souhaitait d'ailleurs aucun mal. Mais il fallait qu'une chose soit bien claire : Olivia n'était plus à prendre.

— Pauvre Stan, murmura-t-elle en secouant la tête.

Jack s'arrêta et la prit par les bras pour qu'elle lui fît face.

— Au lieu de le plaindre, tu ferais mieux de t'intéresser à mon cas.

— Pourquoi, tu as besoin de te faire plaindre, toi aussi ?

— Oui. Je me suis tordu la cheville ce matin et j'ai atrocement mal.

Il commença à marcher en boitant affreusement.

— Jack !

Elle ôta son bras et le tapa sur l'épaule.

— Tu es vraiment un comédien de premier ordre.

— Aïe !

Il frotta le haut de son bras.

— Tu m'as fait mal.

— Tant mieux. C'est tout ce que tu mérites.

— Si tu éprouves de la compassion pour Stan, alors tu dois aussi en avoir pour moi.

— Ce n'est pas un concours, quand même !

— Ecoute, je suis sérieux. Je ne serais pas surpris que Stan te demande de l'aide pour surmonter cette mauvaise passe.

— Jack, tu es ridicule.

— Je ne le crois pas.

D'un coup, toute bonne humeur le quitta et il enfonça profondément ses mains dans les poches de son pantalon.

— Qu'est-ce que tu dirais, si je t'avouais que je suis amoureux de toi ?

Olivia resta un long moment silencieuse. Jack s'immobilisa et se retourna pour la regarder. Elle ne détourna pas les yeux.

— En ce moment, tu me fais penser à un petit garçon mal dans sa peau qui s'est inventé un rival imaginaire. Ça signifie quoi, cette stupide jalousie envers Stan ?

— C'est bien ce que je pensais, répondit-il, les mâchoires crispées.

Puis, estimant qu'il ne servait à rien de poursuivre cette conversation, il lui dit :

— On y va ?

— Si tu veux.

— Alors partons.

Cette discussion lui avait gâché son plaisir.

Grace enfonça la pioche dans la terre meuble et retourna la motte de gazon. Cela faisait des années qu'elle n'avait rien planté dans son jardin. Les courgettes et les tomates avaient depuis longtemps disparu pour céder la place à de la pelouse. Cliff avait proposé de labourer la terre avec un motoculteur et elle était en train de préparer le sol avant sa venue.

Buttercup, occupée à chasser les papillons, se mit à aboyer. Grace releva la tête et aperçut la voiture de police de Troy Davis s'arrêter dans l'allée. Elle enleva ses gants de jardinage et se dirigea vers la clôture pour l'accueillir.

— Bonjour Troy...

— Bonjour, Grace, répondit-il en effleurant du doigt le bord de sa casquette. Vous auriez un petit moment à m'accorder ?

— Bien sûr. Venez à l'intérieur.

Elle eut soudain l'estomac serré. Elle voulut lui demander si cette visite avait quelque chose à voir avec Dan, mais elle s'en s'abstint.

— Il faut que j'aille identifier un autre cadavre ? lança-t-elle d'un ton faussement désinvolte.

— Non, pas cette fois.

— Une tasse de café ?

Troy déclina son offre et prit une chaise dans le salon.

— Asseyez-vous, Grace.

A sa voix, elle sut immédiatement que quelque chose de grave était arrivé. Elle s'assit nerveusement sur le bord du canapé.

— C'est au sujet de Dan ?

Troy opina.

— Des randonneurs nous ont signalé la présence d'un camping-car au milieu des bois.

— Celui de Dan ? Il campe ?

— On a juste retrouvé son corps. Il s'est suicidé...

Grace, le souffle coupé, resta sans voix pendant un long moment. Elle aurait dû s'attendre à cette nouvelle, pourtant le choc qu'elle éprouva l'anéantit.

— Il a laissé une lettre pour vous.

Troy glissa la main dans la poche de sa chemise et en retira une enveloppe qu'il lui tendit.

— Il s'est suicidé, mais quand ?

— D'après le médecin légiste, cela remonte à plus d'une année. Il s'est tué d'un coup de fusil en avril dernier.

— Mais c'est impossible ! s'écria-t-elle. John Malcom l'a aperçu en mai dernier, vous ne vous en souvenez donc pas ? Ça ne peut pas être le corps de Dan qui se trouve là-bas.

Grace ne pouvait tout simplement pas croire que ce cadavre au milieu des bois était celui de son mari.

— Grace, la lettre date de…

— Certainement pas du mois d'avril. Il est revenu chez nous au printemps dernier. Je l'ai su dès que je suis rentrée. Vous vous souvenez ? Je vous avais dit qu'il y avait une odeur de sapin qui flottait dans la maison. Quand Dan travaillait dans la forêt, il était imprégné par cette odeur que j'aurais reconnue entre toutes. Il est venu jusqu'ici, j'en suis certaine.

— C'est sans doute vrai, mais cela a dû avoir lieu avant le 30 avril. Je suis désolé. J'ai bien peur qu'aucun doute ne soit possible. C'est bien de lui dont il s'agit.

Elle tremblait si fort maintenant qu'elle aurait été incapable de se lever si on le lui avait demandé.

— Vous voulez que j'appelle quelqu'un ?

Grace le regarda sans le voir, incapable de répondre.

— Olivia Lockhart, par exemple ?

Elle fit un signe affirmatif et se couvrit le visage des mains, luttant contre les larmes. Elle qui avait cru pendant tout ce temps que son mari s'était enfui avec une autre femme ! Comment John Malcom avait-il pu commettre une telle erreur, lui qui travaillait avec Dan et le connaissait bien ?

Troy se dirigea vers la cuisine et téléphona. Quelques minutes plus tard, il revint dans le salon et reprit place en face d'elle.

— Je suis désolé, Grace, vraiment désolé…

Effondrée par cette horrible nouvelle, elle ne l'entendait plus. Elle voyait ses lèvres qui bougeaient sans saisir le sens de ses paroles.

— Olivia arrive. Vous voulez que j'appelle vos filles ?

Elle se contenta de le regarder fixement, sans prononcer une parole.

Troy lui tapota gentiment la main.

— Ne vous occupez de rien pour l'instant. Je vais attendre Olivia et nous conviendrons tous ensemble de la meilleure décision à prendre. D'accord ?

Elle hocha de nouveau la tête, sans savoir de quoi il s'agissait.

Buttercup voulut entrer dans la maison. Troy se leva et ouvrit la porte à la chienne qui courut immédiatement vers sa maîtresse. Grace noua ses bras autour de son cou.

Le shérif sortit ensuite pour accueillir Olivia qui venait d'arriver. Grace ouvrit la lettre de Dan et, rassemblant tout son courage, elle la lut.

« 30 avril

» Ma chère Grace,

» Pardonne-moi. J'aurais tant voulu t'épargner tout ce chagrin. Mais ma vie est devenue un véritable enfer et je ne vois aucune issue possible. Je ne supporte plus cette culpabilité qui me rend fou. J'ai essayé d'oublier, mais le passé m'a rattrapé.

» Il y a des années de ça, alors que j'étais en patrouille à Nam au Viêt-nam, l'ennemi s'est mis à tirer et certains d'entre nous ont été tués. En retournant au camp dans l'obscurité, le reste de la troupe — dont je faisais partie — est tombé sur un petit village. Et c'est là que le cauchemar a commencé. Une jeune femme et son bébé ont tout à coup surgi de l'ombre. Ce petit bout de créature s'accrochait à sa mère et j'ai cru que la femme cachait une arme dans sa main. Mais c'était une erreur. La seule chose qu'elle portait, c'était son enfant. Sans réfléchir, j'ai tiré. Je les ai assassinés parce que je me croyais menacé de mort. Une seule chose m'obsédait alors : rentrer vivant à la maison. Je les ai regardés tomber et, horrifié, j'ai compris mon erreur. Puis j'ai entendu les hurlements de la famille. Il y a eu une autre fusillade et d'autres villageois se sont écroulés en sang sur le sol. Près de quarante ans ont passé, mais ce massacre hante toujours mes rêves. Les cris et les hurlements de ces innocents résonnent dans ma tête pendant mon sommeil. Ils m'insultent et me crachent leur haine à la figure. Pourtant il est impossible qu'ils me haïssent plus que je ne me hais moi-même.

» Je ne mérite aucun pardon, Grace. Aucune absolution. Ni nos filles ni toi et sûrement pas Dieu ne peuvent effacer cette sauvagerie.

» Je suis désolé mais il vaut mieux pour tout le monde que j'en finisse. Je n'ai pas eu le courage d'écrire ceci à Maryellen et Kelly. Je n'ai jamais été le mari que tu méritais et comme père je ne valais pas mieux. Malgré tout je t'aime, et je t'ai toujours aimée.

Dan. »

Grace relut la lettre, en s'arrêtant sur chaque mot. Son visage décomposé ruisselait de larmes.

— C'est Dan, dit-elle à Olivia qui s'agenouilla devant elle.

Soudain ses pleurs se transformèrent en gros sanglots qui lui secouèrent tout le corps.

C'est vrai qu'elle avait souhaité avoir une réponse à cette disparition, mais elle s'était attendue à tout sauf à cette terrible fin. Elle n'aurait jamais imaginé que Dan puisse se suicider. Ainsi, pendant des années, il avait été seul face à cet effrayant secret, enfermé dans un enfer sans issue. Captif de son passé, rongé par la culpabilité et la honte. Et tout cela à cause d'une guerre à laquelle il avait participé contre son gré.

Grace, les yeux secs d'avoir trop pleuré, demanda :

— Et mes filles ?

— Troy est parti les chercher, lui annonça Olivia. Elles seront là dans une minute.

— Et moi qui croyais qu'il était avec une autre femme !

— Je sais…

Olivia caressa les cheveux de Grace blottie dans ses bras.

— Alors qu'il était mort !

— Je sais…

— Il s'est suicidé peu de temps après nous avoir quittées.

— Apparemment.

— Tu te rappelles la nuit où il est parti, et puis il a changé d'avis et il est revenu ?

— Oui, il n'avait sans doute pas encore pris de décision.

Grace se remit à sangloter.

— Il est revenu, parce qu'il trouvait alors trop difficile de se suicider.

Elle se souvint combien il était en colère. Il s'en était pris à elle en lui criant qu'il souffrait l'enfer depuis trente-cinq ans. Elle avait cru qu'il parlait de leur mariage, alors qu'il faisait allusion à cet horrible événement auquel il avait participé pendant la guerre.

Grace commençait enfin à reconstituer ce qui avait ressemblé jusqu'alors à un puzzle incompréhensible.

— Troy a trouvé son portefeuille et son alliance dans le camping-car.

Grace releva la tête.

— Mais son alliance est restée à la maison !

Elle l'avait retrouvée le soir où elle avait mis sens dessus-dessous sa garde-robe. C'était la découverte même de l'alliance qui avait déclenché sa fureur. A l'époque, elle avait pensé qu'il s'était arrangé pour qu'elle découvre la bague et comprenne ainsi que seule comptait désormais sa nouvelle conquête. Comme elle s'était trompée !

— C'était donc ça qu'il avait acheté avec la carte VISA, murmura Grace.

Elle se rappela alors la fois où Dan était revenu en secret dans leur maison. Il avait mis leur chambre dans un désordre indescriptible et était parti sans rien prendre, après avoir vidé l'armoire et tous les tiroirs de la commode. En fait, il cherchait son alliance. N'ayant rien trouvé, il était parti chez Berghoff et en avait acheté une autre. Pour quelque obscure raison… Par loyauté ? Poussé par la culpabilité ? Peut-être les deux à la fois ? Il avait désiré porter une alliance avant de se tirer une balle dans la tête.

— Maman ! s'écria Kelly en se précipitant dans le salon avec Paul et le bébé.

Les sanglots de sa fille lui déchirèrent le cœur. Maryellen arriva quelques secondes plus tard. Elles formèrent un cercle et passèrent plusieurs minutes à se réconforter les unes les autres. Puis Grace les embrassa chacune à son tour et murmura :

— Il va falloir lui préparer des funérailles dignes de ce nom. Il est grand temps que votre père repose en paix.

18

L'enterrement de Daniel Sherman se déroula trois jours plus tard en comité restreint. Seule sa famille et de rares amis étaient présents. Bob Beldon, ami d'enfance de Dan, prononça quelques mots d'adieu. Les deux hommes avaient fait partie de la même équipe de football au lycée et, une fois leur diplôme en poche, ils s'étaient engagés dans l'armée. Maryellen n'avait jamais réalisé avant ce jour combien son père et Bob avaient tous deux été très proches par le passé.

Elle revint du cimetière épuisée. Elle s'arrêta près de la galerie et marcha le long des quais pour réfléchir à l'année qui venait de s'écouler.

Aux alentours du pavillon de musique, où des concerts étaient organisés tous les jeudis soir en été, il n'y avait personne. La jeune femme s'assit sur les gradins, le regard perdu dans le vague. Elle réfléchissait aux relations complexes qu'elle avait entretenues avec son père. Il l'avait aimée, elle le savait désormais, autant qu'il en avait été capable. Kelly aussi — peut-être plus. Et son amour pour leur mère était resté intact jusqu'à la fin.

Grace avait été très choquée par ce suicide auquel elle ne s'attendait pas. Il lui avait été plus facile d'imaginer que Dan s'était enfui avec une autre femme et elle n'arrivait pas à accepter qu'il ait pu mettre fin à ses jours.

Quant à elle, elle ne savait trop qu'en penser. Dan avait été son père et elle l'aimait, mais elle avait très tôt appris à l'éviter, dès qu'il était d'humeur sombre. Tout s'expliquait maintenant. Son père était hanté par la culpabilité. Une culpabilité profondément enfouie en lui et dont il lui était impossible de parler.

Elle le comprenait d'autant mieux qu'elle aussi vivait dans le regret et la douleur. Elle aussi luttait contre les démons du passé. Jusqu'à présent, elle avait jugé que son père et elle n'avaient rien en commun, alors que sans le savoir ils avaient été très proches l'un de l'autre.

Une larme roula sur sa joue, puis une autre, une autre encore… Et ce raz-de-marée émotif la prit au dépourvu. Elle n'était pas du genre sentimental, essayant au contraire toujours de se dominer. Elle n'avait pas le choix. Elle s'était forgée une carapace depuis l'échec de son mariage et elle ne voulait plus se laisser aller. Cela lui avait coûté trop cher.

Un bruit de pas lui fit redresser la tête. Elle essuya ses larmes en vitesse. D'une certaine manière, elle ne fut pas surprise quand elle s'aperçut qu'il s'agissait de Jon.

— Je suis au courant à propos de ton père. Je suis désolé…

Il se tenait à quelque distance d'elle, près du belvédère. Le ciel était parfaitement bleu et il n'y avait pas un souffle de vent.

— Merci.

Le ferry qui faisait la navette entre Bremerton et Cedar Cove s'approchait lentement du quai. Maryellen concentra toute son attention sur le bateau, faisant totalement abstraction de Jon. Il resta immobile, même s'il était évident qu'elle souhaitait être seule. Si elle continuait à se taire, il finirait bien par comprendre que sa présence était indésirable et il s'en irait.

— Je n'avais pas l'intention de t'importuner avec cette histoire maintenant, mais…

— Alors, abstiens-toi.

— Tu m'as mis devant le fait accompli, dit-il avec douceur. Si tu m'avais parlé de ce bébé, nous aurions pu…

— Quoi ? cria-t-elle. Nous en débarrasser ?

Il la regarda d'un air indigné.

— Non, Maryellen. Tu n'as rien compris. On aurait pu parler comme deux êtres civilisés. Mais tu as préféré me mentir. Tu m'as confirmé que tout allait très bien alors que c'était faux.

Elle baissa la tête.

— Tu te trompes. Tout va bien. Je vais avoir mon bébé.

— *Notre* bébé…

— Non !

Un frisson lui parcourut l'échine, une peur lancinante.

— Un père aussi a des droits.

Maryellen se sentit soudain vidée de toutes ses forces.

— Combien tu veux ?

— De quoi parles-tu ?

— Combien tu veux, pour nous laisser tranquilles, mon bébé et moi ?

Il la regarda fixement, de manière presque insoutenable.

— Tu veux me payer pour m'empêcher de voir mon enfant ? C'est bien ça que tu proposes ?

Elle hocha la tête en signe d'assentiment.

— Je n'aurais jamais cru que tu puisses faire une proposition aussi… aussi…

Les mots lui manquaient. Il était furieux, dégoûté. Puis il lui posa une question qui la plongea dans une profonde perplexité.

— Qui te l'a dit ?

— Qui m'a dit quoi ?

Elle ne voyait absolument pas où il voulait en venir, mais Jon semblait craindre tout à coup qu'elle fût en possession d'une information susceptible d'être exploitée pour lui nuire.

— Si tu l'ignores, ne compte pas sur moi pour te fournir une arme contre moi !

C'était donc bien cela ! Que savait-elle, au juste, à son sujet ? Fort peu de chose. Outre ses talents de chef cuisinier, c'était un excellent photographe et il avait hérité d'une immense propriété de son grand-père. Fin de l'histoire. Ou presque. Elle avait aussi appris qu'il était un merveilleux amant. A cette pensée, elle sentit son estomac se nouer.

— Quand as-tu pris cette photo de moi ?

Il ne répondit pas, bien décidé à camper sur ses positions.

— Je l'ai vue à Seattle. C'était moi, Jon. Tu pensais que je ne m'en apercevrais pas ?

S'il avait cru un instant qu'il pourrait la duper, il s'était lourdement trompé.

Lorsqu'elle leva les yeux vers lui, elle s'aperçut qu'il était peiné, comme si elle avait entrevu quelque chose qui aurait dû rester secret. Eh bien, c'était peine perdue. Elle s'était reconnue et cela lui avait fortement déplu.

— Je ne pensais pas que tu aurais l'occasion de voir cette photo, admit-il, les mains enfoncées dans les poches.

— Naturellement. Tu m'as suivie en cachette, Jon ? Vas-tu enfin m'avouer quand tu m'as prise en photo ?

Il s'assit à l'autre bout du banc, le regard obstinément fixé sur les quais et les crêtes déchiquetées des montagnes Olympic qui se profilaient à l'horizon.

— Nous sommes des adultes, Maryellen. Nous devrions pouvoir parvenir à un accord concernant ce bébé.

— Si tu ne veux pas d'argent, que désires-tu alors ?

— Mon fils, tout simplement, ou ma fille.

— Mais pourquoi ? Ce bébé a-t-il tant d'importance pour toi ? Est-ce une histoire de fierté masculine ? Ou une sorte de vengeance ? J'aimerais bien que tu m'expliques.

Il secoua la tête.

— Cet enfant est aussi le mien. Et je le considère comme l'une des choses les plus importantes qui me soient arrivées dans la vie.

Sa voix tremblait de colère.

— J'ai fait de nombreux sacrifices par le passé, mais cette

fois je ne céderai pas. Je ne renoncerai pas à cet être qui est ma chair et mon sang.

Maryellen sentit une peur panique l'envahir. Elle n'avait pas prévu qu'il revendiquerait son rôle de père. Elle n'avait absolument pas compris le genre d'homme qu'il était et avait commis deux regrettables erreurs : elle avait mal interprété sa réaction lorsqu'ils s'étaient rencontrés avant Noël et, traumatisée par sa triste expérience d'autrefois, elle avait cru qu'il ne voudrait pas entendre parler de cet enfant.

— Très bien, fit-elle. Parlons de ce bébé. Quelles sont tes exigences ?

— Je souhaite une garde partagée.

— Ce n'est même pas la peine d'y songer ! C'est impossible.

— Et pourquoi ça ?

— Tu ne connais rien `à l'éducation des enfants.

Il haussa les épaules.

— Au moins autant que toi.

— Tu travailles tard le soir.

— Et toi dans la journée. C'est une configuration idéale. De cette manière, notre enfant sera toujours en compagnie de l'un de ses parents.

Maryellen était maintenant au bord du malaise.

— C'est trop compliqué. Le bébé n'arrêterait pas de faire des allers-retours entre nos deux logements.

— Tu m'as demandé quels étaient mes désirs et je crois avoir répondu à ta question, poursuivit Jon. La garde partagée vient en premier lieu sur ma liste, mais je veux aussi être là pour sa naissance.

— Tu veux être là ? Mais enfin, pourquoi ?

Il ignora sa question.

— Est-ce que tu as demandé à quelqu'un d'assister à l'accouchement ?

— Oui, à ma mère.

— Très bien, ta mère sera à tes côtés à ce moment-là, mais

une fois que le bébé sera né, je veux être le premier à le tenir dans mes bras.

— Je ne suis pas d'accord.

Il dépassait les bornes. La situation frisait l'absurde et ses prétentions étaient totalement déraisonnables. Elle aurait tout simplement voulu qu'il la laissât tranquille. L'enterrement de son père avait été un moment très éprouvant et elle ne se sentait pas de taille à lutter contre lui en ce moment.

— Autre chose ? demanda-t-elle d'un ton sarcastique.

— Oui.

— C'est bien ce que je craignais !

— Tu es bien décidée à ne pas changer d'attitude ?

Comme elle avait été naïve de croire qu'il serait comme Clint et qu'il lui demanderait de se débarrasser de ce bébé. Quand elle repensait à ce qui s'était passé en eux, il lui semblait désormais normal qu'il désirât s'impliquer dans l'éducation et la vie de cet enfant.

— Pourquoi ne peux-tu être comme les autres ? marmonna-t-elle. Comme Clint par exemple.

— Et toi, pourquoi ne fais-tu pas comme les autres femmes pour qui un enfant est un moyen d'extorquer un maximum d'argent aux hommes et de les manipuler à leur guise ?

— Tu as une vision vraiment négative du genre féminin !

— Qui correspond exactement à celle que tu te fais des hommes.

Il l'avait bel et bien coincée.

Il se tut un instant, puis se tourna vers elle.

— Maryellen, est-il vraiment impossible de trouver un compromis ? Me laisseras-tu assumer pleinement mon rôle de père ?

Quelle ironie du sort, pensa-t-elle, qu'il lui fît cette requête le jour même où son propre père était enterré.

— Est-ce qu'il faut absolument prendre une décision aujourd'hui ?

— J'en ai bien peur.

— Mais pourquoi ?

— Parce que j'ai déjà vu un avocat. Si on n'arrive pas à s'entendre tous les deux, il faudra régler ça devant les tribunaux.

Le cauchemar était enfin terminé, pour Grace, et le mystère qui planait sur la disparition de son ex-époux, élucidé. Mais elle n'avait pas prévu qu'elle en serait à ce point retournée. Pendant trois jours, d'horribles rêves hantèrent son sommeil. Pourtant la lettre de Dan avait balayé toutes les questions et les doutes qui l'avaient minée après sa fuite. Elle savait désormais qu'elle n'était pas responsable de son mal de vivre, ni même de son suicide. Mais elle venait de découvrir que la vérité était tout aussi perturbante.

Dan avait choisi d'en finir avec la vie. Il avait préféré mourir plutôt que de se confronter au passé et d'affronter l'avenir. Il avait refusé toute aide médicale. Dans sa lettre, il expliquait la raison de sa tristesse et de ses colères, néanmoins Grace n'en éprouvait pas de soulagement. Pourquoi ne s'était-il pas tourné vers elle ? De nouveau, la culpabilité la rongeait. Elle n'avait pas réussi à l'aider, à sauver son mariage. A son retour de la guerre, il n'était plus le même homme, et elle l'avait tout de suite remarqué. Elle aurait dû agir alors, pourtant elle l'avait laissé sombrer dans la dépression.

Entourée de ses amis et de sa famille, au cours des derniers jours, il lui avait été facile d'occulter ces constatations embarrassantes. Mais elle était seule désormais. Ses filles étaient reparties. Elles s'étaient réconciliées avec leur père défunt et étaient retournées à leurs occupations respectives. Mais Grace ignorait si elle serait capable de reprendre une vie normale. Le suicide de Dan changeait la vision qu'elle avait jusqu'alors de son mariage et plus généralement de son existence.

Elle mit de l'eau à bouillir pour se faire du thé. Pendant ce temps, elle ôta son tailleur et enfila un pantalon et un chemisier sans manches. Elle avait les yeux qui lui piquaient d'avoir tant pleuré.

Elle venait juste de se servir une tasse lorsque la sonnette de la porte d'entrée retentit. Elle s'attendait à voir Olivia et se réjouissait déjà de sa visite. Toutefois elle se trompait. Sur le pas de la porte se tenait non pas Olivia, mais Cliff Harding, un bouquet de roses jaunes à la main.

Elle cligna des yeux, étonnée de le voir et, sans transition, fondit en larmes. Horriblement gênée par son manque de sang-froid, elle se couvrit le visage à deux mains.

Cliff entra dans la maison et la prit dans ses bras. Elle s'agrippa à lui. Les épines de roses transperçaient le tissu de son chemisier, mais elle resta blottie contre lui en sanglotant, ses pleurs résonnant tristement dans la maison vide.

Cliff la conduisit vers le canapé. Il la tint enlacée, tandis qu'elle continuait à pleurer.

Un temps infini sembla s'écouler mais, lorsque ses yeux furent secs, Grace releva le menton et s'excusa entre deux profonds soupirs.

— Excuse-moi… Je ne sais pas ce qui m'a pris.

— Ne t'excuse pas. Ta réaction m'a fait plaisir, au contraire…

Elle le fixa d'un air interrogateur.

— C'est agréable de s'apercevoir qu'on peut être utile à quelqu'un. Pendant longtemps, personne n'a eu besoin de moi.

Elle posa sa tête contre son épaule, encore tout ébranlée. Elle se sentait bien contre lui, contre son corps solide.

— Je ne m'attendais pas que tout ça finisse ainsi.

— J'imagine…

Il lui entoura les épaules de son bras et l'embrassa sur le haut de la tête.

— Je suis désolé, Grace. Infiniment désolé.

— Il m'a écrit une lettre… Ça m'a aidé à comprendre. Pendant tout ce temps, j'ai cru qu'il y avait quelqu'un d'autre dans sa vie, une autre femme qui, elle, avait su le rendre heureux.

Il lui caressa les cheveux.

— Mais pourtant quelqu'un l'avait aperçu en ville, non ?

— D'après le shérif, ce n'était pas Dan.

— Cet ami s'était donc trompé ?

Grace hocha la tête.

— Sans aucun doute.

Elle se moucha, tout en se disant qu'elle devait avoir une allure pitoyable.

— Après la lecture de sa lettre, j'ai également compris pourquoi il avait détruit tous ses cadeaux de Noël.

C'était le signe de la profonde dépression dans laquelle il s'enlisait. Se sentant indigne de ce qui pouvait lui arriver d'agréable dans la vie, il anéantissait tout ce qu'il aimait, y compris les présents offerts par sa propre famille. Il vivait dans un monde sinistre, un néant total, comme s'il était piégé dans un trou noir, sans issue possible.

— Est-ce que tu sais où il a trouvé l'argent pour acheter ce camping-car ?

— Non, je l'ignore. Nous n'avons jamais eu à notre disposition treize mille dollars. Dan ne travaillait qu'une partie de l'année et souvent nous ne disposions que d'un seul salaire. On tirait souvent le diable par la queue. Il a fallu qu'on emprunte de l'argent pour les études de nos filles. Je ne comprends toujours pas comment il s'est procuré tant d'argent.

— Il a dû faire des économies. Peut-être avait-il ce projet en tête depuis des années.

Grace avait pensé à la même chose.

— Je ne sais pas si, dès sa disparition, il avait l'intention de mettre fin à ses jours. Je crois qu'il voulait juste s'enfuir. Dan adorait la forêt. C'était le seul endroit où il se sentait en paix avec lui-même. Son humeur s'est encore assombrie lorsqu'il a perdu son travail. Et j'ai alors cru que…

— Qu'il déprimait parce qu'il avait perdu son travail, ce qui est tout à fait logique, poursuivit Cliff à sa place.

— Maintenant, je vois bien que la situation a empiré, lorsqu'il est revenu vivre en ville. D'où son idée d'acheter un camping-car. Il avait l'intention d'y vivre quelque temps, de réfléchir…

Elle soupira.

— J'aimerais bien que ce soit là la vérité, mais je n'ai aucun moyen de le vérifier. Il est revenu à la maison un jour. Ça au moins, j'en suis certaine.

Mais pourquoi n'était-il pas resté ? Grace ne parvenait pas à se l'expliquer. Elle ressentit soudain une immense pitié pour lui et s'en voulut terriblement de n'avoir pas su le réconforter.

— Je peux faire quelque chose pour toi ?

Grace hocha la tête en signe de dénégation.

— Je suis si fatiguée… Je ne dors que deux ou trois heures d'affilée depuis que le corps de Dan a été retrouvé.

Cliff effleura sa tempe de ses lèvres.

— Il faut que tu te reposes alors.

Elle lui prit la main et la tint serrée fort dans la sienne.

— Je ne veux pas que tu partes.

— Ne t'inquiète pas. Je resterai ici jusqu'à ton réveil.

— Promis ?

Il la conduisit dans sa chambre et, lorsqu'elle fut allongée dans son lit, il la recouvrit d'une couverture, se pencha vers elle et l'embrassa sur la joue. Puis il s'éclipsa et éteignit la lumière.

Grace ferma les yeux et entendit la porte de sa chambre se refermer doucement. Elle fut prise d'une irrésistible envie de dormir, mais garda les yeux ouverts un instant. Elle ne résista pas longtemps et sombra bientôt dans un sommeil sans rêves. Trois heures plus tard, lorsqu'elle se réveilla, il faisait nuit et l'obscurité régnait autour d'elle.

Tandis que son regard s'habituait peu à peu à la pénombre, elle entendit qu'on s'activait dans la cuisine. Ecartant d'un geste le plaid afghan que Cliff avait délicatement posé sur elle, elle sortit de son lit et se dirigea vers le couloir.

— Cliff ? appela-t-elle.

— Je suis là.

Il apparut, un tablier noué autour de la taille et un grand sourire aux lèvres.

— Je nous ai préparé à dîner.

— Tu sais cuisiner ?

Il haussa les épaules.

— Oui, mais ne t'attends tout de même pas à quelque chose de très sophistiqué.

Le couvert était mis avec soin et le bouquet de roses jaunes garnissait la table recouverte d'une belle nappe et de vaisselle en porcelaine. Une odeur appétissante flottait dans l'air. Comme il était attentionné ! Grace ressentit soudain une grande tendresse pour cet homme qui était venu la réconforter sans arrière-pensée.

— Olivia a appelé, l'informa-t-il. Nous avons discuté un moment. Maryellen aussi. Je crois qu'elle aimerait bien que tu la rappelles.

— Olivia aussi ?

— Seulement si le cœur t'en dit. Elle était soucieuse de te savoir seule, mais je l'ai tout de suite rassurée en lui confirmant que je m'occupais de toi. Je n'ai pas l'intention de t'abandonner, Grace...

Elle fut immédiatement réconfortée par ces paroles. Elle ne s'était jamais sentie aussi prostrée de sa vie, même lors des premiers moments qui avaient suivi la disparition de Dan.

Cliff saisit un torchon et retira un plat du four.

— J'espère que tu aimes le hachis Parmentier.

Elle n'avait guère d'appétit, mais elle fit un signe de tête affirmatif. Il s'était donné tant de peine ! Le moins qu'elle puisse faire, c'était de goûter à son plat. Ce n'est que lorsqu'elle fut assise qu'elle comprit à quel point elle avait faim.

— Tu es un excellent cuisinier.

— Merci, répondit-il avec un sourire, apparemment content de ce compliment. Toutefois, je ne connais qu'un nombre limité de recettes.

Une fois le repas terminé, ils restèrent discuter autour d'une tasse de café, puis elle eut soudain besoin de s'activer et se mit à débarrasser la table. Cliff insista pour l'aider et ne tint aucun compte de ses protestations.

— Je pensais sérieusement ce que j'ai dit à Olivia, fit-il en mettant une assiette dans le lave-vaisselle.

— C'est-à-dire ?

— Je ne t'abandonnerai pas. Ne t'inquiète pas, je ne vais pas m'installer dans ton salon, mais je veux que tu saches que tu peux compter sur moi à l'avenir.

Il se pencha au-dessus du comptoir et soupira.

— Aujourd'hui, tu viens d'enterrer ton mari et ce n'est peut-être pas le bon moment pour te confier ça, mais je tiens énormément à toi, Grace.

Ces paroles restèrent en suspens dans le silence qui s'installa entre eux.

— Moi aussi, je tiens énormément à toi, répondit-elle doucement au bout d'un moment.

Elle savait désormais que Cliff ferait forcément partie de sa vie, de manière aussi certaine que le soleil brillerait toujours dans le ciel.

— C'est vrai ?

— Pourquoi as-tu l'air si surpris ?

— C'est juste que… On ne dit pas des choses pareilles à un homme qui a un torchon dans les mains.

— Bien sûr que si, le taquina-t-elle. Et tu sais pourquoi ? Parce que je n'ai pas l'intention de te laisser partir de sitôt, moi non plus.

A ces mots, ils s'enlacèrent, mais sans s'embrasser. Ce n'était pas le moment approprié. Dan venait juste d'être enterré. Mais ils n'étaient pas pressés : ils savaient que l'occasion se présenterait de nouveau et que, cette fois, ils ne la laisseraient pas passer.

— Tu es certaine que Jack ne m'en voudra pas, si je t'invite un vendredi soir ? s'enquit Stan auprès d'Olivia, comme ils attendaient pour pendre leurs billets au cinéma multiplex.

— Il est occupé.

Il lui avait téléphoné pour qu'elle l'accompagne à une réunion du conseil d'administration scolaire, mais elle avait refusé. Jack devenait tellement paranoïaque, quand il s'agissait de Stan, qu'elle ne lui avait pas signalé qu'elle allait à une séance de cinéma avec lui en fin d'après-midi. Elle le lui dirait plus tard. Pour l'heure, elle ne voulait pas en discuter avec lui, car la conversation menaçait d'être houleuse comme chaque fois que Stan était concerné.

— C'est presque comme avant, fit remarquer Stan.

— Pas tout à fait. Qui achète les pop-corns, toi ou moi ?

— C'est toi.

— Eh bien, cette fois, ça me rappelle effectivement le bon vieux temps, répondit Olivia.

Avec leurs trois enfants, il leur arrivait rarement de sortir tous les deux ensemble. Aller au cinéma une fois par semestre était un événement. Pour gagner du temps, Stan achetait généralement les tickets, pendant qu'elle faisait la queue au snack.

— Où est Clark Kent au fait ? demanda-t-il d'un ton légèrement ironique, comme ils pénétraient dans le cinéma.

Décidément, Stan se montrait très curieux.

— Il allait à une réunion, ce soir.

— Tu vas lui parler de notre petite escapade ? Tu sais, je ne veux pas être une source de discorde entre vous deux.

— Je n'ai rien à lui cacher.

Olivia n'était pas une femme dissimulatrice. Stan était bien placé pour le savoir et cette question l'irrita.

Ils s'assirent au fond de la salle et, dès qu'ils furent installés, Olivia prit une poignée de pop-corns.

— Tu l'aimes bien ce type, hein ?

La bouche pleine, elle se contenta de hocher la tête. Et c'était vrai, elle aimait beaucoup Jack. Il était intelligent, vif et plein d'humour. Sa compagnie était stimulante et il la faisait rire. Il manquait parfois de confiance en soi, mais elle était prête à faire l'impasse sur cette faiblesse.

Stan était sur le point de lui poser une autre question quand les lumières s'éteignirent. Soulagée, Olivia regarda les bandes-annonces des films à venir. Elle ne voulait pas passer la soirée à discuter de ses relations avec Jack.

Une fois la séance terminée, Stan et elle s'arrêtèrent pour prendre un café et une pâtisserie au Pancake Palace. Cela avait aussi fait partie de leurs habitudes, quand ils sortaient ensemble le soir. Lorsqu'ils s'assirent dans le box l'un en face de l'autre, Olivia se jura de ne pas se laisser entraîner dans la nostalgie, en évoquant le passé. Et elle éviterait aussi toute question à propos de Jack. Stan l'avait contactée pour qu'elle lui donnât des conseils sur son mariage et c'était uniquement de cela qu'ils allaient discuter.

— Est-ce que Jack et toi…

— Une minute, coupa-t-elle en levant la main. On est venus pour parler de toi ou de moi ?

Stan baissa les yeux.

— J'ai toujours eu du mal à accepter la défaite.

Olivia se mordit la langue et se retint de lui rappeler que c'était lui qui avait quitté la maison, lui qui avait entamé la procédure de divorce, lui qui avait insisté pour mettre fin à leur mariage.

— Alors, qu'est-ce qui se passe, avec Marge ? lui demanda-t-elle.

— Elle veut me quitter.

— Pourquoi ?

— Elle ne m'aime plus. Elle prétend que cette relation

spéciale que nous partagions n'existe plus. Elle a déposé une demande de divorce.

— Et toi, tu en penses quoi?

Stan évita de croiser son regard.

— Je suis très malheureux.

— Tu crois qu'elle sort avec quelqu'un d'autre?

— J'y pense depuis un certain temps...

Olivia aurait pu triompher. Après tout, c'était bien cette même mortification qu'il lui avait infligée, autrefois. Elle n'en fit rien. L'annonce de cette rupture lui inspirait au contraire de la peine. Stan et Marge avaient partagé une relation solide et harmonieuse, mais c'était un peu comme si le sort s'acharnait sur eux deux. Marge aussi était mariée lorsqu'elle avait rencontré Stan et elle avait divorcé pour repartir de zéro avec lui. Et voilà que leur vie commune se soldait par un échec.

— Je suis désolée...

Il essaya de prendre un air détaché, mais Olivia le connaissait suffisamment bien pour savoir quand il souffrait. Elle le vit sous un autre jour et s'aperçut que l'homme terriblement séduisant qu'il avait été s'était évanoui. En cet instant, il avait l'air vieux et usé, avec son teint cireux et sa peau ridée.

Ils discutèrent pendant près d'une heure et elle fut étonnée de constater qu'il était presque 21 heures lorsqu'ils payèrent leurs consommations.

— J'ai beaucoup de mal à trouver le sommeil en ce moment, lui dit-il encore, tandis qu'ils rentraient chez Olivia. Cette rupture m'a vraiment fichu un sale coup au moral.

Elle lui tapota gentiment la main.

— Dans la vie tout finit par s'arranger. Marge n'est pas encore partie. Il ne faut pas désespérer.

Stan se gara contre le trottoir. Les rayons du soleil couchant illuminaient d'une lumière mordorée les eaux de la baie.

— J'ai toujours aimé contempler la vue d'ici, remarqua-t-il en laissant le moteur tourner au ralenti.

Olivia aussi. Elle se rappela le jour où elle avait vu pour

la première fois le panneau « A vendre » planté devant la maison. Elle en avait ressenti une émotion intense et avait compris d'emblée, sans même visiter l'intérieur, que c'était là qu'elle désirait s'installer avec sa famille. Malgré le prix d'achat élevé, ils avaient réussi à rassembler une somme initiale suffisamment importante pour que la banque accepte de leur accorder un prêt. Les jumeaux étaient alors âgés de quatre ans et c'était la première fois qu'ils possédaient leur propre chambre. Malheureusement, après la mort de Jordan, cette belle demeure n'avait pas suffi à maintenir la cohésion familiale, même si elle restait à plusieurs titres le symbole de tous les moments de bonheur qu'elle y avait vécus pendant son mariage.

— Marge est partie le week-end dernier, finit-il par avouer.

— Je suis désolée, Stan.

— Merci d'être aussi compréhensive. Tu pourrais triompher car, après tout, ce qui m'arrive n'est qu'un juste retour des choses, non ?

— Stan, ça fait longtemps qu'on a divorcé…

— Oui, et tu as toujours eu un comportement irréprochable à ce propos. Sincèrement.

Elle n'était pas sûre que cela fût totalement vrai.

— Je ne me sens pas d'attaque pour rentrer chez moi. Pas ce soir, dit-il d'une voix brisée.

Il était visiblement au bout du rouleau.

— Qu'est-ce que tu vas faire ?

— Je vais aller à l'hôtel.

Olivia n'était pas une oie blanche et elle n'ignorait pas que c'était peut-être une stratégie de la part de son ex-mari pour susciter sa pitié et l'inviter à dormir chez elle. Mais il semblait tellement misérable ! C'était tout à fait compréhensible qu'il ne veuille pas retourner dans une maison vide.

— Ecoute, tu peux rester dormir dans l'ancienne chambre de James et repartir à Seattle demain dans la matinée.

Il parut tout à coup soulagé.

— Ça ne t'embête pas ?

— Non, mais j'ai rendez-vous demain matin et je dois partir à 9 heures.

Elle accompagnait Jack à Sol Duc Hot Springs où il devait faire des recherches pour un article de voyage. Comme elle avait une voiture en meilleur état que la sienne, c'était elle qui passerait le prendre.

— Pas de problème. Je partirai à 8 heures. Plus tôt même, si ça t'arrange.

— Ce n'est pas la peine ; je te demande juste d'être prêt pour 9 heures.

Stan gara sa BMW à l'arrière de la maison et Olivia lui donna des serviettes propres avant qu'il ne monte dans sa chambre. C'était la première fois que Stan dormait dans la maison depuis leur divorce.

Le lendemain matin, levée à 7 heures, elle était en train de faire le café, tandis que Stan prenait sa douche à l'étage, quand elle entendit sonner.

Intriguée, elle courut jusqu'à la porte.

— J… Jack ! bafouilla-t-elle.

— Je voulais te cueillir au saut du lit avec quelques petites gâteries…

Il avait apporté du café dans deux grands gobelets en plastique et tenait un sac garni de sucreries.

— C'est pour toi. Des confiseries à base de sirop d'érable. Tes favorites. J'ai pensé qu'on pourrait prendre le petit déjeuner ensemble avant de prendre la route.

— C'est…

— Olivia ! cria alors Stan, en dévalant l'escalier.

Il s'arrêta net quand il aperçut Jack. Il portait l'un des vieux peignoirs de soie de Justine et une paire de chaussons élimés.

— Tu te souviens de Stan, n'est-ce pas ? murmura-t-elle.

C'était probablement la chose la plus stupide qu'elle ait jamais prononcée.

— Oui, bien sûr.

Jack le considéra d'un air froid et distant.

Stan s'empressa maladroitement de remettre de l'ordre dans sa tenue négligée et s'enveloppa plus étroitement dans son vêtement.

— De toute évidence, je tombe vraiment mal.

— Au contraire, fit Jack. Vous tombez à pic.

— Désolé, dit Stan.

Il jeta un regard d'excuse à Olivia et retourna précipitamment dans sa chambre.

Jack et Olivia restèrent seuls, face à face.

— Jack… Tu ne vas tout de même pas croire que Stan et moi…

N'avait-il donc aucune confiance en elle ?

— Ce que je pense n'a guère d'importance, Olivia.

C'était une réponse tellement puérile qu'elle ne sut pas comment réagir.

— Il veut te reconquérir, c'est évident…

Toujours la même antienne ! Jack ignorait tout des problèmes actuels de Stan. Il se fiait uniquement aux apparences, alors qu'il n'y avait absolument rien d'équivoque entre son ancien époux et elle.

— Tu n'es pas obligée de partager mon opinion, poursuivit-il. C'est à toi de voir. Mais je t'avertis : c'est lui ou moi. Il va falloir choisir.

— Tu veux que je dise à Stan qu'on ne se reverra plus ?

Comment Jack pouvait-il exiger une chose pareille ?

— Oui, ou bien tout est fini entre nous.

— Je n'aime pas les ultimatums, lui répondit-elle sèchement.

Jack posa le café et les pâtisseries sur la table du salon.

— Très bien. Tout est donc parfaitement clair…

Il tourna les talons et se dirigea vers la porte.

Olivia fut tellement abasourdie qu'elle resta d'abord sans réaction. Il lui fallut dix secondes avant de se précipiter après lui. Il avait déjà rejoint son automobile toute déglinguée.

— Tu prétends que Stan désire vivre de nouveau avec moi ?

— Ça crève les yeux depuis des mois, Olivia ! Ne me dis pas que tu ne t'en es pas aperçue !

— Jack Griffin, est-ce que je compte le moins du monde pour toi ?

Il se retourna et la regarda fixement.

— C'est lui ou moi. Tu es la seule à pouvoir décider.

Il voulait jouer au plus malin ! Eh bien, elle n'allait pas se laisser faire.

— Tu te trompes. Ce n'est pas moi qui décide, mais toi. C'est toi qui prends la fuite. C'est toi qui lances des ultimatums.

— Et tu voudrais que je fasse quoi au juste ?

Enfin une question digne de ce nom.

— Ce que je souhaite, Jack Griffin, c'est que tu te battes pour moi ! Que tu me prouves que tu es à la hauteur de toute la confiance et de tout l'amour que j'ai pour toi.

19

La grossesse de Maryellen était désormais bien avancée. C'était difficile de croire en la voyant qu'il lui restait encore six semaines avant la naissance de son bébé. Elle n'avait pas eu de nouvelles de Jon depuis ce jour de juin où elle avait enterré son père. Mais elle n'était pas naïve. Elle savait pertinemment qu'il n'allait pas baisser les bras et qu'il n'hésiterait pas à lancer une procédure judiciaire en dernier recours. Elle était donc constamment sur ses gardes, redoutant qu'il ne mît ses menaces à exécution.

Heureusement, elle avait été très occupée, car la galerie était remplie de touristes en été. Les affaires marchaient bien, même si plusieurs clients avaient été déçus d'apprendre que les œuvres de Jon n'y étaient plus en vente. Elle avait entendu dire qu'on s'arrachait ses photos à Seattle, maintenant. Cela ne l'étonnait guère, car elle avait assisté à cette même vague d'enthousiasme à l'époque où Jon exposait à la Harbor Street Gallery. Ses livraisons étaient irrégulières et la demande, inévitablement supérieure à l'offre. Mais elle comprenait désormais la raison de cette production en dents de scie. Par le passé, il avait travaillé comme cuisinier chez André parallèlement à son métier de photographe. Il était maintenant pris cinq jours par semaine au Lighthouse qui avait gagné, très peu de temps après son ouverture, la réputation d'être l'un des meilleurs restaurants de la région. Avec Jon aux commandes, la nouvelle entreprise de Seth et Justine était devenue rapidement florissante.

Maryellen se réjouissait de la réussite du jeune couple. Mais ce qui l'agaçait énormément, en revanche, c'était le succès de Jon. Il débordait de talent et cette virtuosité qu'il manifestait en toutes choses semblait tenir du prodige. Il avait conçu et construit lui-même sa maison. C'était un brillant photographe et un cuisinier hors pair. Hormis son manque de sociabilité — qui n'était peut-être qu'un désir d'authenticité et un refus du compromis —, cet homme n'avait aucun défaut. Si jamais ils allaient devant un tribunal pour régler cette histoire de garde partagée, il était sûr de gagner. Sauf si elle découvrait une affaire compromettante à laquelle il aurait été mêlé par le passé. Elle avait senti qu'il y avait un secret dans sa vie et n'avait-il pas lui-même admis qu'il existait des informations qu'on aurait pu utiliser contre lui ?

Mais cette pensée la dérangeait, au fond. Elle ne voulait pas se battre pour la garde de leur enfant dans une salle de tribunal. Elle avait certes cru que, lorsque Jon apprendrait qu'elle attendait un enfant, il serait soulagé d'être dispensé de toute responsabilité. Elle s'était trompée... Comme si souvent par le passé, pensa-t-elle avec amertume.

Quand arriva l'heure de la fermeture, elle était fourbue. Outre un mal de pieds lancinant, tout son corps était courbatu et elle n'avait aucune envie de faire la cuisine. C'est pourquoi elle décida d'aller manger une barquette de poisson et de frites dans un petit restaurant, près de Colchester Park, où l'on servait de la nourriture de premier choix.

Elle s'assit à une table à l'extérieur, juste en face de la mer. De là, elle avait une vue magnifique sur Seattle qui se profilait à l'horizon. Elle posa les pieds sur le banc installé devant elle, installa le sachet sur la table, puis se lécha les doigts pour savourer le goût salé des frites brûlantes.

Une camionnette s'arrêta sur le parking. Elle la reconnut immédiatement. C'était celle de Jon. Comment était-ce possible ?

A cette heure, il aurait dû être au restaurant. Il n'avait aucune raison de se trouver là.

Il sembla aussi surpris qu'elle en l'apercevant. Il sortit et resta quelques instants immobile près de son camion.

— Je ne t'ai pas suivie, si c'est ce que tu penses, dit-il d'une voix neutre.

— Je sais.

Elle était bien décidée à profiter de son repas et s'empara de la salière.

— Justine fait de la rétention d'eau à cause du sel, remarqua-t-il en fronçant les sourcils. Tu crois que c'est raisonnable d'en rajouter ?

— Je suis en pleine forme.

Les hommes étaient bien tous les mêmes ! Ils ne pouvaient s'empêcher de vous donner des conseils ou des ordres. Elle sentit la colère monter en elle, mais recouvra très vite son calme.

— Et le bébé ?

— Elle évolue parfaitement bien.

— Elle ?

Maryellen hocha la tête.

— Je fais régulièrement des échographies à cause de mon âge.

— Tu le sais depuis le début ?

— Non. On vient juste de me l'annoncer.

— Une fille, dit-il d'un ton grave, visiblement très ému. Tu as déjà trouvé des prénoms ?

— Je pensais l'appeler Catherine Grace.

Le visage de Jon se radoucit.

— Ma mère s'appelait Katie. Ce choix la rendrait très heureuse.

— Eh bien, tu peux lui annoncer la nouvelle.

De toute manière, il n'avait sûrement pas l'intention de garder secrète sa paternité imminente.

— Ma mère est morte depuis quinze ans.

— Oh ! Je suis désolée, dit Maryellen, qui s'en voulut aussitôt de sa maladresse.

— Je veux que ma fille fasse partie de ma vie, Maryellen…

— On pourrait peut-être trouver un compromis ?

Il y avait une chose qu'elle se refusait d'envisager : comparaître devant un tribunal pour décider de l'avenir de Catherine Grace.

— Du genre ?

— Tu pourrais la prendre tous les week-ends par exemple…

Il la regarda, le visage vide d'expression.

— Ce ne serait pas bon pour elle de faire sans cesse le va-et-vient d'une maison à l'autre et de passer ses journées avec toi puis ses nuits avec moi, expliqua-t-elle nerveusement. Je désire qu'elle ait une vie stable et remplie d'amour. Essaie de comprendre, s'il te plaît.

Il hocha la tête à contrecœur.

— D'accord, mais si parfois ce n'est pas possible, à cause de mon travail, par exemple ?

— Eh bien, nous nous arrangerons autrement.

— Alors, nous sommes bien d'accord, insista-t-il pour s'assurer qu'il n'y avait pas de malentendu. La petite restera avec moi deux nuits par semaine ?

— Oui.

— Merci.

Il sembla soulagé et même quelque peu troublé par le comportement coopératif de Maryellen.

— Je ferai tout mon possible pour être un bon père.

Il se dirigea vers son camion, ayant apparemment oublié qu'il était initialement venu là pour manger.

— Et ne force pas trop sur le sel, hein ?

— D'accord, chef, répondit Maryellen en portant la main à son front en un salut moqueur.

Jon monta dans sa camionnette et disparut bientôt. Il avait

l'air sincèrement soucieux de leur futur enfant et de sa santé à elle. Il s'était montré respectueux et gentil lors de leur entretien. En fait, c'était elle qui le maltraitait depuis le début !

Son appétit avait disparu et elle repoussa son repas. Le bébé s'agitait dans son ventre, s'étirant et donnant des coups de pied comme pour lui rappeler que tous les enfants ont besoin à la fois d'une mère et d'un père.

— Chaque chose en son temps, Catherine Grace, murmura-t-elle en se frottant le ventre. Chaque chose en son temps.

Pendant cinq mois, Roy McAfee avait recherché des informations sur ce John Doe, qui était mort chez les Beldon. Il avait appris que le billet d'avion, retrouvé dans ses affaires, avait été acheté dans une petite ville de Floride du sud. Cette même ville où « James Whitcomb » avait vécu, selon sa carte d'identité falsifiée. Roy était allé faire un tour là-bas, avait montré la photo de l'homme aux autorités policières de la région, mais sans succès.

Il avait alors décidé de contacter des spécialistes de la chirurgie esthétique des environs, mais personne n'avait semblé reconnaître le visage qu'il leur montrait ou avoir une quelconque idée à ce propos. Un seul chirurgien avait suggéré que les opérations dataient de vingt ou trente ans, car les techniques avaient évolué depuis. Cette remarque, tout en étant intéressante, ne lui fut pas sur le moment d'un grand secours.

Six mois après sa mort, John Doe restait donc une énigme. En dépit des jours et des nuits qu'il passait à étudier son cas, Roy n'avait pas avancé d'un pouce. Le rapport de toxicologie n'ayant rien révélé de suspect et Troy Davis n'avait pas fait faire d'autres examens, notamment à cause de contraintes budgétaires.

Les responsables du comté n'étaient pas disposés à consacrer plus d'argent à l'élucidation de cette mort mystérieuse — de toute évidence, l'argent comptait plus que la satisfaction de leur curiosité. D'autre part, étant donné qu'il ne s'agissait pas d'un meurtre, il n'y avait pas véritablement d'enquête à mener.

— Tu es encore en train de penser à cet homme ? lui demanda sa femme en entrant lui apporter une tasse de café.

— Je n'abandonnerai pas, maugréa Roy.

— Troy est à court d'argent.

— Je sais.

Dans son dernier rapport — lequel fournissait très peu d'informations nouvelles —, Davis lui avait conseillé de tirer un trait sur cette affaire. Roy n'était pas d'accord, mais il y avait encore de nombreux autres cas dont il fallait qu'il s'occupe. Pourtant, ce John Doe l'obsédait, tout comme l'avait obnubilé la disparition de Dan Sherman.

— Nous avons déjà dépensé plus d'argent que nous n'en avons gagné…

Ce n'était pas la première fois que Corrie faisait ce genre de remarques. Dès le départ, elle avait vu d'un œil réprobateur sa participation à l'enquête. Mais il était convaincu qu'elle n'aurait pas été capable d'expliquer véritablement ses réticences, pas plus qu'il n'aurait pu justifier le temps et l'argent gaspillés pour ce cas insoluble.

— Je suis persuadé que si ce type est venu mourir à Cedar Cove, c'est pour une raison bien précise, dit-il en essayant une fois encore de reconstituer les éléments épars de ce puzzle inextricable. Selon lui, cette visite au Bed and Breakfast n'était pas fortuite. En effet, comment ce type aurait-il pu, sinon, connaître l'existence du Thyme and Tide, situé à l'écart de l'autoroute ?

Peut-être s'était-il égaré dans la tempête et était-il tombé dessus par hasard ? L'éventualité restait possible. Mais il avait tout aussi bien pu s'arrêter chez les Beldon de manière intentionnelle. Et si c'était le cas, pour quel motif ?

— Peut-être que c'était un tueur à gages ? suggéra Corrie. Non, c'est idiot… Je lis trop de romans policiers.

Roy avait envisagé cette possibilité.

— Dans ce cas, il aurait porté une arme.

— Peut-être qu'il y en avait une dissimulée quelque part à son intention. Comme ça se passe dans les films.

— Les tueurs possèdent toujours leurs propres armes.

Corrie s'appuya contre le bord du bureau.

— Quand as-tu parlé pour la dernière fois à Bob Beldon ?

Roy réfléchit quelques instants.

— Il y a quelques mois de ça, je crois.

Sa femme avait le don de poser les bonnes questions ; elle allait toujours à l'essentiel.

— Il a juré qu'il n'avait jamais vu cet homme avant cette nuit fatidique.

— Mais si je me rappelle bien, tu as trouvé son comportement un peu bizarre.

De temps à autre, Roy repensait à l'attitude de Bob. Il ne soupçonnait pas ce dernier d'être coupable de rétention d'informations ou de duplicité. Mais souvent, les gens ignoraient l'importance de ce qu'ils savaient. Selon toute vraisemblance, Bob avait vaguement reconnu cet homme — mais son souvenir était si ténu qu'il n'avait pas cru indispensable de mentionner ce fait. Peut-être l'avait-il rencontré autrefois, dans le cadre de son ancien travail ou lors de vacances quelconques.

— Je crois que je vais rendre visite à Bob et Peggy, dit Roy.

Corrie lui adressa un sourire entendu.

— Tu as raison. C'est une bonne idée.

Lorsqu'il se gara dans l'allée, Peggy travaillait dans son jardin aromatique. Il l'aperçut coiffée d'un chapeau de paille, coupant et ramassant les tiges mortes et les fleurs fanées. Il sortit de sa voiture et lui fit un signe de la main. Elle le salua chaleureusement en retour en agitant le bras. Bien que Corrie et lui fussent du même âge que Peggy et Bob, ils n'avaient pas cherché à devenir amis, sans qu'il puisse en donner la raison.

Roy vit une autre voiture garée non loin de la sienne, mais il ne la reconnut pas. Elle appartenait probablement à un hôte de passage.

La porte d'entrée s'ouvrit avant même qu'il ait sonné et le pasteur Dave Flemming apparut sous la véranda. Dave, de confession méthodiste, était un homme charmant.

Roy l'avait déjà rencontré en diverses occasions et savait que c'était lui qui avait officié lors des funérailles de Dan. Dave avait rencontré Grace plusieurs fois après l'enterrement pour l'aider à faire face à cette fin tragique.

— Roy, comment vas-tu ? demanda le pasteur en tendant la main. Content de te voir.

— Moi aussi.

— Tu es très demandé ces temps-ci, Bob, fit remarquer Dave en s'en allant.

— C'est moi que tu veux voir ? demanda Bob au nouveau venu.

— Si tu as une minute…

— Bien sûr !

Bob tint la porte ouverte et invita Roy à entrer.

— Le pasteur aimerait que je sois l'entraîneur d'une équipe de basket-ball de la paroisse.

— J'ignorais que tu t'intéressais au sport.

— Ça fait des années que je n'ai pas joué, répondit Bob en conduisant Roy dans la cuisine.

Il lui offrit un verre de thé glacé, mais Roy refusa d'un signe de tête.

Ils s'assirent à la table, l'un en face de l'autre.

— Apparemment, Grace lui a raconté que Dan et moi étions les deux héros sportifs du coin, il y a au moins cent ans de ça…

— Vous étiez dans le même lycée ?

Bob hocha la tête.

— Nous avons été très proches autrefois. En fait, on a été enrôlés en même temps dans l'armée à l'époque de la guerre du Viêt-nam et on a fait notre entraînement ensemble.

Etrange… Depuis que Roy vivait à Cedar Cove, il ne les avait jamais vus échanger plus qu'un simple salut de la tête lorsqu'ils se croisaient.

— Mais tu n'es pas venu me parler de Dan, si ?

— Non, pas vraiment. Je suis toujours en train d'enquêter sur l'identité de votre étrange visiteur.

— Tu as du nouveau à ce sujet ?

Roy secoua la tête.

— Je sais que tu as maintes fois raconté ce qui s'était passé cette fameuse nuit.

— Oui, à toi, à Troy…, répondit Bob d'un air las.

— Je voulais te dire que j'apprécie beaucoup ta disponibilité et ton esprit coopératif.

— C'est tout naturel.

— Ça t'embêterait de me dire de nouveau ce qui est arrivé ce soir-là ?

— Voyons…

Bob se laissa aller contre le dossier de sa chaise et ferma les yeux.

— Il était tard. Le bulletin d'informations venait juste de se terminer quand j'ai aperçu les phares d'une voiture par la fenêtre. J'ai demandé à Peggy s'il y avait des hôtes prévus. Et elle a répondu que non.

— Quelle a été ta première réaction, quand tu l'as vu ?

Bob avait toujours les yeux fermés.

— Son visage m'a semblé familier, ce qui est étrange, car je n'ai pas bien distingué ses traits dans la pénombre. J'avais oublié de relater ce détail dans la confusion qui régnait le lendemain matin.

— Familier ? insista Roy. Mais de quelle manière exactement ?

Bob fronça les sourcils.

— Je ne pourrais pas le préciser. C'était une impression vague.

— S'agissait-il de sa démarche ? De son allure ?

— Peut-être bien.

— Y a-t-il autre chose dont tu te rappelles ?

Bob ouvrit les yeux.

— Cet homme m'a mis mal à l'aise.

— Dans quel sens ?

Cette fois, Roy était bien décidé à ne pas lâcher prise.

— Une réaction instinctive, je dirais, comme si j'avais le pressentiment que ce type allait nous apporter des ennuis.

— Des ennuis…, répéta Roy.

— Et en fait, j'avais raison, puisqu'on l'a retrouvé mort le lendemain.

Il poussa un profond soupir.

— Désolé, je ne peux pas t'en dire plus.

— C'est déjà beaucoup, fit Roy.

Bob parut surpris.

— Vraiment ?

— Je commence à croire que tu connaissais cet homme. D'où ton impression… Réfléchis bien. Laisse remonter tes souvenirs à la surface et contacte-moi si tu as quelque chose d'intéressant à me signaler.

— Tu crois qu'il est venu ici pour me voir ? lui demanda Bob, profondément bouleversé.

— Oui, j'en suis même convaincu.

Le jour du divorce arriva. Cela faisait six mois que Rosie attendait ce moment. Sharon Castor, son avocate, marchait à ses côtés, comme elles se dirigeaient vers le tribunal. Elles s'assirent au premier rang de la salle d'audience.

— C'est le juge Lockhart qui s'occupe de notre affaire, lui murmura Sharon.

Rosie se sentie rassurée, car une femme était mieux à même

qu'un homme de comprendre sa situation, pensa-t-elle. Zach, même s'il continuait à le nier, sortait avec Janice Lamond. S'il avait eu le courage de l'avouer, le divorce aurait eu lieu depuis longtemps déjà. Elle le jugeait donc responsable de ce retard et de tous les maux possibles et imaginables. Lui, de son côté, estimait qu'elle était coupable de cette déplorable situation. Il l'accusait de faire traîner les choses en longueur et d'être déraisonnable. Bref, leurs querelles étaient sans fin.

— C'est plutôt bien, non? dit Rosie à voix basse, en se penchant vers Sharon.

— Oui, le juge Lockhart est une personne équitable, même si ses méthodes ne sont pas toujours orthodoxes.

Cette réflexion inquiéta subitement Rosie. Elle souhaitait que cette affaire soit réglée au plus vite. Après ces six mois passés à ergoter sur le moindre détail, elle était à bout. Elle ne désirait plus qu'une seule chose : repartir de zéro, l'esprit libéré de tous ces tracas qui la remplissaient d'amertume.

Zach s'approcha de la table en compagnie de son avocat. Rosie ne lui accorda pas un regard, même si elle sentait qu'il l'observait avec attention. Tout son corps était crispé, mais elle ne daigna pas tourner la tête vers lui. Ses yeux lui brûlaient par manque de sommeil et elle souffrait d'un horrible mal de tête. Cela faisait dix ans qu'elle n'en avait pas connu de semblable. Etait-elle malade? Il ne fallait surtout pas que Zach le remarque. Elle serait morte, plutôt que de lui montrer combien elle avait été affectée et meurtrie par sa trahison. Cette rupture lui avait perdre toute confiance en elle et l'avait complètement abattue.

Quelqu'un annonça l'arrivée du juge et toutes les personnes présentes se levèrent, puis se rassirent sans tarder.

— Bonjour, Votre Honneur, dit Sharon Castor en se levant de nouveau.

— Bonjour, répondit Olivia en feuilletant le rapport qu'elle avait sous les yeux. Je constate que vous vous êtes mis d'accord en ce qui concerne la pension alimentaire.

— Oui, Votre Honneur.

— Parlons maintenant de la procédure de garde envisagée.

Rosie retint sa respiration. Elle s'était opposée aussi longtemps que possible à la garde partagée. Ce n'était pas ce qu'elle souhaitait. Etant donné le temps que Zach passait avec Janice et Chris, il était évident qu'ils allaient faire partie de sa vie et de celle de ses enfants. Et cette perspective la heurtait profondément. C'est pourquoi elle avait farouchement lutté contre cette proposition. Son opposition obstinée avait provoqué d'affreuses disputes. Rosie regrettait maintenant ces échanges violents et destructeurs, mais elle avait prononcé ces paroles venimeuses presque malgré elle, aveuglée par la colère. Elle avait été la première surprise par la démesure de ses réactions. Et le mépris manifesté par Zach à son égard l'avait totalement déstabilisée.

— Il semble que vous ayez opté pour la garde partagée…

— Oui, Votre Honneur.

Olivia fit un geste en direction du document.

— Les enfants, âgés de neuf et quinze ans, vont donc vivre trois jours avec leur père au cours de la première et de la troisième semaine de chaque mois et quatre jours pendant la seconde et quatrième semaine. C'est bien ça ?

— Oui, Votre Honneur.

— Il leur faudra donc transférer leurs affaires personnelles de leur maison à l'appartement de leur père tous les trois ou quatre jours. Cela fait beaucoup de déplacements et de tracas pour des enfants, vous ne trouvez pas ?

— Votre Honneur…, intervint l'avocat de Zach, en se levant. Mon client souhaite participer activement à l'éducation de ses enfants.

— C'est un souci légitime que je ne remets pas en cause. D'ailleurs la garde partagée ne me pose pas non plus de problèmes en soi, expliqua Olivia, mais selon moi, ce sont plutôt les enfants qui ont besoin d'un environnement de vie stable, non ?

— Mon client est parfaitement d'accord avec vous, confirma Otto Benson, tandis que Zach hochait la tête en signe d'assentiment.

— Madame Castor, est-ce que votre cliente approuve cette manière d'envisager les choses ?

Sharon jeta un regard à Rosie qui se leva. Elle s'adressa directement à Olivia :

— Pour moi, le bien-être de mes enfants est une priorité.

— La maison familiale se trouve au 311 Pelican Court. Depuis combien de temps vivez-vous à cette adresse ?

— Trois ans, Votre Honneur.

— Vous avez l'intention de conserver la maison ?

— Oui, Votre Honneur, répondit Sharon au nom de Rosie.

Olivia mit de côté le dossier et poussa un profond soupir.

— J'ai décidé de vous prendre au mot. Vous venez tous deux de me confirmer que le bonheur de vos deux enfants était votre principale préoccupation, ce qui est tout à votre honneur. Vous désirez tous deux continuer à être partie prenante dans leur vie et leur éducation et je vous en félicite. J'espère toutefois que vous êtes sincères. J'accepte donc toutes les conditions soumises devant ce tribunal à une exception près : la garde partagée.

— Votre Honneur ! rugit Zach, en se levant.

— Gardez votre calme et asseyez-vous, monsieur Cox, lui ordonna Olivia.

Zach s'exécuta sans rien dire.

Rosie croisa les bras d'un air satisfait. Cette juge perspicace avait su cerner son mari !

— Comme je l'ai dit précédemment, il est essentiel que vos enfants bénéficient d'un environnement stable. C'est vous et non eux qui avez décidé de mettre fin à votre mariage. Vos enfants resteront donc dans la maison, et vous viendrez passer trois jours ou plus avec eux, selon le programme établi.

— Mais votre Honneur…

— Je ne reviendrai pas sur ma décision. Soit vous l'acceptez maintenant et le divorce est prononcé. Soit la procédure est reportée.

Rosie regarda Zach d'un air horrifié. Comment une décision pareille était-elle possible, après tout le temps passé à discuter indéfiniment de chaque détail ?

— Que décidez-vous ? s'enquit Olivia.

Zach et son avocat discutèrent un moment à voix basse. Otto se leva bientôt pour annoncer :

— Votre Honneur, mon client est d'accord.

Sharon jeta un regard à Rosie qui fit un signe affirmatif de la tête.

— Ma cliente approuve également votre décision, Votre Honneur.

— Très bien. Le mariage est dissous, déclara Olivia. J'espère que cet arrangement fonctionnera et conviendra à vos enfants.

Rosie l'espérait aussi.

— Appelle-le, conseilla Charlotte à Olivia. Il est malheureux et toi aussi.

— Non, maman.

Olivia posa sa tasse de thé.

— Pas cette fois.

Elle était toujours furieuse contre Jack et elle refusait de se réconcilier avec lui. S'il était prêt à renoncer à elle aussi facilement, il valait mieux qu'elle reste seule.

Pourtant, la curiosité l'emporta :

— Comment sais-tu qu'il est malheureux ?

Sa mère posa son tricot et attrapa la théière posée au milieu de la table. Elle remplit sa tasse et celle de sa fille.

— Il demande de tes nouvelles chaque fois que je dépose mon article.

C'était encourageant. Pourtant, Olivia n'avait aucune preuve tangible qu'il se souciait d'elle. Si c'était vraiment le cas, il n'avait qu'à suivre son conseil et se battre pour faire sa conquête.

Le téléphone sonna et elle décrocha, l'esprit ailleurs.

— Bonjour, c'est Seth.

Il avait une drôle de voix.

— Justine vient de perdre les eaux et elle commence à avoir des contractions. On part à l'hôpital immédiatement.

— Mais ce n'est pas la date prévue ! s'écria Olivia, alarmée.

L'accouchement n'aurait dû avoir lieu que dans trois semaines et demie. Elle espéra que cela ne serait pas préjudiciable à Justine ni au bébé.

— Peut-être bien, mais le petit en a décidé autrement.

Au son de sa voix, Olivia comprit que son gendre était un peu paniqué.

— Ne t'en fais pas, le rassura-t-elle. Tout va bien se passer. Il y a tous les jours des milliers de bébés qui naissent prématurément.

— Oui, je sais. Mais, je ne m'y attendais pas. Peux-tu prévenir Stan ?

— Naturellement. Prends une profonde inspiration, je te rejoins à l'hôpital.

Après avoir raccroché, Olivia composa le numéro de Stan.

— Stan Lockhart à l'appareil…

— Bonjour, grand-père, dit-elle, à la fois excitée et légèrement inquiète. Justine a perdu les eaux et elle part à l'hôpital avec Seth. Tu nous rejoins là-bas ?

Stan se mit à rire. Cette nouvelle le remplissait de joie, tout comme Olivia.

— Je ne raterais ça pour rien au monde ! Dis-lui que j'arrive, grand-mère.

— Pas la peine de se presser, conseilla Charlotte, comme Olivia raccrochait. En général, ça prend plus de temps que prévu, ces choses-là.

Charlotte avait raison, mais Olivia savait qu'elle ne tiendrait pas en place à la maison. Il fallait qu'elle se rende à l'hôpital. Un nouveau petit être allait désormais faire partie de leur famille et sa joie était si grande qu'elle ne pouvait rester à attendre les bras croisés.

— Vas-y, lui dit encore sa mère, quelques minutes plus tard. Je m'occuperai de tout ici. Passe-moi un coup de fil de l'hôpital.

— Merci maman.

Olivia embrassa sa mère sur la joue, attrapa son sac et ses clés de voiture, puis disparut.

Pendant pratiquement une heure, elle resta assise seule dans la salle d'attente. Seth venait lui rendre visite de temps à autre pour lui donner des nouvelles. Tout se passait bien.

Stan arriva deux heures plus tard, l'air exténué. Olivia et lui burent un café et se mirent à discuter.

— Tu te rappelles la naissance de James ?

— Je crois que je n'oublierai jamais, répondit-il.

— Il a failli naître dans la voiture.

Ils se mirent à rire de bon cœur tout en se remémorant les débuts de leur mariage.

— Et le Noël où tu avais décidé d'assembler la bicyclette de Jordan ? demanda-t-elle.

— Et comment que je m'en rappelle ! maugréa Stan d'un ton bon enfant. Le manuel était écrit en japonais et tu n'arrêtais pas de répéter que ce n'était tout de même pas si difficile que ça de monter soi-même une bicyclette. Et toi, tu te souviens de la fois où tu as décidé d'apprendre à faire du pain à Justine ?

Olivia leva les yeux au ciel. Justine s'était emparée d'un énorme sac de farine qu'elle avait laissé tombé. Une fine pellicule blanche s'était répandue dans toute la pièce, lorsque le paquet avait explosé. Des années plus tard, Olivia avait retrouvé des traces de cet incident sous l'évier, derrière le frigo et au fond des tiroirs.

Le temps passa ainsi sans qu'ils s'en rendent compte, tant ils étaient immergés dans leurs souvenirs.

Il était presque 9 heures du soir lorsque Seth apparut, un immense sourire aux lèvres. Olivia avait presque oublié la raison pour laquelle ils étaient à l'hôpital.

Elle se leva précipitamment, brûlant d'impatience.

— C'est un garçon, annonça Seth. Leif Jordan Gunderson. Il est gros pour un bébé prématuré. Il pèse deux kilos huit. D'après le docteur, ses poumons fonctionnent normalement.

Olivia éclata en sanglots.

Lorsqu'elle rentra chez elle, Olivia était heureuse mais épuisée. Sa mère avait laissé un mot sur la table de la cuisine.

« Réfléchis à ce que je t'ai dit. Jack aimerait te revoir.

» Appelle-le.

Ta mère. »

Jack… Elle n'avait pas pensé à lui une seconde depuis qu'elle avait quitté l'hôpital. En fait, elle avait passé un merveilleux moment à évoquer le bon vieux temps avec Stan. Si son ex-mari désirait vivre de nouveau avec elle, elle ferait peut-être bien d'accepter. Il n'était peut-être pas trop tard pour qu'elle et Stan…

Tout en se préparant pour aller au lit, elle réfléchissait à son histoire avec lui. De là, elle repensa à Zach et Rosie Cox, dont elle avait prononcé la séparation officielle le matin même. Sa décision de les prendre au mot et de tenir compte en premier lieu du confort et du bien-être de leurs enfants avait été audacieuse. Cette décision allait entraîner de profonds changements au 311 Pelican Court et elle espérait sincèrement que tout se passerait bien.

Quant à elle, elle se contenterait pour l'heure d'observer ce qui se passait autour d'elle. Non seulement au 311 Pelican Court, mais aussi au 204 Rosewood Lane. Elle veillerait notamment à ce que Grace conserve et consolide cette confiance en elle-même nouvellement acquise.

En ce qui la concernait, la situation était subitement devenue plus compliquée, avec Jack et Stan qui désiraient tous deux faire partie de sa vie.

Qui pouvait désormais prédire ce qui allait advenir au 16 Lighthouse Road ?

Si, comme nous l'espérons, vous avez aimé *Les secrets de Rosewood Lane*, les pages suivantes vous permettront de découvrir un extrait du troisième roman de la série Cedar Cove, *Le printemps des rêves*, à paraître le 1er février 2010.

Tandis que les premiers rayons de soleil inondaient sa chambre, Maryellen Sherman roula doucement sur le dos, sidérée par les efforts qu'elle devait déployer pour se mouvoir, maintenant qu'elle en était à son neuvième mois de grossesse.

Sa sœur l'avait prévenue que, certains jours, elle aurait l'impression d'être une baleine. Pourtant, la jeune femme n'avait jamais été aussi heureuse.

Elle caressa son ventre arrondi. Catherine Grace, qu'elle surnommait déjà Katie, lui donna des coups de pied et s'étira. Fascinée, Maryellen vit son ventre se tendre et remuer.

Il était 8 h 30, l'heure pour elle de se lever. Elle s'assit péniblement, en s'appuyant sur les mains. Ainsi positionnée, elle ne voyait plus ses pieds. Cela faisait maintenant des semaines qu'elle n'avait pas vu ses orteils !

Elle se leva et se massa le dos. Il faut dire aussi qu'elle s'entêtait à dormir sur un vieux matelas. Quand elle se mit à marcher, elle se sentit mieux. Elle alla faire chauffer de l'eau pour sa tisane, puis chercha une tenue dans laquelle elle pouvait encore sortir avec un minimum d'élégance.

Cette grossesse n'était pas prévue et elle avait tenté de

la cacher au père de l'enfant. Ce n'était pas très intelligent de sa part, comme décision, mais à ce moment, elle était désespérée. Jon Bowman était photographe et ses œuvres avaient été exposées à la galerie qu'elle dirigeait. Il avait appris la grossesse par hasard et avait fermement manifesté son intention de jouer un rôle dans la vie de l'enfant. Maryellen n'aimait pas cette idée, mais elle n'avait pas le choix. Soit elle accordait à Jon un droit de visite, soit elle devrait l'affronter au tribunal — il avait été très clair là-dessus —, ce qu'elle préférait éviter.

Elle avait de la tendresse pour lui et respectait son immense talent d'artiste. Sans le moindre effort, il avait réussi à éveiller sa nature sensuelle. Jusqu'à ce soir de novembre, l'année précédente, elle avait pourtant cru sa sexualité enfouie à jamais tout au fond d'elle, à la suite de l'échec de son mariage. Jon lui avait prouvé le contraire.

Cette grossesse la consolait de la perte de son premier enfant. A l'époque, très jeune, elle s'était laissé manipuler par son petit ami, qui était devenu par la suite son mari, et elle avait avorté contre son gré. Elle ne s'était jamais pardonné cet acte.

Cette fois, elle était déterminée à protéger au mieux son enfant à naître. Elle avait refusé d'écouter quiconque et n'avait suivi que son instinct. Elle le voulait, ce bébé… Elle l'aimait déjà. Ce qui, au départ, était un accident de parcours était devenu pour elle une seconde chance précieuse.

La bouilloire se mit à siffler. Se tenant toujours le dos, elle versa l'eau dans sa théière.

— Tu ne peux pas savoir comme je suis impatiente

de pouvoir boire de nouveau du café, murmura-t-elle à son bébé.

Elle se prépara tranquillement. Elle ne travaillait qu'à mi-temps et pouvait s'attarder au petit déjeuner. Elle ne devait se trouver à sa galerie de Harbor Street que peu avant midi. Elle adorait son travail et appréciait ses rapports amicaux avec les artistes de la région. Jon photographiait principalement des paysages. Ses œuvres étaient époustouflantes de clairvoyance. Quand elle l'avait repoussé, il était allé proposer ses photos ailleurs. A l'époque, cela semblait être la meilleure décision, mais il lui manquait, en vérité, et les revenus que rapportait la vente de ses œuvres faisaient défaut à la galerie, également.

C'était ce talent qui avait plu à Maryellen dès le départ, chez Jon. De plus, il était franc, modeste et très discret sur sa vie privée. Elle travaillait avec lui depuis plus de trois ans, mais elle ne savait rien de sa formation artistique, pratiquement rien non plus de son passé, sur le plan personnel.

Il lui avait simplement confié qu'il avait hérité d'une somme rondelette de son grand-père et d'un terrain sur lequel il avait bâti sa maison. Quand elle lui posait une question, soit il s'éloignait, soit il détournait la conversation. Aussi avait-elle été étonnée qu'il accepte une invitation pour Halloween. Elle avait trouvé un prétexte pour lui proposer de l'accompagner, sans croire qu'il viendrait. C'est ce soir-là qu'ils avaient échangé leur premier baiser. Dans les jours qui avaient suivi, elle avait appris à le connaître aussi bien que les autres habitants de Cedar Cove, sans doute mieux.

Elle était impressionnée, au fond, par l'homme qui

était le père de son enfant. Jon avait construit lui-même sa maison et travaillait en tant que chef de cuisine au restaurant Le Phare. Déjà, sa réputation de photographe commençait à se diffuser dans la région et au-delà.

— Je ne t'attendais pas avant midi, déclara Lois Habbersmith, en voyant arriver Maryellen à 11 h 30.

Jusqu'à récemment, Lois était l'assistante de la jeune femme, mais elle avait été temporairement promue directrice de la galerie, le temps du congé maternité. Maryellen avait toute confiance en elle.

— Quand as-tu rendez-vous chez le médecin ?

— Demain matin, répondit Maryellen, en s'asseyant pour soulager son dos endolori.

— Tu te sens bien ?

— Non, avoua Maryellen. J'ai une douleur bizarre dans le dos…

Une douleur qui se calmait puis s'intensifiait de nouveau à intervalles réguliers. Soudain, elle réalisa qu'il s'agissait peut-être de contractions.

Lois avait tiré les mêmes conclusions et se précipita vers elle.

— Mes contractions ont toujours débuté par des douleurs dans le dos, lui dit-elle. Tu es sûre que le travail n'a pas commencé ?

— Je… Je devrais peut-être calculer l'intervalle entre deux douleurs, non ?

Elle consulta sa montre, cherchant à se rappeler quand ses douleurs avaient commencé.

— C'est bien ta mère qui doit assister à ton accouchement ?

Maryellen acquiesça. Puis elle se rappela que sa mère

avait parlé d'une réunion de bibliothécaires à Seattle, pour la journée. Grace avait un téléphone mobile, mais elle oubliait souvent de l'allumer ou de l'éteindre, auquel cas la batterie s'épuisait rapidement. Elle décida de ne pas contacter sa mère tout de suite. Elle avait largement le temps. D'ailleurs, ce n'était peut-être qu'une fausse alerte.

Quelques heures plus tard, seule chez elle, Maryellen ne se posait plus la question. Cela n'avait rien d'une fausse alerte. Elle avait des contractions toutes les cinq minutes.

Elle composa le numéro de sa mère. Comme elle s'en doutait, Grace n'avait pas allumé son portable. La jeune femme prit une profonde inspiration et ferma les yeux. Il restait sa sœur. Kelly avait été formidable depuis le début de sa grossesse. Jamais elles n'avaient été aussi proches.

Au bout de cinq sonneries, le répondeur de Kelly et Paul s'enclencha. Maryellen laissa un message en s'efforçant de ne pas trahir sa nervosité.

— Salut, Kelly… Ecoute, je crois que le travail a commencé. Je n'ai pas encore appelé le Dr Abner et je suis sûre que j'ai encore beaucoup de temps, mais je tenais à te le dire. Maman ne rentre pas de sa réunion avant la fin de l'après-midi, alors appelle-moi si tu as une minute. Je… Je n'ai personne pour me conduire à l'hôpital…

Dès qu'elle eut raccroché, elle perdit le peu d'assurance qu'il lui restait. Une douleur fulgurante la transperça soudain et elle perdit les eaux. De peur me mettre son enfant en danger, elle tendit la main vers le téléphone, sans savoir qui appeler.

L'évidence la frappa. Pourvu que Jon soit chez lui ! Elle appela... Personne ne répondit. Elle faillit en pleurer de colère. La panique menaçait de la submerger. Elle se ressaisit aussitôt et appela le restaurant. Peut-être Jon travaillait-il.

La femme qui lui répondit se montra polie et amicale. Elle pria Maryellen de patienter. Au bout d'une éternité, Jon prit l'appel. De toute évidence, elle le dérangeait.

Apeurée, presque désespérée, elle murmura :

— Jon... J'ai besoin d'aide...

Elle n'eut pas à continuer.

— Où es-tu ?

— A la maison. J'ai perdu les eaux.

— J'arrive dans cinq minutes.

Soulagée, elle faillit fondre en larmes.

— Merci, fit-elle, mais il avait déjà raccroché.

Quelques minutes plus tard, elle entendit un claquement de portière devant la maison. Entre-temps, elle avait appelé le Dr Abner qui lui avait ordonné de se rendre directement à la maternité.

Jon entra en trombe, sans prendre la peine de frapper. Il avait gardé sa tenue de cuisinier, maculée de taches. Il était sans doute en plein coup de feu quand elle l'avait appelé. Cela faisait des semaines qu'elle ne l'avait pas vu. Au début de l'été, ils s'étaient accordés sur le droit de visite.

En dépit de son agitation, Jon était superbe. Il n'était pourtant pas d'une beauté conventionnelle, avec ses traits trop acérés, son visage long et fin, son nez busqué, mais Maryellen avait appris à se méfier des hommes trop beaux. Jon n'était pas un bourreau des cœurs. En le connaissant mieux, elle avait été séduite surtout par sa force de caractère.

— Salut, dit-elle faiblement, les yeux baissés sur la flaque de liquide amniotique, à ses pieds. Tu étais sérieux en disant que tu voulais assister à la naissance de Katie ?

— J'aimerais bien, si c'est possible…

— On dirait bien que tu viens d'être désigné pour me conduire à la maternité.

En quelques enjambées, il traversa la pièce et la souleva dans ses bras, comme si son poids ne posait aucun problème.

Elle voulut protester, suggérer qu'elle était trop lourde, mais n'en fit rien. Pour la première fois depuis qu'elle avait tenté de joindre sa mère, elle se sentait protégée. En sécurité. Il l'aida à se changer, puis la porta de nouveau jusqu'à sa voiture.

— Tu as fait ta valise ? lui demanda-t-il, en l'installant avec précaution sur le siège.

— J'ai tout, sauf ma brosse à dents.

— Je vais la chercher, avec ton sac. J'arrive…

Il revint juste au moment où se déclenchait une violente contraction. Elles étaient plus intenses, depuis qu'elle avait perdu les eaux. Elle ferma les yeux et souffla, cherchant à se rappeler ses cours d'accouchement sans douleur.

Quand elle rouvrit les yeux, Jon était à son côté, derrière le volant.

— Ça va ? demanda-t-il.

Il était pâle. Elle tenta de le rassurer d'un sourire.

Plus tard, elle se rappela à peine le trajet vers la maternité. Ils n'échangèrent pas une parole. Elle se concentrait sur sa respiration, tandis qu'il se frayait un chemin dans la circulation.

A la maternité, il semblait régner une effervescence inhabituelle. Tandis qu'on l'installait dans une salle avec des moniteurs, Jon disparut. Etait-il reparti après l'avoir déposée ? C'était plausible, car elle l'avait interrompu en plein travail.

Elle se retrouva seule dans une pièce confortable, avec de la musique douce, des appareils, mais rien de tout cela ne l'intéressait.

Les contractions étaient bien trop intenses pour qu'elle s'occupe d'autre chose que de sa respiration. Elle ferma les paupières et compta les secondes.

— Maryellen ? fit soudain Jon, à voix basse.

Elle rouvrit vivement les yeux. Il se tenait sur le seuil de la salle d'accouchement.

— Tu peux rester ? demanda-t-elle avec une pointe d'anxiété à l'idée qu'il lui réponde « non ».

— Si c'est ce que tu veux…

Elle venait seulement de se rendre compte à quel point elle avait besoin de sa présence. De la sienne et de celle de personne d'autre.

Il entra et s'assit à son chevet, en étudiant le moniteur. Il n'avait pas suivi un seul cours de préparation à la naissance, mais il savait trouver les mots justes pour la soutenir. Quand elle se coucha sur le côté, il lui massa le dos, en lui murmurant des paroles rassurantes.

Les contractions se faisaient plus longues et douloureuses. Submergée par la souffrance, la jeune femme se mit à gémir.

— Faites quelque chose ! intima Jon à l'infirmière qui venait d'entrer. Elle ne supporte plus la douleur !

L'infirmière lui sourit avec bienveillance.

— Maryellen a choisi d'accoucher naturellement. Nous respectons son choix.

— Ça va aller, assura l'intéressée, qui se demandait combien de temps elle allait encore tenir.

Jon se leva et se pencha vers elle pour lui tendre la main. Elle s'agrippa à lui. En voyant arriver le Dr Abner, ils comprirent que le dénouement était proche.

Jon se présenta, puis continua d'encourager Maryellen. Plaquée contre lui, la jeune femme poussa, pantelante. Elle gémit de douleur, le visage inondé de sueur.

Puis soudain, Catherine Grace poussa son premier cri.

Pleine de fierté et d'amour, Maryellen se mit à pleurer. En se tournant vers Jon, elle fut étonnée de constater qu'il était en larmes, lui aussi.

— Bienvenue, Katie, murmura-t-elle.

— Tu préfères l'appeler Katie et non pas Catherine ?

Maryellen opina. Elle avait pris l'habitude d'employer ce diminutif.

— Catherine, c'est un peu strict, pour un aussi petit bébé, tu ne trouves pas ?

Katie était également le surnom de la mère de Jon. Maryellen tenait à honorer cette femme qu'il aimait manifestement.

Jon scruta le visage rougeaud de sa fille.

— Merci, murmura-t-il, en attirant la jeune femme vers lui.

Le Dr Abner remit l'enfant à l'infirmière.

— Vous pouvez venir avec moi, déclara-t-elle. Je vais la peser et la baigner. Ensuite, vous pourrez la prendre dans vos bras.

Jon jeta un coup d'œil à Maryellen, comme pour rechercher son approbation. Elle hocha la tête. Elle n'avait jamais rien ressenti de tel, un mélange de bonheur et d'amour, car elle aimait déjà sa fille plus que tout au monde.

Jon et l'infirmière s'affairaient à l'autre bout de la pièce. Maryellen vit l'expression de Jon quand il prit enfin le bébé dans ses bras. Il semblait très impressionné. Elle en fut profondément touchée.

— Elle est superbe, dit-il, en serrant l'enfant contre lui d'un geste protecteur.

Maryellen tendit les bras. Jon vint aussitôt y déposer sa fille. Elle comprit que les choses se dérouleraient ainsi, dorénavant. Ils devraient partager leur enfant, l'élever ensemble, mettre leurs propres sentiments de côté dans l'intérêt de Katie.

Elle dévisageait son bébé, qui avait les yeux fermés. Jon lui tendit son auriculaire, qu'elle serra dans son poing minuscule.

— Une certaine Mme Sherman est là, annonça une aide-soignante. Elle dit qu'elle doit assister à votre accouchement.

— C'est ma mère, expliqua la jeune femme avec un sourire.

— Je la fais entrer…

Quelques minutes plus tard, Grace et Kelly étaient dans la chambre, bombardant Maryellen de questions.

Jon disparut sans qu'elle s'en rende compte. Elle n'avait pas vraiment eu le temps de parler avec lui.

DANS LA MÊME COLLECTION

Par ordre alphabétique d'auteur

JINA BACARR	*Blonde Geisha*
MARY LYNN BAXTER	*La femme secrète*
MARY LYNN BAXTER	*Un été dans le Mississippi*
JENNIFER BLAKE	*Une liaison scandaleuse*
BARBARA BRETTON	*Le lien brisé*
BENITA BROWN	*Les filles du capitaine*
MEGAN BROWNLEY	*La maison des brumes*
CANDACE CAMP	*Le bal de l'orchidée*
CANDACE CAMP	*Le manoir des secrets*
CANDACE CAMP	*Le château des ombres*
CANDACE CAMP	*La maison des masques*
MARY CANON	*L'honneur des O'Donnell*
LINDA CARDILLO	*Le tourbillon d'une vie*
ELAINE COFFMAN	*Le seigneur des Highlands*
ELAINE COFFMAN	*La dame des Hautes-Terres*
ELAINE COFFMAN	*La comtesse des Highlands*
JACKIE COLLINS	*Le voile des illusions*
JACKIE COLLINS	*Reflets trompeurs*
JACKIE COLLINS	*Le destin des Castelli*
PATRICIA COUGHLIN	*Le secret d'une vie*
MARGOT DALTON	*Une femme sans passé*
EMMA DARCY	*Souviens-toi de cet été*
CHARLES DAVIS	*L'enfant sans mémoire*
SHERRY DEBORDE	*L'héritière de Magnolia*
BARBARA DELINSKY	*La saga de Crosslyn Rise*
BARBARA DELINSKY	*L'enfant du scandale*
WINSLOW ELIOT	*L'innocence du mal*
SALLY FAIRCHILD	*L'héritière sans passé*
MARIE FERRARELLA	*Une promesse sous la neige*****
ELIZABETH FLOCK	*Moi & Emma*
CATHY GILLEN THACKER	*L'héritière secrète*
GINNA GRAY	*Le voile du secret*
GINNA GRAY	*La Fortune des Stanton*

… / …

DANS LA MÊME COLLECTION

Par ordre alphabétique d'auteur

JILLIAN HART	*L'enfant des moissons*
METSY HINGLE	*Une vie volée*
KATE HOFFMANN	*Destins d'Irlande*
FIONA HOOD-STEWART	*Les années volées*
FIONA HOOD-STEWART	*A l'ombre des magnolias*
FIONA HOOD-STEWART	*Le testament des Carstairs*
FIONA HOOD-STEWART	*L'héritière des Highlands*
LISA JACKSON	*Noël à deux***
RONA JAFFE	*Le destin de Rose Smith Carson*
PENNY JORDAN	*Silver*
PENNY JORDAN	*L'amour blessé*
PENNY JORDAN	*L'honneur des Crighton*
PENNY JORDAN	*L'héritage*
PENNY JORDAN	*Le choix d'une vie*
PENNY JORDAN	*Maintenant ou jamais*
PENNY JORDAN	*Les secrets de Brighton House*
PENNY JORDAN	*La femme bafouée*
PENNY JORDAN	*De mémoire de femme*
BRENDA JOYCE	*L'héritière de Rosewood*
MARGARET KAINE	*Des roses pour Rebecca*
HELEN KIRKMAN	*Esclave et prince*
ELAINE KNIGHTON	*La citadelle des brumes*
ELIZABETH LANE	*Une passion africaine*
ELIZABETH LANE	*La fiancée du Nouveau Monde*
CATHERINE LANIGAN	*Parfum de jasmin*
RACHEL LEE	*Neige de septembre*
RACHEL LEE	*La brûlure du passé*
LYNN LESLIE	*Le choix de vivre*
MERLINE LOVELACE	*La maîtresse du capitaine*
JULIANNE MACLEAN	*La passagère du destin*
DEBBIE MACOMBER	*Rencontre en Alaska*****
DEBBIE MACOMBER	*Un printemps à Blossom Street*
DEBBIE MACOMBER	*Au fil des jours à Blossom Street*
DEBBIE MACOMBER	*Retour à Blossom Street*
DEBBIE MACOMBER	*La baie des promesses*
DEBBIE MACOMBER	*Les secrets de Rosewood Lane*
DEBBIE MACOMBER	*Un Noël sous le givre******

... / ...

DANS LA MÊME COLLECTION

Par ordre alphabétique d'auteur

MARGO MAGUIRE	*Seigneur et maître*
ANN MAJOR	*La brûlure du mensonge*
ANN MAJOR	*Le prix du scandale**
KAT MARTIN	*Lady Mystère*
ANNE MATHER	*L'île aux amants****
CURTISS ANN MATLOCK	*Sur la route de Houston*
CURTISS ANN MATLOCK	*Une nouvelle vie*
CURTISS ANN MATLOCK	*Une femme entre deux rives*
MARY ALICE MONROE	*Le masque des apparences*
CAROLE MORTIMER	*L'ange du réveillon*****
DIANA PALMER	*D'amour et d'orgueil****
DIANA PALMER	*Les chemins du désir*
DIANA PALMER	*Les fiancés de l'hiver*****
DIANA PALMER	*Le seigneur des sables*
DIANA PALMER	*Une liaison interdite*
DIANA PALMER	*Le voile du passé*
PATRICIA POTTER	*Noces pourpres*
MARCIA PRESTON	*Sur les rives du destin*
MARCIA PRESTON	*La maison aux papillons*
EMILIE RICHARDS	*Mémoires de Louisiane*
EMILIE RICHARDS	*Le testament des Gerritsen*
EMILIE RICHARDS	*La promesse de Noël***
EMILIE RICHARDS	*L'écho du passé*
EMILIE RICHARDS	*L'écho de la rivière*
EMILIE RICHARDS	*Le refuge irlandais*
EMILIE RICHARDS	*Promesse d'Irlande*
EMILIE RICHARDS	*La vallée des secrets*
EMILIE RICHARDS	*Du côté de Georgetown*
EMILIE RICHARDS	*Un lien d'amour******
NORA ROBERTS	*Retour au Maryland*
NORA ROBERTS	*La saga des Stanislaski*
NORA ROBERTS	*Le destin des Stanislaski*
NORA ROBERTS	*L'héritage des Cordina*
NORA ROBERTS	*Love*
NORA ROBERTS	*La saga des MacGregor*
NORA ROBERTS	*L'orgueil des MacGregor*
NORA ROBERTS	*L'héritage des MacGregor*
NORA ROBERTS	*La vallée des promesses*
NORA ROBERTS	*Le clan des MacGregor*
NORA ROBERTS	*Le secret des émeraudes*
NORA ROBERTS	*Un homme à aimer**

... / ...

DANS LA MÊME COLLECTION

Par ordre alphabétique d'auteur

NORA ROBERTS	*Sur les rives de la passion*
NORA ROBERTS	*La saga des O'Hurley*
NORA ROBERTS	*Le destin des O'Hurley*
NORA ROBERTS	*Un cadeau très spécial***
NORA ROBERTS	*Le rivage des brumes*
NORA ROBERTS	*Les ombres du lac*
NORA ROBERTS	*Un château en Irlande*
NORA ROBERTS	*Filles d'Irlande*
NORA ROBERTS	*Pages d'amour*
NORA ROBERTS	*Rencontres*
NORA ROBERTS	*Une famille pour Noël*****
NORA ROBERTS	*Passions*
NORA ROBERTS	*La promesse de Noël*
NORA ROBERTS	*Contre vents et marées******
ROSEMARY ROGERS	*Le sabre et la soie*
ROSEMARY ROGERS	*Le masque et l'éventail*
ROSEMARY ROGERS	*La maîtresse du rajah*
JOANN ROSS	*Magnolia*
JOANN ROSS	*Cœur d'Irlande*
MALLORY RUSH	*Ce que durent les roses*
EVA RUTLAND	*Tourments d'ébène*
PATRICIA RYAN	*L'escort-girl****
DALLAS SCHULZE	*Un amour interdit*
DALLAS SCHULZE	*Les vendanges du cœur*
KATHRYN SHAY	*L'enfant de l'hiver*
JUNE FLAUM SINGER	*Une mystérieuse passagère*
ERICA SPINDLER	*L'ombre pourpre*
ERICA SPINDLER	*Le fruit défendu*
ERICA SPINDLER	*Trahison*
ERICA SPINDLER	*Parfum de Louisiane*
ERICA SPINDLER	*Un parfum de magnolia*
ERICA SPINDLER	*Les couleurs de l'aube*
LYN STONE	*La dame de Fernstowe*
CHARLOTTE VALE ALLEN	*Le destin d'une autre*
CHARLOTTE VALE ALLEN	*L'enfance volée*
CHARLOTTE VALE ALLEN	*L'enfant de l'aube*
SOPHIE WESTON	*Romance à l'orientale****
SUSAN WIGGS	*Un printemps en Virginie*
SUSAN WIGGS	*Les amants de l'été*
SUSAN WIGGS	*L'inconnu du réveillon***
SUSAN WIGGS	*La promesse d'un été*
SUSAN WIGGS	*Un été à Willow Lake*
SUSAN WIGGS	*Le pavillon d'hiver*

… / …

DANS LA MÊME COLLECTION

Par ordre alphabétique d'auteur

SUSAN WIGGS	*Retour au lac des Saules*
SUSAN WIGGS	*La maison du Pacifique*
SUSAN WIGGS	*Neige sur le lac des Saules*
SUSAN WIGGS	*Rendez-vous sous le gui****
LYNNE WILDING	*L'héritière australienne*
LYNNE WILDING	*Les secrets d'Amaroo*
BRONWYN WILLIAMS	*L'île aux tempêtes*
REBECCA WINTERS	*Magie d'hiver**
REBECCA WINTERS	*Un baiser sous le gui***
JOAN WOLF	*Le blason et le lys*
SHERRYL WOODS	*Refuge à Trinity*
SHERRYL WOODS	*Le testament du cœur*
SHERRYL WOODS	*Le rêve de Noël****
LAURA VAN WORMER	*Intimes révélations*
KAREN YOUNG	*Un vœu secret**
KAREN YOUNG	*L'innocence bafouée*
KAREN YOUNG	*La mémoire blessée*

* *titres réunis dans un volume double*

** *titres réunis dans le volume intitulé* : Magie d'hiver 2007

*** *titres réunis dans le volume intitulé* : Passions d'été

**** *titres réunis dans le volume intitulé* : Magie d'hiver 2008

***** *titres réunis dans le volume intitulé* : Magie d'hiver 2009

7 TITRES À PARAÎTRE EN FÉVRIER 2010

Composé et édité par les

éditions Harlequin

Achevé d'imprimer en Allemagne
par GGP Media GmbH, Pößneck
en novembre 2009

Dépôt légal en décembre 2009
N° d'éditeur : 14667